客家文学的珠玉 2

藍彩霞の春

李喬

明田川聡士 訳

未知谷

台湾売春婦共和国　『藍彩霞の春』によせて

彭瑞金著
横路啓子訳

『藍彩霞の春』は誤読されがちな小説であるが、それは初版時の出版社の誤認をさそう広告が原因の一つである。小説の表紙に「年齢制限」を要するほどの作品——つまり「台湾初の売春婦文学」であると記され、対象を成人読者に制限したのだ。さらに裏表紙の紹介にも「台湾初の売春婦の血と涙の長編巨作」と記された。誤読を呼ぶもう一つの原因は、台湾の戦後社会のエセ道学が、売春婦を語ったり書いたりすることは、性売買と関係すると考えられたためである。一旦、エセ道学に不道徳であるという烙印を押された——なぜなら売春婦は倫理を壊し家庭を壊し、なんといっても道学に異議申し立てをしている——のだから、誰がなんといおうと売春婦に関するものは汚らわしく、下品で、恥ずかしいという烙印を押されてしまったのである。李喬のこの作品は一九八〇年代の台湾の売春婦現象を実に鮮やかに描き出してはいるが、それはその方面の知識をひけらかすためでも、台湾の売春婦の歴史を伝えようとしているのでもない。その真の執筆目的は、戦後台湾の偽善、エセ道学の社会現象に対抗し、エセ道学社会の偽善的な仮面をはぎ取ろうとしたことにある。

この小説が描いているのは台湾という国家や法律の外にある独特な世界である。それは台湾の法律、モラル、社会的規範や制限を受けずにいながら、実際には台湾内に存在しているものだ。この国に「落ちた」人間であれば、この世界のいかなる国家の法律もより手厚い保護と厳しい管理を受けることになる。この国の「人間」は、商品として存分に利用される、つまり搾取されるのである。「人間」を絞りとる方法は、世界のいかなる国家的システムよりも企業化しており、多角経営で高い効率を有し、完全に搾り取るまで続くのだ。この国の「人間」とは女のことを指す。だが、女は単なる商品であり、ただのモノだ。この国に名前はないので、とりあえずは「台湾売春婦共和国」と呼んでおく。

小説の藍家の姉妹はこの共和国に落ちた女性たちだ。彼女たちのこの国の国籍取得の方法は、共和国の国籍取得方法の典型的なもの――貧困にほかならない。ある者は家庭（父あるいは母）に借金返済の力がなく、父か母が病で失業したか、兄弟が病気か就学で金が必要であり、女性として生まれたからには「体を売って」家族や家を助けなければならなくなる。いわば、「強制的に売春婦となった」のである。共和国に落ちてからほぼ一年の藍家の姉妹の彩霞の観察によると、約半分の共和国の女性が彼女たち姉妹と同じで、人間らしさに欠ける両親、家族に売り払われ、売春婦となった者たちだった。残りの半分は、「自主的」ではあるものの、親や家のために体を売ったわけでもなく、いわば社会全体の経済体制からのストレスを受け、自分を売る売春婦になるしかなかった者たちだ。国民健康保険制度がない時代には、両親が重病になれば、娘は親がただ死を待つしかないことに耐えられず、その身を犠牲にするかもしれない。これは一種の強制ではないだろうか。また「過酷な政治は虎にも勝る」という言葉もあるように、虎に食われるより恐ろしい政治、社会の「制度」こそが彼女たちを売春婦へと追いやるのである。だからこそ共和国への入境者は絶えることがなく、共和国は「万年」も永らえるのだ。作者は緻密に共和国の経営、統治を描写する。それはまた共和国の経営効率――手段の厳密さ、手際のよさや多様化、成果や効果でもあり、台湾という国家を超えた国の中の国であり、またどの国よりも国家であり、賞賛であり、「敬服」であり、感傷でもあり、憂いでもある。

共和国の権力構造の構成は「三暗一明」だと作者はいう。「三暗」の一つが荘国暉、荘青桂の親子のような人身売買の業者である。彼らは商品である女のサプライヤー（購入、販売、レンタル）担当である。彼らは同族企業で、妻、嫁が総務としてひかえ、親子が営業部長として対外業務を担当する。台湾全土には「駐在所」があり、人身売買の仲介者のために、どの家の人間が早急に金が必要で女を売る必要があるか目を光らせ報告する。それからもう一つの「暗」は、販売の仲介業者である。その多くは旅館の女中や水商売の経営者で、売春宿、看板に偽りのあるマッサージ屋、理容院などだ。彼らは、少女の水揚げの権利に目のない変態的な男たち――成金、企業のトップ、中学校の校長、裁判所の書記官などなど――を集める。彼らは、一般人とは異なる異常な性癖をもった中年から老年の男たちの長い長いリストを持っている。人身売買業者は「商品」を購入した後、まず最初の、一回こっきりのビジネスで最大の利益を稼ぐのが常である。それは少女の初夜権の売却だ。その後、商品を経営者に転売したりレンタルするのである。経営者とは風仔（姜村豊）、（謝）英君夫妻、陳拐仔、朱飛揚、陳麗美などのように社会の暗がりにいる者である。彼らは、ストリッパー劇団、売春宿、風俗の理髪店、マッサージ店、私娼宿を経営する。商品（女）はサプライヤー（人身売買）から提供されるか、あるいはレンタル、買い取りがされるが、いずれも定められた規則があり、それに応じて金銭がやり取りされる。もう一つの「暗」はヤクザである。一匹狼もいれば、徒党を組んでいるものもいる。人身売買業者にしろ経営者の身柄の安全やビジネスのシマを守るためにも「黒道（ヤクザ）」の力は必要不可欠だ。ヤクザは共和国の軍隊、警察、実行者であり、商品の管理、運送、保全が任される。ヤクザにとっても、そこで得られるみかじめ料は貴重な財源となる。このため、「三暗」は共和国の中で、切っても切れない利益共同体を形成しており、その構造の強固さは政府組織をはるかにしのぐものなのである。人身販売業者と商品の売り手が契約を交わした後は、売り手の契約違反や商品の逃走を心配することは不要だ。商品が人身売買業者や経営者の手、さらには消費者（買春客）の手に渡っても、決して逃げることなどできない。ヤクザの管理の手管、方法は、警察や監獄のように厳しく効率的なのだ。ヤクザはまた共和国の権力中心において決して欠かすことのできない共同の統治者なのである。共和国が国家をはるかに超えているのは、その組織構造の中に表と裏の世界が共存しており、共和国は表の世界の力を取り込めるのに対して、国家が堂々とヤクザの力を取り込むことはできないためだ。台湾でも以前、警察幹部の妻や親密な関係にある者、議員など表の世界の人間が共和国に属している事件が実際に起こっており、これは表と裏の二重国籍の状況である。こうした事件は表の人物が共和国の事柄に関わりのあることを示しており、警察、裁判官、検察官など法をつかさどる者や役人、議員、弁護士が株式を保有したり配当金を得る形で、共和国の表の保護の力を牛耳り、情報を漏洩し、またときには罪を逃れたり減刑するための手助けをする。「三暗一明」の組織構造は、共和国を鉄壁の堅牢なものにしているのだ。

藍姉妹の境遇が伝えているのは、共和国の中の女性が単なる性奴隷だということだ。共和国をつかさどる権力の中心から見れば、彼女たちは彼らが購入した商品で、収益率を最大に引き上げて当然なのである。彼女たちを売りさばくほかに、人身売買業者、経営者、彼女たちを監視するヤクザ、資本を提供する表世界の人々は、彼女たちを食い物にし、性欲のはけ口のためのおもちゃとして扱い、さらに残虐で暴力的に非人道的に彼女たちを凌辱する。しかし、彼女たちは共和国の財を産む道具であり、逃げられないよう厳格な管理がなされているのに、なぜ彼女たちに極めて残虐な行為をするのだろうか。共和国の経営者は自分を人間だと考えておらず、けだもののような変態や怪物であると思っているに違いない。

共和国の「三暗一明」の権力構造の厳格な管理によって、共和国の国籍を取得せざるを得なかった性奴隷が逃げ出せる可能性はゼロであり、逃げたとしてもすぐに捕まり戻される。死以外にその国籍を抜け出すことはできない。逃亡も死も許されないことは地獄だ。殴られ、監禁されるか、命令を受けたヤクザの子分たちに死ぬまで輪姦される。さらには彼女たちを私娼である「八三夭」に売り飛ばすと脅すのである。「八三夭」とは、「八三一」つまり軍隊の中の売春宿のことだ。軍官、兵卒で差はあるが、いずれも軍の駐屯地に設置され、軍人の性欲発散に用いられる。軍人は切符を購入し、列に並んで順番を待つ。ズボンを脱ぐ必要さえない。いわば第二次世界大戦の時の慰安婦と同じである。共和国の経営戦略と管理は、まったく隙がない。例えば、人身売買業者の荘親子は、同業者に商品を提供するほか、家に私娼館を開いているため、ニーズが大きく、「商品」のルートも多岐に渡る。すべての暗闇の中で（違法に）売買が行われ、流通する。例えば、ストリップ劇場や本番をするショーなどに警察が乗り込めば、従業員たちは飛び降り自殺する者もいるし、責任者やトップは逮捕されたり裁判所に送検されたり監獄にぶち込まれる。だが商品はすぐに別の人間に引き取られ、場所を変え形を変えて――売春宿、理容院、マッサージなど――すぐに営業を再開するのだ。だから、作者が藍彩霞姉妹やその姉妹たちの物語で描こうとしたのは、彼女たちの辛酸な血と涙の歴史ではない。なぜなら彼女たちの悲惨な境遇は、すでに事件ではないからだ。それは、彼女たちの物語の後にある台湾社会の売春婦化現象なのである。売春婦化とは、藍姉妹のように売春を強要され、なんとかそこから抜け出そうともがいても、どうしようもない状況のことである。我々の前にはこうした生々しい例が数多く見られる。例えば、タイヤル族の王阿珠という女性は、口淫だけは決して受け入れられず、無理やり入れられたその一本を思いきり噛んだ。また家出をした楊敏慧は、「歌舞団」がダンスを学ぶところだと誤解し、共和国の魔の手にはまり、その生活に我慢できずビルから飛び降り自殺した。逃げ出すことができず、ひどい性的虐待を受けた陸宜珍に対し、他の女性たちはただ悲しみを胸に傍観するしかできなかった。無期限で共和国にいなければならないことに絶望していた藍姉妹もやはり同じだ。そして、苦しみながら過ごそうが、楽しく過ごそうが時間が過ぎるのは同じだと考えて、共和国の制度と文化に屈服するようになり、売春婦共和国を合理化するようになっていく。それこそが作者が最も恐れる売春化現象である。

台湾の文化や歴史を深く理解している作家李喬が書いた『藍彩霞の春』は、決して俗っぽい台湾の風俗産業に「従事する」人々の悲しい歴史を描いたものではないし、さらに彼がのぞき見した台湾社会の裏側を暴露したものでもない。それは売春婦文化を通して見た台湾なのだ。理性的になって思い返してみれば、特務によって高圧的に統治されていた台湾は、拡大された台湾売春婦共和国なのではないだろうか。数十年もの戒厳令の下の台湾人民は、共和国の人民と同じように、高圧的な状況のもと、抵抗に効果がないことから、次第に妥協し、心から屈服することを享受するようになったのではなかっただろうか。藍彩霞は、自分の周辺で次々と繰り返される抵抗から悟りを得た。それらの女性たちは、そのあわれな最後のほんの少しの尊厳のために、後ずさりせず、妥協せず、口淫をせず、輪姦を受け入れなかった。それは藍家の姉妹がストリッパーとしてステージに上がり、多くの観客の前で本番をするのが受け入れられなかったのと同じだ。いずれも抵抗をあきらめ徹底して屈服した後に、最後のもがき、決して譲れない「人間」としての最低ラインを保守すべく、ほんのわずかの反撃をしてはみるものの、それまでよりずっと激しい報復に遭い、孤立無援となる。「溺れる者はワラをもつかむ」ということわざがあるが、共和国の女性たちは、最後の反抗は命をかけた反抗しか残されていないのだ。

藍彩霞は、何も考えない活ける屍のような生活をしはじめるが、周囲の女性たちの命をかけた反抗で、彼女に残された「人間」としての自覚が揺すぶられる。もし全力で争わなければ、自由などあるわけがない。争わず、反抗せずに、反抗の意味を知ることができるのだろうか。何の反抗もしないで、なにかを奪い取ることができるわけがあるだろうか。これは一九二〇年代、台湾新文学運動を率いた頼和の抵抗哲学でもある。抵抗は、完全な勝利や完全な敗北を目指す対決ではなく、ただ反抗によって自分の存在を証明することであり、「我反抗する、故に我在り」という理念でもある。頼和の新文学運動がさらに強調するのは、反抗陣営の前線にある人間は、自分を犠牲にする覚悟がなければ、反抗の流れを創り出すことはできないということだ。李喬によって書かれた藍彩霞の反抗は、まさに頼和式の反抗の実践である。しかし彩霞が自分を犠牲にし、悪者を殺害し自分の姉妹を解放できたかもしれない時、この社会では法律がその悪者がどんなに狂気的な悪事を働いたかは追求せず、ただ殺人は法律的な制裁を受けねばならないと言われるのである。共和国の権力構造のメンバーは、虐待される者がこうした罰や牢獄を恐れる心理を利用する。こうして彼らは法律による保護を利用してなんのはばかりもなく存分に悪事を働き、この世界は罪悪に満ちたレールの上を走り続けるのである。藍彩霞は荘国暉、荘青桂の親子を殺した後、殺人のために投獄されてしまうが、姉妹や他の女性たちはこれで自由を獲得し、彼女の反抗哲学を完遂したとは言えるだろう。

そう、多くの文学や小説で「反抗哲学」というテーマが表現されている。「売春婦」でなければならない理由はない。例えば頼和の「一桿稱仔」もその一つである。しかし『藍彩霞の春』の中にこめられているのは、この社会のエセ道学、エセ正義こそが社会全体の「売春婦化」の真犯人であることだ。エセ道学は、現実社会でよく見られる売春婦の反抗、抗争に対し、無視でなければ蔑視を決め込む。これは慰安婦が立ち上がり、公的売春婦が仕事の権利を勝ち取るために街に出た時、どれほどの人が彼女たちのために自らも賛同の声を上げたのかを考えれば、わかることだろう。エセ道学が満ち満ちた社会は、売春婦の殺人の「殺人」しか見ず、売春婦の後にある悪ややけだものに満ちた社会そのものに目を向けようとはしない。だからこそ、人間が反抗のために生きる尊厳、崇高さ、徹底的な遺棄や醜悪化、侮蔑こそが作者がこの作品を書いた目的なのである。

目次

藍彩霞の春

客家文学的珠玉2

translated into Japanese by
AKETAGAWA Satoshi
Japanese Edition by
Publisher Michitani,
Tokyo, Japan

一九八五年二月十八日。月曜日。刑務所の受刑者が、家族と面会できる日であった。

明日は大晦日（旧暦十二月三十日）だ。今日は面会「シーズン」である。七時半前、台中《タイチョン》刑務所の高い外壁の外には人が集まっていた。

一月二十日「大寒」の前日から、「立春」を経て今日に到るまで丸々三十日間――明日は「雨水」であった――太陽が台湾上空に顔を出さなかった。

ひやりとする風がひゅうひゅう吹き、冷たい雨が降り散っている。

刑務所に面会に来た人たちは、南から北まであちこちから来ていたが、心境は皆同じだった。

雨合羽を羽織り機車《オートバイ》に乗り、音をたてながらやって来た人もいた。

一家総出で、雨靴を履き雨傘を差し、体を傾けて、風雨にさからいながらやって来た人もいた。

タクシーや自家用車も、水しぶきを上げてやって来た。車のドアが開くところでは、白髪の者が首をすくめ若者は腰をかがめて、続々と刑務所の正門に入っていった。

刑務所での面会、年越し前の面会、ひやりと風が吹き冷たい雨が舞う中での面会は、粛然とした悲哀と重苦しくどうしようもない雰囲気を帯びていた。

今年の天候はおかしいと言う人がいる。冬は腰を据えたように動かなかったが、春がとても早く来た。冬と春が互いに譲らぬまま、空一面の、あたり一面の涙をもたらしたのである。

そうなのだ。こうして刑務所へ面会に来た人たちは、冬の雨や春の雨のように、皆が傷心の涙を流しているかのようだった。

だが、面会時に涙を流そうとしない人もいた。

藍彩雲《ランツァイユン》がそうだった。

姉の藍彩霞《ランツァイシア》が彼女に泣くことを許さなかったのだ。藍彩雲は姉を怒らせまいと、昨日の晩に思い切り泣いたのである。どうにかして涙を出しきったのであった。

でも朝起きてみると、涙がまた溢れてきた。そこで彩雲は車の中で急いで涙を流したのだ。

彩雲がタクシーを降りる時、目の周りはまだ濡れているように感じた。彼女は力を込めて頭を持ち上げ、顔に雨の滴が九十度の角度で当たるような姿で、雨と涙を混ぜたのである。こうすれば姉も何も言わないだろう。

受刑者の家族らは、みな刑務所の正門に入り、面会を申し込む接見室に急いで押し寄せた。彩雲は足を速めて入っていった。

本当のところは、彩雲のダークレッドの雨合羽は、台中火車站《タイチョンフオチャチャン》（台中駅）でタクシーに乗り換えた際すでに濡れてしまっていた。

彩雲の雨合羽は開いていた。彼女は大きくもなく小さくもない帆布の手提げ袋を胸に抱え、雨合羽でくるんでいたのである。

姉の藍彩霞は、去年の十一月一日に、最高裁での三審で判決が出ていた。連続殺人のため、死刑となるはずだった。ただ事件後に自首していたことが認められ、そこで無期懲役となり、公民権が終身剥奪された。十一月三日、台中刑務所に身柄を送られたのであった……

一週間後、彩雲は規則通りに刑務所での面会を申し込んだ。すでに彩雲は姉に二回会いに来ていた。彩霞は手厳しくとがめた。これからはせいぜい一月に一回会いにくればいいから、そうしないと面会は拒否するわよ。

明日は大晦日で、今日は特別な日なのだから。彩《ツァイ》雲《ユン》は思った。

彩雲は姉がその時になって本当に面会を拒むのではないかと不安になった――お姉ちゃんは絶対にやり通す女の子だもの――だから五日前にはわざわざ手紙を出して、一通り説明したのだった。

――台中《タイチョン》市西部の郊外にある台中刑務所は、歴史のある古びた監獄だった。面積は広くなく、もともとすでに古くてぼろぼろだったが、十数年前に「現実的な必要性」から、徹底的に改築したのである。「八卦楼《バクワロウ》」（八角形の建物）を再建し直し、改装した結果、今では分厚い外壁が聳え、頑丈な監房の素晴らしい刑務所となっている。正門をくぐると、左の一区画は拘置所で、右の三区画は女子刑務所である。正面が作業場で、後ろの右側が教誨室、左側が刑務所長の事務室となっている。接見室は所長事務室の前にあり、作業場の左前方だった。


藍彩雲は帆布の袋から食料品を取り出し、刑務所の「差し入れ窓口」に渡した。厳密な検査の後で、刑務所側から受刑者に直接手渡されるのだ。刑務所の規定により、一回の差し入れは二キロを超えてはいけなかった。この点について彩雲はすでに経験があり、年糕《ニエンカオ》（おもち）ひとかたまり、鶏腿《チトゥイ》（焼いたり揚げたりした鶏もも肉）二本と肉乾《ロウカン》（牛や豚のジャーキー）一袋、リンゴ三つ――の重さをすべてしっかり量っていた。それでも上下の肌着と生理用品二袋が重量オーバーになってしまった。

彩雲は二枚の物品リストを記入し、差し入れ窓口に持参して、口を軽く開きながら言った。

「この二つですが……しょっちゅう来られませんので……渡してもらえませんか……」どうして！　何度も練習した台詞《せりふ》なのに出てこなくて、目の前がぼうっとしてしまった……

「わかりました。三区四棟十七号室の藍彩霞《ランツァイシア》、ですよね？」検査主任は青白い青年だった。

「どうして……どうして知ってるんですか？」彩《ツァイ》雲《ユン》は思わず口を開き目を見張った。

「なに言ってんですか！　女の殺し屋でしょ。手を掲げて包丁を振り落として、親子をばらばらにしたっていう——藍彩霞《ランツァイシア》の名前、誰が知らないって言いますか」

この青白い青年の表情や声は、どれも大袈裟で気持ち悪かった。でもあの悲惨な体験のおかげで、彩雲は今どのような表情をしてこのろくでもない男を「虜にする」べきか心得ていた——彩雲は少し微笑み、衣服や日用品の袋を一覧表と一緒に窓口に押し込むと、何気ないふりをして掌で相手の手の甲をさすったのだった……

「……わかりました」

彩雲は胸を張り、瞳を閉じて、軽く息を吸った。

だが心の底では口汚く自分を罵っていた。藍彩雲！


なんて恥知らずなの、あなたはそんなことまでして……

「違うの！　わたし、違うの！」彩雲は頭を強く振り、思わず大きな声を出した。

許されるべきでしょ、違うの？　これはやむを得ないの。

ダメ！　こんな言い訳をしてはダメなの！　お姉ちゃんは何て言ったんだっけ？　自分はどうやって答えたんだっけ？　忘れたの？

そうね、そうね。お姉ちゃんの言葉をどうして忘れられるの？　自分はどうやって答えたの？　忘れちゃったの？

「ダメ！　ダメじゃないの！　雲《ユン》、藍彩雲！　一度卑しくなったら、ずっと卑しいままなの？　ダメじゃない！　ダメ！　ダメよ！」彩雲は自分の感情を自制することができず、すぐに席を見つけて腰を下ろした。

彩雲《ツァイユン》は、いつまでも頭を振り、どこまでも自分自身と言い争っていた。最後に、彩雲は自分の誤りを認めたのだった。彩雲はまたしくしく泣いていた。

――「十五番から二十八番まで、入れ！　十五番からだ……」刑務官が番号を呼んだ。

彩雲は二十八番だった。彼女は体を起こして早足で接見室に向かいながら、ハンカチで目の周りを拭った。まずセキュリティ・チェックがあり、それから身分証と引き替えに面会番号カードを受け取るのだ。彩雲がぞろぞろと中に入ると、鉄格子とガラス板で仕切られてはいたが、一目で姉が七番目の位置の向かいに姿勢正しく座っているのが見えた……

彩霞《ツァイシア》はブルーグレーの囚人服に、ブルーグレーの毛糸のベストを着ていた。おかっぱ頭は切ったばかりなのだろう。痩せこけた頬は相変わらず青白かったが、青い静脈の筋は少しも見えず、ほのかに紅潮していたほどだった。

「お姉ちゃん！」彩雲は口を開いた後で気がついた。お姉ちゃんは防音のガラス板で仕切られた別の世界にいるんだ。彩雲はこの時ようやく腰を下ろすと、受話器を上げ、もう一度大きな声で言った。「お姉ちゃん……」

「……頭から上着まで、どうしてずぶ濡れなの？」

彩霞の最初の言葉だった。ひとこと言い終わった後で受話器を離したが、すぐにまた持ち上げた。

「だ、大丈夫よ！　お姉ちゃん、元気だよね？」

彩雲は自分に言い聞かせた。考えてきたこと――顔は常に笑顔でいること――を忘れないように。

「元気よ。来なくていいって言ったでしょ」

「でも明日は大晦日で、年越しだから、わたし絶対に来ようと思って……」

「また休暇を使ったのね！」

「違うわ。陶器工場は、昨日の二十八日（旧暦）で仕事納めなのよ。年明けは五日から仕事始めだって」

「そう」彩霞《ツァイシア》はようやく微笑みを浮かべた。「秋月《チウユエ》と小玲《シァオリン》は、元気？」

「二人は昨日帰省して年越しするって……」帰省？　あまりにも多くの痛ましい辛さがよみがえり、もう少しで話が進まなくなりそうだった。「あの娘《こ》たち五日に戻ってきて仕事を始めるのよ」

「でも……」彩霞の思いは彩雲《ツァイユン》と同じで、おそらく多くのことを考えたくなかったようで、話を短くしただけだった。「雲《ユン》、あなたはあなたで、わたしの話を絶対に忘れちゃダメよ、人は二度と……」

「わかってるわよ、わかってるわ、お姉ちゃん！」彩雲は急いで姉の出鼻を遮った。「人は同じ間違えを二度してはいけないでしょう！　チャンスはいつもただ一回きりだから。時間を見つけて勉強して、短期の補習クラスに参加できればこの上ない――夜学に通えるならなおさら良い。それから、お姉ちゃんに向かって約束……そうでしょ？　こんな感じよね？」

「もう！　雲ったら……」彩霞はこの時本当に笑った。

そして、会話は突然停まってしまった。彩雲は頭をめぐらして、一番気に掛かっていた問題を言い出そうとした。姉は「重い病気」のまま逮捕され、裁判を受けて収監されたのだ。ほかの姐妹淘《お姉さんたち》の話では、「あの病気」は治療するのが難しく、治療が間に合わなければ死んでしまうか絶対に障害が残るという……でも彩雲は言い出しにくかった。そうした病気は、一年間の悪夢や地獄の生活と繋がっているからなのだ！　そうした病気について話し出すと、非人間的な暮らしにもう一度後戻りしてしまうかのようだった……

「言ったじゃない！」彩霞は言った。「あの『婦女《フニュイ》新生協会《シンシエンシエホイ》』よ、婦女会を通じて、私たちのために……お金を払って治療してくれるんだって……」
彩雲《ツァイユン》は知っていた。「婦女新生協会」は台湾北部にある民間の女性団体で、女性教授や婦幼中心《フヨウチョンシン》（婦人科・小児科等を中心とする総合病院）のスタッフが中心となり始まったのだ。その後多くの女医から醵金を得て、基金が成立した。専用口座が「あのような女性」を援助し「あのような病気」を治療させるのだった。姉の事件が世間を騒がせた時は、多くの同情を引き寄せた。「婦女新生協会」は積極的に連絡を寄こし、治療費を負担することを承諾したのであった。

あの時、彩霞《ツァイシア》は自分でも必ず死ぬのだろうと思っていた。自殺するか、あるいは法律による裁きを受けて銃殺刑にされるか、さもなければあのような恥ずかしい病気で死んでしまうか……

彩霞が一生にわたり、鉄窓を隔てて近づくことのできない空を仰ぎみなければならないと、誰が考えただろうか。

ひとの一生は、まるですべてのことが決まったレールに沿って運行されるかのようでも、それらはさながら予測不可能なのだ！

「お姉ちゃん、お姉ちゃんは絶対に……病気を治すんだよ、完全に治すんだよ。お金は、大丈夫だと思うわ、わたし貯金を始めたんだから！」

「わかってるわよ」姉は彩雲を暫く見つめ、また受話器を置いた。彩雲がすっかり落ち着いてからようやく受話器を上げて話し出した。「雲《ユン》、彩雲、あなたは本当に大丈夫だったの？」

「本当に全部治ったんだよ。何とかって言う検査までやったけど、問題ないって」彩雲は思わず耳のつけ根を赤くし、頭を下げた。

「それならいいわ」姉はすっかり表情を変えた。「これからは、昔のことを話しては駄目よ。私たちは未来だけを見つめないと――雲の、雲の未来は、わたしの未来でもあるのよ。そうでしょう？」

「そうよ。お姉ちゃん！」彩雲《ツァイユン》はまた涙を流した。「雲《ユン》、本当よ、絶対に元気を出すのよ、ふらふらしないで正しい姿勢でね——自分だけが頼りなのよ、わかってる？ 自分で頑張らなきゃ！」姉は話をしながら、「また」いつものお説教になった。

こうした話は、実は彩雲はすべて暗誦まですることができた。それに胸ポケットの内側に入れた手紙には、もっとはっきりとわかりやすく書かれていたのである。それは事件が起きた現場で、彩霞《ツァイシア》が血まみれの左手で彩雲に手渡したものだった。あのとき姉の右手が握っていたのは人を殴り殺した鉄パイプの椅子で、椅子の上にはさらに……

「わかってるの？ 誰もあなたのことを本気で助けてくれる人なんていないんだよ。自分だけなのよ。私たちは卑《いや》しくて、下品で、一番恥さらしな人たちなの。でもね、関係ないわ。卑しくて下品で恥さらしだってことはずっと拭《ぬぐ》いきれないわけじゃない、ってことをはっきりわかっているだけで、それでもう十分なの。どうやって拭うのかっていうのは、一つだけ方法があるのよ。唯一のやり方、それはね、自分をはっきりと見極めて、そして自分で立ち上がるの！」

「お姉ちゃん、お姉ちゃん！」彩雲は姉の興奮した表情に驚かされた。

「……彩雲、何を大きな声出してるのよ。わたしの話しっかり聞いたの？」

「聞いたわ、聞いたわ！ でもお姉ちゃん、落ち着いてね、それで……」どのように言えばいいのだろうか。二十歳にも満たない女の子に——この世の中で蹂躙され尽くした若い女性に、心の平静を保ちながら監獄の外の春を楽しむようにとでも言うのだろうか。しかも一生にわたたって！

ここまで考えると、彩雲はどうしても我慢できなかった。受話器を置きすすり泣いた。

「彩雲《ツァイユン》！　彩雲！　どうしたの？」受話器の声が大きく響いた。

「何でも無いよ。お姉ちゃん、お姉ちゃんの話、わかったわ」彩雲はむりやり自分の眉間に笑みを浮かべた。そうなのだ、大晦日前日の面会なのだ。一月にたった一度なのだから、無情にも姉に気を揉ませることなどできないではないか。

「わかってると思うけど、……どうしてももう一度言っておかないと……」彩霞《ツァイシア》も声にならなくなり、両眼はせわしなくまばたきしていた。姉はこの世で一番気丈な女の子だから、彩雲の目の前では絶対に涙を見せなかったのだ。

思ったとおり、彩霞の顔にはまた笑顔の線が溢れてきた。彩雲も、急いでニコニコとした顔を装った。

これは最初の面会で会得した技だった。三十分の会話がもうすぐ終わろうとするとき、「どうであろうと」面会終了の時には必ず笑顔をつくるのだ。声を上げて泣きたかったとしても、それは帰り道まで留《とど》めておかなければならない——刑務所の中では絶対にしてはいけないのだ！　なぜだろうか。悔しいからだろう。あのような場所で声を上げて泣くことなど悔しいのだ。

——「時間だから……」ここまでで、受話器の声は送れなくなった。電源を切られたのだった。

二人は鉄格子越しに、ぴたりと塡《は》め込まれたガラスを隔てていた。二人はやはり微笑みを浮かべていた。いつまでも笑顔で、とても楽しげな様子を装い、笑顔が崩れないようにした。頑張って、もうちょっと続けようよ。彩雲は自分に言い聞かせた。

ぼやけてゆらゆらとしたお姉ちゃんの顔つき、ガラスと鉄格子の向こうのお姉ちゃんでさえも、あんなに笑っているのだから。

彩霞は立ち上がった。彩雲も立ち上がり、ドアの近くで仕切りの無いところから姉をひと目見ようと思った。でも、こちら側のドアは開《あ》かず、最後の番号の収監者——彩霞《ツァイシア》が左に曲がる角で姿を消してから、ようやくギーと開け放たれたのであった。

「お姉ちゃん！　お姉ちゃん！　お姉ちゃん……ひどいよ！」彩雲《ツァイユン》は心の中で大きく叫んだ。彩霞は立ち上がると、頭をしっかりと下げて、もう誰にも目を向けなかった。二十日や一月《ひとつき》経たないと会えないのに！　彩雲は姉が振り向いて自分をひと目でもいいから見てくれるかと期待した。冷たい視線、あるいは涙でぼやけた視線でもいいから、何でもいいから何でもいいから！

彩霞という気性の強い人なら、絶対にやりきる！

彩雲は接見室を出て、身分証と引き替えた。このとき冷たい風と雨はまだやんでいなかったが、二台のタクシーが正門前に停まっていた。彩雲は雨具をしっかりと着て、帆布の袋を掲げて頭と顔を直撃する雨を遮りながら、タクシーに向かって駆けていった。

車がUターンして走り出す瞬間、彩雲はやはり我慢できずに雨風の台中刑務所に目を遣ったのであった……

一

藍彩霞《ランツァイシア》は刑務官に取り囲まれて三区四棟十七号室に戻った。いま彩霞が収監されているのは独居房である。収監されてからいよいよ二ヶ月が経とうとしていた。通常は犯罪者が収監されて二週間から三週間が「経過観察期間」であり、すべての者に独居房が与えられ拘禁された。支障がないことを確認してから雑居房に送り込むのだ。

藍彩霞の殺人までの経過は非常に冷酷でむごたらしかったが、その後の態度はたいへん落ち着いていて動揺するところがなかった——二十歳にも満たない田舎の女の子が、どのようにして手にかけたのだろうか。彼女の冷静でびくともしない装いの下には、さらに猟奇的で突発性のある激しい態度が隠れているのだろうか。この点は用心しなければならず、そのため彩霞はまだ独居房での観察を暫く続ける必要があったのだ。工場での労役は、たぶん半年後からであろう。

処遇部長は彩霞の前ではっきりと話した。

「慌てなくていいよ、ゆっくりでいいから。あなたは無期囚ですから、時間はたっぷりありますから」

彩霞はぼんやりと目の前にいる生死を決める大きな権限を握った人を見た。

「どうですか？　不満ですか？　この段階に来たんだから、手遅れですね！」

「わかってます」彩霞は言った。

「何をわかってるんですか？」

「すべてのことはもう決まっているっていうことです。無期懲役だということはわかってます」

「そうですか。ウーン、六十一番、本当に信じられないですね——その表情や言葉遣い、あんなに世間を震撼させた大事件。あなたが十八や十九の女の子だなんて信じられないね！」

彩霞《ツァイシア》は顔を反らせた。もう十分だった。こうした言葉は、彩霞は聞き飽きていた。

「でもあなたの書類や見た目は、どうしてもやっぱり嘘じゃなくて十七、十八の女の子なんですよね！」

彩霞は言ってやりたかった。誰が、あんたの言うような天地を揺るがす大事件を十七、八歳の私にやらせたのかってことを。私はもう七、八十歳であるかのようだ。どこが女の子なものか。

もちろん彩霞は本当に言い出す気はなかった。そんな必要はあるだろうか、そうではないか。一切のことはすでに決まっていて、無期懲役なのだ。

でも、彩霞は恨んでなかった。これはもう一番ふさわしい成れの果てなのだ。すでに心は死んでしまい、霊魂は尽きてしまったが、彩霞はそれでも多少は期待するところがあった。それは妹の彩雲《ツァイユン》のことだった。彩霞は自分の気持ちをはっきりわかっていた。彩霞は妹のために生きてきたのだ。彩雲が幸福の境地に達するのを見届けようとしたのである。彩霞は若かったがすでにわかっていた。人の生命における旅路では、実に多くの落とし穴や誘惑がある。しかも心の中から現れる名状しがたい悪魔もいて、たえず機会をうかがいながら自分を丸呑みしようとしているのだ！　彩霞は生き抜いて、妹が持つ多少の警戒心に、「責任」の重圧を与えたかったのである——しっかり生きなければ、姉に合わせる顔も立たないじゃないかということだ。こんな感じだったのだ。

彩雲が期待する気持ちは、気の毒で痛々しいものだった。

だが彩霞は頭を上げられず、上げようともしなかった。席を立ち退室する時に、自分の眼に溢れた悲しい涙を、絶対に妹に見せるわけにはいかなかったのだ。できないのだ。妹には見せられないのだ。強気な彩霞《ツァイシア》にも弱々しい一面があったのである。

「彩雲《ツァイユン》には気を悪くしたまま帰ってもらおう、心を痛めて悲しむよりよっぽどいいわ」彩霞は考えた。

いま彩霞は十七号室に戻り、自分の世界に帰ってきた。

「ここがわたし藍彩霞の世界なの……」彩霞は自分に言い聞かせた。

彩霞は目の前のわずかな空間と向き合って、意外にも少しばかり満足感を覚えた。そうよ、監房があるんだから。そこには洗面台に水洗便所、寝転ぶことができるコンクリート製の正方形の床、毛布一枚、敷き布団一枚、「教科書」二冊があった……すべてわたし一人のもの。恥辱や痛み、暴力、色欲とは完全に隔てられていた。

四角い空は、冷たく湿った高い壁の鉄格子の外にあり、どんよりと陰鬱な春は、高くてよじ登ることのできない鉄窓の外にあった。

憎しみとは何だろう？　怨みとは何だろう？　幸せとはどんなものだろうか？　不幸せとはどんな感じなのか？

彩霞はこの時、まるで何もかもが見通せなくなったかのようだった。いや、そうではなく、彩霞の年齢と物事を見分ける判断から言えば、理解できるはずなどなかったのだ。あの非人間的で悲惨な経験があったことで、彩霞は意外にもこれらのことがわかったのだ。いま――飾り気がなく、人生に足を踏み入れたとも言えないような命が、こうしてここに埋葬されるのである。彩霞は、訳がわからなくなっていた。

だが、見通せるか見通せないかは、どちらも重要ではないのだ。おそらく人生の道のりとは、最初から見通せるか見通せないかなどは関係なく、結局もともとの姿を変えることなく黙々と前に進むことではないだろうか。見通せるか見通せないかは、余計なことをしたに過ぎないのだ。

人生の行く末には、変えることができない無数の得体の知れないものがあり、それゆえに期待するのである。もしもすでにすべてが「見通せる」のであれば、待つことなどないではないか。藍彩霞《ランツァイシア》にとって人生の行く末とは、まさに変えることができないとは言え、完全に見通せるものであった。過去の歳月のことは、一時一秒とも思い出したくはなかった。それでも将来を展望できない以上は、過去を振り返るしかなかったのである。

彩霞はどうしても昔のことを思い返したくはなかったが、過ぎ去った事柄が相変わらずしっかりとまとわりついていた。それこそが人間なのである。彩霞は、まさにこのようにかわいそうな人であり、しかも社会ではよく見かける女性でもあった。

彩霞はすでに運命を諦めた女性なのだ。でも、彼女はねばり強くその運命に向き合っていたのである。

彩霞は一辺を二尺（一尺は約三十センチ）に折り畳んだ毛布を小さな部屋の中央に置き、その上に座った。彩霞は頭を上げて鉄窓の外に広がる四角形の空をじっと見つめた。この姿勢はすぐに疲れてしまうが、頸部を圧迫する皮膚の下では異様なほどはっきりした感覚が突き抜けて、目の前が突然輝き出したかのようだった。彼女はそこから秘密のおもしろさのようなものを見つけたのである。

この姿勢、このような感覚は、こころの状態を完全にほぐし、全身をゆっくりと溶けるように緩ませた。そうなのだ。「自分」はすでに肉体の拘束を受けずに、形にはならないが存在する白い霧、春の霞となって、再び苦痛を感じることはなかったのだ。自由自在に漂っていたのである。

白霧のなかで、かすかに声が聞こえた。

白霧は、薄暗い色合いを浮かべていた。

白霧のなかには、依然として不幸な響きと色合いがあった。色合いと響きはまさにこの世の基本的構図である。彩霞《ツァイシア》は白霧と化したが、これまでと同じようにこの世界に封じ込められていたのだ。

そんなこと忘れてしまおう！　捨て去ってしまおう！　そんなことから逃《のが》れるのよ！

でも、白霧でさえもそうすることはできなかった。それができる人などいるのだろうか。

彼女は、藍彩霞にはできなかったのだ。もちろんできなかったのだ。

彩霞はまた昔のことを思い出した。あの歳月を、あの目も当てられないほどの不幸の始まりを……

高雄県《カオション》大寮郷《タリヤオ》（現在の高雄市大寮区）は徐々に開発されていく田舎町であった。藍彩霞の一家は前荘村前荘路の細い路地にあり、屋根を瓦と石灰で葺いた木造建ての一間を借りていた。

父親の藍金財《ランチンツァイ》はもっぱら「販仔厝《ホアンナツー》（大量に作り上げた安もの住宅）」で生計を立てるセメント工であり、実母は三年前に交通事故で亡くなっていた。事故が起きた場所は左営《ツオイン》（現在の高雄市左営区）の勝利路《ションリル》と亀山巷《クイシャンシャン》の交差点であり、勝利小学校の前だった。民国七十年（一九八一年）四月六日の夕方であった。

実母はいつも父親と一緒に建築現場へ行きセメント工事の下働きをしていたほか、仕事の都合上、「販仔厝」を紹介して販売することも兼ねていた。この日「販仔厝」に関心のある買い主が運転する機車《オートバイ》に跨がって青果市場の方角へ向かっていた。時速三十キロの法定速度だったが、追い越しをした大型トラックに追突されてしまった。運転していた買い主は左足を転倒した際に骨折しただけだったが、母親は対向車線の車道にまで弾かれてしまった。この時もう一台の中型トラックにひかれてしまったのである。

母親は腰の部分を潰されていたが、運転していた極悪なドライバーは中型トラックを一度停め、それから地面に転がる母親をめがけてもう一度轢き、「二度の凶行」を成し遂げたのだ。

事故後の賠償額は三十万元である。これは台湾における自動車事故で一人の人命を償う際の「一般的な値段」だった。この値段は、重傷時の大がかりな手術代よりもはるかに少なかったので、交通事故の「二度の凶行」はしょっちゅう起きていたのである。

彩霞《ツァイシア》は三人姉妹で、二番目だった。姉の彩鳳《ツァイフォン》は十八歳で、中学を卒業後、楠梓《ナンツ》輸出加工区にある電子工場で取り付け担当の工員をしていた。

彩霞は中学二年で、成績は良く、学期が終わり三年に進級する時には、「自発的に」休学し工場へ行こうときっぱりと決めていた。

その後に考えてみると、どうしても後悔し辛い気持ちになるが、やむを得なかったのだ。実際には父親が何度も暗示していて、彼女たち姉妹にこれ以上「吃閒飯《ジアインパン》（無駄飯喰い）」させることはできなかったのである。彩霞は父親にお願いした。自分はすぐに工場に行くけれども、妹の彩雲《ツァイユン》には中学を卒業させてやって欲しいと。彩霞はその時考えを決めていたのである。自分は残業を多くこなしてへそくりを貯めよう、将来必ず妹に進学させてあげるのだと。

だが、母親の惨死に伴って、この家はまもなくすっかり変わってしまったのであった。

道理から言えば、家に三十万元入れば、父親が家計を維持「できない」はずはなかった……

父親が心を痛め、悲しんでいるということは当然であった。そのために夜中に酒を飲んで憂さを晴らすのも、至極自然であったし、過度に咎めるべきほどでもなかった。ただ、父親は飲むのが習慣になっていたようなのである。

八月半ばになる前の二日間、突然夜に家へ戻らなくなった。

この時、彩霞《ツァイシア》ははっきりとはしなかったが二つのことを知ったのであった。

一つ目は、父親の仕事が不安定で、途切れ途切れになったこと。時には何日も仕事に出ない日もあった——父親の商売道具は壁に吊したままだったが、それは警告だったのだ——というのも、建設業界は急速にふるわなくなったのである。

二つ目は、風の便りでは父親が外で、女性を見つけたということ……

答えはすぐに見つかった。八月半ばの日の夕方、三姉妹が首を長くして待っていると、父親が帰ってきた。すごく予想外だったのは、父親は新品の「SUZUKI一二五」の機車《オートバイ》に乗って玄関先に現われたのだ。

新しいバイクのガソリンタンクには、八、九歳の小さな女の子が座っていた……

新しいバイクのリアキャリアには、こじんまりした顔で背の高い女も乗っていた。この女はお母さんよりもいくらか若いのではないだろうか……

「彩鳳《ツァイフォン》、彩霞。この月餅《ユエビン》や烤鴨《カオヤ》（アヒルの丸焼き）、滷蛋《ルタン》（味付煮卵）を持って行って。ご飯は炊いたかあ？　じゃあ小さい方の鍋でもう二碗分炊いてくれ」父親は甲高い声を出して、大声で叫び、それまでの口を閉ざしたままで気落ちした様子からすっかり変わっていた。

「……」三姉妹は複雑なまなざしをお互いに交わした。

真っ黒な雲が深く立ちこめた中秋節《チョンチウチエ》だった。

三姉妹はほとんど何も手をつけず、「その人たち」が食べ終わるのを待ち、片付けて洗い物を済ませた後で寝室にとじこもった。

昔ながらの屋根を瓦と石灰で葺いた木造の一軒家

だった。真ん中は客間で食事をする部屋も兼ねていて、寝室の二部屋は両隣にあった。炊事場は客間の後ろに石綿スレート屋根を使って増築したものだった。

どの部屋もとても狭かった。父親ははじめその小さな女の子をこちらに連れてきて「押し込んだ」が、おそらく三姉妹の同様の顔色を目にしたのだろう、気まずそうに「あいつら」の部屋に連れて行くしかなかった。

悩ましく眠れぬ夜だった。本当に思いもよらなかったのは、このオンボロ木造小屋の部屋と部屋の距離がこんなにも近いということだった――わかりやすく言えば、どうして他の部屋の物音の響きはこんなにもはっきり伝わってくるのだろうか。

もちろん三姉妹はどんな山風や波音も聞きたくはなかったが、彼女たちの心は、否応なく「あいつ」の話に凍りついてしまった。

「おまえたちに言っておくけど、父さんはおまえたちのために新しいお母さんを見つけてきたんだぞ。とっても良い女《ひと》だよ、おまえたちの母さんと同い年だ。そうだあ、これからはお前たちのお母さんだ。新しいお母さんの言うことを聞けよ。わかったな?」

「フン!」彩鳳《ツァイフォン》が軽く舌打ちしたようだった。

「彼」はおそらくこの抗議の声が聞こえなかったのだろう。続けて三人の姉妹をその女に紹介した。

「あなたたちの妹よ、江梅貞《チャンメイチェン》。そう、梅貞よ。可愛がってあげるのよ、わかった?」

「……」誰も何も言わなかった。

「今から、媽媽《ママ》(お母さん)と呼びなさいね。どうしたの? はやく媽媽と呼びなさい!」

「……阿姨《アイ》(おばさん)……」彩鳳が真っ先に口を開いた。

「阿姨、こんばんは」彩霞《ツァイシア》と彩雲《ツァイユン》も急いで続けた。

「おまえら! おまえら何なんだ?」父親は、かんかんに怒っていた。

「いいわよ！　阿姨《アイ》って呼びなさい」この女は本当にすごい。「もともと生みの母親じゃないわよね！　無理に言わせる必要ないでしょ？　これからは阿姨って呼びなさいね！」この女は身の程を本当にわきまえていた。

この家は、こうして変わっていったのであった。どうしようもなかったのだ。彼女たち三姉妹はわかっていた。だが、たとえ誰もわかっていなかったとしても、この家は運命の手はずによって、まもなく解体されてしまうのであった——

建築業は一直線に、谷底に向かって転がり落ちていった。長い間「販仔厝《ホアンナツー》」のセメント工事を稼業としてきたが、突然生計を断たれてしまったのである。それだけではなく、「下塗り」をしたばかりの「販仔厝」も次々と建設を停めていた。建築会社は倒産を告げ、あるいは顧客からの預かり金を巻き上げたまま姿をくらましていた。

この時、セメント工や砂利プラント作業員、トラック運転手など肉体労働者が主な被害者だった。建築会社が数ヶ月さらには半年もの賃金を未払いにしていたからである。

比較的良心のある建築会社のやり方は、半分作りかけの「販仔厝」を弁済に充てるのだった——労働者たちに「不足金」を払わせ、そして販仔厝を労働者の名前で登記するのだ。

これは労働者たちが支払われなかった賃金を回収する唯一の方法であった。だがそれはさらに大きな被害も招いていた。労働者たちは仕事の情況に見通しが立たなかったが、やむをえず貯蓄のすべてを持ち出して、その半分だけの販仔厝を買うのであった。貯蓄はもちろん足りず、借金をしてでも金をそろえるのだった。銀行でローンの手続きをするのは煩雑で、しかも印鑑や身分証を行政書士の手もとに置いておくのは「安全でない」とも感じていたので、巷の闇金融に向かうのであった。ヤミ金では最低でも月利が二分はしたのだ……

藍金財《ランチンツァイ》はこうして窮地に陥った。彩霞《ツァイシア》たち姉妹も後になって知ったのだが、母親が命と替えた賠償金はこのように高利貸しの底無しの穴に消えていったのだった。

かわいそうだったのは、藍《ラン》家はその半分しかない作りかけの販仔厝《ホアンナツー》を自分のものにすることができなかったのである——二人のセメント工が金を出し合って買ったのだった。

十歳からセメント工をしていた藍金財は、他に生計を立てるための能力を持ち合わせていなかった。周囲を見ても呼んでくれる仕事があるわけでなく、家では女が一人増え、加えて小学校に通う女の子も一人増えたのである。

父親がまず思ったのは、三女の彩雲《ツァイユン》に休学させることだった。これには二人の姉が断固として反対した。姉たちは残業を多くこなし、お金をたくさん稼いで家の借金の利息を払おうとした。彩雲の就学機会は保証されたが、それ以来家の中は二つにはっきりと分かれてしまった。三姉妹はとても強く結束していた。

食事と家賃は最も具体的な圧力《ストレス》であり、借金の利息は、まるで目には見えない鋭い刃先を胸に突き付けられているかのようだった。逃げることができず、あえぐこともできなかった。

「北部や中部の不動産はまだ少し動きがあるらしい、飯を食うことができるぞ」藍金財は活路を開こうとした。

「それもいいわね。歹命《パイミア》（不幸）ね！　私も一緒に見に行こうかしら」と「阿姨」は言った。

みな貧しさの中で転げ回っていた。三日目、梅貞《メイチエン》を姉妹に面倒を見させ、「二人」は北部に向かい血路を求めた。実際には二人は十数人のセメント工と一緒に出かけたのである。行動をとる前にだいたいの見込みについて聞いていたので、仕事は早くに見つかるというあてがあった。

彼らは桃園《タオユエン》市郊外で雇用主を見つけた。桃園県が建設する公営団地だった。施工期間はおよそ十ヶ月ほどで、仕事は見つかったが、今では人の手が需要を超過しており、同業者は先を競って自分から請負額を下げていた。その結果こうした「師傅《シフ》」（棟梁）級のセメント工は、手に入る工賃が建築業のピークだった頃の下働きと変わりなかった。

藍金財《ランチンツァイ》夫婦は桃園で懸命に働いた。定期的に利息の代金を送金したほか、毎回三姉妹を「励ます」ことを忘れなかった。しっかり頑張れ、もっと多く残業しろ、利息を払い切れ、金ができたら、あの半分の家をもう一度飾り立てろ、そうすれば俺たち藍《ラン》家は鉄筋コンクリートの家を持つことができるんだ……

だが、父親のこの夢は、おそらく永遠に実現することはできなかった。

この年の暮れ、天候が急に寒くなった午後、父親は三階の足場から落ちてしまったのだった……

父親は市役所の職員ではなく、盈実建築公司《インシチエンチユコンス》の常勤労働者でもなかった。ただ日当をもらうだけの「日雇い労働者」でしかなく、公務員や労働者を対象とする労災保険にも加入していないために、治療費や薬代はもちろん身銭を切るしかなかった。

請負側は、「人道的な見地」から、人を病院へ遣ってお見舞いをしたほか、二万元の「緊急支援金」も出した。

父親の怪我の情況は、内科や外科の医師による診断では、楽観的なものだった。脳震盪の恐れもなく、内臓への障害も見られなかった。ただ右脚のスネを骨折しただけだった。

おかしかったのは、父親が安静に病床で横になった後、はじめは腰の部分が少し疼《うず》いたが、続いてしゃがむのも難儀となり、半月後にはまったく動けなくなってしまったことである。X線の結果では、軽度の鬱血による陰らしきものが見える以外に、他には怪我の痕は無かった。

父親が腰を動かせないのは事実だった。今さらになって、医者は別の説明を始めた。おそらく急性の運動麻痺であり、一定期間「リハビリ」をすればゆっくりと元に戻るだろうと。

ただし、リハビリという物理的な治療は、時間もかかるし莫大な費用が必要だった。

父親はもう何も言わずに、自分の女に退院手続きを取らせた。女は作りかけの「販仔厝《ホアンナツー》」をすぐにでも売り払うよう言ったのだ。

「水道や電気が全部揃っている新築だって売れないんだ、お前は何を言ってるんだ？」彼は苦笑いした。

「安く売ればいいのよ――あんたと共有してる人に売りつけたらどうかしら？」

「阿桶仔《アタンアー》は首吊りしそうなんだよ！　もらえる金なんかあるもんか」

最後にはやはりまずは退院してから話を進めることに落ち着いた。大寮《タリャオ》の家に戻ると、女は考えていることを言った――夜中に、父親を呼び起こして、こう言ったのだ。

「阿財《アツァイ》、他には方法が無いのよ……」

「ほんとだよ！　どうするんだよ？」

「心を鬼にするしかないのよ。阿財、あんたが起き上がれなくなったら、何もかもお仕舞いなのよ！」

女は唾を飲み込んで、言った。「わたしの考えわかる？」

「どういう意味だよ？」

「むかしあの酔っ払いが死んじゃって、梅貞《メイチェン》も肺炎に罹って入院しちゃって、だからわたしはどうしようもなくて、どうしようもなくて……その後のことは、あんただって知っているでしょう……」

「おまえは何を言ってるんだ、おまえは……」父親は、顔色がたちまち青くなり、そして真っ赤になった。

そうなのだ、父親にはわかっていたのだ。彼は高雄市《カオション》三民区《サンミン》九如路《チウルル》の「倫儀理髪庁《ルンイリファチィン》」でその女を引っかけたのだった。女はその時は整髪が下手くそなヘアサロンの娘だった。二人はヘアサロンの裏にある背の低い小屋の中でお互いに慰めあったのだった……

「クソッ！　おまえが考えてるのはな……俺、藍《ラン》金財《チンツァイ》は死んでもいいんだ！　障害が残ったって構いやしねえ！　ダメだ！　ダメだ！」父親はまるで傷ついた山猿のようだった。

「違うのよ。わたしが言ってるのはね……」女は溜め息をつきながら言った。「彩鳳《ツァイフォン》は十八歳になったわね。大丈夫よ……二、三年置いておいても大丈夫よ……」

「おまえが言うのは、彩鳳に行けってことか……？」

「そうよ。二、三年置いておいてもらうの。わたしが言ってるのはね、花茶室《ホアチャシ》（茶芸館。ただし時には性的なサービスを供することもある）とか、そういうところよ。わかってるでしょう？　二、三年なんてあっという間に過ぎてしまうわ。その時はまだ二十一、二歳じゃない。その時にやっと天下晴れて嫁入りするのよ。こうすれば、あんたの腰が良くなって、もしかすると彩鳳が嫁入りする時には、金銀のものを贈ることまでできるわ、ピカピカに光り輝くのをね」

「そんなの……そんなのどうしてできるんだよ？」

「もう！　あんただって聞いたことないわけじゃ

ないでしょ！　田舎の貧しい家の娘は、嫁入り前に数年は「稼ぎ」に出るものなのよ。父親を助けて弟や妹を養うのもいれば、ただ嫁入り道具のためだけに売られていくのもいるわ。ダメなことってあるの？」

「そんなことは、俺みたいな父親の奴にできるわけないだろう？」

「誰があんたに言えと言ったのよ？」女にはすでに成算があった。「あの倫儀理髪店《ルンイリファティエン》の老闆娘《ラオバンニャン》（おかみさん）の蔡錦秀《ツァイチンシウ》は、私の遠戚よ。私が行って話をしてくるだけで、きっと上手くいくわ……」

「……」父親は首を横に振って溜め息をつくばかりだった。

「そうするのなら、ためらっちゃダメよ。早く決めないと。あんたの腰の不調は早く治さないと……」

「彩鳳《ツァイフォン》は小さいんだよ……」

「十八で小さいって言うの？」女は少し苛立った。「あんたに障害が残っちゃダメなのよ！　わかってるの？　わたしのお腹にはもう……」

「ああ！　どうしたらいいんだ！」父親は我慢できずに顔を押さえて泣き出した。

「あいつが……あいつがどうして行きたいって言うんだ？」

「誰があの子に頷《うなず》かせろって言ったのよ？」女は声を低くした。「あの子には少しだって聞かせちゃいけないんだけど、人に来てもらって、真心をこめてしっかり話すのよ。その時には、応じたくなくても、応じなくちゃいけないの！」

「やっぱり、やっぱりもう一度考えてみよう。何か方法がないかな？」

「このやり方だけよ。考える必要なんてないわ。明日になったら私が行って……」

長女である彩鳳の運命は、こうして決まってしまったかのようだった。

彩鳳《ツァイフォン》を担保にすることは、あっという間に話が進んでいった。

想定外だったのは、人身売買の一団がやって来る前日の晩に、三女の彩雲《ツァイユン》が偶然にも微かな情報をつかんだことだった。三女は大急ぎで一番上の姉に伝えた。姉はその日の晩にでも逃げ出したかったが、すでに手遅れだった。

「霞《シア》、雲《ユン》、聞いて！」姉は何歳か年上だったが、度胸と見識があった。「この手紙を、私に替わって速達書き留めで絶対に出してね。私の運命は、この手紙次第なのよ」

「この人は誰なの？」受取人は見覚えのない名前だった。

「こんな風になってしまったら、話してもおかしいことなんてないわよね。彼氏よ。私たち仲がいいのよ」

姉が連れて行かれる詳しい経緯《いきさつ》は、妹たちにははっきりとわからなかった。朝早くに二人は路線バスに乗り工場へ出てしまったからだ。でも二言三言の情報は、四、五日後にいつも通り梅貞《メイチェン》に話を差し向けた時に、聞き出したのだった。

実はあのとき姉はすでに彼氏に連れ出されていたのだった。これも後になってようやく人から人へと伝わったことである。彩鳳は「商品」として九如《チウル》路《ル》の「倫儀理髪庁《ルンイリファチィン》」に送られた。だが当日の夜十時頃、三民分局《サンミンフェンチュイ》（警察署）の警官が保安大隊《バオアンタトゥイ》（機動捜査隊）の隊員たちと一緒に、指令が出されると建物三階に突入したのであった。そして三階のクローゼットから人を救い出したのだ。

この時以来、姉は大寮《タリャオ》の実家には一度も戻らなかった。姉は妹に宛てた手紙で書いていた。一生の幸せのために、自分は生みの父親に背く決心をしたのだと。親孝行にも、限度がある。姉は娘がからだを売ってまで絶対に「親孝行」しなければいけないとは思わなかった。もしもこのようなことが孝行と言うのならば、姉は不孝者の罪状を背負うのを受け入れたのだ……

　姉の手紙は、読んでみると意味はわかるようでわからないような、道理があるようで、ないようにも思えた。これがその時に感じたことだったが、おかしなことに、これらの言葉は、その後の悲惨な歳月の中で、日夜耳元でぐるぐると鳴り響く声になったのであった。彩霞《ツァイシア》は人よりも賢く、中学校での二年間の成績は特に優れていた。だがそうは言っても、結局は十六、七歳の田舎の女の子で、どれだけの人生における義理というものを考えることができたのかはわからない。もしかすると天の定め、神様による哀れみなのかもしれない。姉が命からがら逃げ出した後の手紙は、意外にもその後彩霞にとって、有るが如く無きが如くの灯火となったのであった！

　姉は逃げ出した。恋人の胸元に飛び込み、自らの前途を開き始めたのだった。だが、あの倫儀理髪庁《ルンイリファチイン》はそれでも人を寄こしてきた。

　人は、逃げてしまった。金返せ！　なるほど彩《ツァイ》鳳《フォン》を三年間かたに入れておく値段は五十万元だったのだ。

「五十万元？　そんなに多いの？」その時彩霞は本当に想像がつかなかった。

　五十万元なんて返せない。そのうち十万元は、すでに持ち出して家を買った際の借金に当てていた。腰のリハビリにしても、すでに高雄医学院《カオションイシュエユエン》附属病院に掛け合っており、この二三日中に入院するはずだった。

「人が、逃げちまったんだから、カネは、返すべきだよな？」相手は理が通っていて腹がすわっていた。

「でも、金は、ちょっとだけもう使ってしまったんだよ……」

「こんなに早く？　あんたらはわざと騙そうとしてんのか！」

「そんなわけは……それに俺たちは本当にこの金が必要だったんだ」

「ははは！　じゃあ、どうすんだよ？　あんたは、オレに喜捨しろって言うのかよ？」

「……わたしね……」あの阿姨《アイ》の声が突然細くなった。目の前の蔡老闆娘《ツァイラオバンニャン》以外、三人の凶悪で鬼のような用心棒はおそらく聞き取れなかっただろう。

「そうね……それ……やってみようか」

「もう！　継母のわたしがむごいんじゃないのよ、本当に……」そう言いながら阿姨はしくしくと泣いた。

「娘さんのために不具になったお父さんでしょ！　誰があんたのことを責めるのよ？」

「そうよね。神様が天にいるなら、後ろめたいことがあるなら、雷に打たれて死んでもいいわ——これは藍《ラン》家の前世からの報いなのよ！　わたしは藍金《ランチン》財《ツァイ》が障害者になるのを見ていられないわ、一家が飢え死にしてしまうわ！」

「もういいわよ！　そうしましょうよ！」老闆娘は粛然と言った。「次の藍彩鳳《ランツァイフォン》を出してはダメよ、間男と結託して、ろくでもない奴を連れてきたら……」

「そんなことないわ！　十六歳と十五歳で、発芽したばかり、髭根一本だって生えてないんだから！」

「それもそうね。わかったわ。その方がもっといいわ。十八歳なら、もう経験してるかもしれないわよね！　十五、六なら、いいわ、そうね、十五、六は、比較的安全よね！　ははは！」

「そうでしょ！　だから……」

「それでも五十万よ、でも五年よ——まだ幼いから、だから」

「それはないでしょう。二人よ！　錦秀《チンシウ》さん！」

慎重に進められた交渉だった。最後は買い手が譲歩し、三年という元の条件のままだった。だが、但し書きがひとこと附された。もしも一方があるいは両方が逃げ出したら、あるいは他の原因により規定の期間「働く」ことができなくなったら、売り手は賠償額の他、買い手が負担した分の銀行の利息代を支払うというものだった。

「そうしましょ、年越しの後に貰いに来るからね」

「安心して下さい。今回は失敗しませんから」

——そうなのだ、彩霞《ツァイシア》と彩雲《ツァイユン》の運命はこうやって「大人たち」に決められたのだった。

もしかすると大人たちも仕方が無かったのかもしれない。もしかすると現実のすべてがやむを得ないことだったのかもしれない。すべてがこの世の中の形の見えない巨大な両手によって操作されていて、それぞれの少年、少女、父親、母親は、皆罪なき者だったのだ。

しかし、このように跡をたどることや責任転嫁は、どれも無意味だった。

実際、父親が障害者となった後で、彩雲は「自然」に退学し、二番目の姉とともに楠梓《ナンツ》加工区へ行き女工となったのだが、それから後はどうしたのだろうか？

二

この年の旧正月は、南台湾では太陽が光り輝き、気温は穏やかだった。

だが、藍《ラン》家は最も暗い春節だった。

昨年下半期以来、電子製品は紡織品の後を付くように、外国からの受注が急に下落していた。加工区では鬱々とした様子が目に見えていた。だが、嬉しいこともあり、例えば休日は毎月二日間から四日間へと戻り、春節中の休暇では年明け後の新年五日目になってようやく仕事始めとなった。それに引き続いて、元宵節《ユエンシャオチエ》（旧暦一月十五日。小正月）も全日休みとなった。

この予想外の休日は、彩霞《ツァイシア》と彩雲《ツァイユン》姉妹にはすごく嬉しいことだった。最近彩鳳《ツァイフォン》姉さんと連絡が着いたからである――姉はすでに彼氏とこっそりと結婚していたのだった――そして姉妹は約束した。もしも元宵節が半日休みになれば、「お姉ちゃんの旦那さん」を見に行こうと。

予想外だったのは全日休暇となったことだった！道理で一晩中眠れないわけだった。

しかし朝早くに起きてみると、父親がじっと見ていた。二人が口を開くのを待たずに、父親の話が聞こえてきた。

「今日は出かけるんじゃないぞ、昼に親戚が飯を食いに来るから、おまえたちは残って阿姨《アイ》と一緒にちょっと準備しておけ」

「え？」とても意外だった。記憶の中では、親戚やお客さんが来て食事をすることなど少なかったからだ！

「もしかして？」彩雲は小さい頃から一番疑い深

かった。何を思ったのだろうか。

「一番上のお姉ちゃんとその旦那さんが戻って来るの？　どうしてよ！　私たち約束したじゃない……」彩霞《ツァイシア》が想像したのはこの事だったのだ。

彩霞はここまで話すと、頭の中に奇妙な光が走り、会話が続けられなかった。彼女はぼんやりと別の可能性、恐ろしい悪夢について考えたのであった。

彩霞は嫌々ではあったが「阿姨《アイ》」に聞きに行った。阿姨が言うには何人かの女の子たちが父親を訪ねにやって来て、何とかして治療しようと考えるのだという。

「医者ですか？　中医師《チョンイシ》（漢方医）でしょ？」彩霞は聞いた。

「違うわよ。でもわたしの従姉妹のお姉さんやそのご主人……あんたたちのおばさんの旦那さんたちは、顔が広いから、世間の事をよく知ってるのよ、もしかすると『包医《パオイ》』を見つけてきてくれるかもしれないわよ？」

「包医？」

「そうよ。つまり先にいくらなのか話を付けておいて、それで治ったらお金を払うの」

「私たちにお金はあるの？」彩雲《ツァイユン》がひと言口を挟んだ。

「それは……」阿姨の顔は瞬く間に赤くなった。

「何とかしてみるわよ！　そうね、彩霞、彩雲、あんたたち言っていたでしょ？　老爸《ラオパ》（お父さん）をこんな風に障害のまま見殺しにしたくはないって！」

「絶対にお金がたくさんいるんでしょ……」

「そんなの当たり前じゃない！」阿姨は話を急に変えた。「あんたたちのお姉さんの彩鳳《ツァイフォン》は、とっても冷淡なのね！　生みの父親を見捨てておいて間男と出て行っちゃうなんて……」

「あなたね、あなたたちはお姉さんを売ったんでしょ……どうしてそんなこと言うのよ？」彩霞はかっとなって反問した。

「違うの。違うのよ。まずね、これはわたしの考えではないわ、あんたたちの老爸が決めたのよ。それに、彩鳳《ツァイフォン》は売られたわけではなくて、かたに入れてお金を借りたのよ――人様の替わりに仕事をして借金を返してるんだから！」

「わたしは、わたしは自分で聞いたのよ！」彩雲《ツァイユン》は言った。

――「何を聞いたって言うんだ？　フンッ！」父親の声だった。今では父親は両手で丸い腰掛けを抑えながら、引きづりながら這うように室内を移動することができていた。「彩雲おまえが、何かを言ったおかげで、阿鳳《アフォン》が先に男を探して来て逃げ出したんじゃないか、違うのか？」

「……」警察が救い出したのだ。彩霞《ツァイシア》は胸の中で言った。

父親と「阿姨《アイ》」は唱和するようにまだ口やかましく言っていたので、彩霞たちも聞くのがおっくうになっていった。不思議だったのは、「阿姨」が美味しい料理を特別に用意してくれなかったことだった！

この時、実際にはすでに姉妹は完全に警戒した。「危機」はすでにひそかに近づいているのだと。二人はしっかりと見つめ合った。相手の瞳のなかの恐怖と絶望をはっきりと見出すことができたし、言葉にならない詰問を聞き出すこともできた。

「どうしよう、お姉ちゃん……」やはり妹が先に口を開いた。

「わたしは……わたしは思うんだけど……」姉は妹の前では心のなかの恐怖や絶望を言い出すことができないのだった！

「お姉ちゃん、もしかするとまだ間に合うかも……」

「雲《ユン》、雲が言うのは……？」

「うん、彩鳳《ツァイフォン》姉さんみたいに……」

彩霞《ツァイシア》は、多くのことを考えた。その可能性や逃げ出した後の生活方法、そしてあの両手で丸椅子を押さえた、ますます見知らぬ人となっていく父親のことを……

そうなのだ。記憶の中では、困窮して卑賤だった過ぎし日に、父親は家計の貧しさから癇癪を起こし、姉妹に粗暴な言葉を投げかけ合ったことがあったが、でも結局は父親は彼女たちを愛していたのだ。あの怒り狂った表情のなかには、火を吐いたような眼差しのなかには、依然として一瞬だけあたたかい慈しみと恥じらいに似た何かが光ることがあった……

でも、父親は変わってしまった。完全に変わってしまった。

母親が死んだから、姉妹に対する愛情も消え失せたのだろうか？　そんなことはないだろう？

新しい女ができたから、だから……そうとも言えない。あの日「阿姨《アイ》」が玄関先をくぐり、姉妹に紹介されるとき、彩霞は父親の複雑で不安な眼差しを見ていたのだった。その後の日々のなかでも、どの点からもそれを証明することができる。

それでは、生計を断たれた刺激が、落下して怪我をし障害者となってしまった打撃が、この哀れな男を完全に変えてしまったのだろうか。

もしかすると本当に彩鳳姉さんのようにすべきなのかもしれない……

でも、この時になって、身分証さえも……

いや、逃げ出してはいけないの、逃げ出せないの。彩雲《ツァイユン》のためにも……

彼女は、彩霞はすばやく決心した。

この時、すでに正午になろうとしていたが、来客はまだ現われなかった。そこで父親は「正式」に姉妹に向かって――恐れていたことについて――持ちだしたのだった。

「彩霞《ツァイシア》、彩雲《ツァイユン》。父さんはおまえたちに言うけれど……」父親は視線を下にさげ、足下の床を見つめていた。「おまえたちの彩鳳《ツァイフォン》姉さんは、本当にあのようにするべきではなかったんだ……」

「……」来るときが、やはり来てしまった。

「彩鳳があんなふうに逃げ出したから、父さんは人の金を持ち出して……」

それに続く話は、彩霞たちにはすべてわかっていた。予想外だったのは、父親が意外にもこう言ったのだった。

「昔の借金は言うまでも無いけど、今回はまた人様の金を持ち出してしまった、返せなかったら絶対に牢獄行きなんだ」

「そうよ！　あんたたちの阿爸《アバ》（お父さん）はこんな状態で牢獄に入ったら、刑務所の門をくぐる前に絶対に死んでしまうよ！」阿姨《アイ》は争うようにひと言言った。

「あなたは、あなたたちは、どうするつもりなのよ？」彩雲はすでに顔面蒼白だった。

彩霞は妹を遮りその続きを言わせなかった。彩雲も何も言わなかった。ただ両眼で父親をしっかりと見つめ、父親がどのように言い出すのか考えていた。

「おまえたちに行ってもらう、借金のかただ――働いてくれ、阿鳳《アフォン》の替わりにだ……」

「お父さん、お父さんたら！」

「お父さん、それは……」彩霞は妹を後ろに押しのけ、自分が身を挺して前に出て、言った。「こうしましょうよ！　わたしが行きます。わたしを売ればいいわ」

「売るんじゃない！　かたなんだ！　三年で満期になるんだ！」

「でも、雲《ユン》はやはり工場で女工をやらなきゃ。雲はまだ子供なのよ……」彩霞は歯を食いしばり唇をかみながら溢れる涙を流さなかった。だが、ここまで話すと、涙がよどみなく流れ落ちてきた。

「……これは……」父親はそそくさと阿姨《アイ》に目をやった。

「ダメよね？　おそらくダメよ……」阿姨は非常に焦っていた。

「ダメ！　妹はダメ！」彩霞《ツァイシア》は冷淡に力強く言った。「わたしのこと、勝手にしてください。でも妹は放して！　お父さん！　むごいと思わないの？」

「おい！　俺に何を言えって言うんだ！」

「お姉ちゃん！　お姉ちゃん！　お姉ちゃんもやめてよ！　わたしたち嫌なのよ、わー……」妹は大声を上げて泣き出した。

その後父親は力強く歯を食いしばり、顔色はぐっと悪くなり、完全に見知らぬ人になってしまった。阿姨と支え合いながら大声を出し、硬軟両様で姉妹に言うことを聞くようにと差し迫った。彩雲《ツァイユン》は、かわいそうな十五歳の子供でありわーわーと泣き叫ぶことしか知らなかった。彩霞は始終やはりあのひと言だけだった。自分一人を犠牲にして、妹は「解放される」べきだと！

彩霞は、十六歳の少女であったが、この時は珍しく落ち着いていて、何時になく物分かりがよかった。けたたましい言い争いは、たちまち止んだ。長々としたクラクションの音が響いてきたからであり、続けて赤と黒の乗用車二台から二人の女と四人の男が降りてきた……

阿姨は大声を出し、迎えに出た。阿姨はでっぷりとした婦人に向かって言った。

「お姉さん、お兄さん。いらっしゃい」

なるほど「従姉妹のお姉さん」はこの六人の中にいたのか！「お姉さん」「お兄さん」が何をやっているのか、姉妹は早々と理解できた。「阿姨」のこんなに親しそうな呼びかけを耳にして、両足の膝頭ががくがくしてきたほどだった！

「えい！」彩雲《ツァイユン》は甲高い声を出して叫び、身を翻して自分たちの寝室に駆けていった。

彩霞《ツァイシア》はとっさに悟り、寝室の方に向けて後退りした。だが彩霞は向き直らないで、ドアのところで家の柱をしっかりと抱きかかえて、そこを塞いだのだった。

「はやく！　窓から飛び降りて！　彩霞は声を低くしながらも、大声で言いつけた。「枕元の小さな財布、持って行って！」

明らかに、彩霞は妹が脱出するのを助けようとしていた。

かわいそうにも十五、六歳の女の子は、こうした方法を考えるしかなかったのだ。

「お姉ちゃん！　お姉ちゃん……」

「シッ！　はやく！　はやく、はやく！　聞こえたの！」彩霞は飛びかかって、彩雲をつかみ、遠くに放り投げて悪魔の手の中から離れさせることができないのが惜しかった。

この時「来客」はすでにこのとても小さな客間に押し寄せていた。

「おい！　窓から一人飛び降りたぞ！」かなり年をとった赤ら顔の男が言った。

「風仔《ホンネー》！　捕まえてこい！」色白で痩せ形の背の高い男がすぐに命令した。「憨仔《ゴンネー》、おまえも行け。左と右からだ——しくじるんじゃねえぞ」

風仔と憨仔は、身を翻して飛んでいった。建物の左から右から回り込み裏で捕まえたのだ。

ここは二区画の新築の「販仔厝《ホアンナツー》」社区《シャチュイ》（団地）の間に残った、古びて崩れかけた屋敷の一つだった。裏は耕作放棄された水田だ。もしも逃げようとするならば、廃れた水田を越え、未完成の販仔厝を過ぎれば、タクシー乗り場までまっすぐだった——そのような感じだったので、このように白昼に堂々と人を捕まえる芝居がうまくいくことはなかったのだ！

だが、この世の風雨の中で小鳥は、どうして思いがけずにも幸運の機会に巡り会えただろうか？

「ねえ！　聞いて！」彩霞は口を開いた。「わたしがあんたたちと行くわ！　妹を追いかけるのはやめて！」

「おお！　この女、おっそろしいな！」痩せ形で色白の青年が言った。こちらへやって来て、遠慮も無く腕を伸ばして彩霞《ツァイシア》のあごをつかんだ。「何て言ったんだよ？」

「放してよ！」

「あん？」手を放さなかった。

「お父さん！」急にこのひと言を叫んだのだった。

「ほらほら！　みなさん、すわって話しましょうよ？」父親は言った。

痩せ形で色白の青年はこの時にようやく手を緩め、振り向いて父親と向き合いながら座った。

阿姨《アイ》と従姉妹は鼻を突き合わせるように、ずっとコソコソと相談していた。もう一人の女の来客は両足を玄関先の敷居の上に投げ出して、入るでもなく出るでもなく、屋外の景色を見つめていた。屋内外の人や物については全く関心がないようだった。

「錦秀《チンシウ》、こいよ、紹介してやるぞ！」赤ら顔の男が言った。

「ウフフフ！　そうよ！　そうよ！　私たちもう少しで忘れるところだったね！」あの従姉妹が錦秀という名前だったのだ。阿梅《アメイ》が言った。「この人は荘《チュワン》兄さん、荘国暉《チュワンクオホイ》。こちらは荘兄さんの息子、青桂仔《チグイヤー》って言うのよ」阿梅はドアの方を向いて風景を見ている若い婦人に言った。「英君《インチュン》、あなたも来て——彼女が英君。飛び出して行って捕まえた風仔《ホンネー》は英君の旦那さんよ」そしてもう一度振り向いて紹介した。「わたしの従姉妹の、従姉妹の旦那さん、旺財《ワンツァイ》」

「お会いできて嬉しいです……」旺財は話をする

ときに、ずっと床を見ていた。

「みなさん、座って下さい！　あの悪ガキは、まったく！　逃げ出したの？」阿姨《アイ》はひたすら逃げ出したかどうかを心配していた。

「びっくりしないで！　二人とも経験があるからね！」錦秀《チンシウ》が言った。

彩霞《ツァイシア》はすでに涙を拭いていたが、ただ身動きが取れなかった。誰かが彩霞を制止しているのではなく、彼女も逃げようとは思わなかった。少し動こうと思うと、両足がこわばり、硬直してしまうのだった。

彩霞の心は乱れてしまった。

彼女はしっかりと父親に目をやり、父親の萎縮して不安な眼差しを見てみたかった。はっきり見ようとしたのだった。でも父親は頭を上げようとはしなかった。

「妹はどうしたんだろう……」

考えがめぐると、答えはすぐ目の前にあった。二人の男が――あの太っちょの「風仔《ホンネー》」と黒光りしたヤクザの兄貴――見るとすぐに成らず者だとわかった――が、彩雲を戸口に押さえつけていた。

「雲《ユン》！　雲……」

「お姉ちゃん！　わたし……」

「あなたどうしたのよ！　雲！」彩霞は憎くて全身が震えていた。

「お姉ちゃん。もういいわよ。お姉ちゃん。死んじゃおうよ、私たち二人で一緒に死んじゃおうよ、お姉ちゃん……」

「彩雲《ツァイユン》！　だまりなさい！　あなたったら……」

彩霞は恨みつらみに溢れながらも、恐怖と怨恨が入り混ざっていた――この愚かな妹は、このかわいそうな女の子は、どうして姉の気持ちを汲むことができないだろうか？

「わめくのはやめろ！　逃げられねえからな！」

風仔《ホンネー》が言った。

「おお、この女は、すごく怖いな！」荘国暉《チュワンクオホイ》が言った。

「へへ！　怖いのか、いいねえ！」息子の青桂仔《チグイヤー》が言った。

いま頭数は揃っていて、「阿姨《アイ》」は気取って昼食の準備にかかるふりをした。実際のところは米をまだ鍋に入れてはいなかったようである。この一団は人を受け取りに来たのであり、真っ昼間にである。居残って食事をするつもりなどなかったのだ。

「おい、そんなことするなよ！」この時荘国暉《チュワンクオホイ》が言った。「今日、おまえの阿爸《アパ》（お父さん）は困ってるんだよ、体をかたに入れて金を借りて、阿爸に病気を治してもらうのは、親孝行だぞ。娘ならば、当然のことだ」

「わかってるわよ」彩霞《ツァイシア》は昂然として怖がってはいなかった。「わたしが行くわ、私がかたになるわよ。妹はまだ小さいから、ダメよ」

「まだ小さくても、小さいなりにやればいいのよ。子供の面倒を見たり、掃除したりお茶を入れたりしてもいいのよ」錦秀《チンシウ》が言った。

「嫌よ。わたし一人で行くわ」彩霞はやはりこの言葉だった。

「いまここで二十万吐き出せば、おまえの妹をかたに入れる必要はないぞ！」

「私、私は何年か残ってもいいわ、妹の金額分も」

「だめだ！　おまえは三、四年後には使い道がなくなるんだ。ハハハハ！」

「お父さん、何とか言ってよ！　お父さん！」彩霞は、また顔中に涙を走らせた。

「……俺は……まったく！」

「言って！　お父さん、言ってよ。私一人をかたに入れるって。彩雲《ツァイユン》はまだ小さいのよ！」

「まだ小さいんだよ。お前もまだ小さいんだ。でも父さんはどうしようもないんだ……」

「わたしはわかってるわ。私は恨んでないわよ。私一人で行くわ。彩雲《ツァイユン》を放してよ……」

——「ダメだ！　ダメだ！　そんなのは」荘国《チュワンクオ》暉《ホイ》は首を振った。

「ああ！　父さんはどうしようもないんだ。どうしておまえたち二人はこんな貧しい家庭に生まれたんだ！」父親は涙をはらはらと落とした。「父さんはおまえたちにはすまないと思ってる……」

「彩霞《ツァイシア》がお願いしたいのは一つだけ、妹の面倒をしっかり見て——お父さん、どうしてそんなにひどいの……」彼女は泣きながら声にならなかった。

彩雲は姉の胸元に飛び込み、泣いていたが、ゆっくりと体の力が抜けていき、姉の両足に倒れ込んでしまった。

——「もういいよ、もういいよ！　十八相送《シバシャンソン》（中国の民間説話「梁山伯与祝英台」の中で別れの未練がましさを表現する場面）なんかやらなくていいよ！」ずっと口を開かなかった英君《インチュン》が言った。

「そうよ！　頭を切り落とされたり脚をもぎ取られたりするわけじゃないんだから」錦秀《チンシウ》が言った。

「ほら！　仕事に行きなさいよ、楠梓《ナンツ》加工区と同じように、輪番休暇はあるし、有給休暇はあるし、お金はもらえるんだから——簡単にね、借金をチャラにして立ち去ればそれでいいんだよ。めそめそ泣く必要なんか無いでしょう？」

「金財《チンツァイ》兄さん。安心して下さい、三年の期限が来れば、あんたに色白でピチピチした目に入れても痛くないほど愛しい娘さん二人を返しますから！」

「ああ……」

彩霞はもう何も懇願しなかった。藍金財《ランチンツァイ》は、頭が上がらなかったが、頭を上げることができなかったのでもあろうか？　しくしくと泣いていたのだろうか？　二人のために泣いたのではなく、自分の良心に対して申し訳なく思ったのだろうか？　彼女は考えた。

いつのまにか、「阿姨《アイ》」はすでに二人のために着換えの衣服を用意していた——ふろしき包みふたつを壊れた藤椅子の上に置いた。

「よし、じゃあ、そういうことでな。行くぞ、兄弟よ!」荘青桂《チュワンチンクイ》は言った。

「立ちな! お嬢ちゃん!」英君《インチュン》がやって来て彩《ツァイ》霞《シア》の手を引き、強いなまりのある北京語で言った。「つむじを曲げるんじゃあないよ、良い子でいなさい。わたしが教えてあげるわ、楽に働くこと教えてあげるわね——怖がることなんてないわ、髪の毛一本だって失うことはないのよ! しっかりと勉強すればね、簡単よ」

彩霞《ツァイシア》は握られた手を払いのけ、大股で寝室に駆け込んだ。この行動はまた騒動を引き起こした。彼女は逃走しようとしたのではなく、二人の中学の教科書をすべて持ちだそうと、ひとまとめにして提げて

出て来ただけだった……

他にも一番大切にしている授業以外の本が三冊あった。林良の『小太陽』(外省人作家・林良の散文集、一九七二年)、そして『千夜一夜物語』、『かもめのジョナサン』だった——これは彩霞が中学一年の後学期に、全校作文コンクールに応募して第二位を獲得した際の賞品だった。生まれてから唯一感じた栄誉であったので、持ちだそうとしたのだ。それから秘密がもう一つ。『小太陽』の裏表紙には、亡き母が微笑んでいる遺影を忍ばせていて、毎晩床に就く前に、しっかり見つめることで眠りに就くことができたのだった……

「行くぞ!」本当の命令だった。

「雲《ユン》、しっかり私にくっついて——わたしの手をしっかり握って……」彩霞はまた嗚咽した。

「阿霞《アシア》、阿雲《アユン》。どんなことも話をしっかり聞くのよ、時間はすぐに過ぎるわ!」阿姨はドアのところ

に立ち、機会を見つけて彼女に諭した。

あ！　本当に、本当にダメよ、ダメ、ダメ、行ってはダメなの！　彩霞《ツァイシア》は玄関先の敷居をまたぐと、心の中は大波が渦巻くように高まり、とっさにまた部屋の中へ駆け込んでしまった——前後を夾んでいた二人の男はあっけに取られ、一人が素早く手をのばして彩霞の腕を掴んだ。

「放してよ！」

「おっと！　屎ガキ、この野郎、言うとおりにしろ！」

「父さん！　本当にむごいでしょ、こんな小さな彩雲《ツァイユン》まで？」

「……」父親は、やはり両手で丸椅子を押さえ、その上にへばりつき、頭を下げたままであった……

「覚えておいて、ねえ、父さん、今日を覚えておいて、父さんがわたしたちにどうやってしたか——あっ……」


話が終わらないうちに、腕に激痛が走り、思わず叫んでしまった。体を小突かれながら引きずられながら連れて行かれたのである。

「良心は……無いの……」

彩霞は胸の中の鬱憤や絶望を叫んだ。

彩雲はすでに車に押し込まれていて、左右は荘家の父子に見張られていた。彼女は妹と一緒に乗車したいと言った。彩霞をつかんでいた阿風《アホン》は声を出さずに、もう一台の車内に押し込んだ。阿風と黒い顔のならず者が両脇に座り込んだ。車は英君《インチュン》の運転で、エンジンをかけて飛び出していった。

「おお！　腹ペコだぜ！」黒顔の男は腹が減ったと叫んだ。

「うん……」風仔《ホンネー》はじっと彩霞を見つめた。

「おお？　風仔、おまえどうした？　ハハ！」黒顔が風仔をからかおうとすると、英君が急に振り向いた。英君の視線は二人の男がぞっとするほどだった。

「ハハ！　ハハハ！」二人は同時に大笑いした。

彩霞《ツァイシア》はこうした眼差しをしっかりと受け取っていた。彼らの眼差しや笑い声が内包する意味を完全には理解できなかったが、本能的に、それが邪悪の蠢動《しゅんどう》であることを感じたのである。

彩霞は、はっきりと、正確に、心の底の恐怖と不安を感じ取った。強烈な日差しのようなものが、凍える氷のようなものが、空一面に辺り一面に覆い被さって来たのであった……

「彩雲《ツァイユン》はどうしてるかな？」彩霞は思った。

彼女は、またしくしくと嗚咽し、すすり泣いた。

結局、彩霞も幼い十六歳の女の子だったのだ！

むごい悪人たちの魔の手の中で、泣くこと以外に、他に何ができるだろうか？

晴れたり曇ったり、すぐに風雨が混じるような元宵節《ユエンシャオチエ》の午後だった。

三

元宵節《ユエンシャオチエ》の夜、高雄市《カオション》は降りしきる細雨に包まれていた。

愛河《アイフウ》両岸のランタンは、ぼんやりと湿っていて、まるで大雨の中の夢うつつの世界だった。

遠くでは断続的にかすかに銅鑼や太鼓の音が響いていた。風雨をものともしない龍舞の集団ではなかろうか。河南二路《フウナンアルル》、河北二路《フウペイアルル》一帯は、また別の景観であった。春先の冷たい雨風をおそれぬ遊び客は、頭を縮め腰を曲げながら歩いていたが、それでも左右をきょろきょろ見回しながら目当てのものを探すことは忘れていなかった。

苦労しながらも毅然としている売春婦は、細長い路地をうろうろしながら、燃えさかる冷たい炎のような猫の目で、獲物を待っていた。

この時、彩霞《ツァイシア》と彩雲《ツァイユン》の二人は、河北二路《フウペイアルル》と中華二路《チョンホワアル》の交差点にある「健美按摩院《チエンメイアンモユエン》」の三階に押し込まれた。

もともと、二台の車に乗った八人は、計画によれば、三民《サンミン》区九如路《チウルル》の「倫儀理髪庁《ルンイリファチィン》」に直行するはずだった。しかし車を降りた後に一騒動起きたのである。彩霞姉妹は、大きな声で泣き叫び、かん高い声で叫びながら、絶えず狂ったかのように暴れて逃げ出そうとしたのだ。そのために道端の人は横目で眺め、こそこそと囁き合っていた。四階に押し込まれてからも、路地ではしきりに上を見上げている人がいた。

「まずいわよ、まずいわよ！」女老闆《ニュイラオパン》（おかみさん）の蔡錦秀《ツァイチンシウ》の顔色が変わっていた。

錦秀は以前彩鳳《ツァイフォン》が警察に救出された事を思い出した。あの裁判沙汰は未だに決着がついていなかった。

「夜通しで北部に行くのはどうだ？」荘青桂《チュワンチンクイ》は考えを言った。

「ダメだ、まず落ち着いてからだな」荘国暉《チュワンクオホイ》は他にも気がかりなことがあった。

荘の親子は、実際には今回の人身売買での首謀者だった——彼らは桃園《タオユエン》で売春宿を経営していて、そちらでのニーズが非常に多く、定期的に南部へ行き「新鮮な果実」を買い求める必要があったのだ。

二人は如何なる面倒も持ち帰りたくはなかった。面倒なことがあれば、「産地」で解決しなければならず、腰を据えてじっくり仕事をすることで、「事業」は長続きするのである。これは彼らが長いあいだ順調に商売を繁盛させてきた大きな要素だった。

彩鳳《ツァイフォン》の売り買いに関して、彼らは相当の気兼ねがあった——五十数万元がふいになったのをよしとせず、無理をしながら続けてきたが、この二人の小鳥が本当に向こう見ずだったとは。

桃園《タオユエン》から連れてきた風仔《ホンネー》夫婦はまだ立ち去っていなかった。皆で少し相談した結果、すぐに場所を変えて、もっと安全なところで一晩を過ごし、明日もう一度計画を立て直すことに決めた。

荘国暉《チュワンクオホイ》は二十年来ここで生計を立ててきた人なので、考えが細かいところまで行き渡っていた。彼は風仔《ホンネー》に向かって合図を送り、彼もすぐにその意図を呑み込んだ。風仔は英君《インチュン》の黒いポーチの中からライトブルーで長方形のプラスチックのケースを取り出した。

彼はわざと二人の獲物の注意を引きつけるように、そしてケースの中から注射器と小瓶に入った注射液を取り出した。

「おまえたち、聞いておけよ。これは催眠薬で、筋肉に注射すれば、すぐに意識を失うんだ……」


「わぁ！」彩雲《ツァイユン》は驚き、ほとんど気絶するところだった。

「今から、おまえたちを別の場所に連れて行き泊まらせる。俺の話をしっかり聞いて、黙ってろよ。さもなければ、一人に一針ずつ……」彼は注射器を振り上げて威嚇するポーズを取った。「すぐに倒れちまうんだ、そしたら、ヘッヘッ……」

「嫌！ そんなの嫌！」二人は絶望して声をかすらせて叫んだ。

「じゃあ、良い子で話を聞くんだぞ。それじゃあ、立て。行くぞ……」

――臨時の陣地転換で、「健美按摩院《チエンメイアンモユエン》」に移った経緯はこのようなことだった。

四階建ての建物だった。この一帯にある他の理容院と一緒で、一階は内装が立派な理髪庁《リファチィン》だった。美女揃いで、なまめかしい女の子の話し声、艶やかで優しい様子は名状しがたかった。二階に着くと明かりが暗く、馬や鶏がはだかになって戦う場所だった。

三階は老闆《ラオバン》（店の経営者）「張扁頭《チャンビエントウ》」の住居であり、「事務所」であり、緊急時の避難場所でもあった――張扁頭は市議員の張という人物の実兄に当たる。人々には内緒事があり、一階と二階は他人名義で営業していた。議員さんの親族である住宅には、もっと多くの内緒事があった！　猛々しい臨検の警察官がしょっちゅう来ていたが、もちろん三階に駆け上がり、馬や鶏を捕まえることはできなかった。

民主国家の看板は、時にはこのような情況下で素晴らしいイメージを作り出していたのである。

彩霞《ツァイシア》と彩雲《ツァイユン》の二人も今は四階にいた。

荘の親子と風仔《ホンネー》夫婦も四階にいた。

四階は、鉄扉と鉄格子の窓で、たくさんの引き出しがついている事務机が一つ、小さめの木製椅子が五、六脚以外には、他のものは何一つとしてなかった。ここはそもそも監禁するための場所だったのだ。


もちろん、その主な対象は女性である。

風仔は二人に言った。ここは中にも外にも防音装置があり、鉄格子の窓と鉄扉はとても頑丈だということを。中で大声で叫ぼうが気の済むまでやってみればいいと。

時間は夜の十時を回っていた。荘の親子は少し相談した後で、青桂《チンクイ》が立ち上がり、お互いに抱き合っている二人のところへ来ようとした。

十数時間も苦しめられていた二人は、気が動転しビクビクしていた。青桂が大声で呼ぶと、二人は無表情で立ち上がり、部屋の中央まで行き、茫然と青桂を見つめた。

「俺の言うとおりにしろ――おまえらの元手がどうなのか確認するんだ」青桂が話したが、その声、表情は、まるで鶏やアヒルの売り買いをするかのようであった。

「……」二人は猜疑心いっぱいの顔で呆然とした。

「おまえら、自分で服を脱げ、全部だ。はやく！」

「何！　え！」彩霞《ツァイシア》は突然電気に打たれたかのように、全身が硬直してしまった。

「おかあさん！」彩雲《ツァイユン》はかん高い声で叫び、身を翻して逃げ出した。もちろん逃げ出せるところなど無かったので、全身を縮ませて一つに丸まり、彼らから一番遠くに離れた部屋の壁の角に貼り付くようにしていた。不思議なことに、彼女はこんなにも小さく、「一分の隙も無く」体を縮ませて丸めることができたのであった。

「ヘッヘッ！」荘国暉《チュワンクオホイ》は愉快に笑った。

英君《インチュン》が近寄り彩霞にひそひそと話をした。風仔《ホンネー》は彩雲を引っ張った。彩雲はやはり両手で襟元をきつく押さえ、腕を胸元にぴったりと当てて、体をボールのように丸くしたままだった。風仔は彼女を「ぶら下げる」ように引っ張り出したのである。

「しっかり立て！　この野郎！」

「……」彩雲は床の上にしゃがみ込み寝転んだような格好になった。

風仔はもう声を荒らげることはなかった。手を伸ばして、彼女の髪の毛をひっぱり、フンと声を出しながら、「長く引っ張った」のである。くの字型になったからだはそのままだったが、血の気の引いた顔が持ち上がった。

——「バシッ！　バシッ！　バシッバシッ！　バシッバシッ！」切れ目の無い重苦しい音が響き渡り、同時に彩雲の両頬は血のように赤みがさし、倍近くに腫れ上がった。

「うう……ああ——ええん……」彩雲は歯を食いしばり抵抗したが、かん高い泣き声が、歯の隙間から少しばかり漏れてきた。

「雲《ユン》！」彩霞は駆け寄りたかった……

——「パン！　パンパン！」青桂《チンクイ》が手を出した。彩霞も打たれながら独楽のように回っていた。しかし彼女はもう泣かなかった。

「やっちまえよ」荘国暉《チュワンクオホイ》が命令した。

——「ビリッ——……」荘の話が終わらないうちに、衣服の破れるはっきりとした音が響き渡った。

風仔が彩雲《ツァイユン》の胸元をつかみ、四本の指を曲げて下の方に剥ぎ取ると、彼女の衣服は引きちぎれた。彩雲は本能的に敗れた衣服で胸元を隠し込んだ。だが、風仔は彼女にそうさせなかった。両手を振り乱し、その両手で着衣をひっぱり降ろして、二つに破り裂き、左右の掌で握りしめたのである！

「おかあさん……わあ……」

「わあ……」彩霞《ツァイシア》も声を上げて泣き出してしまった。

この人たちの行動は、落ち着いていたばかりではなく、お互いに十分な暗黙の了解があった。

このとき青桂《チンクイ》は片手で彩霞の喉元を締め付け、簡単には動けないようにし、もう片方の手では風仔《ホンネー》の役目に替わった——彩雲の髪の毛を引っ張り、顎をあげた姿勢のままにさせたのである。風仔は破れた衣服をかなぐり捨てた後で、すぐに彩雲の両手を胸元から離させ、背中で後手に縛り上げた……

ここの照明器具は品質の良いものだった。天井には四組のツイン蛍光灯が取り付けられていたほか、左右の壁には六つのボール型の蛍光灯があり、どれも百ワットだった——いつの間にか、すべての蛍光灯が光輝いていた。

いま、彩雲の半裸になったからだは、ひかり輝く蛍光灯の下で、四人の人間の八つのギラギラとした眼差しのもとに完全にさらされていた。

発育したばかりの、若々しくて幼く柔らかい女性のからだだった。

乳房はひっそりとテニスボールを半分にしたようなかたちに盛り上がっていた。蛍光灯のひかりで染め上げられた淡いピンク色のなかには、かすかに青い筋が走っていた。小さな乳首は弱々しく上を向き、まるで二つの絶望した眼のようであった。腰まわりはすでに肉付きがよかったが、腕や腋窩のあたりは、子供のように細く痩せていた。

「うん……まああだな」荘国暉《チュワンクオホイ》は自分自身に言ったかのようだった。軽く一息ついた後で、また言った。「合格だ……」

――「ビリッ――」彩雲《ツァイユン》のズボンが下着と一緒に引き裂かれた。

「やめて……」彼女は効果の無い抵抗をしたが、その後に突然ひっくり返ってしまった。

彩雲は半分意識を失ってしまったのであり、仰向けの姿で、この世界を受け止めていた。

臀部は少しばかり丸くはなっていたが、両方の太腿はかわいそうなほど痩せていて細長かった。あの盛り上がったところは、すでに芳しい草花によって守られていた。

「おお、いいじゃねえか」青桂《チンクイ》は玄人受けする話をした。

「そうだな、二週間分のホルモンを注射しておけばいいものになるぞ。ヘッヘッ！」荘国暉は相当に満足げだった。

「これ見てよ！」風仔《ホンネー》は皆の注意を引きつけた。

「フンッ！　服はどこなのよ？」英君《インチュン》が怒ったような目つきで風仔をにらんでいた。「取って来なさいよ！」

風仔はものわかりよく肩を怒らせながら、体の向きを変えて階下へ降りていった。

「おまえ、自分で脱げよ。何でもねえぞ、おまえの妹みたいに、俺はな、金を出しておまえらを買ったんだよ、俺は品定めしてえんだよ！」国暉はビジネス・トークをした。

「私はイヤッ！　やめて！　イヤッ！　それなら殺してよ！」彩霞《ツァイシア》の言葉は、はっきりとしていた。

彼女は驚きや怒りの中から目を覚まし、あの剛直な性格が、また浮かび上がって来ていた。

「おお！　なんでそんなことを言うんだ？」荘《チュワン》国暉《クオホイ》はやはりとても意外そうな感じであった。「今になっても、なんでお前はまだそんな感じなんだよ？」

「私はただ死にたいのよ！　はやく殺してよ、こういう風に私を弄ばないで！」

「おお！　怖いなあ！　弄ぶだって？　どうやって弄ぶんだよ？　ハッハッ！」青桂《チンクイ》は異常に興奮していた。

「青桂！　追いつめるんじゃないわよ！　私は眠くて堪らないのよ！　はやく！」

青桂は了解したという表情をして、彩霞《ツァイシア》を自分の目の前まで引っ張ってきた。両手を彩霞の肩にかけて、それから掌を回して、彼女の背中と自分の胸板をくっつけた。目で見つけることはなく、掌を伸ばして、すぐに彼女の胸元のボタンを探し当て——彩霞が身につけていたのは重ね着した綿入れだった——遠慮することもなくボタンを外していった。右手の人差し指と中指を胸元の谷間に押し込むと、「ビリッ」という音でボタン付きの綿入れと薄手の下着の三着をすべて破り裂いたのだ。またしても腕を一振りしただけで、すべてを剥ぎ取り、遠くへ放り投げたのであった……

彩霞は少しだけじたばたしたが、もう抵抗しなかった。

青桂のやり方は手慣れていた。両手は彩霞の裸のからだに沿って上半身から下へと移り、腰のあたりを多少さすり、掌の状態から爪を立てて、軽々と長めのスカートとスリップ、ショーツをすべて剥ぎ取った。

「あっ！」荘国暉は思わず絶賛した。

英君《インチュン》も多少視線が釘付けになった。女性用の衣服を抱えて入って来たばかりの風仔《ホンネー》は更に呆気に取られていた……

「おお……」青桂《チンクイ》も目を見張り息をのみ、ぽかんとした。

目の前にある十六歳の女性のからだは、想像よりもいっそう成熟していて美しかったのである。田舎の貧しい家の娘で、十六歳の中学生の少女は、なんとこれほどまで完璧に発育していたのだ。

「ぜえぜえ……」青桂は思わず手を伸ばして揉み始めた……

「フッ！　青桂……よし、服を着させろ！」荘の父親が言った。

「よお！　立派な美女だな、ほら！　この服、着るんだ！」

風仔《ホンネー》は抱えていた衣服の山を、彩霞のまわりにすべて放り投げた。彩雲《ツァイユン》は手早く短めのコートをつかんで、身にまとった。この時には彩霞もからだを這うようにしてやって来て衣服を拾い上げていた……

「ゆっくり着なさい、まず下着から着るのよ！　そうよ、全部あんたたちのものだから、慌てなくていいわよ」英君《インチュン》が言った。

荘国暉《チュワンクオホイ》は真っ先に階下へ下りたので、青桂と風仔は彩霞《ツァイシア》を見張り続けていたが、この時ようやくその場を離れた。英君は腰を降ろし、二人が下着や衣服を身につけるのを指図しながら、ついでに多少の慰めの言葉をかけた。

「わかってるわね？　今は、運命と思って諦めるのが一番いいわ。運命と思えば、苦しみも少なくなるわ」英君は言った。

二人はこの言葉の後で、びっくりしたが次第に落ち着いたのであろうか、逆にしくしくと泣き出してしまった。

「仕方がないことなのよ」英君は心の中で何かが動いたかのようであった。「これからは私のことを

『君《チュン》おばさん』って呼びなさいね。おばさんもね、最初はそうやるように仕向けられたのよ」

「……」二人は不意に顔をあげて英君《インチュン》を見つめた。

「わたしも売春の世界に押しやられたのよ。わかる？　生き地獄よ。風仔《ホンネー》のあのヤクザ者が私を欲しいって言ったの。バラ売りはしないって。風仔にまとめてね」彼女は独り言を言っていた。

「……」二人の瞳はますます大きくなった。

「売るって、わかる？　あら……」

彩雲《ツァイユン》の瞳にはただ恐怖と放心の色が見られるだけだった。

彩霞《ツァイシア》の瞳は恐怖一色だった。そして涙がまた浮かんできた。

暫くして、風仔が毛布のかたまりと布団を二組ほど抱えて来た。

この夜、二人は床に直接布団を敷いて、ここで夜を過ごしたのである。


二人は喉がカラカラに渇き、お腹もひどく空腹だった。本当に耐えきれず、洗面所で両手で水をすくって喉を潤すしかなかった。それは刃物のように冷たい生水だった。

扉も窓も施錠されていた。階段のガラス扉の外にも鉄扉が付け加えられており、二重の扉は外にだけ鍵があり、内側には付いていなかった。

二人はぼんやりして暫く眠った後で、同時に驚きから目を覚まして体を起した。

あのこうこうと輝く電灯の照明は、いつ消えてしまったのだろうか。

おそらく夜中なのだろう？　それともすでに明け方近くなのだろうか？　室内に明かりは無かったが、窓の外の街灯から細々とした微かな光が入ってきた。

注意深く耳を澄ましてみても、微かな銅鑼や太鼓の音も聞こえなかった。ただヒューヒューと吹く風が、強くなったり弱くなったりする時の音を伝えるだけだった。雨風が混じっているのだ。

「ああ……」彩雲《ツァイユン》は喉がカラカラに渇き声にならず、暫く咳払いを続けてようやくしわがれ声を取ることができた。「お姉ちゃん、どうしよう？」

「うん、うん。わかんないよ」

「死んじゃうのかな？」

「わかんないよ。うん、そんなことないでしょ？」

姉として、どうして妹一人に頼るところのないまま心配をかけさせることができようか。彩霞《ツァイシア》は急いで言った。「そんなことないわよ、あり得ないわよ」

「じゃあ、あの人たちは、あの人たちは何をしようとしているの？」彩雲は全身の震えが止まらなかった。

「そんなことないわ……どっちにしても死なないわよ。怖がらなくていいわ」

「わたし、怖いわ。お姉ちゃん、わたし、怖い……」彩雲は姉の胸元にぎゅっとしがみついた。


「怖がらないで。わたしは雲《ユン》と一緒だから。怖がらないで！」彩霞はただこう言うしかなかった。

「ねえ！　もしも、もしも……」

「もしも何なの？　雲《ユン》、そんなこと考えないで。早く寝ましょう」

「もしもお母さんがいれば、お母さん、絶対私たちのことを助けてくれるよね……」

「うん。そうよ。お母さんがいればね。それじゃあ……」

それは心の傷であり、真っ赤な血が滴り落ちていた。ここまで来ると、誰も誰かを慰めることなどできなかったのだ。二人はお互いに抱き合って、声を殺して泣き合った……

◎

二日目、荘国暉《チュワンクオホイ》は朝早くに二人の様子を見るために上がってきた。奇妙だったのは、ニコニコと朗らかで、寒くないか聞いてきた。荘が二人に話した要点をまとめると――一、父親のもとに残るよりも美味しいものを食べ、おしゃれができることを保証する。二、言うことを聞きさえすれば、実の娘のように二人に接する。三、もしも言うことを聞かないのであれば、想像できないような苦しみを舐めさせる。四、君《チュン》おばさんのアドバイスをしっかりと聞き、腕を磨くことができるのであれば、将来は金の雌鴨がたまごを生むように、すごく簡単なのだと。

荘《チュワン》は「訓話」を済まして戻っていった。この時君おばさんが笑顔で尋ねてきた。

「お腹が減ったでしょう？　どう？　先に朝ごはんを食べない？」

そうなのだ、お腹はとても空いていたのだ。でも、どうしてこのように屈服して食べることができるだろうか？　二人は視線を合わせると、頭を下げて何も言わなかった。

「フフッ！　あんたたち、まだ意固地なのね！　そんなに片意地を張ってどうするの！」英君《インチュン》は多少毒気のある笑い方をした。「あんたたちを連れて下で豆漿《トウチャン》（豆乳）と饅頭《マントウ》を食べさせてあげるわ。でも変な考えを起こさないでね。さもなきゃ、フン！　死ぬようなことになっても知らないよ」

英君は言い終わると降りていき、二人も後ろについていくしかなかった。しかし階段の下まで降りると、青桂《チンクイ》ががなり立てて二人を上まで追い返した――二人がこんなにはやくに自由に行動するのを許さなかったのだ。

ものすごく不満で、受け入れたくなく、しかも自分がとても恥知らずに思えたけれども、お腹がとても空いていたので、仕方がなかったではないか。二人は頭を下げて、思いっきり、素早く饅頭と豆漿を腹に押し込んだのだ。

彩霞《ツァイシア》は初めて知った。人はお腹が減るというのは、とても嫌なことで、どうしようもないことなのだと。

食事の後、英君《インチュン》は厳しい顔つきに変わり二人に「けいこ」した。初め、彩霞《ツァイシア》は拒否感でいっぱいで、なるべく神経を集中させて、別のことを考えようとしたが、でもあの恐ろしく不安な思い、身近に迫る危機感は、彼女に思わず英君の話に注意を向けさせたのであった。

二人は確かに「担保」とされて三年のあいだ身を売られ、この三年間での、二人の「働き」は、すべて「債権者」に渡るのであった。つまり荘《チュワン》の親子へである。

三年後、借金を返済し終わって契約解除となった後には、荘の親子は絶対に二人に難癖をつけたりはしない。荘は「信義」を守る人だった。

明らかだったのは、二人の仕事とは、からだを売ることである。その方法と場所は二人の「能力」によって決まった。例えば、色情按摩《スウチンアンモ》（性感マッサージ）や珈琲女郎《カフェイニュイラン》（カフェーの女給）、泰国浴《タイクオユィ》（ソープランド）、応召女《インチャオニュイ》（コール・ガール）、阻街女《ツウチエニュイ》（ポン引き）、脱衣舞《トゥオイウ》（ストリップ）、色情表演《スウチンピャオイエン》（セクシーショーハウス）などである。

続けて、英君は二人に性行為に関する「基礎的知識」、テクニック、自衛のわざなどを教えた。自衛とは、性行為の最中に如何にしてからだを傷つけずに、感情の偽装でもって本心を隠すのかということである。

彩霞は表情がなくなり、彩雲《ツァイユン》は涙を滔々と流して、何度も顔を向けて姉を見た。お姉ちゃんはまったく気が付いていないの。こうなって来ると、彩雲は堪らずにしくしくと泣き出してしまった。

「彩雲、何してんのよ?」英君の顔色が変わり、おもしろくないような感じだった。

「……」彩霞は手を伸ばして妹の肩を軽く叩いたが、言葉にならなかった。

お昼ごはんは、やはり風仔《ホンネー》が運んできた。使い捨てのプラスチックの容器に、滷蛋《ルタン》、鶏腿《チトウイ》、香腸《シャンチャン》（ソーセージ）、鹹菜《シエンツァイ》（漬物）などが入っており、とても豊富だった。彩雲《ツァイユン》はたくさんのおかずを目にして、思わず童心に返ってしまった。

「お姉ちゃん、あの人たちは……どうして、どうして私たちにこんなものを食べさせてくれるの？」

「どうしたの？」姉は暫く彼女の意味を推察することができなかった。

「あの人たちは悪い人なのに、そうでしょ？　じゃあ、どうしてこんなにおいしいものを私たちに食べさせてくれるのかな？」

「雲《ユン》！」彩霞《ツァイシア》は苦笑する力さえも無かった。彼女は妹よりも多少大きい程度であったが、精神年齢は何歳も上であるかのように見えた。小言を言うには忍びなく、妹をあやすかのようにするしかなかった。

「そんなことに構わないで、食べよう！　どちらにしろ今は死ねないし、死ぬって言っても簡単じゃないのよ。本当に死ななければならない時は、その時は、また相談しましょうよ」

「わたし、わたし、どこか変だなって思うんだけど、違うかな？　お姉ちゃん？」彩雲は言った。彼女がこう言ったのは、おそらくは自分の幼稚な質問に対して不安を感じているからであり、言葉にすることで自分の気持ちを隠そうとしたのではないだろうか。

午後、風仔《ホンネー》が上がってきた。口振りからすれば、荘の親子はここを離れたようだった。英君は二人に服をしっかりと着させ、髪の毛にも櫛を通すように言った。

「行くぞ。向かいの皇后燙髪中心《ホワンホウタンファチョンシン》（クイーン・パーマサロン）に行くよ――俺は下で待ってるから」風仔はそう言うと下に降りていった。

二人は黙って降りていった。妙なことに、逃げたり、抵抗したりする気持ちはすっかり萎えていた。

按摩院《アンモユエン》（マッサージ店）を出ると、光輝く午後の春の日差しが、金属の破片の音のように正面から降りかかってきた。

「お姉ちゃん……」彩雲《ツァイユン》はぎゅうと彩霞《ツァイシア》の手肘を握りしめた。

「雲《ユン》……」彩霞は何か言えただろうか？　腕を回して、妹の掌をしっかり握って、気持ちを伝えることしかできなかった。

英君《インチュン》は男の美容師と二人の髪型について何度も相談していた。

二人は別々にアイスアイロンのパーマ台に座り、髪型を「こしらえ」始めた。

彩霞の顔立ちはやや痩せ形で面長、ぴんと立った鼻筋に切れ長の目、太めの眉毛で、唇は自然な赤い色だったが、少しだけ薄くもあった。彩霞のスタイルは妹のように背が高いわけではなかったが、肉付

きがよかった。顔色や性格、スタイルに合わせるために、美容師は軽めで綺麗な「ファラ・フォーセット」に似た髪型にした。

彩雲は、顔立ちは丸く、両眼は丸く幼げであり、唇は弓なりで比較的厚く丸かった。「大人」の優雅な味わいを増すために、わざわざ短い髪の毛を環のように巻き、セクシーなパンクスタイルにパーマをかけた。

一時間後、二人は向かい合って立つと、もう少しでお互いに誰だか見分けがつかなかったほどだった。二人の目には同時に異様なひかりが光ったが、すぐに消えてしまった。そして同時に頭を下げたのであった。

これらのことは、英君にはすべて目に入っていて、思わず軽く溜め息をついてしまった。だが、英君はきっと二人が急に頭を下げたような揺れ動く心理状態までは、理解できなかったに違いない。

時間が過ぎるのは速く、また夜になった。

夕食時に、荘《チュワン》の親子はまた顔を出した。三階の家主である張扁頭《チャンビエントウ》のところの客間で、テーブルを二卓出して、男女とも招待された客がいた。どうやら藍《ラン》家の姉妹があれこれと評判の中心になっていたようだった。

酒も食事もあり、皆は楽しそうに食べていた。笑い声は絶えず、色好みな冗談が次から次へと出てきた。二人は無言のうちに心が通じ合ったかのように、終始頭を上げずに、何も飲んだり食べたりしなかった。

「おい！　在室女《ツァイシニュイ》（処女）！　いいなあ！」

「クソッ！　阿暉《アホイ》兄さん。俺に売ってくれないかな、いいだろう？　いくらだい？」

「ヘッヘッ！　阿国暉《アクオホイ》よ！　仕舞っておいて自分用にするんじゃねえぞ！　ハッハッハッ！」

「そんなわけないだろう！　五十、六十の人間が、どこにそんな力があるんだよ？」

「ホッ！　そんな風に言うもんじゃねえぞ！　国《クオ》暉《ホイ》兄さんは尉遅恭《うっちきょう》（初唐の軍人。後に門神として民衆に厚く信仰された）の鋼鞭《カンピエン》（中国古代の兵器）だよな、かたいんだよ！　ハッハッハッ！」

「やめろ！　やめろ！　立春の後の毛蟹だぜ、あぶらは無いんだよ！」

「そうとは限らないだろう！　試してみろよ？　今晩さ、いいだろう？」

「そうだ！　今晩、国暉はやってみろよ！　でなけりゃ、弟の俺が、買っちまうぞ！」

話題は、話せば話すほどいやらしくなり、騒げば騒ぐほど卑劣になった。横暴な笑い声や怒鳴り声と一緒で、もしも精神を集中させて聞き分けなければ、これが人間の発する自然な声だとはわからないだろう。

英君《インチュン》は多少は見るに忍びなかったのだろう。立ち上がって大爺《タイエ》（旦那様。ここでは家主の張扁頭を指す）に耳打ちした後で、彼女は二人に席を立たせ、四階に戻らせた。英君《インチュン》はついでに料理を持って上がり二人に食べさせたりもした。

この夜、英君は再び下の階で食べたり飲んだりすることはなかった。彼女は突然聞いた。

「あんたたち、学校でダンス習ったことあるの？」

「フォークダンスなら、習いました」この二日間で、初めて二人が自ら望んで口を開いた言葉だった。

「お姉ちゃんはフォークダンスの、チームリーダーだったんだよ！」彩雲《ツァイユン》はまた童心に返った。

彩霞《ツァイシア》は話すのをやめさせようとしたが、英君がすでに次の質問をしていた。

「それならいいわね、じゃあ……一つの方法よ」

英君は軽く笑いながら言った。「毎日ベッドの上で畜生たちの相手をするより……いいわよね」

「それって……」彩霞は話の文脈を多少理解した。

「もちろん脱衣舞《トゥオイウ》よ……つまり服をすべて脱ぐのよ、あの豚や犬たちの目を釘付けにさせて、涎を垂らさせるのよ、フッフッフ！」

「踊るのだったら、いいわ。わたしたち脱ぎたくないけど――わたし一生懸命踊ります……」

「もうっ！　彩霞、フッフッフ！　わたしは口の中をカラカラにさせて話したんだよ。自分が何者なのかまだわからないの？　何をしなくてはいけないのか？」

「わたしたち……」

「教えてあげるわ！　良い機会よ、屏東《ピントン》の方で、ダンス・チームが人を募集してるわ。ストリップは、毎日人にむりやりに挿っ込まれるのよりもいいわよ――そうは言っても、っていうことはあるけれど……」

「どういうことですか？　おばさん？」彩霞は重要な点をつかんだ。

「劇団の中だって、弄ばれることはあるわ――例えば老閻《ラオパン》の興が乗ってきたからとか、大爺《タイエ》の誰かがお金を多く弾んだからとか……でもそれでも……毎日二十人を相手にするよりも……よっぽどいいわよ」

「……」

続けて英君《インチュン》は二人にもう一度言った。どんなところに「配属」されるにしても、「外出」する前に先に「味見」されるのは避けられないだろうと。

「味見？　何するの？」彩雲《ツァイユン》が聞いた。

彩霞《ツァイシア》はすでにうっすらとその意味を理解したようで、気づかれないように歯を噛んだ。

「つまり『御開帳』ってこと。金のある大爺が、三万や五万、酷いのになると八万とか十万とか使って、在室女《ツァイシニュイ》を探すのよ……」

これは必ず経験することだった。英君は言った。

そして二人にこのことに関する知識を詳しく説明し、どのようにあしらえばいいのかを教えた。

「覚えておきなさい。わたしの言ったとおりにやれば、痛みは大幅に減るからね――せっかちな人もいるから、傷つけられて血だらけにされると、何日も動けないのよ！」

「それだったら、わたし死んじゃいたい！　死ぬわ！　嫌よ！」彩雲は駄々をこねるように言った。

「あんた、また言ってるのね！　死ぬって、そんなに簡単にできるわけないでしょ！　フンッ！」

「本当なの？　死ぬのって、本当にそんなに怖いの？」彩霞の話し方は妹とはだいぶ異なり、落ち着いてきっぱりとした感じであった。

「あんたも……もう！」

「おばさん！　私たちのことを助けることはできませんか？」彩霞が言った。言い終わってしまうと、わけもなく顔が火照ってきた。

「もう！　できるわけないでしょう？」英君は少

いやらしそうな顔つきから推測すると、おそらく手のうちに丸め込まれてしまうのであろうと。

「誰の手のなかでも、違いはないはずでしょ？」彩霞は心の中で言った。でもこのような考えを言い表すことはできなかった。

妹の彩雲はまた泣いていた。彩霞は妹をなだめようと思ったが、考え方を変えた。泣かせてあげよう！　泣かないから何だと言うのか？　泣いてしまうから何だと言うのか？

彩霞は、死ぬことを本気で考えた。それと同時に生きることのいろいろなことも深く考えた。彼女の人生は始まったばかりだったので、生命に対する認識はまるで一枚の白い紙のようだった。でも、今の彩霞には、「生きる」ことがとても恐ろしく、「死ぬ」のもどんなに簡単ではないかをすでにぼんやりと感じていたのである。それまで彩霞は死ぬのは恐ろしいことと感じていたが、今では「生きる」ことも十

し考えてから言った。「金がものを言う世界なのよ。金は貧しい人や弱い女性を鶏や鴨のように家畜同然にして、人を鳥獣のようにも変えてしまうけど、それは仕方ないことでしょ？」

突然、窓の外からは大きな銅鑼や太鼓の音が伝わってきたが、それは閑な人たちが元宵節《ユエンシャオチエ》の風流な雰囲気を楽しんでいるのだった。

「わたしは、あんたのためには、どうすれば畜生たちに踏みにじられないで済むのかを教えることくらいしかできないから」

「わたし怖いわ……」

「怖いと思えば怖いのよ。でも逃げられないなら、歯を食いしばって我慢するしかないわ！」英君《インチュン》はそう言いながら、彼女自身も目のまわりを赤くしていた。

そして英君は気をつけるように言った。荘家の父子は大色魔で、二人が彩霞《ツァイシア》と彩雲《ツァイユン》の裸姿を見た時の

分に恐ろしいものだと思うのだ。それまで隠れるように、あるいは「なんということなしに」考えないようにしてきたので……絶えず死について思うことで、ようやく死ぬことの難しさを悟ったのであった。来るべきものは、結局やって来るのだ。明日、生きるか？ 死ぬか？ あるいはどちらでもないか？ しかし、あの恐ろしい残忍非道な時間は、ひっそりとやってきたのである……

◎

姉妹が「健美按摩院《チエンメイアンモユエン》」に監禁されてから九日目――二月十六日、旧暦一月二十三日――彩霞《ツァイシア》はブルーの「フォード・レーザー」に乗せられて高雄《カオション》から屏東《ピントン》市に送られた。

目的はある成金のおやじに初夜を売るためであった。

このことは、意外にも順調には進まなかった。十

日ばかりの大きな変化や試練を経験した彩霞は、少しばかり成長したようだった。彼女は冷たく答えた。どこへでも指示されたところに行きますが、一つだけ条件があります。妹はまだ小さいから、放して下さい――せめて一年間待ってほしい。妹の面倒を見るために、二人で「同じ場所」にいたいのです、と。

荘《チュワン》家の親子は気前よく承知した。彩霞はそれを保証するよう要求した。荘青桂《チュワンチンクイ》は何でもって保証するのか聞いてきた。彩霞は逆に答えられなかったのである。

しかしこの日の晩、妹の彩雲《ツァイユン》がなんとグラスを割り、ガラスの破片で腕を傷つけて自殺を図ったのだった。彩霞は夜中にうめき悶える声で気がついた。その時はいつもと同じように、二人の「監房」は真っ暗だった。手を伸ばして探ってみると、掌はすぐに生温かくてネバネバした液体に触れたので、彩霞は大声で助けを呼んだのである。

電灯のあかりが照らすところは、妹の顔、手と指、からだの半分が血だらけで、彩霞《ツァイシア》はアッと声を出して気絶してしまった。彼女が気づいた時には、妹はすでにいなかった。病院に担がれて応急手当を受けたのである。

「死ねなかったぜ。すぐに戻ってくるよ」青桂《チンクイ》が現われた時は顔が蒼ざめていた。

「会いに行かせて……」彩霞は両膝が震え跪いてしまった。

医者は三日で退院できるが、毎日通院して薬を塗り替える必要があり、だいたい七日ほどで抜糸できると言った。彩霞は病院に残って妹を介抱したいと言ったが、認められなかった。帰り道、青桂は彩霞に言った。

「おまえたちの借金は、また増えたな」

「どうして?」彩霞は暫く意味が分からなかった。

「薬代に、入院費だよ! ボランティアでやってるとでも思うのか?」

翌日、早朝すぐに、ガーンと鉄扉がぶつかる大きな音で目が覚めた。荘国暉《チュワンクオホイ》が突然がなり立てながら、ほうきの柄を振り回して駈け寄り、理由も言わずに彩霞の腹や腰を殴ったのである。

「ウ……」彩霞はびっくりし、すごく痛かったけれども、歯をきつく食いしばった。

「よせよ! 殴るな! 殴るなよ!」青桂がちょうど良い時に現われた。「そいつがやったわけじゃねえから、彩雲《ツァイユン》のバカがやったんだよ!」

「同じことだ! イライラするな!」箒の柄をまた持ち上げた……

青桂は箒を取り上げ、彩霞に向かってまばたきをした。おそらく恩を売ったつもりなのだろう。振り向いて父親に言った。

「蔡老閭《ツァイラオバン》は欲しがってんだろ? 傷つけちゃ駄目だぜ、傷が残ると、値段が下がるからな」

「そうだな、あいつに箒の柄を味わせておいて、それでも強情を張るかどうか見てみよう」

この親子はやることがはっきりしていて、やることなすこと、彩霞《ツァイシア》はゆっくりと情況がわかってきた。なるほど威光を出そうと、今日は彼女を痛めつけようとしているのだった……

実際、彩霞は昼も夜も自分に言い聞かせていた。あのような日は必ず来るだろうから、先に心の準備をしておかなければいけないと。いま、本当に来てしまったのだ。青桂《チンクイ》は言った。

「おまえは妹に一番いい薬をあげたいんだろう？妹に傷を完治してもらいたいんだろう？　じゃあ言うとおりにしろよ」

「ヘッヘッ！　これだったらそれでいいや。逃げ出す心配はないからな。逃げたいのか？　よし！俺はすぐに彩雲《ツァイユン》をたたき起こし、退院させてやる——傷口が裂けたまま、道端で野垂れ死にすることを保証してやるよ！」

「やめて！　やめて！　そんなことしないで！お願いだから……」彩霞はひたすら頼むしかなかった。

「簡単さ、おまえが今日下海《シアハイ》（売春の世界に飛び込むこと）して、しっかり自分の紅包《ホンパオ》（祝儀）を稼いでくるんだよ。彩雲はなあ、おまえの出来が良ければ、無事であることを保証してやるぜ」

このようにして、彩霞は言われるがままに「簡単に身支度をして」、素直に乗車した。青桂に見張られて屏東《ピントン》市まで直行したのである。

南台湾ではこの数日気温が急に上昇し、春の太陽が輝き湿気も高かった。青桂が運転し、彩霞を右側に座らせた。ドアガラスは動かしても開かないようにされており、車内はとても蒸し暑く、どうしようもなかった。

「本当に連れて行かれるんだろうか……」胸中で

は絶えずこの疑念が浮かんできた。

彩霞《ツァイシア》はもちろん「情況から見てやらなければいけない」ということをわかっていたが、でも本当にこの事実は受け入れがたく、そのために自衛の心理が働き、自分自身にこれは事実ではなく、あるいは予想外の救出劇があるのかもしれないと思わせるのでもあった。ただ不幸にも、心の中では十二分にはっきりしていて、予想外のことなど絶対に起きないとわかっていた。

そのため、たまらずに泣き出してしまったのだ。彩霞は人の前で泣くのは本望ではなく、彼女は絶対に声をあげて泣かなかったが、でも涙はどうしても抑え切れずに、すぐに、顔全体が涙で溢れてしまった。

「おい！　やめろよな、わかったな？」青桂《チンクイ》は彩霞を叱った。耐えられないのであり、哀れみ同情しているわけではなかった。

彩霞は顔をそむけ、窓の外を見つめた。窓の外では、南国の春模様がたけなわだった。

「英君《インチュン》が言ったようにやれ。どうってことはない！　女が必ず通過しなけりゃならない関門っていうのは、やっぱりそれで目出度いものなんだぜ！　クソッ！　金持ちに初夜を売るのだって、幸せなんだぜ！」青桂はため息をつきながら罵り、何を考えているのかはわからなかった。

彩霞はすでに十六歳であり、南台湾の亜熱帯の女の子は、すでに「世の中の出来事」を漠然とではあったが知っていた。中学二年のクラスでは、一、二歳年上の同級生が、日頃から話す生々しいうわさ、あるいはそうした「書籍」の拡散によって、実際には、彩霞は中途半端ではあったが理解していた。

しかし、それは美しい夢、ある種の気恥ずかしいながらも揺れ動くロマンチックな想像に過ぎなかった。肉体の切望というよりも、精神的な気持ちの追求であり、それはとても美しくて芳しい、深淵なる神秘さ、新生な境地であった。

ただし不幸なことには、現在直面しているのは、邪悪なもの、汚らわしいものだった。人はそもそもこんな感じではないだろうか？　それとも人は二つの種類に分けられるのだろうか？　一方は正しい人で、もう一方は人の皮をまとった獣であるというように？

「フンッ！　彩霞《ツァイシア》、おまえに言っておくけどな！」

青桂《チンクイ》は放心していた彩霞を突つきながら、突然友人とおしゃべりするように言った。「クソッ！　あの菜頭蔡《ツァイトウツァイ》（蔡老闆の渾名）はあぶく銭を稼いで金があれば何でもできるって思ってるんだよ！」

「……」彩霞はこの人が少しおかしいのではないかと気がついた。

「本当のことを言えば、遊ぶなら、俺と一緒に遊べばいいじゃん！　蔡頭仔《ツァイタウアー》の馬鹿野郎！」


何なの？　これって何の話なの？　彩霞は思わず顔を向けて青桂を見た。青桂もちょうど彼女を見たところだった。青桂は彩霞と目が合うと、急にびっくりし、顔色が青白くなった。彩霞は少しの間ではあったが青桂の顔色の変化におじけづいてしまった。彩霞は自分の瞳に何が映っているのかわかっていた。青桂はおそらく彩霞の瞳の中に潜む怨恨や軽蔑の視線で図星を衝かれたのだろう。そうなのだ、いまでは怨みと蔑みの他には、もう何も無かったのである。

不幸なことに、瞳の中のそれらは、すぐに次の災難をもたらした――二つ目の災いがまさに始まろうとしていたのだ。

屏東市《ピントン》に到着したのは十一時を過ぎた頃だった。春の太陽が光輝く屏東市に、彩霞は初めてやって来た。人の話によれば、ここでは太陽が人の皮膚を焼くのはすでに初春の頃であり、彩霞はそれを十分に感じることができた。

彩霞《ツァイシア》が今日着ていたのはピンク色のツーピースであり、褐色で低めのヒールを履いていた。それは早朝に英君《インチュン》おばさんが急いで買って来てくれたものだった。柔らかく滑らかな洋服で、彼女はこれまでこれほど綺麗で着心地の良い服を着たことがなかった。身に付けて、鏡を見て見ると、その瞬間に心の中では甘い歓びが芽生えた。だが、すぐに羞恥心と悲しみでいっぱいにもなったのである。

少女は誰しも、胸いっぱいの甘い夢を抱え、新しい洋服を着るのが好きで、自由自在に自分自身の幸せを探すのだった。自分がこのような情況下でこうして装わなければいけないとどうして想像できただろうか。

「阿霞《アシア》。おまえ、いいな！」青桂が思わずしきりに褒めた。

青桂《チンクイ》は彩霞を連れて、まず駅前の麺攤《ミエンタン》（麺ものを

出す露店）で麺を食べさせた。青桂が電話をすると十分もたたないうちに、一台の赤い自動車がやって来て、「兄弟《ヤクザ》」のような青年が降りた。三人は簡単な立ち話をした後で、彩霞にまだ食べ終わっていない麺条肉焿《ミエンティアオロウコン》（とろみの利いた肉入りスープに麺を入れたもの）をテーブルに置かせ、車に乗せて「立派な」レストランへ行き食事をしたのである。

「屏東《ピントン》の兄弟たちの御厚意だぜ。ほら」青桂は言った。

こうして二台の車で四人は、何度かカーブを曲がり、ある西洋レストランの前で停まった。二棟続きの四階建てだった。一階と二階はレストランで、商売は悪くないようで、電子オルガンに小さなステージも備え付けていた。この時ちょうど一人の痩せ細った青白い女の子が、弾き語りをしていた。

彩霞はずっと頭を下げたまま静かに座っていた。三人の「兄弟」は飲んだり食べたりし、ヤクザ界で

の隠語や卑猥で低俗な笑い話ばかりだった。最後は矢尻をすべて彩霞に向け、会話はどれも普通の人が話したり聞くのをはばかるようなことだった。彼女はびっくりして、屈辱を感じたが、最後には怒りしか覚えなかった。

「なんでだよ！　こんなにいい奴なのに、桂仔《グイヤー》は自分でやらねえなんて、おまえは守銭奴《チンクイ》だね！　大まぬけだぜ！」左目が細く潰れた男が青桂を嘲り笑った。

「仕方ねえだろ！　金！　金なんだよ！　商売だ！　どうしろって言うんだ？」

「そうだぜ！　青桂仔《チグイヤー》、金があれば、女だって買える。ハッハッハッ！」もう一人の黒い唇をしたのが言った。

「クソッ！　黒嘴仔《オーツイアー》、おまえ口の聞きかたに、注意しろよ！」青桂は眉をひそめて、顔色を変えて怒った。

「じゃあこうするか。桂仔、俺が買う！　いいだろう？　いくらだよ？　言えよ！」

「菜頭蔡《ツァイトウツァイ》――在室女《ツァイシニュイ》と遊ぶ変態が注文したんだ。取り替えられるわけないだろ。それに、コストが高いんだ――おやじのものだぞ、どうだ！」

「俺のことを金がないって言うんだろ？　言え！　いくらなんだよ？」

青桂の右手は料理を箸でつまんでいたので、左手を急いで上げて、五本の指をまっすぐに立てた。そして小指と人差し指をおさえた……

「八千？　一万三千？　三万五千か？」

「八万だ。八万元だ！　どうだ？」

「おい！　馬鹿野郎！　本気かよ？」二人が口をそろえて叫んだ。

「どうして兄弟たちを騙せるんだよ？」青桂が申し訳なく、不安な気持ちで言った。「じゃあこうするか？　俺の兄弟だから、俺が、父親のかわりに決めてやる——八かけだ、八八六十四。六万でいい。どうだ？」

それに続いたのは罵り声と溜め息だった。この二人の「兄弟」も変な奴で、もともと冗談半分だったのに、しゃべり出してからは後に引けなくなった。桂仔《グイヤー》は良いことも悪いことも話し、酒をついだり詫びの言葉を入れたりして、すごく焦っていた。

彩霞《ツァイシア》は怒りに加えて悲しかったし、悲しみの他にはさらに深い怨みがあり、すごく恨んでいた。この世はどうしてこうなのだろうか。もしかすると連続した悪夢の一コマに過ぎないのだろうか。

食事は午後二時まで食べていた。青桂《チンクイ》は五、六回の電話をかけ、その後で「兄弟」の車で、青桂と彩霞を郊外に護送したのである。そこは新しい社区《シャチュイ》のようだった。何列か連なった二階建ての家があった。二人の話からすると、「広東路《クワントンル》」という場所ではないだろうか？


建物の中に入ってみると、宿舎のような感じだった。いや、宿舎ではなく、貸し出しする公寓《コンユイ》（共同住宅）のようだった。建物の中はひっそりとしていて、ただ中年の婦人が一人挨拶していた。白粉を顔に分厚く塗った四十歳過ぎの女だった。今ではもうこのように「田舎くさい」化粧の仕方は少ないのだが。

「兄弟」は暫く立ち話をした後で出かけて行った——二人は青桂と折り合いを付けたところでようやく立ち去ったようだった。彩霞はどうしても注意力を集中させることができなかった。彼女はとっくに「絶対に犯される」という心構えでいたが、「ゴーストタウン」に一歩一歩入った時には、心の中がどうしても落ち着かなかったのだ。

「荘青桂《チュワンチンクイ》さん、ですか？」女性が尋ねた。

「そうですよ。阿和《アフゥ》さんですか？」二人は明らかに知り合いではなかった。

「ええ、ええ。それじゃあ……」女性は両眼を細めて猫のような目で彩霞《ツァイシア》に狙いを定めて言った。「蔡頭家《ツァイタウゲ》（蔡老闆）が言うのは、この子？」

「そうそう。どうですか。綺麗でしょう？」

「綺麗ね！　綺麗ね！　すごくいいわ！　蔡頭家も死ぬほど楽しいだろうね！　フッフッフ！」この女は意外にもいやらしい目つきで近寄ってきて、彩霞の下あごに手をやり、うっとりと見つめた。「本当にいい感じだねえ！　ヒッヒッヒ！」

「どうしたんだよ？　女も女に見とれるのか？」

「そうよ、そうよ！　美人を前にして、あたしはすごく可愛らしいと思うわ――」阿和は意外にも両手を突き出すと、お構いなしとばかりに彩霞《ツァイシア》の両胸をわしづかみした……

「何よ？」彩霞はとっさに数歩さがり、まるで幽霊でも見たかのようだった。

「いいわね。正真正銘の本物よ。いいものよ！　何歳なの？」

「十六だ。発育はすごくいいぞ！　肉付きのいい小さなメンドリみたいだろ！」青桂《チンクイ》は言った。

「味見したの？」女はびっくりした。

「そんなわけないだろ！　金が関わるからな、できるわけねえ！」

この女はずっとにこにこしていて、嬉しくてたまらない様子だった。そして彩霞を二階に上げた。二階は、見た目では三部屋の套房《タオファン》（ワンルーム）だが、普通でないのは、すべての部屋に鉄のドアや窓が付けられているのだ。一般住宅での鉄扉や窓用面格子とは違うのが一目でわかるのだ。

「座って。今晩、あんたはここで過ごすのよ！」女は彩霞に熱い白湯を注いでくれた。ニコニコとね、うん、どちらにしろ、来たからにはやらなきゃね！」

「……」彩霞は一生懸命我慢した。

「女の子の運命は、こんな感じなのよ。大歓びのふりをして――喜んでもらえれば、大きな紅包《ホンパオ》をもらえるわよ。それもいいわよね?」

「……紅包だって、ほかの人のものでしょ!」彩《ツァイ》霞《シア》は言った。彩霞は自分でこういうことを言ってしまったことにびっくりした。なぜ? どうして自分はこんなことを言ったのだろう? もしかして私は?……

「そんなこと、そんなことないわよ。御開帳のお金は、荘《チュワン》が持って行ったんだから、他の紅包はあんたのものなのよ。しっかり持ってるんだよ!」

続けて、女は真面目な顔をして彩霞に聞いた。本当に在室女《ツァイシニュイ》なの? 彩霞は答えなかった。女は焦り出し、彩霞はただ頷くしかなかった。女は安心してから、今度はくどくどと彩霞に「レクチャー」を始めた。

そうしたことは、英君《インチュン》がほとんど教えてくれていた。この女もこの道の玄人なのだろうか? 手振り

や口振りだけではなく、大事なところの「手本を示す」ようなことまでやった……

彩霞は、気持ち悪くなり、吐き気がした……どれくらいの時間が経っただろうか、女は浴室の閉め方、使い方をすべて説明した。そのとき荘青桂《チュワンチンクイ》も上がってきた。手には青色のプラスチックのケースを抱えていた。

彩霞の顔色は急に血の気が引き、からだが二三歩後退りした。彼女はひと目でその小さな箱が何かわかったのだ――元宵節《ユエンシャオチエ》の日、彼らが捕まえに来た時に、あの箱の中の注射器で二人を脅したのだ。

「何でも無い、何でも無い! 驚かなくていいから! 驚かなくていい!」青桂《チンクイ》はすぐに彩霞の顔色が変わった訳に気がついた。

ただ女だけが困惑していた。青桂は言った。

「阿霞《アシア》、注射液は鎮痛剤だ。一発打ってみるか?」

「嫌よ! いいから、いいから!」彩霞は頭を振

り、手を振った。

「本当だぜ。害なんてねえよ！　痛みが和らぐんだぞ。そっちの方がいいじゃねえか？」

彩霞《ツァイシア》はどこまでも拒んだ。女もその必要はないと思っていた。女は言った。

「蔡《ツァイ》は、来たの？　蔡頭仔《ツァイタウアー》だよ！」

「下にいるよ」

「じゃあ？……」

女は先を争うように降りていき、階段の入り口で彩霞に向かって意味のわからない笑みを投げかけた。

青桂《チンクイ》は突然彩霞の目の前に躍り出て、燃えさかる両眼で彼女を見つめた。それは彩霞が今までに見たことのないような、想像したことがないような視線だった。

それは狂った犬のような目つきだった。そうだ。小さい頃、大寮郷《タリヤオ》に気が触れた犬がいたが、彩霞が見たのは——あのブルーグレーで、濁りながらまっすぐと見つめる眼だった……

青桂は突然彩霞を抱きかかえると、頭を傾けて唇を彼女の微かに開いた口もとに押しつけた。突然やってきた襲撃で、彩霞は抵抗したりあがいたりする余地が全くなかった。

彩霞にとっての初めてのキスは、こうして腹黒い青桂の手のうえで失われてしまったのである。

青桂の動きはそれで終わらなかった。左手で後ろから彩霞の首筋をつかみ、頭を動かせないようにした。右手は毒龍に化け、服の下から忍び入って来た。この動きはとても苦しく、彩霞の唇は逃げていたが、それでも完全に振り切ったわけではなかった。

青桂の右手が彩霞の下着の中に入ってきて、柔らかくて、大きくもなければ小さくもない、弾力性に富んだ可愛らしい乳房をぎゅっと握りしめた。

彩霞はしきりに逃げようとした。青桂は掌を広げ、彼女の下腹部の微かに盛り上がったところを力いっぱいに擦った……

「やめて……」彩霞《ツァイシア》はついに掌を払いのけた。そして両手で狂ったようにひっつかんだ……

青桂《チンクイ》も後退りし、それを払いのけた。顔全体が真っ赤になり、両眼はかすかに閉じていたが、胸元は波打ち、息も絶え絶えだった。

「おまえな……」青桂は毒々しく笑った。

「……」

「くず！　あのデブ豚に上手いようにやられちまえよ！　フンッ！　この野郎！」青桂は言い捨てると後ろを向いて降りていった。もちろん鉄扉に鍵をかけることを忘れなかった。

荘青桂《チュワンチンクイ》という男は、どうしてこうなのだろう。どうしてこのようにするのだろう。男はこんな感じなのだろうか。男と女の違いには……彩霞はとても怖くなり、ぞっとして、このように考えざるを得なかったのだ

窓の外は、一面が暗い灰色だった。天気が変わったのだろうか、それとも間もなく夕暮れなのだろうか？

彩霞はガクッと床の上に座り込んだ。ケヤキのフローリングだった。彼女はまったく何も考えずにそこに座り、痛ましい次の出来事を待ったのである。

◎

十分ほど後に、ドアが音を立てて開いた。

あの中年の女が細長い取っ手のついた長方形の木箱を提げて入ってきた。彩霞は一目で、それがホテルが料理を運ぶ時の容器だとわかった。

女に付き添うようにしているのは中肉中背で、頭の薄い黄色い顔をした男だった。ダークブルーの背広は光沢を微かに浮かべていて、真っ赤なネクタイを締めていた。男は胸の前で酒瓶を抱えていた——ドアの前に立ち、微動だにせず、ただ彩霞に向かっ

て笑みを浮かべていた。微笑むと、顔全体に縦横に皺が走った。

彩霞《ツァイシア》はいつ床から立ち上がったのだろうか。男を一目見ると、うなだれて立ち、両手できつく衣服を握りしめた。それは彼女がいま唯一できることではなかっただろうか。

女は大きな甲高い声で、続けざまに何かを言ったがわからなかった。食べ物の濃厚な香りが暫く漂って来る。料理が送られてきたのだとわかった。

「蔡頭家《ツァイタウゲ》、おめでとうございます！　もう一度新郎になれますね！　アハハハ！」

「多謝《ドゥオシア》（ありがとう）！　ヘッヘッ！　ヘッヘッ！」

この人の笑い声は、まるで鼻の穴から吹き出るかのようだった。

「運がいいですね、いつも新郎になれて。毎年新鮮なものを味わうことができて、ますます長生きができますね！」女は振り向き、彩霞に対して言った。

「しっかり蔡頭家にお酌しなさいよ――あんたのお婿さんなんだからね！　生涯で最初の男性《ひと》でしょ。わかる？　しっかり尽くしなさいよ！　絶対に良いことがあるからね！　ウフフッ！　あたしは先に戻るわよ！　ウフフッ！　ウフフッ！」

多弁な女は実に「物わかりよく」下に降りていった。蔡頭家はドアを閉め、酒瓶を降ろした。そして背広を脱ぎ捨て、ようやく腰を下ろした。

「座って、座って、座って」蔡は言った。

彩霞は少しだけ顔を上げざるを得ず、蔡に視線をやった。逆らえずに離れたところにある机の向かいに腰掛けた。

「……生涯で最初の男性《ひと》……」女の言葉が耳元で響いた。

「おまえが彩霞かい？　びっくりしないで。わしは蔡泰斗《ツァイタイトウ》、友だちはわしのことをからかって、菜頭蔡《ツァイトウツァイ》とか、『蔡老闆《ツァイラオバン》』って言うんだよ」蔡は北京語で話した。「わしは豚肉を冷凍して日本に輸出しているんだ。結構多く稼げるぞ——ん？　おまえどうして泣いてるんだい？」

そうなのだ、彩霞《ツァイシア》は再びめそめそと泣き出してしまったのだ。彼女は泣かないと決めたはずだったのに。

「おまえ、どうして？」蔡は訝りながらおもしろくなかった。「おまえは心から望んでいたんだろう？　それとも、わしがおまえにやる金が少ないって言うのか？」

「……」彩霞は返事ができただろうか。無理やりにやらされているのだと言えただろうか。

「言いな！　わしは無理強いさせたくない人間だからな！」蔡《ツァイ》は酒瓶を開けると、「ポッ」という音が出た。明らかに洋酒だった。

「わたし……どうしようもなかったんです……」

「それはおまえさんの事情だろう。わしが言ってるのは、承知したのなら、『楽しく』やれってことだ！」蔡はまた後半を北京語に戻して言った。「これは金で買ったことなんだぞ。公平な取引なんだ——『泣きっ面』は御免だよ。わかったかい？」

「……」

「ほら！　わしと一杯付き合え——これは『サンパン』だぞ！　わかるか？　アメリカ人がお祝いの時に飲むやつだ！」

「……わたし飲めません、飲んだことないです……」

「よし！　じゃあ、おまえはグラスをあげるだけでいいよ！　形だけでいいから！」蔡の瞳が光った。「今晩飲んでみれば、経験したことになるだろう！　何事もはじめがあるんだよ。ハッハッハッハッ！」

蔡老闆《ツァイラオパン》は明らかに粗野な人間で、一人で勢いよく飲み食いした他には、豚肉の冷凍輸出の話ばかりしていた。

このような酒は、彩霞《ツァイシア》はもちろん飲んだことがなかったが、それでも「シャンパン」という名前であることくらいは知っていた。香りが奇妙なお酒で、彩霞は少し考えてから、思い切って一口飲み干した。そうなのだ、いま何ができるというのか。彼女はこのように考えたのだ。

だがどのように自分を励ましても効果がなかった。肩のくぼみの奥深くでは、止まること無く波紋状の冷や汗が流れ、からだがどうしても言うことをきかなくなり、震えが止まらなかった。とくに両方の太腿が、震えて震えて、腰掛けさえもひとしきり揺れ出したほどだった。

「ヘッヘッ！　みんなわしのことをスケベだって大きな声で言うけれど――実際はわしは、まだ五十になったばかりだから――おまえ、わかるのか。どうなんだ？」

「……」彩霞は蔡のことを見ることはできなかったし、言葉を返すこともできなかった。

「本当は、わしは本当のスケベじゃあないんだ！」蔡《ツァイ》は声を張り上げた。「わしが在室女《ツァイシニュイ》とやるのは、第一にわしの手もとには金があるってことだ――これはある種のステイタスなんだ。わかるか、おまえ？」

「……」彩霞は歯を食いしばり、蔡を睨みつけた。だが、首が言うことをきかず、また涙が流れてきた。

「そうだ。第二に、わしが男前だってことを証明するためだ。まだ死んでないってことをな。わかるのか？」

彩霞にはわからなかった。目の前の低俗な男は、どう若く見ても自分の父親と同じくらいだった。金がある、地位がある、と繰り返して言うが、彩霞が見たところでは不安げで、恐怖にとりつかれて落ち着かない様子だった。彩霞には蔡の話がまったく理解できなかったが、蔡《ツァイ》がおもしろくなさそうなことは感じ取れた。大枚をはたいて「在室女《ツァイシニュイ》と遊ぶ」ために彩霞を呼んだのに、どうしてこうなのか。彩霞《ツァイシア》は本当にわからなかった。

人は、どうしてこうなのだろうか。彩霞は深々とこのことについて考えた。

運の悪いことに、蔡は彩霞に考える時間を与えなかった。

蔡老闆《ツァイラオバン》は酒や料理を平らげた後、彩霞に対してバスタブにお湯を張るように命じた。

一緒にシャワーを浴びようというのだ。彩霞は断固として拒否した。蔡が入浴すると、彩霞にもシャワーを浴びるように命じた。蔡は浴びないのなら、彼女の衣服をすべて脱がして、バスタブのなかに投げ捨てると言った。彩霞はやむを得ずシャワーを浴び、蔡が準備したベビードールに着替えたのである。

「観念しな、藍彩霞《ランツァイシア》……」頭の中で響いた唯一の声だった。

バスルームの中には、人の背丈と同じ程のガラスがあった。

彩霞は初めて「面と向かって」自分の裸姿をしっかりと見た。そうなのだ、乳房は相当に張っていて、柔らかい腰周りの下で、おしりは肉付きがよかった。それは初春の眺めであり、未経験の趣きであった。

だが、不幸なことに、彩霞は恥ずかしさの中で、自分でうっとりと看惚れることはなかった。逆に、汚《けが》らわしい連想や侮辱的な感じを覚えたのだ。

「このからだのせいで……」彩霞は意外にもこのように考えたのである。

「もういいかい？　わしのお嫁さんよ？……」蔡はドアの外から力いっぱいに叩いた。

彩霞は出るしかなかった。彼女はバスルームを出ると蔡につかまれた。

彩霞は抱きかかえられながらベッドに押し倒され

た。

　真紅のベッドに雪のように白いシーツをかけたダブルベッドだった。

「イヤッ、イヤッ……」彩霞《ツァイシア》は抵抗した。

「イヤッだって？　ほっほっ！　あはっはっ！」

抵抗したことが、逆に蔡《ツァイ》の興奮を呼び起こしたようだった。

　そうなのだ、もう二度とお願いはしない。彩霞は自分に言い聞かせた。彼女はきつく、力を込めて歯を食いしばった。彩霞は、突然、何もかも怖くなくなった。死んだ母親が言っていたが、逃げ切れないのであれば勇気をもって引き受けてみるが、志しを失ってはいけないと。泥の中から立ち上がらなくてはいけないのだ。自分の力で……

　すぐに、彩霞の衣服は全部剥ぎ取られてしまった。彼女は団子のように縮こまって、ベッドの真ん中に横向きになった。

　菜頭蔡《ツァイトウツァイ》は、衣服を半開きにして、額に汗を浮かべて疲れ切っていた。

「阿彩霞《アツァイシア》、少しは言うことを聞いておくれよ。わしは、痛くしないから！」

　丸くなっていた彩霞は、どのようなことも考えないようにしていたが、何も考えないというのは難しいことだった。彼女は死んだ母親のことを有り有りと想像した——お母さん、お母さん！　お母さん、お母さん、ママ、ママ……

　このように汚らわしく辱めを受けようとするときに、どうして母親のことを想像できようか。ダメなの、ダメなの！

　そして彩霞は心の中で大声で叫んだ。やめて！　やめて！　やめて！　イヤ、イヤ、イヤ、イヤ！……

「うん……おまえはいい匂いだな……」

　蔡は、貪欲な犬となり、赤く長々とした涎が滴る犬の舌でもって、彩霞《ツァイシア》の顔や口、腕、胸元、乳房、腰を一つずつ、隅々まで舐め回し、口づけをし、吸い寄せた。そして最後に、真っ黄色な大きな歯で、彼女の可愛らしい真っ白くて柔らかな右側の乳房を思いっきり咬んだのである……

蔡《ツァイ》の右手は巨大な茶褐色の蜘蛛のように、彩霞の少し小さめの左側の乳房の上に貼り付いた……

「ウッ、ウッ、ウッ……」蔡は一定のリズムで一秒間口を開け、鼻の穴の呼吸が追いつかないのを補った……

ほとんど窒息に近い感覚だった。彩霞はしっかりと呼吸をするように努力した。目の前の襲撃に対して、運命に対して、この世界に対して、彼女は「イヤ」という言葉で抵抗したのである。

犬や豚はすごくすごく重たかった。

蔡の呼吸は壊れた鞴《ふいご》のようにヒューヒューと鳴り響き、全身の震えが止まらなかった。蔡は何を恐れているのだろうか。右手は彩霞の乳房から離れ、彼女の横向きの姿勢を仰向けにさせた。だが彩霞はすぐに縮こまり横向きになった。

蔡はすぐに体を伸ばして起き上がり、正座をしたまま彩霞の裸体と向き合った。

——「バシッ！　バシッ！」右手が続けざまに動き、彼女の左右の頬を打った。彩霞のあたまは左右に揺れ、暴風雨のなかで蔓の切れたひょうたんのようだった。

彩霞は歯をさらに強く噛みしめ、口もとをきつく引き締めた。

蔡はもう一度彩霞の姿勢を引き戻した。今度の抵抗はだいぶ軽くなっていた。軽々とした抵抗には楽しみがある。蔡は左足で彩霞の右足の太腿を抑え、右足の膝で左足を広げ、大きく広げた。

蔡は最初は寝間着を開けて《はだ》いただけだったが、いつの間に自分から脱ぎ捨てたのだろうか。今では動きに慣れ、少しばかり震えるからだで、突っ張ったり、のしかかったりしていた。だが蔡はすぐに体を持ち上げ、まるで何かを間違えたかのように、あるいは何かをやり忘れたかのように急ぐのであった。

蔡《ツァイ》は彩霞《ツァイシア》の両足の間にかがみ込み、まるで清明節《チンミンチエ》の墓参りで、祖先の墓に向かって跪き平伏して拝むかのように、彩霞の可愛らしく辱められた神秘な門を眺めるのであった……

「オッ……」蔡は大きな手で力を込めて擦ったりもした。思わず口から誉め讃える言葉が出た。「すごいぞ！　すごいぞ！　ベイビー！」

蔡はもうほとんど気が狂っていた。だがこの時でも蔡は右手を手持ち無沙汰にはしていなかった。右手ではしっかりと戸口調査をしていたのだ。

「オッ！」激しく興奮した叫び声だった。

「アアッ……」

「ちょっと我慢しろ、ハハッ！　これが一番いいな……ヘヘッ！」

「あん……」鋭く先の尖ったような痛みが下腹部の真ん中から放射状に広がっていき、皮膚を割くような悪寒とともに、からだの奥深くに入り込んでいった。

「ヘッ！　ヘッ！」

「お母さん……」彩霞は、やはり母親の名前を呼んだ。

いま、体の奥深くに入り込んだ激痛は、ずきずきとした痛みに変わり、蔡から伝えられて来る新しい痛みと混じり合って全身に広がった……

「ウー！」彩霞は、やはり痛くて声をあげてしまった。

「どうした？　気持ちいいか？　気持ちいいんだろ？　ヘッ！　ヘッ！」

「やめて！　やめて！」彩霞は本能的に抵抗した。

「ヨシッ！　動け！　ヨシッ！　動くんだ……」

蔡《ツァイ》はこう言った。

「……」彩霞《ツァイシア》は不意に目を見開いた。

恐ろしい眺めだった。彩霞は世界で一番恐ろしい野獣が自分のからだの上に覆いかぶさっているのを目にしたのだ。それはこの世でもっとも醜い姿が現われたものだった。

彩霞は、激痛の中でぞっとするような身震いを感じ、そして意識が少しぼんやりとしてきた。

「ハッハッ！　わしは男前だぞ！　ヘッヘッ！」

突然、彩霞はウッという声を聞き、体にのしかかる重さが倍増したように感じ、その直後に気絶してしまった。

彩霞は寒気で揺すり起された。目を開けて見てみると、自分は全裸でベッドの隅に横たわっていた。あの野獣は全身を花柄の布団で包みこみ、ベッドの真ん中で腹ばいになり、ぐっすりと眠っていた。

彩霞は起き上がってベビードールを探したが、ビリビリにされていた。彼女は仕方なく抜き足差し足でバスルームに行き、自分の衣服を探した。

バスルームの電灯は消えていなかった。彩霞はこれ以上自分の姿を見たくなく、衣服を着て椅子に腰掛けた。とても疲れていて、痛かった。彩霞は椅子をテーブルのそばに近づけ、テーブルにうつぶせになると、すぐに眠り込んでしまった。

◎

――「ベイビー。おまえ、どうしたんだい？」

目を開けて見ると、またもやあの脂ぎった醜い顔だった。醜い顔の主は有無を言わせずに、再び彩霞をベッドの上に押し倒した。もしかしてもう一度同じ事をしなくてはいけないのだろうか。彩霞はようやく目が覚めて、力ずくで抵抗した。

「やめて！　やめて！　わたし嫌なの……」

「何を言ってるんだ？　わしは、蔡頭仔《ツァイタウアー》は一晩を買ったんだ！　一回だけじゃないんだぞ！」蔡《ツァイ》は同じやり方でもう一度繰り返した。「わしは商売人だ。わかるか？　もとが取れないことは、やるわけないだろ？」

「フッ！」彩霞《ツァイシア》は嘲笑った。妙なことに、彼女は冷笑する気持ちなどなかったのに。

　蔡は思わず愕然とした。この驚きが、形勢を大きく変えたのだった。彩霞は突然蔡の固いものが柔らかくなったように感じ、自分のからだの上から退け落ちたように感じた。ぼんやりとした意識の中で、彩霞は男には固いものがあることに気づいていた。さっきはそれで自分を痛めつけたのだが、今この人はどうだろうか……？

「おい！　この野郎……」蔡は大きく息を吐き、ずっしりとからだの向きを変えて、ベッドに仰向けになった……

　彩霞はふと横目で蔡を見た。蔡は目を大きく開けた。

「ああ！　年取ったな！　一晩で二軒は歩けないな」

　彩霞はとてもおかしく感じた。この人はどうしてあれほど楽しげな様子から、突然苦悶し始めたのだろうか。男の人はこれを「やる」のは命をかけるのと同じなのだろうか。気持ちがいいはずなのに。どうして、すごく苦しいような姿なのだろう。もしも本当に苦しいのであれば、どうして命をかけてまでやるのだろう。

　彩霞は知っていた、女の人から言えば、それは苦しみなのだ。それまでの日々の中で、朦朧とした幻想の中では、なんと素晴らしいことのように見えただろうか！　実際はこのように辛く苦しいのだ。それならば、この世の男女はなぜ恋愛したり、結婚したりするのだろうか。結婚の後にも毎晩ずっと……どうしてこれほどにも苦しいことをしたいのだろうか？

彩霞《ツァイシア》は考えれば考えるほど、わからなくなった。もう考えるのはやめようと思ったが、眠れなかった。

蔡《ツァイ》はまた一眠りしたようだった。空が明るくなった頃に、また目を覚ました。蔡は再び彩霞の衣服を剥ぎ取った。手や口を使って、もう一度同じことをするのだ。この時彩霞の気持ちは落ち着いていて、どのような展開でも少しは抵抗し、相手の根気を相当に消耗させてから、流れに身を任せたのである。

彩霞はあの固いものが再び邪魔に感じたが、無理であったようだ。蔡はもう一度試そうとしたが、諦めざるを得なかった。そして彩霞が聞いても分からないような話をして、彼女には意味不明な動作をするように迫った。彩霞はずっと頭を横に振っていた。

蔡は当初、相当に激怒し、彩霞を冷淡ににらんでいた。彩霞は蔡が少し怯えているのを感じ取った。それはとても奇妙なことだった。自分でも驚くような得意気を感じたのであった。彩霞は勇気を持って、にらみ返した。心の奥底で自分に厳しく急き立てられていた。怖がらないで、負けないで……

そうすると蔡の瞳の中の凶暴な炎は意外にも消え失せてしまい、浮かび上がってくるのは不安げな様子と恥ずかしさ、やましさであった。

蔡はベッドの端へ動いた。彩霞は何をするのか見ていたのである。蔡はあの雪のように真っ白なシーツを引っ張った。蔡は両手を挙げて、真っ赤な斑点を目の前に広げてみせたのである。蔡はニヤニヤとしながら、両眼を細くし、そして衣類を裂くかのように狂いながら笑い出した。その笑い声はとても得意気だったが、一方では悩み悶えているかのようでもあった。

「阿霞《アシア》。おまえは正真正銘の在室女《ツァイシニュイ》で間違いないな！」蔡が聞いた。

彩霞は、涙目になり、口をすぼめた。だが、絶対に涙を流さず、泣かなかった。

「ほんとうにおまえをお妾《めかけ》さんにしたいよ、でもな、ヘッヘッ！」この話は作り笑いで終わりにした。

「じゃあ、わたしに……仕事を紹介してくれませんか？」彩霞は言った。

蔡《ツァイ》はどうしようもなく頭を振った。蔡は彩霞に教えてあげた。彼女が売られた身であることを――百万元近くする身売り金だった。蔡には払えなかったのだ。

「百万も？」彩霞《ツァイシア》は息を呑んだ。

蔡は何も言わず、そそくさとシャツを着てネクタイを締めた。上着を羽織ってみると、紳士同然で、頭のはげた黄色い顔は、厳粛とした紳士だった。この人が衣服を脱ぐと吐き気がするような気持ち悪い変態に変わってしまうことを誰が知ろうか。

蔡は札入れを取り出すと、千元札を五枚取り出して彩霞の目の前でひらひらさせた。

彩霞は一目ちらっと見ただけで、頭を下げてしまった。

「持っていけよ、おまえにやる」蔡は金を彩霞の掌に押し込んだ。

彩霞は自然とお札を握りしめた。頭を上げて蔡を見ようとしたが、なぜかどうしても上げられなかった。

「チッ！　かわいそうなベイビーちゃんだな！」

蔡はさらに三枚出し、今度は直接彩霞の胸の谷間に押し込んだ。掌を引き出す前に、ついでに両方の乳房を襲ったのだ……

彩霞はしきりに後退りした。彼女がしっかりと立ち上がった時には、蔡はすでに後ろを向いて下の階へ降りてしまっていた。

突然、彩霞は口を開けて蔡を呼んでみたくなった。私をここから連れ出して下さい……

「あれ？　どうしてこんなふうに思うのだろう？」

彼女は自分の考えにびっくりしてしまった。

彩霞《ツァイシア》は茫然として、よたよたと腰を下ろした。

「これから先は？」彩霞はまたベッドの端に突っ伏して噎び泣いた。

だが彩霞はすぐに頭を上げた。誰かが二段飛ばしで階段を上がってきたからだった。彼女は掌の五枚の千元札に気づいた。下着の中も「感じ取った」……あれこれ考える時間はなく、すばやく掌のお札を胸元に押し込んだのだった……

「やあ！　どうだい？　藍彩霞《ランツァイシア》さん！」荘青桂《チュワンチンクイ》がドアを押して入ってきた。

「……」彩霞は青桂《チンクイ》をじっと見てから、首を振るように別の方向を向いた。

「よお！　すげえじゃねえか！　クソッ！」青桂は鉄扉を施錠した。

彩霞はすぐに感づき、立ち上がった。だが青桂は目の前まで来ていた。彩霞に向かって右手の掌を突き出した。ものをくれ、という意味だ。

「なんでしょうか？」彩霞は仕方なく聞いた。

「金だ！　金を出しやがれ！」青桂は、冷静だった。

「何のお金ですか？　お金はあんたたちが持っていったでしょう？」怒気がめらめらと昇って来た。

「馬鹿野郎！　紅包《ホンパオ》を出せよ！」顔つきが変わった。

「ありません！」心の中では、すべて出してしまおうととっくに思っていたが、口をついて出てきたのは拒否だった。

「おまえ、本当に出さねえ気か？」顔全体が赤くなったが、すべてが怒りというわけではなかった。

「無いって言ったら無いんです！」やはり思っていることと言うことは、一致しなかった。

——「バシッ！　バシッバシッ！　バシッ！　バシッバシッ！」一度に六回のビンタが飛んできた。

彩霞《ツァイシア》は左右に崩れ、続いて床の上に倒れ込んだ。

青桂《チンクイ》はまた彩霞を引っ張り立たせた。彩霞は本当に打たれるのが怖かった。ズキズキとした激しい痛みだけではなく、荒々しく残虐な気勢に潰されるように怯えてしまったのだ。彩霞はすばやくお札を取り出し、おとなしく上納した。

青桂は、三十歳になっていなかったが、見た目では顔立ちがよく色白で垢抜けし、粗野な中にも上品さがあった。身をもって経験したわけでなければ、誰もこんなヤクザ者だなんて信じないだろう。

「菜頭仔《ツァイトウアー》！　こんなにケチかよ！」青桂は金のすべてをズボンのポケットに押し込んだ。

彩霞は青桂が満足げに笑っている時に、横を向いて下の階へ降りようとした。だが擦れ違う時に、青桂は彩霞を引っ張った。

「どうした？」彩霞は本当にびっくりした。

「おまえ、どうなるかわからねえのか？」青桂はほとんど彩霞を「ぶら下げる」ようにして、叫び声を出しながらベッドの上に放り投げた。

「やめてよ！　こんなことしないでよ……」彩霞はこうして願うしかなかった。

「やめてだって？　初体験は済んだんだろ。それでもやめてなのか？　クソッ！」

荘青桂《チュワンチンクイ》の動きはマイペースだった。青桂は彩霞が仰向けにしている姿勢をひっくり返し、ベッドに腹ばいにさせた。洋服のファスナーを下ろし、バナナの皮をむくように衣服を剥ぎ取った。

彩霞の服を脱がせ、自分も素っ裸になった。筋骨隆々とした、白くて硬いからだだった。

「やめて、やめて……」彩霞は泣くことができず、ずっとこのような言葉をつぶやいていた。

青桂は力任せにまた彩霞をひっくり返した。裸で向き合った時に、青桂は慌ただしく目を遣って、それから乱暴に全身を撫で回した。性的な前戯というよりも、失った何かを探し求めるかのようだった。

「足。開け」青桂《チンクイ》はこのように命令した。

「……」彩霞《ツァイシア》は言われた通りにした。彼女はすでに完全に思考能力を失っていた。

「フンッ！　菜頭仔《ツァイトウアー》！　クソッ！　金があるから何だって言うんだ？」青桂は歯ぎしりをして、滅茶苦茶に罵倒した。「いつか、菜頭《ツァイトウ》の野郎に勝ってやるからな、てめえの奥さんと娘さんをやっちまうかもしれないぞ！　ヘッヘッ！」

この人は憎しみに包まれているのだろうか？　罪のない少女を残虐な目にあわせる悪党は、この世間さえも呪ったりするのだろうか。青桂に蹂躙された人は、誰に向かって自分の怨みを伝えればいいのだろうか。

青桂は鉄のように硬く、合図もなく、哀れむこともなく、押し込んで来た。まるで草むらの野ウサギを狩猟で殺すかのように。

「痛い！」彩霞の上半身は跳ね上がったかのようだった。

「何を叫んでる？　ヘッ！」また一刺ししてきた。

「やめて！　痛いから！　痛いのよ！」

「まだ叫んでるのか？」

彩霞は急に全身が縮まり、からだ全体が痺れてきた……

「どうした？」青桂が動きを止めた。

青桂はとても静かに動きを止め、上半身を突き出すと、右耳を彩霞の左側の胸にくっつけ、慎重に音を聞いた。そして左手を伸ばして、強くもなく弱くもなく彼女の頬を引っぱたいた。

「ウウッ……」ウッーというひと声で、息を一息吸い込むと、半開きのまぶたも何度か動いた。

青桂はまた動き始めた。この「思わぬ出来事」が青桂の興奮を引き起こしたかのようだった。青桂は笑っている。激しい笑みの中で満足していた。青桂は突然口を開けると彩霞《ツァイシア》の肩に力いっぱいにかみついた。

「アー！」彩霞は痛みが心臓や肺にまで達したようで、鋭く叫んだ。

彩霞は狂ったように震えていて、皮を剥ぎ取られ足をもぎとられても息絶えることのないヒキガエルのようだった。

「イッ！　痛……」彩霞はまた痛みで気を失ってしまったかのようだった。

「アッ――ヘッ……」青桂《チンクイ》は注ぐように発射し、からだは、気絶してしまった彩霞の上に倒れ込んだ。

だが青桂は動かずに休むことはなかった。三秒ほどした後に、突然何かを考えたのか、抜き出して、飛び跳ねるように離れた。青桂は背中を丸くして、頭を押し込んで虐げられた哀れなつぼみを見た――

真っ赤なバラだった。血を浴びたバラだった。はっきりと見えたのは、バラの花の中心では、鮮血がだらだらと流れ出ていたのだ……

「ウワッ！　やばい！」

青桂も慌てふためいた。

彩霞はまだ気を失ったままで、意識が戻っていなかった。

青桂は急いで衣服を着て、そして彩霞を布団でそそくさとくるんだ。

青桂は素早く、彩霞を抱きかかえると下の階まで走って行った。阿和《アフウ》に声をかけて、彩霞を車に乗せて、市内の病院まで走らせた……

「クソッ！　死ぬはずはねえ！」青桂は窓の外に痰を吐き、独り言を言った。

彼は少しばかり慌てていたのだろう。彩霞はまだ意識が戻っていないようだった。

四

三日後の午前、荘青桂《チュワンチンクイ》は藍彩霞《ランツァイシア》を見張りながら高雄《カオション》へ戻した。やはり「健美按摩院《チエンメイアンモユエン》」の四階に身を潜めたのである。

妹の彩雲《ツァイユン》も姿を見せた。腕には白い包帯が巻かれていて、実際に傷口が完治したのかどうかは知るよしもなかった。

荘の親子以外に、按摩院《アンモユエン》の老闆《ラオパン》である張扁頭《チャンピエントウ》もいた。その他の一組の男女は「紅玫瑰歌舞団《ホンメイクイクウウトウワン》」の責任者だった。

特別な集まりだった。それもそのはず、彼らは荘国暉《チュワンクオホイ》に招かれて「品物」を確認しに来たのである。荘国暉の話は、はっきりしていた。資本を下して利を求めるのであり、誰に「貸し出す」のかはどうでもよかった。条件は二人一緒にということで、一年の「借り賃」は三十五万元だ。他に彩雲の「御開帳」代は、荘との間で六対四の取り分になっていた。

「妹の方はまだ幼いから、三十五は、高くねえか?」張扁頭は言った。

「俺は見てみたけど、大丈夫だよ。せいぜい五回から十回ほどホルモン注射すれば、絶対に使えることを保証する」

「御開帳の代金が借り出す方にも入るのなら、それなら、わたしがもらうよ」歌舞団の女老闆《ニュイラオパン》が言った。

「それは……それはたぶん駄目だ」

「十回分のホルモン注射だって、原価なんだよ!」

「そんなの大したことはないだろう。俺の元手は五十なんだよ!」

「荘さん、菜頭蔡《ツァイトウツァイ》が一回やっただけで、八万元の大枚が入ってきたんだろ?」

細かいことにまでけちけちする人身売買だった。双方とも玄人で、一方は「もの」があるにもかかわらず売れないことを恐れ、もう一方は金があるにもかかわらず買えないことを心配していた。最後は歌舞団《クゥウトゥワン》で取引が成立し、荘国暉は彩雲の在室女《ツァイシニュイ》代金を分け合うことを諦めたが、借り手側が姉妹二人の医療費を負担することになった。

今回の取引では、張扁頭《チャンピエントウ》も同じような条件での受け渡しを望んでいた。最後に荘国暉《チュワンクオホイ》は言った。二人の女の子は性格が剛直なので、自分で選ばせた方がいいと――「按摩女郎《アンモニュイラン》(マッサージ)」をやるのか、それとも歌舞団《クゥウトゥワン》と一緒に各地を公演してまわるのか。

「按摩と言っても、性的マッサージだろ! 最後にはどうせやられるんだよ!」歌舞団の老闆《ラオパン》はわざと二人に言った。

「おまえたち、何を歌えるんだ? 何を踊れるんだ? どうせ脱衣舞《トゥオイウ》だろ!」張扁頭は負けずに言い返した。

最後はやはり二人に自分たちで選ばせた。二人は少し相談した後で歌舞団に入ることを決めた。彩霞《ツァイシア》の理由は簡単だった。踊りをおどるのは、たとえ衣服を脱ぐとしても、昼も夜もマッサージをするより良かった――見たり聞いたりしたことは多く、彩霞はマッサージは売春婦に過ぎないということを知っていた。

でも、彩霞はいわゆる歌舞団も、同じようにどれほど恐ろしくたちの悪い集団か、ということをどうして知っていただろうか。

もともと、彩霞は「条件」を提示したかった。それは妹の貞操を守るということだった。しかし少し考えてから、諦めたのであった。彩霞には二人の運命がわかっていて、自分ではどうしようもなかったからだ。

取引の手続きは簡単だった。双方が「貸出し契約」を結び、時間と金額をはっきりさせるのだ。張扁頭《チャンピエントウ》を証人として、その場で「金と商品を引き渡した」。買い手は張扁頭に一万元を支払い、「中人礼《ディオンランレー》（仲介金）」としたが、実際には「吃紅《ジアアン》（ご祝儀）」だった。

「一年後に、双方は再びここで引き継ぎをする」

こうして、姉妹は「主人が替わり」、歌舞女郎《クゥウニュイラン》（ダンサー）となったのであった。

その日の午後に、二人は屏東《ピントン》市に連れて行かれ、それから田舎町の「長治《チャンチ》」へ行った。長治郷は屏東県の辺鄙な場所にある農業地区で、素朴な農村の村だ。だが、「紅玫瑰歌舞団《ホンメイクイクゥウトゥワン》」はそこでまさに「盛大な」公演を開いていたのである。

今の二人の「雇い主」は、朱飛揚《チュフェイヤン》といい、三十五、六歳であった。本籍は屏東で、もともとは楽師だった。さらに若い時は、チンピラでもあった。鳴り物を吹くことができたので、兵役から戻った後に酒場での伴奏楽師の「ナガシ」となったのだ。

妻の陳麗美《チェンリメイ》は二十五、六歳で、もとは朱飛揚が「ナガシ」をしていた酒場のホステスだった。公序良俗違反と不倫で前科があったが、朱と一緒になった後に足を洗ったのである。

こうした男女は、他にできることがなかった。一九七八年の経済成長の時には、昇りつめる勢いが一時期あり、社会は日に日に贅沢三昧になり、各種の歌舞団《クゥウトゥワン》が次々と出現した。農村の少女が都市へ向かって大勢殺到し、大幅な人口移動がもたらす発展を引き上げたのだ。朱《チュ》と陳《チェン》の二人はこの機会に乗じて、十数人の中学卒業後に都市へ仕事を求めにやってきた少女を集めた。六、七日間の「特訓」を経て、紅玫瑰歌舞団は各地で公演を始めたのだった。

――こうした話は、すべて後に団員たちが少しずつ二人に教えてくれたことだった。

　しかし、この数年来、歌舞団《クウウトゥワン》はすでに行き詰まっていた。テレビでのおもしろい番組が大部分の娯楽に取って代わる傾向にあったのだ。青年たちは大都市へと押し寄せ、テレビ以外にも、他にも多くの刺激的な娯楽を見つけた。田舎の小さな村では、多くが中年や老人であった。歌舞団は都市へと進出できずに、ただ小さな村々を逃げまどうばかりであった。そうした中では、胸や腰を揺らしスケスケの衣装をまとう程度の演出ではおもしろくなく、生き残れる道は徹底的に脱ぎ、一糸まとわず丸出しにするだけだった。

「紅玫瑰歌舞団《ホンメイクイクウウトウワン》」とはまさにこうした「生存のためのメカニズム」であった。

　彩霞《ツァイシア》と彩雲《ツァイユン》が到着した時には、まさに「演目」は佳境に入っていた。朱老閭《チュラオバン》は妻に言った。

「しっかり二人に教えろよ、もしかしたら明日の夜にはステージに上がるかもしれないからな」

「明日の晩？　できるわけないじゃない。肉づきを見たの？」

「もともとからだを見るだけじゃねえか！　俺たちはからだを差し出し、観客はからだを見て、涎を垂らす！　そうだろ」朱《チュ》はいかにも筋が通っているというように言った。

「そうよ！」陳《チェン》は振り向いて二人に言った。「この仕事は、初々しさと華々しさよ――金を落とす人は、そんなのが大好きなのよ」

　二人は顔を見合わせながら聞いたが、どうしようもなかった。

　午後から、荘の親子と人身売買の男が売り買いのやりとりをし、傍若無人に二人を「さばく」のを見ていて――その時から二人は口をきいていなかった。本当のところは、二人が選んだ「買い主」に感謝の言葉を伝える以外に、話すことを許されなかったのだ。

いま、再び自分が「動かなければ」いけない場面に直面して、神経を集中せずにいることなどできなかった。こうなってくると「からだ」の蹂躙が少しばかり軽減したことは言うまでも無かった。彩霞《ツァイシア》は妹に目をやり、そしてこっそりと老闆娘に尋ねた。

「こんなダンス、わたしたち踊れますか？」

「できるわよ！　見て！　十分できるようになるわ」老闆娘《ラオパンニャン》の陳麗美《チェンリメイ》は二人をステージの入り口に潜ませた。背の低い腰かけを持ってきて座らせ、しっかり「見習い」をさせたのだ。

内装は新しいが、一目で質の悪い材料で我慢してこしらえた劇場とわかった。二百人程度の座席に、六割程度の観衆が座っていた。

前から三列目までは黒々とした頭ばかりだった。彼らは目を丸く見開き、口を半開きにしていた。間抜けな表情で、手足は動かすことがなかった。「観衆」の一部は腰を座席から浮かし、半分跪くような姿勢で、ステージの縁に体重を乗せて首を上げていた。

「どうしてこんな格好でダンスを見ているの？」

彩霞と彩雲《ツァイユン》の瞳には同じ疑問が浮かんだ。

だが、次の瞬間、二人は忽然と悟ったのである。

ステージ上のダンスは「ソロダンス」で、踊り手は「紅玫瑰《ホンメイクイ》の星」、ムチムチとした「金露露《チンルル》」だった。

音楽はテレビの「ピンク・パンサー」に出てきたサクソフォーンの曲だった。

楽隊は三人で、サクソフォーン、クラリネット、ドラムだ。

金露露はスケスケの晨縷《チェンリュイ》（薄い着物）をまとっていたが、腰までの長さで、へその穴をのぞかせていた。下半身は七色の帯だけである。珍しかったのは、前と両脇を半分覆っているだけであったことだ。雪のように白くムチムチとした臀部を、完全に晒していた。もちろん、観衆からの視角では、おそらく全体を見ることはできないのだろう。

だが、別のおもしろさもあることにすぐに気がついた。あの色帯は軽くて柔らかいものではなく、言葉を換えれば、からだに貼り付くことはなかった。少し動くだけで、情欲をそそる全身の姿が余すところなく現れるのである。ステージの縁にへばりついて下から仰ぎ見れば、見たいものは何でも見れたのだ！

彩雲《ツァイユン》はすぐに両手で目を覆い、見ていられなくなった。彩霞《ツァイシア》は胸が高鳴り、頬が熱くなってきた。どこかに隠れたいくらいだったが、動けなかった。

金露露《チンルル》の踊りは単純だった。小さなジャンプにステップを加え、右から左へ、そして左から右へと移動した。体を内側に向け背中とおしりを外側にまわす時、再び右から左へと身を翻す時、両手をいっぱいに広げて晨縷《チェンリュイ》を手で開け広げ、そして豊満で色白な胸を完全に「捧げる」のだった……

「ワァオ！　いいぞ！　もう一回まわれ！　もう一回まわれ！」観衆は大きな歓声を上げた。

「すげえ！　なんであんなにでっかいんだ？　本物なのか？」讃歎の声だった。

「クソッ！　クソッ！　ヘッヘッ！」取り乱す人もいて、我慢するのが大変だった。

——「見たでしょ？　難しくないでしょ？」麗美《リメイ》がやって来て話しかけた。

アッ！　二人は同時に声を上げた。麗美も柔らかい胸を半分ほど、大きなおしりを露出した「衣装」に着替えていたからだ。

「仕方ないでしょ！」麗美は不慣れでぎこちなく、おどけた顔をした。「人手が足りないから、ステージに立たないと続けられないでしょう？」

そういうことなの？　そういうことなの？　彩霞は全身が思わず冷や汗で溢れた。

突然、楽隊のドラムの音が高まり、サクソフォーンとクラリネットが止んだ。照明が付いたり消えたりして――観衆はひっそりと静かになった……

目の前が明るくなり、照明が赤く変わった。金露《チンル》露《ル》の晨縷《チエンリユイ》と七色の帯はどこかに行ってしまい、背が高くて豊満な、真っ白で情欲的なからだが、ステージの中央でドラムの音の高鳴りに従って、ゆらゆらと、揺れたり立ったりしていた。あの透き通るように丸々とした大きな胸は、上下に激しく跳ねて揺れ、真っ赤な乳首は点になったり動いたりと、丸い円を描いていた。そして、彼女は下腹部を前に反らせ、太腿を震えさせて、大きなおしりを揺らしたのである……

「おお……」ステージの下ではしわがれた声が漏れた。

「俺……いきそう！」「苦しみ」に耐えきれない人もいた。

――「エーン……」彩雲《ツァイユン》は我慢できず、声を上げて泣き出してしまった。

「雲《ユン》……」彩霞《ツァイシア》は彩雲を小突き、声をかけた。

――「バンッ！」突然げんこつが飛んできて、彩雲の顔に当たり、妹は声を上げて倒れてしまった。彩霞は彩雲の上に覆い被さったが、幸いにもげんこつは飛んでこなかった。顔を上げて見てみると、老《ラオ》闆《パン》が、顔中に怒気を帯びて、二人をにらんでいた。

「泣きやがって！　この野郎！　しっかり見てろよ！　明日の晩に上がるんだからな！」

――「ワハッ！　いいぞ！　いいぞ！」

――「もう一回！　もう一回やれ！　クソッ！　もう一回だ！」

観衆は熱狂し、正気を失った。満足はしていたが苦しくもあった叫び声と金切り声だった。そして観衆はまた静かになった。道化役の身なりをした「司会者」がエロチックな話をして金露露の体つきを話題にした後、次の演目を紹介した。「三花嬉春《サンホワシチュン》です」。
老闆娘《ラオバンニャン》の陳麗美《チェンリメイ》がステージに上がった。「三つの花」の中心だ。見た感じでは、パントマイムのようだ。三人のセクシーな美女が色情を漂わせ、お互いに悪ふざけをし合うのだ……

――「よし！　俺にやらせろ！　俺がやる！」観衆の中から叫び声が上がった！

――「そうだ！　何悩んでんだよ？　俺が一本借してやるよ、ハッハッ！」

――「そんなわけないだろ、阿琪瓶でもいいぞ！　ヘッヘッ！」

笑いを誘う、観衆をそそるエロチックなパントマイムだった。老闆娘でもある陳麗美《チェンリメイ》がこれほど下品で淫靡な「寸劇」で「主演する」とは夢にも思わないだろう！　朱老闆《チュラオバン》とは一体どういう人間なのだろうか。

振り返ると、ちょうど朱《チュ》はトランペットを高々と振って「口《くち》パク」しているではないか！

彩霞《ツァイシア》の視線はぼんやりとしてきて、もうこれ以上我慢ができなくなった。

――「ほら！　あんたたち二人」分厚いコートを羽織った金露露《チンルル》が呼びかけた。「今からステップの基本を練習するわよ――老闆《ラオパン》が言ったの。はやくして！」

二人は涙を拭いながら、立ち上がった。

◎

これは、絶対に悪夢だ。現実ではないはず。藍彩《ランツァイ》雲《ユン》はこのように考えていた。彼女は小さい時から不吉な夢にうなされる女の子であった。

でも、今回の悪夢は、どうしてこんなにも長く続き、鮮明なのだろうか。

彩雲《ツァイユン》は疾走するワゴン車の中で、心でこのように思っていた。

今は午後二時過ぎだろう。自分を乗せてどこに行くのだろうか？　運命はどのようになるのだろうか？　お姉ちゃんは？

これらのことはすべてわからなかった。

両側に座っているのは老闆娘《ラオバンニャン》の陳麗美《チエンリメイ》と歌舞団《クウウトゥワン》のドラマーである小呉《シャオウ》だった。この二人もそんなことには関心がない様子だった。この人たちは何を考えているのだろうか。おそらく昨日の「事件」を思い出しているのではないだろうか。陳麗美は絶対に朱飛揚《チュフェイヤン》のことを思っているのだろうし、もちろん一緒に「網にかかった」他の女たちのことを考えているのだろう。

「かわいそうなお姉ちゃん……」彩雲《ツァイユン》はこう考えると、思わずまた嗚咽が止まらなかった。

「藍彩雲《ランツァイユン》！　お化粧が落ちてしまうよ、可愛いんだから！」小呉《シャオウ》が言った。この人の話し声は、小声で優しくて、まったく悪者のようではない。

「何を泣いてるの？」陳麗美の声は逆にだみ声だった。「言っておくけどね、今日はあんたにやれと言うわけじゃないんだよ、なんで泣いてるんだよ？」

「そうだ、そうだ！」車を運転している見知らぬ男が言った。

「年寄りを騙すあぶく銭だ。見てろよ、どこに本当にやれる力があるって言うんだよ？」

「彩雲、あんたに言っておくけどね、こうなっちゃあ、金がかかるんだよ。あんたのお姉ちゃんが出てこられるかどうかは、金を作れるかどうかにかかってるんだよ。わかるの？」

「……」彩雲は茫然としたが、うなづいたようだった。

実際、彩雲は老闆娘の話が意図することはわからなかった。でも、いま歌舞団《クウウトゥワン》は金を必要としていて、陳麗美夫婦に金がないということはなんとなくわかった——彩雲はどうしてすぐに陳《チエン》に金がないということを確信したのだろうか。もしかすると彼女は「金欠」という状態について、十分に飲み込めたのかもしれない。自分たち家族はずっと「金欠」だったので、「同業者」はひと目見ただけでわかるのである。

彩雲《ツァイユン》は金があればどんな困難でさえも解決でき、あらゆる困難はまるで「金欠」と密接に関係しているかのようであると十分にわきまえていたのである！

二人が「紅玫瑰《ホンメイクイ》」にやってきて三日目の晩――つまり昨夜の第二幕の時に、金露露《チンルル》が前座を踊った後で、「司会者」は突然アナウンスしたのであった。最後の演目は「在室女の春《ツァイシニュイ》」です、と。

「みなさま。みなさまの『紅玫瑰』に対するご贔屓にお応えして、今晩は、特別に大金を積んで、ダンスの本場から新しいショーをお招きました。『彩《ツァイ》虹姐妹《ホンチエメイ》』がみなさまの前でご披露いたします――

在室女《ツァイシニュイ》の姉妹の美しいからだを、どうぞお楽しみください……」司会者がステージの上でここまでアナウンスすると、声は観衆の喝采に打ち消されてしまった……

――午後六時、食事の時間に、朱老闆《チュラオパン》が言った。「在室女の春」のちらしはすでに貼り出したから、二人はしっかり準備しろと。

「わたし、わたしたち……」どうすればいいの？ 彩霞《ツァイシア》はこのように言いたかったが、朱《チュ》の突き出た金魚のような目と視線があうと、彼女はその言葉を呑み込んだ。

「おまえたちはドラムの調子に合わせてゆっくり歩いて、行ったり来たりすればいいんだよ。ステージの上で左から右、右から左へと四回歩く時に、一往復ごとに一枚脱ぐんだ。脱ぎ終わった後にステージを一周まわり、それから真ん中に立つ。十秒数えてお辞儀をして降りるんだ……」朱老闆はこれらを一気呵成に話した。

「……」耐えられずにまた涙が……

「泣くんじゃないわよ！　からだの一部が無くなるわけじゃないでしょ」金露露《チンルル》は言った。

「覚えておけ。おまえたちが踊らなかったり、しっかりやらなかったら――言っておくけどな、すぐにおまえらを売春宿に連れて行って客とやらせるからな、一晩で歌舞団《クゥウトゥワン》二日分の売り上げだぜ！」

続けて陳麗美《チェンリメイ》によるアメとムチの指導があり、金露露も時間を割いて特訓した。金露露が言った。

「わたしたちはあんたたちがとんでもない目にあったっていうことを知ってるのよ。怖がらないで！　しっかりやれば、困難を突破できるから、自分を頼りにしてね、わかる？」

「どうやって自分を頼るの？」彩霞《ツァイシア》は心の中で言った。

「悪いことを習っちゃだめよ！　タバコとか、酒とか、博打とか、やっちゃだめ。節約して、お金を貯めるのよ、わかった？」

もちろん、そうした悪い習慣には染まらないけれども、でもどうやってお金を貯めることができるのだろうか。金露露でさえも現実をわかっていないのかもしれない。

二人はお互いに向き合い黙っていたが、心では互いに気持ちが通じていて、考えを取り交わしていた。歯を食いしばって、しっかり演技することを決めたのだった。

いわゆる「演出」とは、まさに朱老闆が言ったように、衣服やショーツ、ブラジャーを一枚ずつ脱ぎ捨て、投げ捨てるだけだった……

はじめは、彩霞が自分で「ソロダンス」することを望んでいた。だが朱老闆がそれに応じなかった。姉は両眼を丸く見開いて、朱をじろりと見ていたが、彼は逆に笑い出したのだった。彩雲《ツァイユン》はあの時の姉の眼差しは、おそらく一生忘れられないだろうと思った。姉がどうしてあのように異様な、恐ろしい眼差しをすることができるのか理解できなかったのだ。

しかし、誰も二人の運命を変えることはできなかった。深夜十一時近くに、金露露《チンルル》の長々とした「ソロダンス」が終わり、観衆が狂ったように騒ぎ立てた後で、クラリネットが優雅な3度音程を奏でた。それに続いてサクソフォーンも主旋律を吹いた。「モーツァルト」の「春への憧れ」だった。

「ハッハッハッ！」観衆は突然大笑いして体を大きく揺すった。

なぜなら、これは小学生が歌う子供の歌だからだ。サクソフォーンが8小節を吹いた後で、ドラマーが続けてゆっくりと四拍子を奏でた。観衆の笑い声はやっと止まり、照明がたちまち青く変わった——彩霞《ツァイシア》が先頭をきって「歩いて」きた。彼女が着ているのは真っ赤な腰を絞った裏地付きの衣装で、顔には少しばかり化粧を施し、足もとは黒色のワイングラスのようなヒールだった……

「ハァ……」観衆の中には、不満の溜め息をつく者もいた。

彩霞は一周まわり、「出口」のところに戻ってくると手に持った絹のハンカチを振った。彩雲《ツァイユン》が続けて出てきて「踊り」始めたのである……

「おや？……」

「ハッハッ！　クソッ！　何なんだよ？」

観衆は不満の叫び声に包まれた。彩雲が着ていたのはカーキ色のシャツに、ブルーのプリーツスカート——これは中学生の服装だった。

——「はやく！　はやく脱げよ！」朱老闆《チュラオパン》は様子がおかしいと思い、急いで情況に応じた指示を出した。二人には早めに脱がせるのだ……

「ワハハ！　いいぞ！」

「在室女《ツァイシニュイ》！　小さな胸だな！」

彩霞《ツァイシア》はすでに上半身を脱いでいた。上半身が裸になったため、観客の半分はかれこれ言い、半分が溜め息をついた。

――「彩雲《ツァイユン》！　おまえも全部脱げ！　はやく！」

彩雲も脱いだ。姉の裸の姿を見ながら、ためらうことなくシャツを脱ぎ、「学生用スカート」を投げ捨てたのである。姉の両眼が据わり、そこには何か燃えるものが見えた。それは青青とした炎で、照明が紫色を帯びたピンクに変わる時でも、その二つの炎はまだ青かった……

彩雲は姉の怒りと怨み、それらが混ざり合う中での決心と「力」を完全に理解した……

「どうしてこの世界はこうなんだろう?」彩雲はそう思いながら、一方で演技を続けていた。

本の中には人は万物の霊であると書いてある。本の中には父母は最も立派であると書いてある。お母さんは死んでしまったけれど、かわいそうと感じるだけで、立派だなんて思わない！　じゃあ、お父さんは？　お父さんは苦しくてかわいそうで、でもお父さんはどうして自分の娘を売り飛ばしたりしたんだろう？　先生は言っていたけれど……

――「はやくしろ！　ブラジャーを取れ、はやく！」幕の後ろからの命令は、楽隊の伴奏よりも大きな声だった。

彩雲は脱いだ。妙なことに、意外にも間が悪いとか、ひどく悲しいという感覚はなかった。この「脱ぐ」という動作は、まるで心の奥底に潜む刺激を引き起こすかのようであり、さらには「快感」のような感覚さえもたらしたかのようであった……

「人間が、こんな感じなのだから、わたしも一人の人間だし、わたしだって……」彩雲の心の中では、このような異様な考えが芽生えてきた。

――「ガキの野郎――脱げ！　パンティーだよ！　はやくしろ！　はやく脱げ！」

彩雲《ツァイユン》は声に応じて脱いだ。こんなのも大したことじゃない。人なんだから、面と向き合うのは、やっぱり人だ。人は、こうなんだ。そうでしょ？　それでは満足できないの？　お母さんや曾《ひい》おじいちゃん、曾おばあちゃんも、みんなこうなんだ……彩雲は思った。

この時、姉の彩霞《ツァイシア》はとっくに素っ裸になっていた。

「……」ステージの下は沈黙していた。

「うん……」ステージの下のこらえきれなかった気息が、突然発せられた。

彩雲は全身が凍り付いてしまった。彼女のやせ細った体つき、少しばかり盛り上がった胸、淡い淡い草原。それは災難にあったつばめの雛であり、風塵を受けた天使であるかのようだった……

「みなさま。これこそ、在室女《ツァイシニュイ》であります！　しっかりお楽しみください！」司会者が言った。

「あ！」ステージの下で誰かが不意に息を呑んだ。

彩雲は気持ちがはっきりとした。姉の方に目をやった。姉は無表情で、白い玉《ぎょく》でできた像であった。姉のからだはとても美しかった。それでも、彩雲は姉の引き裂かれた傷口は未だに癒えていないということを知っていた。姉が飛び跳ねることはできなかったし、大股で激しく歩くこともできないということを彼女は十分に分かっていた。

「今晩、みなさまのご愛顧に感謝いたしまして、演目が終わる前には、特別に——『紅玫瑰の星《ホンメイクイ》』金《チン》露露《ルル》の肉体をご奉仕いたしましょう……」

「ワオッ！　いいぞ！　よし！」ステージの下からは歓声が湧き起こった。

「どうぞ、みなさま。比べてみてください……」

司会者はこの言葉を言い終わったばかりだった。

「クソッ！　ワハハハッ！」

突然、音楽が途切れ、照明がすべて消えた。ステージの下もアッという低い叫び声の後で静まり返った。……約五秒後に、突然ステージの中央にふいに真っ白な一団が現われたのである——照明は三つの赤裸々なからだの上に注がれていた……

手に汗を握るような扇情的な場面だった。金露露《チンルル》は真っ赤な唇を半開きにして玉のようなふとももを少し開いた。草原の茂みを立たせ、きらきらと透明な桃色の胸を高々と掲げていた……それに引き立つように、彩霞《ツァイシア》は非常に清らかで、優雅ですがすがしく、彩雲《ツァイユン》は華奢で可愛らしかった。この世のものがすべてこうではないのに……

今晩、観衆は本当に熱狂した。声を上げて泣くふりをする者もいれば、座席の椅子を力強く叩いたりする者もいた。多くの観客が椅子の上で飛び跳ねて、両手を突き上げ、心を惑わせたのである。他にも前へ突進して、ステージの上にあがろうとする者もいたが、残念にも互いに凌ぎを削るかのようにして、這いあがることはなかった……

——「ピッー！　ピッピッー！」突然耳を切り裂くような呼子の音が大きく響いた。

「サツだ！　サツだ！」朱老闆《チュラオパン》はめざとく、情況を把握した。

「はやく逃げろ！　やめろ！」

——「動くな！　全員動くな！」ステージ左前方から大きな声が上がった。続けて大声で怒鳴る声、まぶしい閃光が絶えず掠めた。

警察の踏み込みだった。たちまちステージの上も下も大混乱になった。

彩雲は甲高い声で「お姉ちゃん」と叫んだが、すぐに老闆《ラオパン》の指示に従って、裸のままステージ下の観衆の中に飛び込んだ。老闆が言うには、これは濁った水の中に魚を放す奥の手だという。彩雲は周囲が如何なる「反応」も示さないうちに、回り道をした——裸のまま、化粧室の裏口から再び潜り込んでいった。

この時、警察と「獲物」——素っ裸の踊り子はステージの中央で揉み合いになっていたが、誰も彩雲《ツァイユン》に注意を払うものはいなかった。彩雲はそそくさと衣服をつかんで慌ただしくそれを纏い、観衆の中に戻り野次馬となったのである……

「アッ！　お姉ちゃん……」彩雲はとっさに叫び声を上げた。彼女が見たのは——姉と金露露《チンルル》が手錠をかけられて、今まさに警察に引っ張られるのを拒んでいるところであった。

朱老闆《チュラオパン》も二人の警察官に両腕をねじ上げられ、手錠をかけられているところだった……

「やめて！　やめて！　お姉ちゃん！　やめてよ……」彩雲は危険を忘れて、ステージに飛び込んだ。

「死にたいのかよ！　おい！」話し声と同時に、襟首がきつくなった。からだは無理やり引っ張られ、引き戻されてしまった。

ドラマーの小呉《シャオウ》であり、冷淡な表情の青年だった。

小呉の側には老闆娘《ラオパンニャン》の麗美《リメイ》が立ち、平静とした無表情の視線で彩雲を見ていた。他に六、七人の「団員」も近くで何事もなかったかのように眺め、おしゃべりをしていた。

「あの人、あの人たちはどうなるのですか？」彩雲は暫く興奮していたが、力が抜けそうだった。

「死なないよ。行くわよ！」麗美は髪の毛を振り乱しながら、先に立って出て行った。

彼女たちが舞台裏の楽屋に戻った時、三、四人の見ず知らずの男が代わりに荷物をまとめていた。彼らは歌舞団《クゥウトゥワン》の団員ではないはずだが、どこの人たちなのだろうか。彩雲は心の中で考えが浮かんだが、でも深く考える余裕はなかった。皆は小呉の指図で、小さなトラックに乗り込み郊外へ向けて車を走らせた。いや、おそらくまだ街道沿いをぐるぐる回っていたのかもしれない。最後に店舗のような構えの建物の前で停まった。

彩雲《ツァイユン》は旅館かと思ったが、入るとそうではないとようやく知ったのである。それは奥行きがあり間口の広い「理容中心《リロンチョンシン》（大型ヘアーサロン）」であり、団員たちは全員二階に上げられたのである。

二階は何部屋にも分けられていて、どこも「タタミ」が敷かれていた。五本の小さな電灯が点けられているだけで、とても神秘的で、薄暗く不気味な感じもした。

「ここはマッサージ部屋よね！」団員の一人が言った。

「なんで知ってるの？」もう一人が言った。

「阿美《アメイ》はベテランなのよ！　何百人も相手にしてるの。あんたまだわからないの？」もう一人が冗談めかして言った。

「ガキのくせに！　でたらめ言いやがって！　あんたこそ南から北まで売られ続けて、よくも人のことを言えるわね？」阿美は怒って反撃した。

「そうよ！　私は売られたのよ。そうよ、あんたはどうなのよ？　あんただってマッサージしてるだけでしょ？」

——「ほら！　ほら！　ケンカはやめて！」紅《ホン》玫瑰《メイクイ》陳麗美《チェンリメイ》が言った。「みんな言い争うのはやめて、紅玫瑰はどこへでも行くのよ。からだを売ったり、マッサージしたり、どんなことだって可能性はあるわ！」

「言い争うことじゃあないわよ！　みんな同じでしょ。こっそり、誰かに、売られるなんてことはないわ！　フッフッ！」一番年長の女が言い、それに続けて歌い始めた。「雨夜花《ウヤホエ》（雨の夜の花は）、雨夜《ウヤ》花《ホエ》（雨の夜の花は）、受風雨吹落地《シウホンウツェロトエ》（雨風に打たれては落ちる）、無人看見暝日怨嗟《ボーランコアギンムリオワンツォエ》（誰にも顧みられない恨みがましい我が身）、花謝落土不再回《ホエシアロトブザイホエ》（花が散ってしまえば戻ることはない）……」

彩雲は黙って、聞いていた。彩雲はこの民謡が

「雨夜花《ウヤホエ》」ということを知っていた。姉妹二人が一番大好きな歌だった。そうなのだ、雨の夜に落ちた花は、花の蕊まで落ちてしまって、行く末が計り知れない。葉や枝も落ちてしまい、人に見られる姿ではないのだ……

「お姉ちゃん、お姉ちゃん。今どこにいるの？」

彩雲は心の中で軽く叫んだ。

皆は大騒ぎした後で、すやすやと寝入っていた。彩雲はどうしても眠れなかった。とても疲れていて、頬や肩は痺れていた。目には見えない重圧が絶えずのしかかってくるかのようで、呼吸も困難に感じた。べとついた脂っこい汗が、全身を濡らし、早春の寒さが夜半にはさらに厳しくなり、背中には絶えず放射状に熱い汗が流れた。自分ではとても疲れているのがわかってはいたが、眠ることができなかったのだ。

階下のサロンの商売は、夜中の十二時を過ぎても終わらなかった。彩雲はぼんやりとしながら、上の階では南側の浴室に面した部屋で、何か「特別なこと」が起きているように感じたのである——はっきりとしない笑い声、ウーウーアーアーといった喘ぎ声が聞こえたのだ……

「もしかして……」彩雲《ツァイユン》はあのマッサージを思い出した……

彩雲はすぐに両手で耳を押さえ、薄い掛け布団の中に潜り込んだ。考えたくなく、聞きたくもなかったのだ……

——彩雲は老闆娘《ラオパンニャン》に布団をはぎ取られ、引き起こされた。目を開けてみると、春の太陽が照り渡るとても良い天気だった。豆漿《トウチャン》と饅頭《マントウ》を食べた後で、麗《リ》美《メイ》は言った。

「午後にあんたを送って行くわ。ストリップしてお酒の相手をするのよ。年寄りの変態よ……」

「イヤッ！　わたし嫌です！　わたし……」彩雲

はもう少しで椅子の上から落っこちるところだった。

「嫌？　あんた、何を言ってるの？」

「わたしできません！　本当にできません……」

「年寄りだから、大丈夫よ！　安心して！　そんな力なんてないから！」

「おい。そんなこと言うなよ！　遅かれ早かれだろ、どうせやられるんだよ、泣いてるの？　何を泣いてるんだよ？」小呉《シャオウ》の言い方は煩わしそうだった。

――彩雲はこうして車に乗せられ、想像もできない運命の境地に向かって走り出したのである。彩霞《ツァイシア》と金露露《チンルル》、朱老闆《チュラオパン》の三人は、夜通し警察署の拘置所に移送されたという。もしも適切に「働きかける」手立てがなければ、二十四時間以内に裁判所へ送られてしまう。老闆娘《ラオパンニャン》は何度もこの点に注意していた。

一体どこへ向かっているのだろう？　彩雲にはわからなかった。だが、わかったとしても、どうなるというのだろうか。


およそ一時間も経たずに、車は市街地に入り、ある円環《ユエンホアン》（ロータリー）の近くで停まった。小呉は彩雲《ツァイユン》に降りるよう命じ、そして前後を見張られながら大型レストランに入っていった。三階に上がり、アーチ形の門をくぐり隣の部屋に入った。彩雲は一目で店内の飾り立てが一般住宅のものであることに気がついた。

最後に彩雲は地下室に連れて行かれた。ここの様子も一風変わっていた。左右と前後に仕切られた四つ部屋があり、廊下は狭く、四部屋はどれも日本式の障子が使われていた。手前の左側と奥の右側の二部屋は騒々しく、すでに客が来ているのが明らかだった。

「怖がらなくていいわよ。わたしの言うとおりにするのよ」老闆娘の陳麗美《チェンリメイ》は彩雲に最後の指示を出した。

「……」彩雲は歯を食いしばり、耐えながらも、涙がこぼれ落ちないようにしていた。

「言っておくけど、これをぶち壊したら、死んだも同然だからな！」小呉《シャオウ》は声を抑えて警告した。「おまえの姉ちゃんが刑務所に入るなら、おまえをすぐに売春宿に送り込むからな。一日一晩で三十人の客を取らせるからな。三十人だぞ、わかるか？　三日で死んじまうよ！　ズボンを穿く暇なんてねえよ！」

「ほら、入りな！」

小呉は先に行き挨拶した。障子が大きく開いた。

部屋の中には五、六人の年寄りが横になっていた――「タタミ」が敷かれた日本式の部屋である。一目でこの人たちが皆六十歳以上の人だと見て取れた。髪の毛が一本もない禿げ頭か、白髪を振り乱しているかだった。皆、真っ赤な顔をしてにこやかに笑っている。見たところ、飲み食いも一段落したようだった。背の低いテーブルの上には杯や皿が散らかっていて、タタミの上には酒瓶が転がっていた……

「おお！　ほらっ！　ようこそ、『彩虹妹妹《ツァイホンメイメイ》』の御光来！」年齢の比較的若い客が先陣を切って冗談を言った。

彩雲《ツァイユン》は最初頭を低くしていたが、この時またお辞儀をした。

「そう！　私たちは女の子が御『光』来するのを歓迎してるのよ！」この人は特に光《ひかり》という字を強調して言った。

「そうだ！　光、来。ツルツルにね！　ハッハッハ！」

「みなさま、董事長《トンシチャン》、総経理《ツォンチンリ》……」陳麗美《チェンリメイ》は話を始めた。

「よせ！　よせ！」禿げ頭がおもしろくなさそうに陳《チェン》の話を遮った。「業務報告じゃないんだから、名前や肩書きを呼んでどうするつもりだよ？」

「彼女は言っただけだろ。この子はまだ若々しい果実なんだから、何にも知らないんだよ。お粗末なところがあっても勘弁してやってくれないか？」

「わかった、わかった！　行っていい、行っていい！」今さらどうもならなかった。

「おいおい！　待って！」赤ら顔が口を挟んだ。「君は？　君もパフォーマンスしなよ、いいだろう？」

「何言ってるんですか！　わたしは老闆娘《ラオパンニャン》ですよ、『やれる』わけないでしょ！」

「どうして？　昨日、君も裸になって、おっぱいを高く上げてたじゃないか……」彼は立ち上がって胸を揺すり腰を振る動きを真似た。

「それはステージの上だから……」陳麗美《チェンリメイ》は焦っていたが、花のような笑顔を浮かべた。「みなさんは肉や魚を食べ過ぎで、熟れた果物でお腹がいっぱいなんでしょう、そうでしょう？　今日はですね、在室女《ツァイシニュイ》を試してみてください。初々しい果実ですよ、どうですか？　だから……」

「わかった、わかった！　行っていいよ！」あの言い方がやっぱり功を奏したようだ。

陳麗美は逃げ出す頃合いを見つけると、すぐに身を翻して出て行った。この時、小呉《シャオウ》は客の中の「会計」担当から千元札の束を受け取り、我先にその場を離れた。

残っているのは彩雲《ツァイユン》だけだった――董事長《トンシチャン》（代表取締役）や総経理《ツォンチンリ》（執行役員）などの人物が酒飲みの色魔に姿を変え、十六歳の女の子が彼らの唇の前にいるのであった。

彩雲は始めから頭を垂れ、交互に握りしめた掌を見ながら黙って立っていた。年寄りの大人物たちが――祖父にもなれるくらいの老いぼれが――何を言うのも、笑うのも、はっきりと聞こえなかった。妖怪や悪魔のそばに身を置いて、逃げることができず、「逃がす」ようお願いするのもまったく希望がないことをただ感じていたのであった。では、それに面と向かった時、自分自身と向き合った毎分毎秒、さらには次の一分一秒は、どのように変わっていくのだろうか？　災難はどのようなものだったのだろうか？　それは次の一分一秒のことである。苦難にあった命とは、そのようなものだった。彩雲《ツァイユン》はこう考えたのである。

「おーい！　可愛い子ちゃん。何ていう名前だい？」面長で腹の突き出た老人が大声で彩雲に聞いた。訛りの強い「国語」だった。

「……」彩雲は聞き取れなかったので、返事をしなかった。

「そいつは彩虹妹妹《ツァイホンメイメイ》って言うんだよ！」赤ら顔が手を叩きながら歌い出した。「彩虹妹妹よ、ほうらほらほら……」

「ほら！　聞こえたのか。嫌な顔してるな！」面長はおもしろくなかった。

「おい！」比較的若いのが、彩雲の肩を叩いて言った。「董事長《トンシチャン》はおまえの名前を聞いてるの。はやく答えろよ！」

「……雲《ユン》、雲雲《ユンユン》……」彩雲《ツァイユン》は口を開いた。彼女の「源氏名」だった。

「お、雲雲ちゃん。いくつだい？」

「董事長《トンシチャン》は聞いてるんだよ、今年で何歳かって？」

「十六、十六歳……」

「そうかそうか。十六かい……」董事長は突然眉間に皺を寄せて、非常に困惑した様子で聞いた。

「じゃあ、君は、毛は生えてるのかい？」話は、もとに戻ってしまった。

五、六人は同時にぽかんとしたが、中の角に座っている白く太った老人が怒りながら言った。「趙董《チャオトン》事長《シチャン》、その位でいいでしょう？」

「お？　ハッハッハ！」

「フッフッ！　趙董事長は本当に胸に一物がある

人だな！　ハッハッ！」

一同の笑いの浪が、障子の中から音を立てて伝わってきた。おそらく一瞬考えてから、皆はようやく趙の度量の狭い質問の意味を飲み込んだのだろう。

「答えな！　答えな！　どうなんだい……」趙《チャオ》は大きな掌を伸ばして彩霞《ツァイシア》の股間に手を当てて、言った。「いったい毛は生えてるのかい？　ん？」

「ハッハッ！　趙董事長《チャオトンシチャン》、そいつを驚かすなよ！」

「何を聞いてるんだ！　すぐに確認すればいいだろ！　そんなの聞いてておもしろいのか？　まったく！」

「じゃあさ、わかったよ、みなさん。女の子ちゃんに脱いでもらおうか！　どうだい？」

「そう！　そう！　脱ぎな！　君、遠慮しなくていいよ！」

「……」彩雲《ツァイユン》は両手でしっかりとスカートのウエストを握りしめ、本当にどうしたらいいかわからない様子だった。

「ん？　君、どうしたんだい？」趙董事長はおもしろくなさそうだった。

「もういいですよ！　驚かさないで！　ゆっくりやればいいでしょう」太った色の白い年寄りが言った。

「ほー！　楊《ヤン》兄さんはそいつを好きになっちまったのかい、女に甘すぎるんじゃないの？」

「いや……違う。おまえなあ！　もう！」楊の白い顔が赤く染まった。

「そうならそれでいいじゃねえか！　今晩はよお、ヘッヘッ！」浅黒く痩せ形で背の高い老人が言った。「今晩みんなで見た後には、『封は切らず』に楊董事《ヤントンシ》長《チャン》に『成敗』してもらおう。どうだい？」

「そう！　そう！　楊董事長はすごいからなあ、でも天地をひっくり返すような感じなんだぜ！」

「それでもいいけどよお！　でもさあ……」趙は

わざと難題を出した。「楊《ヤン》兄さん、つまらねえよ！　みんなまだ楽しんでないのに、興を尽くしてないのに、そんなのいいわけないだろう？」

「趙董事長《チャオトンシチャン》が言うのは？」赤ら顔はびっくりした。

「罰酒六杯だ――ウイスキー六杯飲み干したら、おれ趙世海《チャオシハイ》は同意する。この在室女《ツァイシニュイ》をそいつに『やる』！」

「俺はそういう意味じゃねえよ、何言ってるんだよ？」太った色白は憤然とやり返した。「やりてえんだろう？　わかったよ！　六杯飲めよ！」

決着がつかなかったが、あの比較的若い紳士が動いた。男は音をたてないように彩雲《ツァイユン》の上着を脱がし、スカートを脱がし、それから肌着を、最後にブラジャーとパンティーと続けた……

男の動きはとても上品で、態度も落ち着いていて冷静だった。男は最後の「労働」を終えた時、おそらく自分をねぎらうためであろうか、突然身をかがめて腰を曲げ、彩雲の小さな小さな乳房の上に軽く口づけをした……

「おお……」喝采した者がいた。

「ほっ……」一息吐き出す者がいた。

「ヘッヘッ！」ぼんやりして酔っ払ったような者もいた。

「在室女《ツァイシニュイ》だぜ、まちがいない……」鑑定する者もいた。

「いいぞ！　いいぞ！　とっても綺麗だ！　その乳首！」夢中になっている者がいた。

「おお！　神様！　わが救い主のからだは釘付けにされて血を流し、髑髏山の頂上あります。どうかわが霊魂を贖い下さい、私の過ちをお許し下さい。……」祈祷し身を清めようとする者もいた。

彩雲はずっと口を硬く結び、両眼を大きく見開いていた。彼女は涙を流さないという自分自身に対する要求をやってのけたのである。彩雲は陳麗美《チェンリメイ》との約束も確かに守ったのだ。反抗せず、男たちが楽しみ、撫で回したりいじくり回したりするのに任せていた。彩雲にとって意外だったのは、こうした「老《ラオ》公公《コンコン》（おじいちゃん）」はとても「穏やか」で「節度のある」者だった。当初のあの騒々しさは、彩雲の裸姿が露わになってくると、意外にもおさまり、静かになった。

「この年寄りたち、この『男たち』は、どんな生き物なのだろう?」彩雲は突然このように思った。それはびっくりするような考えだった。

　この六人の中で、本当に手を出してくるのは、あの面長で腹の突き出た趙《チャオ》という董事長《トンシチャン》だけだった。この人は口を開くたびに、最も汚らしく最も道に外れた話ばかりするのだった。しかも、つかんだりひねったりといつも力を入れてきた。何度も痛くてもう少しで叫び出すところだった。でも、彩雲はやはり我慢したのである。

「おい！　雲雲《ユンユン》！　君、ちょっと歩いてみて。こっちからあっちまで、それから戻って来て……」

　彩雲《ツァイユン》は言われた通りに歩いた。

「振ってみて——こんなふうにして……」立ち上がって手本を示す者がいた。

　彩雲は少しだけ胸を張ったが、胸やおしりを揺り動かすことはなかった。できなかったのだ。

　比較的若い男が、もう一度同じ動作を繰り返して彩雲にやらせようとしたが、やはりできなかった。男は冷たく笑うと突然彩雲を押し倒した。彩雲は右脚を浮かせて体を勢いよく傾け、その弾みで、パンと足をすくわれてひっくり返ってしまった。からだは、趙董事長《チャオトンシチャン》の腕の中に向けてひっくり返ってしまったのである。これらはすべて計画された遊戯なのだろう。趙は両手で抱えると、彩雲をぎゅっと抱きしめた——全身素っ裸の、発育したばかりの清々しい香りを漂わす在室女《ツァイシニュイ》のからだだった。清らかで汚れていない美しい素肌だった。

彩雲《ツァイユン》は両眼をきつく閉じ、呼吸を止めた。息苦しくなった時にようやく一息呼吸するのである。彼女はこの世の汚れた空気をできるだけ吸い込みたくはなかったのである。

この男の両手は、まさに完全に、しっかりと彩雲の小さな小さな可憐な乳房を掴んでいた。彼女のおしりや両足も、趙《チャオ》の太腿にしっかりくっついていた。趙は、ははんと笑うと、背筋を伸ばした。彩雲はそれがどんな動作であるのか理解した。座っていた者はこの時狂ったかのように騒ぎ叫んだ。この時の囂々とした声は、まるでドラッグのように、彩雲を抱きかかえていた趙を狂わせた。

「ワッ！　たまらないな！　俺！」趙は犬のように喘いだ。

「じゃあ、そこで、どうだい？」こう言った人がいた。


「そうだ！　趙董事長《チャオトンシチャン》は本物の男前なんだから、そこで『やっちまえ』！」

「何言ってるんだよ？　よせよ！」反発するのもいた。

「おお……でも、俺さあ。俺は董事長なんだよね！　なんでおまえらの前で春画を演じないといけないんだよ？」

「そうだよな。英雄は美人を愛すが、英雄も美人にかかっては意気地がないんだな！　何を慌ててるんだ？」

――「あ！」彩雲は、皆がぺちゃくちゃとおしゃべりをしている間に抜け出し、先ほど服を脱がされた場所まで戻り、そそくさと着替えて大事な部分を覆い隠した。

「おいおい！　着るなって！　もう暫くしてから着ろよ！　そうしろよな、動くなよ」

この一連のやりとりで、趙の「性欲」は大いに衰え、続けてまたあれこれと言っては騒ぎ立てた。

「ほら、いまな、服を脱いで、座れ、ここに座れ！」赤ら顔が彩雲にテーブルに来て座るように言った。

彩雲《ツァイユン》は黙って言われたとおりに座った。赤ら顔は蛙腿肉《ワトゥイロウ》（カエルのもも肉）を箸でつまんで、彩雲の口に持ってきた。彩雲は頭を振り、口を開かなかった。浅黒く痩せ形で背の高いのが、竹葉青《チュイエチン》（コーリャンを原料とした焼酎）というアルコール度数の高い酒を無理やり飲ませようとしたが、彩雲は決して口を開けなかった。酒は口から溢れ、流れ出た。胸のあたりは酒でびっしょり濡れてしまった。男はハッハッと笑うと、口と舌を使って舐め回し、そして……

片手や両手で、水蛇のように休むことなく彩雲の貞操の場所を撫で回していった。さらには両岸に挟まれた深い谷間へ入っていこうとした。彩雲は弄ばれる時に叫び声を上げたが、それ以外は、すべて我慢したのである。

とても寒かった。彩雲はそう感じた。室内の気温が低すぎるのではなく、みぞおちや脊髄の隙間から湧き起こってくる寒さと戦慄だった。彩雲は自分のからだや心はまるで氷のようで、自分が完全に寒さで凍えてしまっていると感じた。

「私は誰なんだろう？　私は藍彩雲《ランツァイユン》だろうか？　藍彩雲は人間だろうか？」彩雲は突然自分が存在しないかのように感じた。自分が誰なのか分からず、目の前にいる人たちが誰で、何なのかさえ分からなかったと言えた。この世とはこんな感じなのだろうか？

彩雲は突然顔全体で笑いたくなる衝動にかられた。心の中では笑っていたが、表情に出せないだけであった。

この老人たちは何をまた言い争っているのだろうか？　面長で腹の突き出た趙《チャオ》と色白で太った大きな

顔の楊《ヤン》が向かい合っているようだった。今晩の二人の主役なのだろう。なぜか分からないが、趙が突然楊を指さしながら大声で怒鳴った。

「楊董事長様《ヤントンシチャン》よ、俺はあんたの気持ちなんかどうとも思ってないよ。やれるのかい？　度胸あるのかい？　できるんなら、今晩、小娘をさあ、連れて帰ってやっちまいなよ。でなけりゃ、俺がやるぜい！どうだ？」

「俺が言ったのは『ストリップ』だろ、人を売買するなんて言ってねえぞ！」

「言った！　俺が言ったんだよ――孫中山先生が決めるんだよ（孫文は紙幣の比喩）！」

「そうさ。じゃあ金を出せよ、在室女《ツァイシニュイ》をやれるかどうか気に掛けてるんだろう？」

彩雲《ツァイユン》の凍えた心は、一気に激痛に変わった。彩雲は凍り付いた心の真ん中から真っ赤な血が噴き出してるのが見えて、目がくらんだ。彼女のからだはゆっくりと前に突っ伏していった……

◎

彩雲は柔らかいビロードの布団の上に寝ていた。淡い赤い光の影、スイセンのほのかな香り、軽快なポップスの音楽……ここはどこだろう？　彩雲はこの時ようやく気がついた。

「私はどうしてここに寝てるんだろう？」彩雲は突然飛び起きた。

豪華な設備が整った場所で、全然想像できないようなところだった。宮殿とはこんな感じなのだろうか？　彩雲はそう思った。

シャワーの流れる音が聞こえた。彩雲がベッドから抜け出して目をやってみると、その音が浴室から聞こえてくるのに気がついた。誰かが浴室でシャワーを浴びているのだ！

「あれは……」彩雲は危険を察知し、自分が置かれている情況をすぐに考えた。彩雲《ツァイユン》はほとんど全身が麻痺してしまったかのようだった。そうなのだ、あの見ず知らずの地下室で、ストリップをして酒席の相手をした情景を突然思い出したのだった。そのとき自分は全身素っ裸だったけれど、この服はどのように着たのだろう？

彩雲はここまで考えたが、どうやって「逃げる」のかという考えはまだ浮かんで来なかった。浴室の扉がキーと音を立てて開いた。ドアにはものすごく大きな寝間着を着た人が立っていた。長い顔で、半分はげた白髪、大きな口に盛り上がった鼻、お腹は大きく突き出ていた。

「あ……」彩雲は思い出した。口は開いたが、何も言えなかった。

「趙董事長《チャオトンシチャン》だよ、思い出したかい？」やはりあの男だった。

「何！　何するつもりなの？」彩雲は後退りすることだけ考えたが、すぐにベッドの縁に当たり、ベッドの上に倒れてしまった。彩雲はすぐに立ち上がった。

「何するかって？　ん？　まだ聞くのかい？」

「……」彩雲はびっくりして慌てた。

「やるんだよ。もちろんわかってるだろう」男はやってきて、手を伸ばして彩雲の小さな口を上に押しあげた。「趙董事長はねえ、君の初夜を買ったんだよ。初夜だよ、わかるかい？」

「……」彩雲は言葉を見つけた。「私はお相伴に来ました、お酒のお付き合いです。言ってません、他には何も言ってません……」

「もちろん、もちろん。付き合いは付き合いだ。金は、別に支払う。俺は七万元出して、君を買ったんだよ！　ヘッヘッ！」趙はものすごく得意げになった。

「董《トン》、董事長《トンシチャン》、わたし……」

「どうした？　言いたいことがあれば言いなさい。怖がらなくていいよ。何だい？　言いなさい！」

「董事長《トンシチャン》。わたしを解放して下さい、いけませんか？」彩雲は言った。この何日かの大きな変化は、彩雲を急速に成長させていた。

「解放だって？　俺が？　俺は別に、君のことをさらって来たわけじゃないんだよ？　たった、たった一晩だけなんだ。フッフッ……」趙《チャオ》は唇を舐め鼻先をヒクヒクさせて、美味しいものを目の前にしたかのようだった。

「お願いです、董事長。わたしを放して下さい。わたしはまだ幼いんです。まだ子供じゃないですか！　必要なら、もっと大きいお姉さんたちを探してください！」

「おお？　幼いって？　幼いのがいいんじゃないか？　小さな子が！　ヘッヘッ！」趙は逆に楽しんでいるようだった。「知ってる？　昨日の夜、君が

ステージにいるのを見たけれど、小さいねえ、ヘッヘッ！　小さいのは、すごくいいんだよ！　俺のような、頑固者の年寄りでも、あれが、生き返るんだよ、わかる？」

「……」この老いぼれた卑劣な畜生に対して、彩雲は心の奥で罵倒した。

「知ってるかい？　年寄りは、小さな在室女《ツァイシニュイ》と遊ぶのが好きなの、それはね、陰を取って陽を補うってことなの！」

「董事長。そうなら、わたしを買ってください。家で掃除したり食事を作ったり、成長するのを待って……おじさんのところに……」

「無理！　無理！　買って帰って、どこに置くの？　それとも、七万元で一回遊ぶか。君もそっちの方がいいでしょう、わかる？　終わった後に、もっと多く稼げるし」

運が悪かった。彩雲《ツァイユン》は華奢な様子でお願いしたが、

哀れみ同情し解放してくれることはなかった。逆に趙《チャオ》の異様なほどの興奮を引き起こしただけであった。趙は電話をかけて夜食を寄こさなくていいと言い、モーニングコールも要らないと言った。そして趙は彩雲《ツァイユン》をベッドの上まで引っ張ったが、それはあまりにも乱暴だった。彩雲は、しくしくと泣いた。いま彩雲にとって唯一の心の動きは、恐怖と驚き、拒絶であり、彼女は死ぬのが怖かったのだ……

「はやくしなさい！　全部脱ぎなさい！　素っ裸に」趙は自分でも衣服を脱いだ。

彩雲は泣きながら、衣服をすべて脱いだ……

「オッ！　在室女《ツァイシニュイ》！　ちっちゃな在室女だ……」

趙は手でさすり、いじくり回した。舐めて、噛んで、揉んで、つねったのである……

「アッ！　ウッ……」彩雲は痛くて全身が震えた。

「どうしたの？　気持ちいいのかい？　気持ちが良ければ叫んでみなさい、ん？」趙はさらに真剣になった……

「痛い、痛い……」彩雲はうめいた。

「大丈夫！　痛い後は気持ち良くなるから——ほら……」趙は体をひっくり返すと仰向けになった。彩雲を引っ張り下腹部に顔を近づかせた。「俺にマッサージしてごらん……」

「できません。わたしできないです！」彩雲は急に毛むくじゃらの中に聳える風変わりで醜いものをはっきりと目にしたのであった。「ワッ……」彩雲は驚いて、泣き出してしまった。

「どうしたの？　ハッハッ！　俺のベイビーに驚いたのかい？　フッフッ！」

趙は彩雲の髪の毛を引っ張り、顔を腹部にできるだけ近づけるよう命じた。そして手を引いて彩雲の指と掌で根元を触らせたのだ……

「イヤ！　イヤなの！　わたし……」彩雲は必死に抵抗した。

「嫌だって？　クソッ！　何を言ってるんだ？」

趙《チャオ》は怒った。

彩雲《ツァイユン》はからだ全体がガクガクし、掌や指先が震えて思うようにいかなかった。趙は異常な刺激を得たかのようで、極端に興奮し始めた。続けて、あの醜いものが、ゆっくりと草むらから立ち上がり、次第に膨れてきた。黒くて灰色がかった色合いが、突然色鮮やかな赤黒い色に変わったのである。高く突き出て、まっすぐに立ち上がったのだ……

「ワァオ！　ヨシッ！　ヨシッ！　ベイビーは元気だ！　こいつ、また立ち上がったな！」趙は喜ぶと、非常に愉快になり、嬉しそうにした。

「……」彩雲はびっくりして気絶してしまいそうだった。

「はやく！　はやくこいつにキスして！　はやく舐めてみて……」趙は両手で彩雲の髪の毛を引っ張ると、彼女の顔を無理やり草むらの中の醜いものに向かって押しつけた……

「わたしイヤなの……わたしイヤなの……」彩雲は抵抗し、必死に退いた……

「はやく！　入れてみて！　お口のなかに入れてみて……はやく！」趙は頼み込むように変わった。「お願い！　ようやく立ったんだ、はやく口の中に入れて、吸っておくれよ……」

「イヤ！　イヤ……」

「小娘め、話を聞けよ。俺が気持ちよくなったら、もっと金をやるから、はやく！　一万でどうだ？」

「イヤ！　イヤ、ダメ、できないです！」

「おまえに口に入れてもらって気持ちがよくなったら。俺はやらないから……やらないから……」趙は彩雲に対して怒鳴るように変わった。「おまえは口を代わりにするんだ。そうすればやらない、やらないから。わからないのか？」

「……」彩雲はぼんやりとではあったがこの野獣

の意味がわかってきた。でも、彩雲《ツァイユン》にはなぜかわからなかった——英君《インチュン》おばさんがこのような「常識」について話したことがあったけれども、彩雲は聞く耳を持たなかったのである。まして「実際に」、この世の中にこうした変態がいて、狂ったことをするなんて想像もできなかったのだ！

「はやく、はやく！　お願いだからしっかり吸ってくれ！」

彩雲は抵抗した。生臭いにおいが鼻を突いた。腐ったにおいにツンとする刺激臭があり、酸っぱいような感じだった。彩雲は抵抗できなくなってしまった。受け入れてみようか。口の中に入れてはみたが、飲み込めなかった。喉まで達した。苦くて辛く、生臭かった。腐ったにおいに、渋く鼻を突くようなにおいがした。食道が膨れ上がり、胃袋が大きく揺れ、腸がギュウギュウと捻れた……

「オエ、オエ！」彩雲は嘔吐した……

「おい？　どうした？　君、どうしたんだ？　クソッ！　何やってやがる？」

十分に興ざめする展開だった。彩雲が吐き出し、うがいをして顔を洗い終わるまで、趙はベッドの上で横になっていた。目を大きく見開いてあの醜いものが旗を降ろし、もう二度と顔をあげないのを見ていた。とてもがっかりし、怒りがこみ上げて来ていた。この怒りは、彩雲の裸のからだに対して仕返しするのであった。

何度もごろごろと体を回し、春の夜はすでに佳境を過ぎた。それに続いて、趙董事長《チャオトンシチャン》の「雄姿」も見られなくなった。そうとは言え、春の夜の数時間は、七万元もの大金なのだ！　趙《チャオ》は彩雲に言った。自分は小さい頃から貧しくて、勤勉で倹約な生き方をしてきた。でも勤勉で倹約なことが何の役に立つのか。趙の痩せた土地は、突然都市開発の区画に組み込まれて、二百倍にも値上がりした。趙は土地を売り、

「先物取引」をはじめ、「兄弟《ヤクザ》」たちの「実力行使」の保護のもとで、また大金を稼いだのであった。そして趙は「趙董事長《チャオトンシチャン》」となったのである……

「金を稼ぐのは命がけなんだ。命がなければ、頑張っても意味はないんだよ！」これは趙《チャオ》が実際の生活から導き出した道理だった。趙は続けてこの論理を演繹《えんえき》し始めた。「運命には理があるんだよ！　自分が楽しまなければ何を待っているというんだね？　金があるのに、女と遊ばなくて、何をするんだね？　金が多くあったとしても、何の役に立つんだね？　いつかは、両足を伸ばして、死んでしまったら、金は持っていけないんだよ。今日使えるのであれば、使い切ってしまうんだ。今日やれるのであれば、やってしまうんだよ！　フッフッ！　わかるかい？」

趙はむごたらしく虐げられた少女に向かって「理を説いた」のである——趙の人生での一番の道理を説いたのだ。でも、彩雲は本当にこのような奥深い道理を理解することはできなかったし、趙の境地に達することもできなかった。

不幸なことに、今日、趙はからだが思うに任せられなかった。

趙はとてもわずらわしく思ったが、このわずらわしさは、情況を楽観的にはさせなかった。これは七万元という大金の問題ではなく、面子《メンツ》の問題であった。もしもある日、「好色な趙董事長」と言われながらも敵前逃亡したことが知られてしまっては——彼がこれまでずっと「好色」でもって得意げにしてきた——あの顔は、どこに向ければいいのだろうか？

このように考えるとますます不安になり、悩むほど力が抜けていくのだった……

「ねえ！　お嬢さん、君、上がって来てくれない、いいでしょう？」趙は全身が脂ぎっていて、大きな腹では、這い上がるのに相当な時間がかかって、とても苦労した。いつの間にか、大粒の汗が流れ、犬のように口を開けて喘いでいた。このように、「力が分散した」ため、注意力を集中させることができなかったのだ。そのため苦労を持ちこたえても効果はなかった。……このことがわかると、なるほど趙《チャオ》が態度をころりと変えて、彩雲《ツァイユン》に大胆にも体位を一変させようとしたのである。

「わたし、わたしできません……」彩雲は怖さ、恥ずかしさ、怒り、恨み……いくつもの強烈な心配事がきつく絡みつき、半分昏睡状態だった。

彩雲はとっくに抵抗することを放棄したようだった。でも抵抗することは本能的なものでもあった。彩雲は早々と運命を受け入れていたが、肉体は運命を拒絶しているかのようでもあった。

今、彩雲はただ一つのことだけを考えていた。はやく時間が過ぎてくれればいい。死んでも構わないし、壊れても構わない。はやく過ぎ去ってしまえば

いい。この醜悪な裸の巨体の獣に触ることがなければ、それでいいのだ。はやくこの羞恥を覚えるような汚らわしい時間や空間と決別できるのであれば……どうなっても構わない、本当に、勝手にして欲しい！

でも、おかしなことだった。どうしてこのようなことになったのだろうか？　あの人はあんなにも太っていて、あんなにも無骨なのに、さっきの赤黒く立った皮のむけた七面鳥の頭のような「もの」は、どうして突然跡形もなく消えてしまったのだろうか。

彩雲は見なかったし、見たくもなかった。彩雲の手が無理やり「それ」に触らせられると、おかしなことに、それは完全に変わったのだ。やわらかくネバネバしていた。まるで豚の大腸のような柔らかさだったが、力は少しもなかった……

「お嬢ちゃん、お願いだ！　舐めてくれないか？」

趙はやわらかい声で頼み込んだ。

「……」彩雲《ツァイユン》は頭を振った……

「お嬢ちゃん、しゃぶってくれよ、一回でいいんだ。はやく！　お願いだよ！」趙《チャオ》は考えながら言った。「すぐに金をやる！　一回で、五千元、どうだい？　終わった後でもう一回で一万元だ、一万……」

「……イヤ、嫌です。わたし、吐きそう……」

「吐きそうだって？　クソッ！　何なんだ、おまえ！」趙は手の平を返したようにがらりと態度を変えた。しかも彩雲を強く押しながら言った。「じゃあ、おまえはそこに立て！　ベッドの下に立って、俺を見ろ！」

彩雲はベッドから降りて、無表情に趙に顔を向けた。彩雲は木の板のようだった。

「見ろ！　ここを見ろ！」趙はあのブタの大腸を指で弾きながら言った。

彩雲は目が据わってしまったが、本当に命じられたままその部分に視線を向けた。


そうよ、とっても醜くて、気持ち悪く、不細工で、汚らしくて、恥知らずで、下流で、化け物のようで、畜生で、人間ではなかった、あれは一体何なのか、そう、何も怖がることなんてないの、どうしてこうなんだろう、あいつは絶対に何か問題がある、うん、問題がある男はこんなふうにふにゃふにゃじゃないはず、あいつは立たないんだ、あいつはだから悩んでるんだ、それがあいつを苛立たせているんだ、フッフッフッフッ……彩雲は、こう考えると唇をかんで笑った……

「おまえ？　この野郎！　何を笑ってるんだ？　何なんだ！」

趙は身を翻して起き上がった。人を叩こうとする考えだ。だが、その瞬間にやめてしまった。趙はまた寝転がった。趙は彩雲に胸を揺らして腰を振る「ダンス」をするように言った。趙は威嚇するように言った。

「早くやれ！　酒の場でのようにだ。あるいはステージ上でのように。よく聞けよ！　今晩はおまえは俺のものだ。俺がどうこうしろって言ったら、俺の言う通りにしろよ！　おまえがやらないのなら、紐で縛ってやる。そして、やっちまうからな！」

この脅しは相当に恐ろしかった。彩雲《ツァイユン》はまた涙を流した。彩雲は反抗できず、本当に「ダンス」を始めた。小さな胸を揺らし、肉付きが決してよいわけでもない臀部を振ったのである……

「そうだ、そうでなくっちゃ！　もっとやれ！　もっとやれ！　ほら——一、二、三、四、一、二、三、四……」趙《チャオ》は愁眉を開き、ぽってりとした両頬には笑みが浮かんでいた。「パンパン——パン……パン！　パンパン——パン……パン！」

「この変態！　阿呆なブタ……」彩雲は心の中で言った。

彩雲の視線は無意識のうちに局部に移った。草むらの中では灰色のヒキガエルみたいなものが蠢いていた……

「あ！　あれ……」彩雲はもう少しで叫び出すところだった。

「ヘッヘッヘッ！　見てくれ！　見てくれ！　俺——ほら！　今だ……」趙は大きな口を開いて笑い、得意げだった。

彩雲は動かなかった。趙は彩雲をつかみ、ベッドの上にあげた。彩雲はとっくに一糸まとわぬ姿だった。趙は喉もとをゴーゴーと鳴らして、小鼻をふくらましては、涎を垂らしたのである。狂ったライオンが子ウサギを掠め取るように、痩せて小さな彩雲を下腹部下の方に押し込んだのであった……

「死んでしまうわ……死んでしまうわ……」彩雲の心の中ではこのような声が響いていた。

彩雲はやむを得ず英君《インチュン》が教えてくれた「わざ」の通りにするしかなかった——抵抗することを完全に

放棄し、すべて「協力」し、何も感じないようにするのだった。実際、彩雲《ツァイユン》も全く協力しないわけではなかった。彼女は自分を「押し殺し」て、強く奥歯をかみしめ、瞳を閉じながら、自分が呼吸するのを静かに数えたのであった。落ち着いて、落ち着いてと、絶えず自分のお腹を気張らないように言い聞かせ、痛めつけられるところでさえも伸び伸びとさせた……

「あ……あ……」趙《チャオ》は、力を振り絞り、奮い立っていた……

「ヘッ！　ヘッ……アッ……」趙は苦しみの中に落ちて行ったかのようだった。

おかしい？　窒息するような重苦しい重みだけだった。想像したように、英君《インチュン》が生々しく話してくれた戦慄や破けるような痛覚は遅々として来ていないようだった。それともふわふわと柔らかくてネバネバと滑るような暖かさだけなのだろうか？……

「男っていうのは……こんななのかしら？」彩雲の好奇心が芽生えた。目を開き、おどおどと目の前で自分のからだの上に這いつくばっているものを見てみた……

山のようなかたまりは頭から足まで汗だくで、両眼をかすかに開けて、絶えずゼイゼイと息をしていた……

「……！」彩雲は、ぼんやりとかすかにその意味をのみ込んだ。「そうか、男はこうなんだ……」

彩雲は突然胸の内が楽になり、一息ついた。彩雲は瞳を開いて、目を見張って趙を見た……

——「ウッ……」趙は「動き」を停め、まもなく彩雲の小さな露わになった胸の上に覆い被さったのだ。そしてメソメソと泣き出したのであった……

どうしたのだろうか？　彩雲は本当にびっくりしてしまった。

彩雲はとっさに趙が自分のからだの上で変死する

のではないかと不安になった。彼女は必死に逃れようとしたが、ビクともしなかった……

「アア……ウッウッ……」趙《チャオ》は、泣けば泣くほど力がこもってきた。

彩雲《ツァイユン》は全身に力を入れてからだの向きを変え、趙の下から抜け出した。そしてすぐに腰かけ、衣服を探して身につけた。

趙はその姿勢を維持したまま嗚咽し、すすり泣き、まるでいじめられた子供のようだった。

彩雲はどうしたらよいのかわからなかった。茶卓の上に魔法瓶があるのを見つけると、心の中では奇妙な動悸が起こり始めた。彩雲は歩み寄ると、お湯を注ぎ、趙の目の前に持って行った。彩雲は言葉が出なかったが、趙はわかったのだろう。頭を上げると、ぼんやりとした。趙は腰かけ、先ほど脱ぎ捨てた寝間着を羽織り、そしてようやく白湯を受け取ったのである。

「おまえも座れ」

「……」彩雲はベッドの端にある椅子に腰かけた。

「ベッドに座れ！」趙の声はまた高くなった。

彩雲は座るしかなかった。何も見たくはなかった。少し後悔した。

「……うん、言うんじゃないぞ……わかってるだろうな？」

「……」彩雲には意味がわからなかった。

「今夜のことは、言うんじゃないぞ！　絶対に。でないと、おまえのことを殺すからな！」

「……」彩雲は本当にわからなかった。

「俺はもう金を払ったから、どうでもいいんだよ。おまえは陳麗美《チェンリメイ》に今晩のことを話すなよ――次の時、おまえは客にまだだって言うんだ……そうすれば、おまえはそいつに紅包《ホンパオ》を要求できる。それはおまえのへそくりだ。その金のこと、知ってるのか？」

「ええ……」彩雲は少しわかっているだけだった。

「おまえは大丈夫だよ……でも、絶対に人に言っちゃダメだぞ！」

「わかりました……」彩雲《ツァイユン》はようやくすべてがはっきりとした。

「ふう、年をとったものだ」趙《チャオ》はため息をつき、絶望したかのような表情をした。

この人は本当に変な人だ。彩雲はそう考えた。人は、どうしてこうなんだろう？　男は、奇妙な動物だ。彩雲は思った。

「人生はこうなんだよな！」趙は独り言を言った。そうなのよ！　人の一生って、こうなんじゃないかしら？　彩雲は深い当惑の中に落ちていった。それは彼女がこれまでに感じたこともないようなものだった。

趙は彩雲にベッドに寝るように言いつけ、自分は椅子の上に腰かけた。彩雲は従わないわけにはいかなかった。彩雲はびくびくしながら横になった。とても疲れていた。一度死んだのと同じくらいだった。彩雲は眠らないように自分に言い聞かせたが、目の前がちらちらとして、すぐにウトウトとしてしまった……

五

今年は雨が多く、春はなかなか来なかったが、青天が何日か続いた後で、初夏の気候になった。「紅玫瑰歌舞団《ホンメイクイクゥウトウワン》」の老闆《ラオバン》である朱飛揚《チュフェイヤン》は、前科が多く、今回は「人身売買の嫌疑」で、地方裁判所に送られた。藍彩霞《ランツァイシア》や金露露《チンルル》は罰金を支払い釈放された。彼女たちは警察署から出ると、すぐに四人の「兄弟《ヤクザ》」に連れて行かれた——陳麗美《チェンリメイ》らが潜伏している場所に送られたのである。

この際、意外なことが起きた。四人の「兄弟」のうちリーダー格がこの土地の「兄貴分」であり、その場で記者の一人に気づかれてしまったのだ。翌日の新聞の社会面には「ヤクザが少女を連れ去る」という記事が載った。警察当局は大いに怒り、指令を出して「兄貴分」と陳麗美を捜索させたのである。

歌舞団《クウトウワン》は暫く堂々と公演することができず、鳴りを潜める必要があった。この時同時に、新聞二紙が突然「紅玫瑰《ホンメイクイ》歌舞団」の驚くべき内幕をスクープした。団員の一人が人に頼んで投函した救出を求める手紙によると、内部では未成年の少女四人が騙されて罠にはまり、自由を失っているという……

——これらはすべて台中《タイチョン》市に着いた後で、彩霞《ツァイシア》と彩雲はようやく被害を受けた少女の口から聞いたのである。

二人は、彩雲《ツァイユン》が連れて行かれた翌日に彩霞《ツァイシア》と金露露が一緒に戻ってきたということだけ覚えていた。当日の夜に帆布で覆った大型トラックで行ってしまったのだ。大都市の五階に連れて行かれたのだった。翌日、空が明るくなり、ようやく「おそらく」高雄《カオション》市内に戻ったのであろうとわかった。

ここで「全員が」三日間拘束された。この三日間は、お互いに知り合える機会であった。四日目の夕方、その気配すらない中で、突然中型のワゴン車で連れて行かれ、数時間走ったところでようやく停まった。

彼ら一団は、金露露《チンルル》と小呉《シャオウ》、陳麗美《チェンリメイ》を含めた九人だった。その他の三人の長髪の青年はおそらく用心棒の兄弟《ヤクザ》だろう。彼ら一行十二人は真夜中に三階建ての空き家に入った。

そこは台中《タイチョン》だった。

「兄弟」たちの談笑には、部外者には分からない仲間内の隠語が入っていた。でもおおよそは推測できた。ここは台中の「赤線地帯」の近くであり、おそらく駅の裏側一帯なのだろう。「兄弟」たちは「オンナ」を渡すように言った。自分たちで「順風楼《シェンフォンロウ》」に渡し「マージン」を得るのだ。陳麗美たちは動かずにそこで待機し、引っ張られていくのであった。

「ダメよ！」麗美《リメイ》は応じなかった。「今は、朱《チュ》が『警察署にいる』だけじゃなくて、『送られてしまう』のも心配なの！　この五、六人の女の子は唯一の元手なのよ！　朱飛揚《チュフェイヤン》はあんたらとは兄弟なのよ。そんな不義のことができるわけないでしょ」

「それに、みんな出稼ぎなんだから！　一緒に食事して『タバコを吸って』、女の子が手もとになければ、どうやって『団結する』のよ？」

「口達者は話が多いって言うからね。あんたも見てたでしょう。朱が捕まってしまって、朱はあんたと何年も一緒だった兄弟でしょ！　そんな人の女に生きる道を残しておいてくれてもいいじゃない？　あんたが決めればいいのよ……」話の内容は気丈だったが本人はそうでもなく、麗美は泣き出してしまったのである。

この話し合いには相当の時間がかかった。台中《タイチョン》に着いてから始まり、深夜にまで及んだ。彩霞《ツァイシア》たちは疲れ切ってしまい、すでに寝てしまった。だが彼らはまだ続けていた。彩霞は一度起きたが、相変わらずひそひそと密談をしていたのである。

事態ははっきりとしていた。六、七人の女の子の運命は、次の局面に移ったのである。歌舞団《クゥウトゥワン》ではなく、彼女たちは今は「順風站《シュンフォンチャン》」という「配送センター」の「商品」となったのであった……

彩霞と彩雲《ツァイユン》は台中に来たことはなかった。他の四人の「女の子」も屏東《ピントン》や高雄《カオション》出身の少女だったので、「文化のまち」「性風俗のまち」と呼ばれる台中《タイチョン》には来たことがなかった……

王阿珠《ワンアチュ》は十七歳、邱玉春《チウユイチュン》は十九歳、二人は屏東県三地郷《サンティ》の野花だった。彼女たちは同郷の某婦人が「バンド」へ勧誘をしたことがきっかけで、騙されて歌舞団にやってきたのだった。身分証を取り上げられて、逃げ出す意欲さえ無くしていた。二人は幼い頃から三地郷を離れたことがなかったので、いまどのようにして帰ればいいのかわからなかったのである。

郭紅蓮《クオホンリエン》は十八歳で、高雄《カオション》の燕巣郷《イエンチャオ》にある阿公店《アコンティエン》水庫《シュイク》（貯水池）近くの人だった。中学三年の卒業を前に、学校をサボり家出した女の子だった。新聞の小さな公告欄を見て――テレビ局の歌手養成教室の募集案内だった――彼女は授業料を払いレッスンを受けたのである。三日目にしてようやく詐欺集団による広告だったと分かったが、彼女は貯金とからだを失ってしまった。魔の手から逃れようとしたとき、すでに二本の「成人映画」系のアダルトビデオを撮影されてしまったのである。実家に戻り両親と顔を合わせることができず、最終的に「紅玫瑰《ホンメイクイ》」に招き集められたのであった……

楊小喬《ヤンシャオチャオ》は十八歳で、玉井郷《ユイチン》沙田村《シャチィエン》の人だった。彼女も学校から抜け出した不良少女であった。二年前に同級生の廖銀銀《リャオリンイン》と一緒に家出し、南部から北部まで遊び歩いたのである。台北に着いた時には、金をすっかり使い切っていた。廖銀銀は大胆にも旅館に泊まり、その晩「女中」に向かって「困窮」を告げ、「素人出演」して稼ぐことを希望したのであった。それはとても恐ろしい事件だった。この晩、廖銀銀は五人の青年に「大鍋炒《タクオチャオ》」――輪姦されたのであった。早朝、ゴロツキたちが大声で叫びながら出て行った。楊《ヤン》は「女中」の呼びかけを耳にして、見に行った時には、廖《リャオ》のからだ半分が血まみれで、すでに息絶え絶えだった。

廖《リャオ》は楊《ヤン》に札束を渡した。千元札三枚と五百元二枚、それに百元札九枚を含む――四千九百元だった。

「女中」は言った。「大鍋炒《タクオチャオ》」は公平な商売であって、一方が金を払い、一方がとんでもない目に遭うのだ。一方は事前には「合資の事業」であることを言わないので、もう一方も「事前に」それを拒むことはない。だから商品受け渡しと勘定の支払いが終わり、どこかに瑕疵があったとしても、自分でなおさなくてはいけないのだ……

楊は女中に廖を病院に連れて行って治療を受けさせるよう助けを求めた。廖は動けないと言い、楊に医者を連れてきて欲しいと伝えた。女中は救急車を呼んで病院に送るしかないと言った……

「喬喬《チャオチャオ》、はやく呼んできて」廖はもの寂しそうに笑った。「覚えておいてね。この事が済んだら、あなたは、早く帰るんだよ。もう二度としちゃだめよ……」

「うん。わたしたち一緒に帰ろうよ。わたし電話をかけてくる……」楊は言った。

楊と女中はカウンターでどの病院の救急車を呼ぶのか相談した。

「大したことはないよ。このくらいの小さな傷は、大丈夫だよ。静かにしておけばよくなるから。三日後には商売を再開することができるよ。その時には、お金がどんどん入ってきて、パンツを穿く時間すらないんだよ!」

――「ドン――」突然沈むような衝突音が鳴り響いた……

――「わっ! 飛び降り!」

――「こっち、こっち! 死んでる! 死んでる! 脳みそが飛び散ってる……」

かわいそうな廖銀銀《リャオリンイン》だった。花のような青春の命は、たちまち消え失せてしまったのである。

楊小喬《ヤンシャオチャオ》はその場で動転して気を失ってしまった。助け起こされた時には、旅館は上から下まで警察官だらけだった。楊《ヤン》は腰に硬いものが突っ張っているのを感じた。手を伸ばして触れてみると、それは札束だった。廖《リャオ》が命と引き替えにした四千九百元だった。

楊は不意に「逃走する」という考えが浮かんできた。まもなく直面するであろう――廖の死がもたらした様々なことから――避けることができるのは、ただ一つの方法だと彼女は考えたのである。すぐにここから逃げ出すことだった……

それは二つ目の過ちだった。楊は田舎に戻り家族や廖が死んだことで自分が追わなければならない責任と向き合うことができなかった。

楊はまた南へ向かって流浪した。四千九百元はとっくに使い切ってしまった。彼女は「紅玫瑰歌舞団《ホンメイクイクウトウワン》」の看板を目にし、三つ目の過ちを犯したのであった……

いま、この六人の世事や人心に疎い女の子は、出身地は異なり、過去の遭遇もそれぞれ違っていたが、この後の歳月では同様に悲惨な運命を引き受けるのであった。

情況が落ち着いた後で、金露露《チンルル》がいなくなっていた。彼女は自由の身になったのだろう? 台中《タイチョン》についた三日目、午前十一時に、陳麗美《チェンリメイ》が突然言った。今日は早めにお昼ご飯を食べると。実際、三食は、すべて小呉《シャオウ》や最近頻繁に現われる男で小呉が「牛眼《ニウイエン》」と呼ぶ青年が、外から持って帰ってくる料理の包みだけだった。「牛眼」はその名の通り、両眼が丸くて大きくて、年老いた黄牛そっくりに濁った眼をしていた。年は十八、九歳のようだったが、頭はボサボサで、顔中憔悴し、檳榔《ピンラン》を絶えず咬んでいた。詳しく見たわけではないが、ちょっと見た限りでは、三十歳前後の浮浪者のように思えるのだった。

六人のかわいそうな雛たち、搾取されるのを待つ女の子たちは、もくもくと食事をとった。陳麗美は小呉とおおまかに相談した後で、立ち上がり言った。

「みんな、食べながらわたしの話を聞いて」陳《チェン》は無表情だったが。その声はとても冷ややかであった。陳は朱飛揚《チュフェイヤン》に事件が降りかかって以降、時おり表に出ていた笑顔や思いやりのある心遣いはすべて引っ込んでしまっていた。代わりに現れたのが十分すぎるほどの「姉御肌」であり、「バイオレントな」――性格が粗暴な女であった。陳は言った。

いまの情況、みんなもわかってるでしょう。ここはすごく安全で、誰も逃ることなんてできないのよ。中も外も、小呉がすべてチェックしているから。「牛眼《ニウイエン》」が皆の行動を監視し、外では、わたしたちはもう一人の「兄弟」に「旗を持たせて」――見張らせているのよ。

もちろん、できる人は――自分で我慢してもそれができる人は、ここから抜ければいいわ！　でもね、心の準備はしてよね。捕まえたら一皮むいて、それから兄弟《ヤクザ》のところに送って「大鍋炒《タクオチャオ》」されるのよ、気持ちいいでしょう！

わたしたちがやってるのは「コール・ガール」の商売なのよ。高級なのよ。高級旅館に、高級な客。一日に九人、十人は超えないから、しっかり休めるし……

「頭家娘《タウゲニウ》（おかみさん）、待って下さい！」郭紅蓮《クオホンリエン》が陳《チェン》の話に口を挟んだ。「わたしたちが同意したのはストリップよ、どうして話を変えるのよ！　わたしたちは、同意なんかしてないわよ？……」

「何よ？　あんた。六人で相談してから、もう一度言いなさいよね」麗美《リメイ》の視線は一点をじっと見つめていたが、青色の異様な光が現れたかのようだった。

「わたしは……わたしは自分たちのことを言ってるの！」郭紅蓮はおとなしくなった。

「あんた？　あんたには貸しがあるのよ！」陳は冷たく笑ってひと言言った。「言ったでしょ！　いまは非常事態なんだって、仕方ないのよ！　言ったわよね。この難関よ！　難関を過ぎれば、放すわ！」

「わたしは……」郭《クオ》はまだ言い争おうとした。

「あんたは自由になりたいの？　わかった！　わかった！　食べ終わったら、出てって！」陳は「牛眼《ニウイエン》」をちらっと見た。「でもね、あんたは出て行った後、十丈（約三十メートル）から外には出られないわよ。あんたに約束するわ！　あんたはきっと兄弟《ヤクザ》に連れて行かれて、売春宿に押し込まれるのよ。そこは「田んぼ」（青線地帯）だから、『ズボン』なんか要らないわよ！　その時にはね……」

「あんたね……」楊小喬《ヤンシャオチャオ》も怒って目をむいたが、すぐに首を折って食事を続けた。

王阿珠《ワンアチュ》と邱玉春《チウユイチュン》の二人の野花も、頭を上げることはなかった。二人は外からやってくる逆流に対しては、今まで一度も正視したことがないかのようだった。ただ黙々と指図を受けたのである。

「わたしはあんたたち四人に言っとくよ。毎回出勤すれば、五十元あげるわ。住むところ食べるもの着るものは、わたしが面倒を見るわ。これでもう十分でしょう？」

「おい！　最高じゃねえか！　最高じゃねえか！　幸運だぜ、どこへ行ってお願いしたんだよ？」ずっと眼を閉じて休んでいた小呉《シャオウ》が口を挟んだ。

陳麗美《チェンリメイ》は首を回して姉妹に言った。

「お二人さん。ごめんね、この待遇はないからね──あんたらは、高い金で買ったのよ。恨むんだったら、あんたらのお父さんとお母さんを恨みなさい。それから荘国暉《チュワンクオホイ》の親子もね──フフッ。でもね、安心してね。しっかりやれば、御祝儀をあげるわ──阿雲仔《アフンナー》、あのときは急いで、あんたにやってもらったけど、今じゃあ、ゆっくりやればいいからね……」

「紅玫瑰順風站《ホンメイクイシュンフォンチャン》」は、こうしてお日柄を選んで「開業」したのである。

この日の午後、小呉《シャオウ》は電話を二本受けただけであった。

陳麗美は十九歳の邱玉春《チウユイチュン》と十八歳の郭紅蓮《クオホンリエン》を送り「サービス」させた。二人はもう何度も堕落したことがあった。旅館まで行き「休憩」するのは、これが初めてだったけれども、「進み具合は順調」だった。邱玉春は肌がやや浅黒かったが、浅黒い中にも洗練された美しさがあった。ふくよかな胸に細い腰周り、足は長くてヒップは丸く、全身が野性味に満ちていた。肌は弾力性に富んでいた。邱《チウ》はすでに完全に「現状を容認する」女の子になっていた。まるでこのような「ライフ・スタイル」でもよいかのように。

郭紅蓮は大きな眼に小さな鼻、小さな赤い唇、ほっそりと痩せた体つきに、すごく細やかな白い肌をしていた。化粧をすると、なまめかしく色っぽい感じがした。郭《クオ》は極端に情緒不安定な女の子だった。一分前に全身で涙を流していたかと思うと、一分後には快活に体を前後させながら笑い転げていた。毎日彼女は逃げ出してみせるとその決心を周囲に伝えていたが、でも「デリバリー」の電話が一本かかってくると、念入りに化粧をして、客に真面目に「サービス」するのであった。

午後は、二人にサービスしただけだった。陳麗美《チェンリメイ》は少し焦ったが、絶えず独り言を言いながら自分を慰めていた。焦らないの、焦っても無駄よ。市場《マーケット》は、ゆっくりと拡張していくのだと。

玉春《ユイチュン》と紅蓮《ホンリエン》はサービスを済ませた後に戻ってきたが、意外にも興味津々にその感想を語るのであった。王阿珠《ワンアチュ》と楊小喬《ヤンシャオチャオ》も、好奇心旺盛にいろいろと聞いた。

彩雲《ツァイユン》はいつも姉の後ろに隠れていた。彩霞《ツァイシア》は妹の小さな手を握り端の方に座っていた。両眼は茫然としていて、いつも自分の心配事を考えているかのようだった。

楊小喬は何度か二人に目をやり、溜め息をつきながら、首を振って言った。

「あなたたち二人も、みんなの会話に加わろうよ！ でないと、どうにもならないよ？」

「うん……」彩霞はもの寂しく笑った。

「フンッ！ お二人はお嬢さんなのよ！ わたしたちみたいな不良少女に口を挟む必要なんてないんでしょ？」郭紅蓮《クオホンリエン》は敵意を見せながら言った。

「違うわよ！ その習慣がないのよ——ゆっくり慣れれば大丈夫よ！」楊《ヤン》は二人のために弁解した。

「わたし、わたしは何も話せないのよ！」彩霞が言った。

「言っとくけどね！ あんた、いったい何なの？ 運命を変えられないのなら、受け入れるのよ！ 違うの？」郭《クオ》は二人に言った。

——運命を変えられないならば……この言葉は前にも聞いたようだが、誰が彩霞に言ったのだったか？ 彩霞は暫く思い出せなかった。

実際、この数日間の大きな変化は、彩霞の精神を完全に震え上がらせた。考える力は崩壊してしまった。あらゆる情況はすべてまるで夢の中であるかのようだった。あるいは心の中では夢だと信じることを自分自身に迫っているかのようだった。夢であるならば、事実ではない。夢であるから、それを受け入れるのではないだろうか？

不幸なことに、理性の最下層でははっきりと彩霞に告げていた。いずれも夢ではない、どれも立派な事実なんだと……

初め、彩霞《ツァイシア》は「事実」を排斥しようとつとめ、それを受け入れることを拒絶した。しかし、それが絶え間なく沸き上がってきて、ここに至っては、彩霞は自分の心が「変わる」のを知ったのである。あるいは、心境がすでに「変化」した後で、彩霞は突然気がついたのであった。

彩霞は自分の心の奥底に、奇妙な音、誘惑の信号が響くのを感じ取った。それは、このようであるならば、それを受け入れて反抗するのはやめて飛び降りよう、というものだった。強いられたもので、被害者なのだから、だからわたしには罪はないのだ。わたしにもしも罪があるとすれば、それは「わたしのからだを生んだあの男」あるいは社会が責任を負うべきある——彩霞はすでに脳裏から「お父さん」「父親」といった言葉を排除していた。

「こうであるなら、わたしは賤しい人になり下がろう！」彩霞はこのような一つの結論を見出した。

彩霞は自分の結論に驚いた。でも、ゆっくりと彼女はそれを受け入れ、「理に適っている」と思ったのであった。

「なんだ、わたしの心にも賤しさが隠れていたのか」このように考えると、ますます驚いた。

それでは、王阿珠《ワンアチュ》や邱玉春《チウユイチュン》、楊小喬《ヤンシャオチャオ》がすることは、何を意味しているのだろう？　自分も、同じではないだろうか？

とても恐ろしい考え方だった。もっと怖かったのは、それを認めた後で、重くもやもやとした苦痛が起きたが、しかし苦痛の中には、意外にも少しばかりの愉快さと解放される心地よさも含んでいたのであった……

「じゃあ、わたしも楽しんで売るわよ!」彩霞《ツァイシア》は自分に言い聞かせた。

そうなのだ。この世界では、誰もわたしのことを可愛がってくれないし、守ってくれない。じゃあ、もういいや。それじゃあ、この誰も関心をもってくれないからだを壊してしまおう。「あの世に行けば」もしかすると良い運命が待っているかもしれない。そう、「あの世に行けば」……彩霞はそう思ったのだった。

まさに幻想のぬかるみに埋まっていく中で、妹の顔に視線が落ちた。両眼の視線がはっきりと重なったのであった——「もう! 雲《ユン》……」心の奥底で軽く呼びかけると、一面を覆う幻想や幻影はすっかり晴れた。

——この日の晩、テレビがニュース番組を放送し終わった後で、また「仕事」が入ってきた。「聯台大《リエンタイタ》飯店《ファンティエン》」の「女中」が探していた。「でっぷりとした羊」で、「上等品」を指名してきた。

陳麗美《チエンリメイ》は暫く考えた後で彩霞に「取らせる」ことに決めた。彩霞は「菜頭蔡《ツァイトウツァイ》」の災難、さらに荘《チユワン》青桂《チンクイ》に酷く凌辱された後、辱めを受けてはいなかった。彩霞はずっと自分にいつでも心の準備をしておこうと忠告し、言い聞かせていた。「下品になろう」という降って湧いた考えが生まれた時、彩霞は機会を見つけては徹底的に自分を説得したのである——必ず訪れる災いにはしっかりと向き合おうと……

このようであったが、今夜一旦「商売する」ことが決まってしまうと、彩霞はやはり身震いが止まらなかった。彩霞は郭紅蓮《クオホンリエン》たちに気づかれないように、念入りに化粧を始めた。

陳麗美《チェンリメイ》が電話で、あからさまに値段交渉をしている。「九割がた新鮮ですよ」、代金を足していただければ、別のものを送ります。向こうからは、電話口でけたたましい声が響いてきた。

「阿麗姐《アリチエ》。あんたも素人じゃないでしょう。人を見て料理を出して、足元を見ているんじゃないでしょうね？　わたしが注文できないっていうことは保証しますよ！」

「また、デブの羊で、上等品って言ってるの？」

「お客さんならみんなこう言うのよ――脂ぎっていて真っ赤な顔をしてたわ。そちらで決めて下さい。でもね、お客さんに返品されたら私たちも『おもしろい』わけないでしょ！」

彩霞《ツァイシア》は階段口に立ち次の指示を待っていた。麗美《リメイ》と小呉《シャオウ》は暫く相談した結果、小呉が自分で機車《オートバイ》で「デリバリー」することに決めた――今日の商売は

どれも「牛眼《ニウイエン》」ともう一人の「アルバイト」が送り届けたのだった。

彩雲《ツァイユン》はずっと姉を見つめてひと言も話さなかった。彼女は怖れてもいたが、怒ってもいた。お姉ちゃんはどうしてこんな「協力」をするの？　お姉ちゃんは変わってしまったの？　もう！　お姉ちゃんは変わってしまったんだ！　彩雲は真剣にそう思ったのであった。「変化」を考えると、彼女の心は思わず「損傷という姉のからだの変化」――このとても恨みがましく苦しい思い――を考えてしまった。自分はどうだろう？　自分も「すでに」壊れてしまったのではないだろうか？　この二日間に続けて二度も女性ホルモンを打ったために、彩雲ははっきりと自分の情況についても感じたのであった……

――「雲《ユン》！　わたし行くわよ！」お姉ちゃんの呼びかけは彩雲の思考を断ち切った。

「お姉ちゃん、お姉ちゃん……早く帰ってね」彩

雲は言った。

うん、戻ってくるわ。どこに戻るのだろうか？

彩雲《ツァイユン》は思わず声をあげて泣いてしまった。彼女はすぐにベッドの上に身を伏せて、気の済むまで泣きたかった——すでに何日も泣いていなかった。でも今晩の彩雲は泣けなかったのだ。電話の音が響き、陳《チェン》麗美《リメイ》はまるで何も考えずに彼女を指名した。「はやく準備して！」

「また太ったデブよ、ロレックスの時計をはめているんですって！」陳《チェン》は顔全体が笑みで溢れていた。

「フンッ！」郭紅蓮《クオホンリエン》か、王阿珠《ワンアチュ》かはわからないが、おもしろくなく冷たく笑う声がした。

彩雲はあの冷笑の中に潜む敵意を明らかに感じ取った。彼女は本当にびっくりした。これほど恥さらしなことまで、競争して嫉妬する価値があるって言うのだろうか？

彩雲は「牛眼《ニウイエン》」に通りの向かいまで送られ、見ず知らずの長髪の青年に引き渡され機車《オートバイ》で送られていった……

比較的暗い道路を百メートルほど走った後で、すぐに自動車のヘッドライトが次々と流れ出し、ネオンが輝く海のような繁華街に入っていった。

素晴らしく麗しい都市にちがいなかった。彩雲は以前二度ほど高雄《カオション》の人を魅了させる景色を見たことがあった。記憶の中では、この見ず知らずの台中市《タイチョン》の賑やかさも高雄に引けを取らなかった。

商店や商品は、すごく美しい。男の子や女の子たちは、なんて楽しそうで綺麗なの！　彩雲は飛んでいく麗しい夜の街に暫くうっとりしていた。

「ねえ！　お姉ちゃん。いくつなの？」男が顔を横にして聞いてきた。

「うん……」彩雲は答えたくなかった。

「始めてから長いの？」

「……」

「ねえ！　若いよね！　どうして？」この人はどこまでも追いかけてきた。

「はい、はい」

「おっ！　怒ってるの？　ごめんね！」男はひと言ひと言、大きな声で聞いてきた。「あのでぶっちょな羊をやっちまった後に、今晩オレ脱線と一緒に『寝よう』よ？　どうかな？」

「どういう意味？」彩雲《ツァイユン》は心の底からびっくりした。

「オレ脱線は君のことを気に入っているの」

「……」

「君さ、モクは？」男はタバコを吸うか聞いてきた。

「やらないわ」

「シンナーは？」男は自分で答えを言った。「君たち『海鴎《ハイオウ》』は、みんなシンナーをやるんだろう？」

「『海鴎』って何？」彩雲の童心が沸き起こった。

「海鴎も知らないで、ツルんでるの？　男と寝るのを専門にしてる女だよ！」

「何よ！」彩雲は思わず罵った。

「おまえ！　俺に向かって言ってるのか？　おまえ！」男はかっとなって怒った。

目的地についた。ケンカをせずに済んだようだ。

「脱線」は彩雲に言った。終わったら、旅館の外に立ってな、左側の街灯の下、迎えに来てあげるから。

「ありがとう！」彩雲は歯を食いしばってから、ようやく言った。

「いいんだよ。礼を言うなら、十二時の後に言えばいいよ！」

脱線はカウンターの娘にサインを送った――その後で彩雲はようやく理解したのだが、それはとても卑猥なサインだった。左の掌で拳骨を作り、人差し指で親指を押さえるのだ。親指は人差し指と中指の間の根元に出す――女性器の暗示だった。相手は了解し、男は身を翻して帰って行った。

「上にあがって下さい。どうぞ。雲雲《ユンユン》って言うんでしょ?」

「うん」

「はい、って言うのよ。うん、と言ったらダメ!」

「わかりました」

「これからは阿《ア》娥《ウ》姉さんって呼んだらいいわ」

「はい、阿娥姉さん」

「そうね」阿娥は彩雲を三階にある部屋の前まで連れてきた。

階段口には大きな窓があった。窓ガラスの外はこのホテルのネオン看板だった。「公園大旅社《コンユエンタリユイシャ》」。

「公園大旅社なんだ!」彩雲はしっかりと名前を覚えた。

阿娥姉さんはこの時ようやく彩雲をじろじろと見た。まだ小さいのね。阿娥は言った。もともと小さいんですよ! 彩雲《ツァイユン》は言った。彩雲に、このように

食ってかかられて、阿娥は面食らったが、その後、いぶかりの視線を見せ、冷たく笑い、ノックした

――「三一三」号室だった。

彩雲は自分に言い聞かせ、やる気を出そうと決心した。心の中でもう一度話す言葉を復唱した……

――「入りな……」

「お客様、女の子が来ました。どうぞ!」阿娥ははっきりしない笑いをした。「瑞々しいのです! ちっちゃいんですよ!――在室女《ツァイシニュイ》よりもいいじゃないですか、どうですか?」

「……うん、ちっちゃすぎるだろう? 肉も脂も無いんじゃないの?」相手は不満げだった。

「言ってたじゃないですか! 一回だけ経験のある瑞々しいのって――新しいのは古いのよりも味わいがありますよ、そうでしょ? お客様もお魚やお肉に慣れた人ですから、この果物を試してみたらどうですか?」

そうだったのか。旅館の「女中」は、やり手の営業マンでなければいけないのか！

彩雲《ツァイユン》はそそくさと顔をあげて「買い主」を見た。また禿げ頭の男だった。でもこの小柄で、からだが引き締まった男は、年齢はあまり高くはないのだろう？

「いいでしょう？　お好みでなければ、取り替えますので大丈夫ですよ」

取り替える？　「売れない」？　彩雲は心の中が憂鬱になり、頭を上げて見た。この「買い主」の両眼はちょうど彩雲のからだをじろじろと見ていた……

「あっ！」彩雲はほとんど叫び出しそうになった。それは本当に不運な眼差しだった。男は彩雲の視線に「媚び」があるときっと誤解したのだろう。彩雲は強く、深い羞恥心を感じた。この瞬間、彩雲は自分自身を見透かしひどく恨んだ。すぐに自分を完全に放棄したのだった。そして、考えてみた。藍彩《ランツァイ》雲《ユン》！　藍彩雲！　あなたは視線で「買って」とお願いするのね？　あなたは「売れない」ことを心配してるのね？　あなたはなんて賤しいの、なんて下品なの、なんて意気地がない女の子なの、あなたったら、ほとんどひれ伏すようだった。

「いや……わかったよ！　今日は試してみるか——年老いた牛が若草を食べるってやつだ！」男は言った。

「さすがですね！」阿娥《アウ》は笑顔を仕舞い、掌を伸ばしてきた。

「いくらなんだい？」

「……」阿娥は右手の人差し指と中指を立てた。

男はズボンのポケットから二千元を出した。二千元は丁寧に折られていた。最初からしっかり準備していた証拠だ。阿娥は金を受け取ると、彩雲に向かって大声で言った。雲雲《ユンユン》、この旦那さんにしっかり尽くして差し上げなさい。たっぷり「サービス」してあげるのよ、わかった？　言い終わると、くるりと後ろを向いて出て行った。ドアを閉め鍵を閉めるのも忘れなかった。

「こちらへ！　座りなよ！　どうしたんだい？　お嬢さん……」男は腕を伸ばして彩雲《ツァイユン》の顔を撫でた。

「……すみません、わたし、あの……」彩雲は焦りながらすべて話そうとした。

「何？　ほら、お湯を入れて来て。風呂に付き合って！」

「ちょっと待って下さい。お客様……」彩雲は北京語に変えて言った。「わたし在室女《ツァイシニュイ》、処女なんです、処女って知ってますか？」

「何言ってんの？」男はポカンとした
「わたしは、在室女です、処女です……処女なんです！」

「君ねえ？　まだやったことないの？　本当なの？」男は突然笑った。「騙すんだな？　そうなんだろ？　君！」

「本当ですよ、でも、お客様……阿娥《アウ》に言わないでくださいね、それから……」これが一番重要な言葉だった。「お客様は一番最初なんですから、わたしに下さいね……お金を！」彩雲はどうにかこうにか、この言葉を言い切った。

「……わかったよ、事実だったら、おまえには紅包《ホンパオ》をやるよ――」男は相変わらず信じていないようだった。「でも、おまえの老闆《ラオパン》はどうして在室女を普通の値段で送って寄越したんだ？」

「そんなこと聞かないでくださいよ！　了解してくださいね。体験したら、お客様は……」

「わかった！　その時は、ヘッヘッ！　おまえに一万元をやるよ！」男は顔色を変えて言った。「でもな、もし嘘だったらな、もし手術で繋ぎ合わせたブタやウシの皮だったら、そうだったら、見てろよ！」

「試してから言って下さい」彩雲《ツァイユン》は憤然と言った。彩雲は心の底からはっきりしていた。自分自身に対するこうした答えは、不思議なことに驚きはしなかった。自分はどうしてこんなに冷静なんだろう。どうしてここまで「大胆な」ことを話せるんだろう？　これはわたしがやることなのだろうか？

「じゃあ、わかった！　風呂もいいや——君はからだ、洗ったのか？」

「きれいですよ！」彩雲は強く歯を食いしばった。

「お姉ちゃん、言っとくけどね！　俺は専門家なんだよ、わかる？　在室女《ツァイシニュイ》とは百人も千人もと遊んだことがあるんだよ！　騙してもわかるからね！」

男は何かを宣言したかのようだった。

「お客様、いくつですか？」彩雲は突然このように聞いた。

「五十二。それ聞いて、どうするの？」

「なんでもないです。何歳か聞いただけです——五十二歳だったら……五十二の男って、どんな感じかな？……」彩雲は独り言を言った。

「何だよ？　試してみればわかるよ！」男は明らかに誤解した。彩雲のこの言葉をからかっていると思ったのだ。

男はますます興奮し、彩雲をベッドの上に押し倒した。彩雲の衣服をすべて剥ぎ取り、そして自分も脱いだ。

彩雲は珍しく落ち着いていた。両眼を閉じて、歯を食いしばったのである。

心の中では、精神面では、彩雲はすでに初めてではなかった。いや、彩雲は永遠に処女であると言うべきかもしれない。遊ばれたり、辱めを受けたのは、彼女にとっては肉体の問題であり、この不条理な世界でのことだった。処女とは、永遠に俗世から隠遁し、この世界を捨て去ることであった……

見ず知らずの、名前も知らない五十二歳の男が彩《ツァイ》雲《ユン》の貞操を奪い、彼女の処女膜を破ったのだった。白いシーツの上に残された血は、多くもなく少なくもなかった。

彩雲は、何滴か悲しみの涙を流しただけであった。痛みは、想像した通りだった。目の前の人々は、この後、目の前の人々が突然違うように見えた。すべてのものが軽々と浮き、しんしんとした冷たさでもって、彩雲に対して向かっているかのようだった。そして絶えず後ろに下がり、彩雲から離れていくのだ……

「考えていたよりも簡単かな……」このような感覚が、彩雲を不安にさせた。

「やっぱり在室《ツァイシ》……だったんだな……可愛いな……」この男は彩雲に服を着させず、立ち上がらせなかった。とても疲れる感じで、それでいてとても執拗に彩雲を抱きしめ、放さず立ち上がらせなかった。

「やめて下さい！　わたし返ります！」

「ダメだ、ダメだ。今晩は俺が買ったんだ！」

「そんなことないでしょう？」彩雲はびっくりして、押し返しながら立ち上がった。

男は急に右脚に力を入れて足をまたげ、彩雲を両足の間に挟み込みながら、それから受話器を握った。

――「はい、カウンターです。どうなさいましたか？」

「三一三号室です。今夜この娘は、私が「オール・ナイト」します！　金は、大丈夫です、そっちの言うとおりに支払います」

「かしこまりました！　でも、彼女の老闆《ラオパン》にひと言伝えてからになりますけれど」

「じゃあ、連絡して下さい――今夜、三十分後に、私のところに宵夜《シャオイエ》（夜食）を二人前持ってきてくれませんか？　それから小瓶の竹葉青《チュイエチン》も……」

「嫌です！　もういいでしょう！　わたし帰りま

す」

「どうした？　何でダメなんだよ。また売りに行くのか？」この男は不快な顔を見せた。

「違いますよ。わたしはただ……」

「どうしたんだ？　付き合えよ。せいぜい、今夜はもう一回な、怖いか？」

「ヒック……」彩雲《ツァイユン》は泣き出してしまった。

「お！　泣き出したな、梨花一枝《りかいっし》……春雨《はるあめ》を帯《お》ぶ……」（美人が悲しむ姿の比喩。白居易「長恨歌」より）だな……男は誉め讃える詩句を探した。

彩雲の「初めての夜」は「オール・ナイト」で、翌日の八時に離れた。彩雲は三回もいじめられた。真っ赤な血が滴り落ち、かわいそうにあそこは古びた「砂肝」のように腫れていた……

二日目、彩雲は姉と一緒に哀願した。彩霞《ツァイシア》が「代わり」になることを承知し、彩雲は一日休んだ。

だが、彩霞も五回「やらされた」のである。十二時過ぎに「仕事を終えた」時、彼女の顔色は紙のようで、全身は冷や汗がだらだら垂れていた。二人は陳《チェン》と呉《ウ》の二人から離れて、姐妹淘《お姉さんたち》からも遠く離れて、お互いに抱き合って声を殺して泣いていた。

「商売」はますます繁盛した。六人の女の子は応じる時間さえもないようだった。

彩雲は三日ごとに一回ホルモン注射をし、女性の性的なシンボルを急速に発育させた。はたして、彩雲の腰回りや乳房、体毛もすぐに「増えた」。彩雲は顔色は珍しいほど蒼白だったが、全身の皮膚は見た感じでは八割方は成熟した「女性」になっていた。

時間は絶えず推移し、「業績」は伸びるばかりだった。二人は次第に冷淡になり、無感覚になっていった。いつ頃からだっただろうか、二人は植物に似た存在に変わっていたのである。

彩霞は妹が怒りから恐ろしくなり、悲しみ、そして悲しむことから運命を悟り、自暴自棄となって、最後には喜怒哀楽のない惨めな肉体になってしまったのを見ていた。考えるのでもなく見るのでもなく、姉との会話でさえも、相手を見つめる気持ちさえも失せていた。彩霞《ツァイシア》は悲しかったが、最後はやはり心を痛めることさえも諦めたのだった。

彩雲《ツァイユン》はもともと姉に頼りきっていた。目の前で姉があのように運命をあきらめる様子は、彩雲の心を徹底的に無条件にも冷淡にしていた。

わたしは十六歳の幼い売春婦で、応召女郎《インチャオニュイラン》(コール・ガール)なのだ。彩雲はいつもこの言葉やそれが含む意味を考えていた。

わたしは一番賤しくて、一番卑劣で、一番下品な人間なのだ。社会で一番軽蔑され一番嫌われる人間なのだ——お金持ちで地位もあって、学問もある人たちが——わたしのことを求めてくるようなんだけれど? こうした人たちはわたしと会う時、じっと見つめてくる時、服を脱ぐ時、わたしのおへその上で胸の上でしきりに「喘ぐ」時、礼儀正しく、わたしのことを尊重し、「平等にわたしを扱ってくれる」のは、なぜなのだろう? あの人たちは発散させた後で、「降りた」後で、急いで衣服を着る時、どうして態度が大きく変わり、顔色も変わるのだろう? あの一分一秒の間に、あの人たちの視線は蔑視でいっぱいになり、強烈な嫌悪感に満ちて、まるでこれを捨て去り逃れようとするのができなくなるのを心配するかのようで、どうしてなんだろう? わたしという、この人にみだらなものを提供する道具は、「こと」の前も「こと」の後も、変わることはないのに、こうした男たちが「違っている」のは、言ってみれば原因はわたしのような売春婦にあるのではなく、彼ら自身にあるのではないだろうか。なるほど、彼ら男たちは、こうした客は、わたしたちに対して何かしらの蔑みや嫌悪感を持っているのだ。さもなければ、彼らが前と後でこれほど異なるわけはないだろう。彼らはあの軽蔑し嫌悪する「感じ」を、わたしのからだの上に置き去りにするのだ……彩雲《ツァイユン》は、このように考えた。これは奇妙な考えではあったが、ある種の推理だったのである。

ここまで考えると、簡単に一つの結論を見つけられそうだった。

男のからだの上には、蔑むべきものがある。男とは、奇妙な動物なんだ。

あの卑しくて嫌われるものとは、性なんだ。

では女性の方はどうなんだろう？ 性は、やはりこのように卑しいもので嫌われるべきものなのだろうか？ 彩霞《ツァイシア》は戸惑ってしまった。

ある日の午後、それはホルモン注射をしてから四時間経ち、三日間「休み」をもらった時だった――「M（生理の隠語）」が来たときには接客を三日間停止することが認められていた――そのため精神面も体力も悪くは無かった。その日の午後、「吉祥旅館《チシャンリュイクワン》」での相手は一人の若者だった。見た感じではまもなく兵役を迎える年頃だった。奇妙だったのは、からだつきや要望はどこか「梁小生《リャンシャオション》」――中学三年の時の甲班の学級委員で、女の子たちは秘かに「美男子」と褒めていた梁甫星《リャンプシン》――に似ていたことだった。

この男性は、明らかに繁華街での常客ではなかった。動き始めると、明らかに「下手くそ」なのだ。妙だったのは、彩雲は、突然今まで経験したこともなかった「いい感じ」を感じたことだった。それに従って、彩雲は「心から」彼と抱き合った。しかも、彩雲は、一瞬、全身で、或いは底からと言ってもいいかもしれないが、目がくらみ精神がおかしくなるかのような気持ちよさを感じたのだった……それは奇妙なもので、特別で、言葉にはできない経験だった。その時、彩雲は泣いてしまったのである。この人は動転してどうしていいかわからず、何度も謝ったのであった。

彩雲《ツァイユン》は泣いていたが急に笑い出した。彩雲はぼんやりと男を見つめると、男にもういちど「自分を見る」よう求めた。男は何度も首を振っていたが彩雲には目をやらなかった。もちろん男は二度と来なかった。彩雲はその後も格好の良い客と出会うと、あの目がくらみ精神がおかしくなるようなものは何だったのかと追いかけたが、どうしてもわからなかったのである。

――「それ」は、おそらく悪いことではなかった。なぜだろうか。皆のようにそれを蔑むのだろうか。さらに理解できなかったのは、このように蔑視や嫌悪感を感じるものでありながらも、何度もこっそりとやって来ては「やる」のである。彩雲はこのことを考えた。最後の彼女の結論は、人は、本当に理解不能で、奇妙なものであるということだった……

◎

「紅玫瑰《ホンメイクイ》」応召站《インチャオチャン》（コール・ガールの待機所）は、台中《タイチョン》市内で艶やかな評判を次第に広げていった。六人の女の子では「応対する」ことができず、当然のように、「営業」の必要から、新しい血を吸い取る必要があった。

「紅玫瑰」が一月と三日営業したところで、朱飛《チュフェイ》揚《ヤン》は釈放された。細切れの情報を合わせると、まだ裁判結果は出ていないようで、「無事に」釈放されて戻ってきたようなだけだった。陳麗美《チェンリメイ》は言った。金が朱飛揚を「押し出した」んだよ。女の子たちは金がどのようにして刑務所から人を「押し出した」のかはわからなかったが、知っているのは、金があれば自由を買えて金が無ければ自由がないということだった。彼女たちには金がなかったので、そのため自由を得ることはできなかったのだ……

朱飛揚は情勢がまずまずなのを見ると、大いにやりがいを感じ、自信が倍増した。妻と「苦楽をともにした」小呉《シャオウ》と意見を交わし、「紅玫瑰」の経営を企業化することを決定した。

まず、朱《チュ》は正式に株主を募集した――「三暗一明」に通じた有力な人材の参加を募集したのである。いわゆる三暗とは人身売買――女郎の供給者、黒道《ヘイタオ》（暴力団）――地盤の擁護、加えて経営者である彼ら夫婦と小呉だった。「一明」とは「白道《パイタオ》（警察官）の守り手」である――態度をはっきりとさせずに、利益配当だけを受ける「株主」だ。

朱は自分の「計画書」を目にして、思わず笑いを漏らした。朱はこの世の中がとても滑稽に思えたのではないだろうか。「三暗」は、「明らかに」手を結んでいた。「一明」とも秘かに結託していた。世の中の黒白や明暗など、一体どのようにはっきりと分けることができるだろうか。

――「近隣対策」に至っては、連携はとても簡単だった。実際、彼らは台中《タイチョン》に「進駐する」と、「兄弟《ヤクザ》たち」が自然と出てきて呼びかけ合った。「大本営」は「後火車站《ホウフオチャチャン》幇《パン》（駅の裏を拠点とするグループ）」の勢力範囲内だったのだ。そのため自然と彼らが責任を取ったのである――はっきり言ってしまうと、彼らに対しては毎月みかじめ料を払うのである。特別に保護してもらう時には、それにはまた別に金を支払わなければならなかった。時には女の子たちは兄弟たちにもサービスしたが、それもすごく当然のことだった。

だが、「紅玫瑰《ホンメイクイ》」の業務拡張は大幅に伸び、加えて「営業」範囲も全市の各主要旅館やホテルに広く及んでいたので、別の分野のいろいろな男たちも「頑張らなくては」いけなかった。そのため、支出は日に日に多くなっていき、それは不断に拡大するばかりであった。その後になって、朱と陳《チェン》の二人は急に気がついた。金は風のように吹いて来て、水のように流れていく。自分が掬ったのは、二つとない緊張感と狼狽、プレッシャー、そして牢獄の真っ黒な入り口だけだったと。これは後になってからの話である。

「一明」による保護の方では、「角頭《チャオトウ》（地区の反社会的勢力の親分）」による指図で、すぐに何人かの委員や議員といった類のお偉い民意代表と連絡がついた。主客どもの酒池肉林の宴会の後で、朱飛揚《チュフェイヤン》は来客のために最良の旅館の套房《タオファン》を用意したのである。そして、あらかじめ言いつけておいた「特別サービス」をする女を届けたのであった。こうして、二日目の九時過ぎには、面目がたった地方名士たちはとっくに朱の好友《ハオヨウ》（良き友人）になっていたのである。好友に報いる方法とはどんなものであったのか。好友が一番必要としていたのは「白道《パイタオ》」の力による支持であった――捜査情報のリークや座視というような些細なことではあったが。

このことは難しくはなかった。何日か後に、朱は再度客を招いた。今回は本来の賓客以外に、もう一卓ほどいかめしい雰囲気で七三分けにした客たちを招いた。もちろんもう一度酒池肉林の宴会を開いたのである。「紅玫瑰」のセーフティーネットはここに来てすでに十分に手厚く、安全なものとなっていた。

女の子の供給に至っては、容易なように見えたが、時間がたつに連れて掌握しづらくなってきた。その理由は、女の子の需要が多く、しかも「新鮮さ」を求めているため、新鮮味を追求するために一定期間で交換する必要があったからだ。大がかりな交換は、簡単なことではなかった。二つ目に、コストを下げて利益を出すために、原則として未成年の家出少女を誘惑することが中心となっていた。問題はこうした方法は決して長期的な持続を可能にさせるものではなく、支払うべき「手数料」も多く、また危険性も高かったのである。当初は下海《シアハイ》志願者を募集することを考えていた。ただし、最初に入ってきた六人の少女はこうした「方法」によるものであったので、「自由の身」の少女を参加させることで、給与や待遇に違いが出て、女の子たちの感情をコントロールすることができなくなれば、「問題」はもっと多くなるはずだった。このことには他の方面の面倒もあった。それは「管理する」人員を増やさなくてはいけなくなり、人件費がかさむことだった。こうした管理者はもちろんこの道の「兄弟《ヤクザ》」だった。そのため、金銭面以外にも、他の問題も比較的多く発生していた。これはどうしても避けることはできなかったのである。この道で生きていくには、まさに運命的なものであり、この方面の搾取は受け入れなければならなかった。この点について、朱飛揚《チュフェイヤン》はすでに十分理解し、周囲を見極めていた。

この方面では、朱《チュ》が取った戦略は第一に、高雄《カオション》市の何軒かの売春宿——これは朱がよく知っているルートだった——と相談して約束し、定期的に相互で女の子を入れ替えることだった。第二に、よい品物があるならば、価格交渉して二、三人ずつ「借り入れる」のである——もちろん現在は優勢にあるので、年初めに藍《ラン》家の姉妹を「借用」したように巨額の大金を使わなくてよかった。実際、いま朱は相当に後悔していた。借入金を多く払っていたからだ。そのために、二人の「出勤」は別の女の子よりも多くせざるを得なかった……第三に、品物の主要な仕入れ先はやはり桃園《タオユエン》の荘国暉《チュワンクオホイ》、荘青桂《チュワンチンクイ》親子の供給によるものだった。荘家親子の「事業」は、年の終わりにはすでにますます繁盛していた。桃園や中壢《チョンリ》の売春宿は、妻や娘、嫁に経営を任せていた。親子は台湾全土をくまなく駆け巡り、田舎の山地の少女を売買するのを「専門」としていた。朱飛揚は荘に台湾中南部の品物と「交換したい」と言い出したところ、荘はすぐに賛成し、北・中・南部での三地の

「交換」を請け負う総責任者となるとまで言い出したのである……

ここに至り、企業経営が既成事実となったばかりか、「チェーン展開」の「全国型企業」へと発展したのである……

朱飛揚《チュフェイヤン》はこの業界で「花道を歩き」、急速に名声を上げ、数ヶ月もしないうちに台湾全土に知られるようになった。「紅玫瑰《ホンメイクイ》」の艶やかな名前は自然と全島各地に行き渡ったのである。各地で「花道を歩いて」いた人々までもが、わざわざ台中《タイチョン》までやってきて「参観」し学んでいったのである……

荘国暉《チュワンクオホイ》の親子は、十日ごとに必ず一回はやってきて、一泊していった。

彼らは「デリバリー」あるいは「ピックアップ」にやってきて、ほかに集金にもやって来た——藍《ラン》家の姉妹についての割賦金の集金なのだろう。

親子は毎回宿泊する度に二人に一晩付き合うように言い聞かせた。規則からすれば、女の子を呼ぶのであれば、やはり代金を支払わなければいけないのだが、藍家の姉妹の「オーナー」なので、遠慮する必要はなかったのである。親子は両方ともすごくケチな人間で、この一瞬でさえも、農村出身の美徳を示したのであった。

荘家の親子がやってくる時は、彩霞《ツァイシア》が災難にあう時でもあった。だが彩雲《ツァイユン》からすれば、休暇とおなじだった。いつも通りだったからだ。彩霞は青桂《チンクイ》につきあった。青桂《チンクイ》は貪欲でずっと満足しない色魔だった。青桂一人を相手にするのは、四、五人の普通の客を「片付ける」のと同じくらいだった！　彩雲は荘国暉という年寄りの色情狂につきあった。この男は顔中が真っ赤に光り、イノシシのように体格がよかったが、気持ちばかりで力が出なかった。局部は子供の指のように細く、いつも大きな雷でも雨が少なく、労して功無しだった。荘は気まずそうに、身を翻して壁を向いて横になった。このことは彩雲《ツァイユン》にとって苦労ばかりの歳月の中で、唯一「愉快」なことだった!

いま、二人は、他の運命をともにする女の子と同様、いわゆる生命や生活は、すでに簡略化され、「縮小」し、生物の物体がもつ本能的な状態を示すだけであった。悲哀や痛み、怨み、期待、拒否、逃亡などの考えは、とっくに消え失せていたのである。

いま、あの痺れた心で、唯一浮かび上がるのは「恐怖」という黒色に輝く光であった。恐怖は生物の物体の本能から来るものである。恐怖の閃光は精神の中のはっきりとした意識を刺激する。この意識でもう十分だった。生き続けるために必要な運動には十分だった。それだけのことだったのである。

一番大きな恐ろしい経験はこのようだった。

初夏の夕方、「紅玫瑰《ホンメイクイ》」が借り切った四階——一階は貢丸《ゴンワン》(肉団子)、肉粳《バーギー》(とろみの利いた肉入りスープ)、蚵仔煎《オアチエン》(牡蠣オムレツ)などの軽食販売でカモフラージュしていた——が突然賑やかになった。いつもと違う様子だった。朱老闆《チュラオパン》の命令は、いかなる情況でも冷静にならなくてはいけないということだったが、意外にも今は例外なのだろうか。

なんと四人の見ず知らずの青年が三人の女の子を「護送」してきたのだった。これはいつものことだった。女の子たちの顔や腕、足には微かに傷跡が残っていた。これもいつものことだった。

三人の女の子は直接四階に送られた。そこは石綿スレートや鋼管で違法増築された建物部分だった。楊小喬《ヤンシャオチャオ》はちょうど「赤ら顔」の訪問を受けていたので、三人の「女性の囚人」に食事を送り、監視し見張る役目に送られた。

三人は楊《ヤン》に訴えた。三人は午前十一時に、斗南《トウナン》の婦女職業訓練所で釈放されて自由になった際、まるで誘拐されるかのように連れて来られたのである。

「私たちはあそこで三ヶ月の職訓を受けさせられたの、思いがけず出てきたらまた……」顔面蒼白で大きな眼をした一人が言った。

「この人たちは、どうしてあなたたちを迎えに行くことができたの？」楊《ヤン》は霧に隠れたように感じた。

「あの人たちは私のお父さんを連れてきたのよ、職業訓練所が私をお父さんに引き渡したの。それでお父さんは私をまたあの人たちに渡したのよ！」浅黒くやや豊満なからだの一人が言った。

「どうして？　それって……」楊は返事ができなかった。

「わたしたちの家、あの人たちに借りがあったの！　わたしは三年間身を売られたのよ」

「職業訓練所は法律的に善悪は区別できるけど、人を見分けることはできないのよ！」顔色がやや黄色く、上背はあるがからだ全体が虚弱そうな一人が言った。「あの人たちはわたしのお父さんの身分証

や印鑑、それに家族全員の戸籍謄本を持ってるの。あの人たちはこんな感じで『法律に則って』私を連れて帰ったのよ」

「じゃあ、あなたたちの……あなたたちの傷は？……」

「私たちはその場で抵抗したのよ、あの人たちはその場でげんこつや蹴りを入れて、私たちを痛い目に遭わせたの……クソッ！」

「その場でなの？　職業訓練所の人に見られるのは怖くないのかな？」

「見られる？　そうよ！　それが何だって言うのよ？　あの人たちはすべて合法的なんだから……フッフッフ！」青白く瞳の大きな一人が話しながら突然声を高ぶらせて笑い出した。

楊小喬《ヤンシャオチャオ》はこれらの情報を聞き出しただけだった。この晩「紅玫瑰《ホンメイクイ》」の八、九人の女の子は未曾有の邪悪な刑罰を目撃したのだった。

十一時半頃、一日の「休憩」業務は次第に終わりに近づいてきた。「オール・ナイト」で呼ばれた女の子たちはバイクタクシーの機車《オートバイ》に跨がり始めていた。楊小喬《ヤンシヤオチヤオ》のところの「赤ら顔の休憩時間」は午後六時までだった。この時はすでに監視の役目から解放されていて、濃いメイクをして、「オール・ナイト」の「仕事」に出たのであった。

あの顔面蒼白で瞳の大きな女の子――後に陸《ル》という名字であると知った――がどのような手段を使ったのかはわからないが、なんとベランダから身を乗りだして、隣の建物の三階に飛び移っていた。隣の三階は、実は「紅玫瑰《ホンメイクイ》」が「サツ」から隠れる――「避難する」ための秘密の場所だった。そこに出入りするのはどれも「紅玫瑰」と関係のある「兄弟《ヤクザ》」であった……

陸はすぐに見つかった。彼女は先ず三人の「兄弟」に「大鍋炒《タクオチヤオ》」されてから運ばれてきた。

小呉《シャオウ》はそれを見ると、暫く考えてから、すぐに女の子を全員集合させ、厳しく言った。

「陸宜珍《ルイチェン》の奴は、借金を返済していないのに逃げ出したから、今日はこいつに正義を求めたんだよ。――みんなもしっかり見ておいて、心の底でしっかり知っておいて！」

二人の若い兄弟が陸の「世話をする」ことを始めた――まず陸の衣服をすべて剥ぎ取り、そして両手の掌を合わすようにして、吊し上げたのである。足の爪先は少しだけ床についていたが、力を入れることはできなかった。

二人の世話役は、「触り」始めた。「玻璃《おしり》」をつまんだり、「福寿《おっぱい》」を揉んだりした……

「……」陸はだらだらと汗を流し、叫び声をあげる余裕も無かった。

小呉はいつのまにか手に人差し指大の、三尺（約一メートル）ほどの長さの黄藤（熱帯を中心に分布する蔓性植物）を持っていた。手を振り上げて、それを真っ黒な顔をした青年に手渡し、頷いたのである。

黒顔は蔓を手に取ると、何も考えずに、弧を描くように、「すばやく」陸《ル》の背中と腰に振り落とした――。

「アッッ！……」陸は絶叫した。

――「わっ！……」女の子たちは叫び声を上げげた。

藤の蔓が振り落とされた背中の肌は、たちまち窪んでしまった。しかし次の瞬間に、その窪んだところは盛り上がり始めたのである。真っ赤になって、盛り上がってくる肉の波紋は窪んだ時よりも広範囲だった。その赤く腫れあがった端では、水滴がしたたっていた――水なのか、いや、それは線状になった血の汗だった……

「ホイッ！」黒顔は藤の蔓を振り回すと同時に声を出して勢いをつけた――

――「シュッ！」また蔓が振り回された。


「アッッ！　アアッッ！」短く息せき切った叫び声がする。

また一筋窪み、すぐに美しく真っ赤に血の滲んだ傷跡が盛り上がってきた……

「ホッ！」

――「シュッ！」もう一本血の波紋が広がった。

「イッッ！　アアッ！　イヤッ！」

「ア！　イヤッッ！　イッッ！」

――「シュッ！」再び傷口にからみついた。

「助けてっ……助けてっ！」陸は最後の救いを求めた。そして気絶してしまったのである。

陸の裸のからだには盛り上がったミミズ腫れした傷跡が浮かんでいた。血に加えて淡く黄色い体液と汗が縦横に流れていた。肛門の下は汚物でまみれていて、黄色くなった陰毛の下には、太腿の内側と同じように黒い血液が流れ出ていた……

黒顔はミリタリーナイフを探り出して、陸を吊していた荒縄に向かって一振りした。陸《ル》は「ドンッ」という音で床の上にひっくり返った。

「うん……」陸は意識を取り戻した。

ずっと隣に立っていて手を出さなかった平たい顔をした青年が、ついでに手に取ったのかそれとも事前に用意していたのかはわからないが――左手に沙士《シャシ》（ドクターペッパーに似た清涼飲料）の小瓶を持って、陸が寝そべるところに近づいて来た。そしてしゃがみ込んだのである。

男は右手を何度も振り上げ、まるで子供にビンタをするかのようだった。パンパンと陸の萎えて垂れ下がった乳房を叩いた。皆が動揺して落ち着かないでいる時、男は右手で陸の太腿を押し開け、左手で沙士を瓶の口を前に向けて、思いっきり陸のつぼみに向かって突き刺したのであった。

「ウッッッ！」陸の金切り声の中、からだはすぐに跳ね返ったかのようだった。

「何？」女の子たちは驚いて声を上げ、息を吸い込むこともできなかった。

――「ヘッ！　どうだい？　見たかい？　逃げだそうとすれば、こいつと同じようになるんだ。怖くないんなら、試してみてもいいよ！」小呉《シャオウ》は言った。

「おまえたち、よく聞け！」朱飛揚《チュフェイヤン》が結論を言った。「おまえたちはなあ、本当はな、自由自在なんだよ――借金を返したら、出て行っていいんだ！　でも、返し終わる前は、もっと大人しくしろよな！」

「……わたしは何もしてないのに……」郭紅蓮《クオホンリエン》が小さな声で言った。それは自分自身に言い聞かせたのであった。

「おまえたちの家族が借金を完済したら、必ず自由にさせる」朱《チュ》は狡猾に笑った。「今おまえたちはどうやって逃げるんだ？　身分証は金庫の中だし、それでも逃げたいのか？　どこに行くんだ？　おまえたちに言っておくぞ。もし試したいのなら、どうぞご自由に！　その時はなあ、ヘッヘッヘッ、俺が電話をかければ、少年課のサツや憲兵隊まで、半時間もあればおまえたち全員を『警察署』にぶち込めるんだぜ。おまえたちが売春婦だとわかったら、ハハッ！　もしかすると全員前線の軍楽園《チエンルウユエン》（軍隊の慰安所）に送り込むかもな。その時はなあ、一日四十回とか、五十回だ。五日もやれば、破れちまうよ――貫通しちまうぜ、死んじまうんだよ！」

「ハッハッ！　ハッハッハッハッ！」小呉《シャオウ》と「兄弟《ヤクザ》たち」は腹を抱えて笑った。まるでこの世で一番おもしろい話を聞いたかのようだった。

陸《ル》はぼんやりと意識を取り戻した。彼女は髪の毛を引っ張られて四階のプレハブ小屋まで連れて行かれ監禁された。女の子たちは声を出すことができなかった。黙って指定された寝床に戻り寝たのである。この時遠くからは、すでにオンドリが明け方を告げる鳴き声が聞こえてきた。

このどんよりと蒸し暑い都市で、誰がオンドリなど飼うのだろうか？

六

暑い夏がひそかにやって来た。男は、夏の日にはさらに燃え上がるのである。

夏は、色やからだを売る「シーズン」だ。

いま、「紅玫瑰《ホンメイクイ》」の配下にはすでに二十数人の「女の子」がいた。交通の便が良いように、楽に「管理」して「ターゲット」を狭めることができるように、老闆《ラオパン》の朱飛揚《チュフェイヤン》は——ある日、姐妹淘《お姉さんたち》に向かって宣言したのである。今後はみんな「朱経理《チュチンリ》（朱マネージャー）」と呼びなさいと——そして「スタッフ」をふたつの「待機所」に分けることを決めたのだ。甲組は台中《タイチョン》公園付近に移り、別に「娼窟」を設け、乙組はもとの場所に留まって営業を続けるのだ。

「甲組には一回出勤すれば、おまえたちに五十元の小費《シャオフェイ》（チップ）をやる。毎回の料金は二千から三千元だからだ」朱経理は言った。「現在、社会は進歩している。消費に使う金額は増えているので、もちろん俺たちの品質もそれに見合うように高めないといけない——これからは俺たちの経営方針はこうだ。品質を高め、質の悪い者は淘汰する……」

女の子たちは茫然とした。

「乙組は、現状維持だ。五百元から七百元。毎回出勤するたびに二十元の小費だ……」

「同じようにやってよ。どうして二十元しかくれないのよ？　不公平よ」乙組に振り分けられた王阿《ワンア》珠《チュ》が突然こう抗議した。

「おまえの稼ぎは少すぎるんだよ！　だからだ！」朱経理《チュチンリ》は要点を言った。「みんなで努力して、もっと魅力的に化粧してみろ。少し頑張るだけで、客は増えるんだぞ。客が多くなれば、甲組に移れるチャンスもある！」

「わたしは何でいけないの？　わたしは甲組に行きたいの！」王阿珠《ワンアチュ》は不服だった。

続けて「乙組」の女の子の半分近くが不満を言った。しきりに「甲組」へ入ることを求めたのである。朱経理《チュチンリ》にはすでに成算があった。朱《チュ》は麗美《リメイ》に半月分の女の子たちの「出勤」記録を「公表」させた。回数と価格、そしてその場で「返品された」回数が書いてある。

結果を発表すると、王阿珠が一番悪かった。その次はあの散々にいじめられた陸宜珍《ルイチエン》だった。藍彩雲《ランツァイユン》は下から三番目だった。彩霞《ツァイシア》はなんとすべての「待機所」で上から二番目だった。彩霞は甲組で、公園口の新しい娼窟に移ったのである。彩雲《ツァイユン》はもともとの「待機所」に留まるしかなかった。

彩霞は朱経理にお願いした。妹も一緒に「待機所」を移れないかと。朱は認めなかった。


「雲《ユン》、雲……お大事にね……」すでに長い間この言葉を使ったことがなかった。言い出してみるとどこか不自然だったが、違うだろうか？　「お大事に？」何を大事にするのだろうか？　どのように大事にするのだろうか？　誰が自由に「大事に」できるのか？

「お姉ちゃん、お姉ちゃんもね……」彩雲は笑っていた。「わたしは大丈夫……しっかり頑張るから、頑張ってそっちに行くよ。お姉ちゃんと一緒の甲組にね……」

「ねえ！　雲《ユン》……どうしてそういうの？」

「絶対に、自信があるからね！」彩雲は自信満々だった。

彩霞のもともと痺れている心が、急に跳ね上がった。彩霞は厳しい口調で妹を正した。はっきりと自覚しなさい——頑張るですって？　何を頑張るのよ？　何の自信があるのよ？　もう！　かわいそうな彩雲《ツァイユン》、こんな情況でこんなことを「頑張って」、「成績」を奪い合うの？

彩霞《ツァイシア》は実際に言い出すことができなかった。言ってしまえば、長い間塞がれていた感情が、急に堰を切ったように出て来るのではないか、そしてその後はまた弱々しくなってしまうのではないかと心配だったのである。でも、たくさんのことを妹には話したかったのだ。

でも、考えてみると、言うのと言わないのは、どのような違いがあるというのだろうか？

三ヶ月余りの間、妹はとても大きく変わった。これらは、彩霞がその変化してゆく様子をはっきりと見ていた時もあったが、妹が突然大きく変化した後の結果に気づくだけの時もあった。

当初、彩霞は焦りながら厳しい口調で妹を正し、目を覚ますように励ました。でも、まもなく為すがままに身を任せたである。なぜなら、彩霞ははっきりと自分自身の変化も知ったからであった。自分は妹よりもっと変化が大きかったのである！

さらに重要だったのは、彩霞は妹の大きな「変化」が自己救済や奇妙な自分自身での慰めだと、ゆっくりと理解したのである。悪風に染まり、堕落して、憂さ晴らしを覚え、辱められる間にちょっとした楽しみさえ見つけたこと、これらは事実であったからだ。少なくとも自分自身を麻痺させ、記憶を忘れさせ、痛みの苦しみから逃れさせ、恥ずかしい感覚や道徳的な重圧を捨て去ることができたからである。

実際、彩霞は自分でこのように自分で解釈し自分を慰めたのであった。自分は彩雲よりもひどく悪風に染まり、もっと下品になった。恥や「痛み」を感じなくなった。これらとは疎遠となったのである。

違うだろうか？　あの光り輝く恭しい紳士たち、あの新聞でよく見かける人たち。そうした人たちの下品で恥知らずな様子は自分――春をひさぐ女性

——のそれをはるかに越えている。ならば、わたしは、売買された、無理やりに強制された応召女《インチャオニュイ》は、どんなことをしても、何にもならないのだろうか？わたしはどうして自分自身の内心から来る、あるいは社会で言う良心や道徳、といったおかしな抑圧を引き受けなくてはならないのだろうか？

ある時、旅館《リュイクワン》で彩霞《ツァイシア》を買ったのは、省の民意代表だった——彩霞はその人の電話から客の身分を知ったのだった。

ある時、有名ホテルで彩霞を裸にして自分と一緒にシャワーを浴びることに付き合わせ、それからフルサービスさせたのは中学校の校長だった——彩霞は客が支払いをする時に財布の中からすべり落ちた名刺を見て、客の身分を知ったのだ。

ある時、彩霞は裸になり、でっぷりと太った何人かの紳士の太腿の上に座った。彼らのお互いの呼び方から知ったのは、総経理《ツォンチンリ》であったり、董事長《トンシチャン》であったりだった。偶然だったのは、翌日の新聞にはそのうち二人の人物の写真が載っていたのだ。なるほど、こうした大物はこんな風に明暗を使い分ける怪物だったんだ……

——それから、彩霞は新聞を熱心に読むのが日課となった。旅館で「事を終える」と、新しくてもいいし古くてもいいのだが新聞があれば、彩霞は必ず持ってきて、細かいところまで目を通すのであった。

ゆっくりと、彩霞は「現在の自分」のために、完全に理に適った公明正大な言い訳を見つけるのである。わたしには罪はないのだ。罪があるのはこの社会なのだ。事実は、確かにそうだった。

わたしはこれでもいいのだ。売春婦も、一つの人生だ。彩霞はこのように考えた。

わたしは自分の運命を変えられない。それならば運命そのものに手筈を整えてもらおう。今できることは、一日一日を過ごすことだ。楽しめるものは、楽しむのだ。彩霞《ツァイシア》はこのような結論に達したのであった。

そうなのだ。このような意識、考え方は、時々ぞっとするほどびっくりする。どうしてわたしはこんな風に考えるのだろう？　とくに夜に悪夢から目を覚ますと、頭の中の精神がすっきりしているわずかな時間に、彼女はとても後悔して、めそめそと泣くのであった。

だが、翌日現実に直面すると、見ず知らずの人が上着を脱ぎ捨てズボンを下ろすのを見て、からだの上にのしかかってくるのを見ると——この時にすぐに自分が夜に「後悔」したことを恨むのであった。そしてすべての時間は自分で武装し、自分を絶対に傷つけない戦士のように武装して、全力でこの社会と対峙して闘うのであった。そして血気盛んに、一分のすきも与えず、まるで氷のように冷静になって、鉄のように強くなるのであった。


彩霞はまずタバコから覚えた。続けて酒を飲むこともゆっくりと始めた。

彩霞は楊小喬《ヤンシャオチャオ》や郭紅蓮《クオホンリエン》ら「先輩」に無理やりに四色牌《ススゥパイ》（中国の伝統的なカルタ）を覚えさせられた。そして老閻《ラオパン》夫妻と小呉《シャオウ》らがマージャンをするのを三回見た。彩霞はすぐにそのコツとおもしろさを覚えたのだ。彼女はとても聡明な中学生だったのに。

「わたしは、十七歳の売春婦よ、タバコも酒も博打もすべてやるわ、どうしてなの？」彩霞は時々目を覚まして自分自身を責めるのであった。

「それでも構わないわ！　この国で、博打もやらないし酒もやらない人は何人いるって言うの？　どんな人が私たちのからだを買ったのか？　あの人たちはどうなのよ？」心の中ではいつも反駁がしっかりと響いていた。

そして、彩霞は少しだけ愉快になるのであった。「甲組」に格上げされた後で、彼女は少しだけ得意になった。老闆娘《ラオパンニャン》は「業務上の必要」から気前よく彼女たちに高級な洋服や装飾品、有名ブランドの化粧品を買い与えた。からだはふくよかになり、姿はますます優雅になった。また、「テクニック」も次第に人を魅了するようになった。彩霞《ツァイシア》は、十七の年齢にして、半年もたたずに、こころが揺さぶられるほど艶めかしく、冷静で鋭い売春婦へと仕立てられていったのである。

彩霞は「客」を嘲笑し、「客」を弄んだ。商売に影響が出ない程度に、巧みに客を辱めた。彩霞はそうして少しばかりの満足感を感じたのである。初めは心理的満足であった。ある時「アブノーマル」な性行為をした時、客の醜い様子は尽きてしまい、何度も懇願してきた。おかしなことが起きたのだ。「本番」の前に、彩霞は激しい性の高潮を感じたのである。それより前には、彩霞はひそかにぼんやりとうっとりとした感覚を味わったことはあったが、未だかつてこのように痛快に感じたことはなかった。

さらに「得意」だったのは、このような身分、このような「やり方」で、愉快さが生じ、それを感じることができたのである——不安に感じることはなく、恥ずかしさに悩むこともなかった。それこそが「成長した」証拠であった。彩霞はこのように自分は本当に成長したのだと考えたのである。

ここに来て、彩霞は自分を完全に「売春婦」という位置に置いて、妹にも同じように「頑張る」よう励ましたのである。

「こうである以上は、有名になろうよ、客が奪い合うような有名なものに」彩霞はこのように彩雲《ツァイユン》に言ったのであった。

「お姉ちゃん……？」彩雲は唖然として彩霞を見つめた。

「どうしたのよ？　お姉ちゃんはこんな風で間違ってるかな？」

「違うよ。ただ怖くて……」

「何も怖いものなんてないのよ。怖くなんかないのよ、怖いものなんて何もないんだよ！」

「わたしたち、いつまで苦しまなくちゃいけないの？」

「三年っていう約束よね？」彩霞《ツァイシア》は話題を替えた。

「それはそうとして、いま大事なのはどうにかしてお金を貯めるってこと——不慣れな客を見極めて、その人に訴えるのよ、その人の同情を引くの、そして小費《シャオフェイ》をもらうのよ……」

「うん、わかってるわ。でも……」彩雲《ツァイユン》はしゃべろうとして止めた。

「どうしたの？　難しくはないわよ！」

「違うよ。ええっと……わたしも四色牌《ススゥパイ》を覚えたわ。お姉ちゃん、お姉ちゃんも賭けてるんでしょ、違うの？」

彩霞はすぐに顔が赤くなった。彩霞は頭を下げて何もしゃべらなかった。

「ごめんね、こんなこと言って」彩雲はとても不安だった。

妹の話は、彩霞にはショックだった。ちょっとした衝撃というだけであった。官能的な刺激と心の中の欲望や高まりで、彩霞は完全に恥ずかしさや不安を忘れてしまい、刺激はますます欲望を高めるのであった。彩霞は知らないうちに、ある「秘訣」を身に付けたのである。自分自身の官能を自在にあやつり、生理的要求を満足させるのだ。そして激しい「動き」の時に、記憶を押さえ込み、痛みの自覚を取り除いて、羞恥心の葛藤を忘れ去る——という効果的な武器であった。

彩霞は一切のものを信じなかった。自分自身も含めて。

彩霞は努めて過去の記憶を切り捨てようとした。いま、現実を生きようと一生懸命だったのである。

彩霞《ツァイシア》は一切を否定し、一切を敵視した。否定と敵視の中では、意外にも現実と向き合うための力が生まれてきた。彩霞はわかったのである。それが好きになり楽しくなり始めたのだ。

彩霞はタバコや酒、わずかな金で賭博をすることに溺れただけではなく、アダルトビデオを観ることも好きになり、風変わりで正常ではない性戯も喜んで応じるようになった。

彩霞はいま実に豊満な女性であった。早めに開いてしまった生理機能は、人を魅惑する性的魅力を発揮していた。性行為での身のこなし方、敵視する冷たい視線は、絶妙に人を誘惑する色情を溢れさせていた。彩霞は、次第に「紅玫瑰《ホンメイクイ》」の「看板」、売れっ子になっていった。台中《タイチョン》の風俗業界のなかで、名声を馳せたのである。

もともと背が高かったからだは、さらに均整がとれて優雅になった。乳房はますます大きくなり、腰

回りはふくよかになった。真っ白な肌は、「職業的」な浮薄さがあったが、青春真っ盛りの彼女には、人を惑わすような弾力性があった。

時には、彩霞は自分のからだを見つめながらぼんやりとした。

名前は有名になり、「売り上げ」は急増した。それに比例するように、朱経理《チュチンリ》夫婦には彩霞に対する寛容や「敬意」が生じた。そして自然と自分の財布に入るお札も増え始めたのである。

しかし、このように「得意気な」日々でも、全然おもしろくなく、「自分ではどうにもならない」ことも解消されたわけではなかった。その一つは、彩霞を監視したり操ろうとする「兄弟《ヤクザ》」が、一人が専任するように変わり、続けて二人での監視へと替わったのだ。「待機所」で待っている時、あるいはそこへ向かう途中、「仕事をする」ドアの外や階下では、常に二組の視線がじっと睨んでいた。洗髪や病

院へ行く時などは言うまでもなかった。朱経理《チュチンリ》の言い方は、こうだった。

「彩霞《ツァイシア》。有名になったな、お金持ちになったな、俺たちはしっかりとお前に報いるからな。でも忘れるなよ、今おまえはまだ『抵当にあてられている』身だからな。一切は俺の言うことを聞くんだぞ。すべてイエスと言え、つまり逃げようなんて考えちゃあダメだ。逃げ出そうとすれば、俺はおまえの『一部』を置いていかせるからな……例えば、片手とか、片足とか、鼻とか、目玉とか」

この男は、有言実行だと、彩霞にはわかっていた。

「わかってくれよな。おまえが売れっ子なのは、俺たちが仕立ててやったんだぞ!」

「……」それって? 何なのよ!

「もっと美しく、もっと優雅で気品高くなれって言うの? そんなことしたってどちらにしろ売春婦なのよ、遊女なのよ!」この男は彩霞が自分は何者であるか忘れてしまうのを恐れているのだろうか?

そうなの。わたしは、自分でどんなに自分をだましたり、自分を美化したり、何かを忘れようとしても、結局は、やはり売春婦なのよ、からだを売ってるのよ。世間からは軽蔑されながらも、こっそりと必要とされる性欲の道具でしかないのよ! 彩霞は深くそのように考えた。

一番辛かったのは、それだけではなかった。日夜「売買される」他にも、「暇を見つけてブタに餌付けする」必要があったからだ——豚に餌付けするとは彩霞が考え出したもっとも適切な表現だった。

最初のブタは、朱経理が「業務上の必要」としたことだった。酒や料理を賓客に差し出したほか、酒に酔い食事をたらふく食べた後の余興に、客は「豚」となり、彩霞による色欲の喜捨を必要としたのである。「豚」には、角頭《チャオトウ》や兄弟《ヤクザ》、地方の民意代表や「サツ」も含んでいた。ある時は、夜の十二時をまわった後に、朱経理《チュチンリ》が自分で車に乗り——いま彼はVOLVOを運転していた——彩霞《ツァイシア》を「警察署」に送ったのである。なるほど今晩は管轄区でサツの当直があり、退勤後家には帰りたくなかったのだ。しかも仲間も一緒に当直だったのだ。そこで、このオスは情欲が沸き、彩霞は指名されてブタの餌付けに行ったのである。

他には、二人の「用心棒」で見張り役の「兄弟《ヤクザ》」である。興が湧いてきた時には、彩霞にもてなすようにさせることをかかさなかった。朱経理本人と小呉《シャオウ》も、彩霞の「かいば桶」の中では貪欲な醜悪で口賤しいブタだった……

最も嫌だったのは荘青桂《チュワンチンクイ》という悪魔の化身のブタだった。荘《チュワン》は毎月定期的に二回やって来て二晩泊まっていった。この二晩で、絶えず散々に酷たらしい苦しみを味わったが、それだけではなく彩霞は心が傷つきからだが震えもしたのである。

だが、この周期的に受ける傷に「炎症」は、それでも肯定的な意味合いもあった。古傷や昔の怨みで記憶を蘇らせ、痺れた心を呼び覚ますのであった。もちろんこのような感覚は、自分を痛めつけるだけである。苦痛の後には、微かではっきりとしない、良心と呼べるような火種が揺れ、つい心が和らいだのである。

もちろん瞬く間に、このような胸の中のさざ波は止まり、心の火種は消えてしまうのであった。彩霞は、再び落ち込んでしまい、さらに深くさらに濃密な情欲の大波に飲み込まれていくのですらあった。

そのため、荘青桂という男については、荘が現われると、彩霞は極度に恐ろしくなったのである。そして恐ろしさの中には、少しばかりの期待もあったのだ。

彩霞は初めて心の中の秘密について気づいたとき、驚きのあまり声を上げそうになった。その後、彩霞《ツァイシア》はずっとこうした心のなかの気持ちを追いかけて来たのである。一体どんなものなのだろうか？　残念ながら彩霞は、結局それを知ることができなかった……

そうなのだ、彩霞は完全に自分を失ってしまったのである。

「紅玫瑰《ホンメイクイ》」の名前は遠くまで広がり、商売はさらに繁盛した。金回りはよくなり、「希望」は満たされるようになった。しかし、それは結局は悪性腫瘍でしかなかった。腫瘍がパンパンに大きくなった際には、それがまもなく破裂し崩れてしまう時でもあった。

「紅玫瑰」はゆっくりとその時に向かっていたのである。

◎

今年の夏はものすごく早くやってきた。だが、夏の盛りの七月に入ると、気温は逆に二十二度ほどに急降下した。台湾全土でもっとも穏やかな気候だと言われる台中市《タイチョン》では、すがすがしく爽快であまり暑くない七月となった。

七月は、とても忙しく賑やかな月である。大学や高校、中学の受験は終わり、その成功と失敗は心の持ち方を大いに解してくれた。就業する中学や高校、専門学校の卒業生は絶えず都市に殺到したのである。台湾全土の山間部の農村では、完全に動きが止まり、老齢化していた。煙のような海のような大都市だけが、若者たちの生命が跳ね上がるのを受け容れることができた。そして彼ら彼女らを葬ることもできたのである。

七月上旬のある日の午後、一台のブルーのワゴンカーが四人の女の子を送ってきた。彼女たちの視線はたじろぎ憂鬱な雰囲気だったが、肌はまだ田舎の色艶が残ったままだった。着ているものは似合わず、からだにも合っていないような流行もののシャツだった。

皆には暗黙の了解だった。

明らかに、この四人の女の子は、売られたり騙されたりして罠にかかったのである。

この日の晩に、「朱経理《チュチンリ》」は特別にやって来て料理を出し、四人をもてなした。小呉《シャオウ》は今では「呉主任《ウチュレン》」であり、もちろん一緒に同席した。まだ「仕事」に行っていない女の子たちもお相伴に与った。朱経理は今日は特別に楽しそうだった。

この四人の女の子は、初めは緊張して尻込みしていて、ほとんど左右を見ようともしなかった。だが冷たいサイダーを二杯飲んでからは――そのうち二人はビールまで飲んだ――次第に陽気になってきた。

朱経理はこの時立ち上がった。朱《チュ》は太っていて、僅かではあったが腹が出ていた。白い服に白いズボン、白い革靴を履き、痩せこけた頬には、線と点がはっきりと出ていた。髭を少し蓄えていて、このような出で立ちは、確かに経理《チュチンリ》の姿であった。朱はまず「先輩の女の子」をちらっと見て、何かを暗示した後で、彼女たちに言った。

「四人の美しいお嬢さんたち、私たちの『紅玫瑰《ホンメイクイ》』へようこそ。私たち紅玫瑰は少しずつですが有名になりつつあります。皆さんが来た時は本当に良いタイミングでした……」

「……」彩雲《ツァイユン》は驚いた。こんなことを言って、どうするつもりだろう？　彼女は考えた。

「紅玫瑰少女歌舞団《ホンメイクイシャオニュイクウトウワン》は、華やかな歴史がありまして、遠くまでその名が知られています。フッフッ！　一番大事なのは、紅玫瑰はたくさんの劇団俳優やスター歌手、映画俳優を輩出したことです……」

隣に座っていた「先輩」は眉をひそめた。朱経理はしきりに睨みつけ口を突き出して暗示した。四人の新人は眉を開いて笑い、心がはやった……

藍彩霞《ランツァイシア》の心は、ずっと沈んでいた。彼女には事情がわかっていたからである。今また四人の何も知らない田舎の少女が苦しい世界に滑り落ちてしまうのである。

朱経理《チュチンリ》は大袈裟に誇張してから、酒を注いでは飲み干して、最後にまとめた。

「一つ、どんなグループにも規則はあります。紀律を守ることで、ようやく進歩することができるのです。だからみんなも『同意書』にサインしたのだから、私たちの紀律はしっかりと守らなくてはいけません。もしも違反すれば、厳しく罰します！」

「わかりました」

「守るわよ！　問題ないわよ」

「学校じゃあ、ルール違反は罰せられるのよ、そうでしょ？　キャハッハ！」

四人の女の子は楽しそうに、勢いよく頷き、手を叩いたりもした。

「二つ、歌舞団《クゥウトゥワン》が公演するためには、もちろん先に特訓しなければなりません。皆さんはみんな初めてですから、基本的なところから勉強します……」

朱《チュ》は咳払いをしながら、また「先輩」に目を遣り、そして言った……

「でも、いまはシーズン・オフですから——シーズン・オフは、公演が割と少ないんですよ。私たちはみんなの宿泊費を負担しているし、流行歌を歌ったり、最新のディスコを踊ったりするのを教えるようお願いもしてますので、だから、今は、その、君たちに先に雑用をしてもらって、うん、力を出す必要はないんです、汗をかく仕事でもないし……」このように言って、朱《チュ》は笑った。それはとてもおかしな笑い方だった。

「わかったわよ！　どこか問題あるの？」

「大丈夫よ！　わたしは家では、日曜日も仕事してたんだから？」

四人の少女は実に気前よく熱心だった。

「もちろん、皆さんはこっそりと逃げたりなんかしませんよね……覚えておいて下さいね、皆さんがサインした同意書を——私の同意を得ずに、勝手に逃げ出したら、私は皆さんのことを訴えますからね、警察を呼んできて捕まえますよ！」

「そんなことしないわ！　安心してよ！　朱経《チュチン》理《リ》！」一人の女の子が軽く見られたのだと思い怒っていた。

「私はもちろん皆さんはやらないって信じます、それに皆さんの身分証はすべて私のところにありますので。それじゃあ、降りて、シャワーを浴びて、浴び終わったら五階に戻って、しっかり眠るように。明日起きたら、私がプロにお願いしてどうすればいいのか教えてあげますので……」

彩雲《ツァイユン》は彼女たちを思い、とてもとても辛くなった。解散の時には衝動に駆られた。夜中に起きると、五階の四人がいるところを手探りで探して、あの四人の可愛らしくて可哀そうな女の子に告げたかった。

でも彩雲にはわかっていた。四階と五階の間には、厳重な警備があって、彼女が近づくことは不可能だということを。まして、このような「遊び」は初めてではなく、何度も見てきたので、怖くて、心が麻痺していたのでもあった。

この晩、彩雲はどうしても眠れなかった。

何ヶ月か経った。彩雲は太ることができず、からだつきも大きくならなかった。ホルモン剤の効果で、彼女は見た目ではとても魅力的な女性だったが、でも本人はわかっていた。そうした「女性」は本当の自分ではないことを。そうした「女性」を借りた中身のない肉体に過ぎないということを。具体的には、この二ヶ月の間、彩雲には変わった症状が出ていた。接客したくない時、機車《オートバイ》の後部シートに跨がるとき、衣服を広げて脱ぐとき、ベッドの上に横になり辱めを受けるとき、彩雲《ツァイユン》は目の前に金色の星が散らばり、そしてのどが「クッ」と鳴り、気絶してしまうのであった。

最初は本当に朱経理《チュチンリ》を動転させた。医者はどこもおかしなところはないので、死んだふりをしているだけだろうと言った。彩雲は何度も思いきり辱めを受けたが、そのたびに気絶してしまうので、最近は「仕事」の回数が減り、よいようにさせていたのである。

これも彩雲が終始「甲組」に入れない理由であった。

「幸いにも彩霞《ツァイシア》がよく売れて、売値も高くて、あんたの分を帳消しにしてくれてるわ。でなけりゃ、あんたを地下に売り渡してもおかしくないのよ！」

麗美《リメイ》は噴き出しながらしゃべった。

――いま四人の小さな女の子を目にすると、半年来の自分や姉の様々なことを思い出さずにはいられなかった。

彩雲は長い間考えないようにしていた。細かくあれこれと考え出したら、考えがいろいろと変わり、本当に変だっただろう。

彩雲は絶望の中に落ちていった後、抵抗できないことを知った後、自暴自棄になり自分から進んで堕落していった。ただ「お姉ちゃんは自分よりももっと堕落している」ということを知った時、驚いて慌ててしまったのでもある。そして酒やタバコをやめ、四色牌《ススゥパイ》は賭けないと決めたのだった。

だが、すぐに彩雲は気がついた。自分は姉に言うことが全くできず、如何なる影響さえも及ぼすことができないのだということを。彩霞はすでに十分に「悪女」の様子を演じていた。そうなのだ、彩霞はすっかり売春婦、悪女、下品な奴になったのだ！

「じゃあ、雲《ユン》は、何を抵抗するのかな？」彩雲《ツァイユン》はこのように思った。

「違うわ。お姉ちゃんがこうだから、妹のわたしも、どうして堕落せずにいられるのって考えるべきよ。運命はこうなんだから、お姉ちゃんを救えないんだから、わたしはお姉ちゃんに学ぶしかないのよ——少なくともお姉ちゃんみたいに堕落して、悪いことをするしかないのよ——こうしてこそお姉ちゃんに申し訳が立つのよ……」これが彩雲の結論だった。

これは恐ろしいほどの結論、恐ろしいほどの愛情、恐ろしいほどの決心、恐ろしいほどの宣言であった。だが、彩雲のからだは彼女自身の決心や「理想」とはどうしても「合わなかった」。

彩雲は、絶望の中で、ぼんやりと夢見心地に生きたのである。

今、四人の幼い女の子と向き合い、彩雲は、また「女の子」としての考え、思いが蘇ってきた。

彩雲は力にならなかった。彼女は両眼を大きく見開き、キッと屋根を見つめ、空が明るくなるまで続けた。

二日目、四人の新人を「特訓」する仕事が始まった。呼んできた「コーチ」は外の人ではなく、彩霞《ツァイシア》と郭紅蓮《クオホンリエン》の二人だった。

一日が終わり、ようやくわかったのは、目の前の四人の幼い女の子には、その背後に驚くべき犯罪の陰が見え隠れしていたことだった。

もともと四人——楊敏慧《ヤンミンホイ》、徐筱芬《シュイシャオフェン》、譚雪麗《タンシュエリ》、周《チョウ》阿香《アシャン》はひと月前、卒業試験の前に学校を抜け出し家出したのであった。彼女たち四人はいずれも高雄県《カオション》の出身だった。今年の卒業年次の生徒だったのである。

四人も心が動く宣伝文句を見て歌舞団《クゥウトゥワン》に入り「ダンスを学んだ」のであった。ただし四人は別々に五日間のうちに、貞操を喪失してしまった。この歌舞団と「紅玫瑰《ホンメイクイ》」のやり方は似ていて、歌舞女郎《クゥウニュイラン》の運命は同じだった。

　十日ほど過ぎた後で、彼女たちは度を越したむごたらしい虐待に本当に我慢できず、逃げ出すことを決意したのである。三日後、彼女たちは屏東《ピントン》に逃れ、自宅に帰ろうとはしなかった――家出する時に手紙を残し、工場に行って働くと伝えておいたのだった。毎月の給料がいくらかという話まで作り出し、はっきりと書いておいたのだった。屏東《ピントン》では、柯《クゥ》という名字の女友達がいた。彼女は同じ学校のクラスメートだったが、引っ越しで転校したために別々に分かれてしまっていた。

　柯の家では二日泊まっただけで、彼女たちは別々に分かれて工場を探して女工になろうとした。この時、周阿香《チョウアシャン》は沈良新《シェンリャンシン》、葉宝珠《イエバオチュ》夫婦に出会ったのだ。沈《シェン》はとても熱心に彼女たちのために仕事を探してあげた。周阿香《アシャン》が沈に、前に歌舞団《クゥウトゥワン》にいたことがあると言った。沈は本物の歌舞団を知っているから、紹介してもいいと言ったのだった――それが「紅玫瑰」だったのである……

「そう？」藍彩霞《ランツァイシア》はすでに簡単なことでは動じなくなっていた。

「そうよ！　どうなの？　紅玫瑰は、いいの？」徐筱芬《シュイシャオフェン》が聞いた。彼女は華奢で感じのいい女の子だった。

「みんな、『体験』したんだよね？」

「うん……」皆黙って頷いた。

「じゃあ……ちょっとは良かったかもね」

「どういう意味？」四人は異口同音に聞いた。

「言っておくけど、おどろかないでね。騒いだりしないでね。『紅玫瑰』はね、いま台中《タイチョン》で一番大きな順風站《シュンフォンチャン》なのよ――みんな、諦めるしかないわよ！」彩霞《ツァイシア》の言い方は、どこか女老闆《ニュイラオバン》に似ていた。

「順風站《シュンフォンチャン》？　どういう意味なの？」譚雪麗《タンシュエリ》はぼんやりと聞いた。

「つまりコール・ガールよ！　それもわからないの？」

　四人の女の子はこの世の悪辣な事情については、すでにいくらかわかっているのだろうか？　ちょっと聞いただけで、びっくりして首を垂れて黙ってしまうなんて。でも、彼女たちもやはり足掻きながら抵抗したのだった。

「わたし、やりたくないわ！　嫌よ……」周阿香《アシャン》が口を開いた。

「わたしたち、老闆《ラオバン》——朱経理《チュチンリ》のところに行って抗議しようよ」徐筱芬《シュイシャオフェン》は単純だった。

　譚雪麗《タンシュエリ》はめそめそと泣き出してしまい、楊敏慧《ヤンミンホイ》は極端に恥ずかしがり屋で内向的な女の子だった。四人の中では楊《ヤン》が一番綺麗で、育ち盛りの少女の様子を備えていた。少しやつれた頬、澄み切った深い瞳、まん丸の小さな口、柔らかく少しばかりぴんと立った鼻——十分に優雅で美しかった。彼女は始終言葉を発さず、茫然と窓の外を見ていた。

「どうしたの？　何か考えてるの？」彩霞《ツァイシア》は自分から声をかけてみた。

「うん、なんでもないわ、なんでもないの」楊は恥ずかしそうに笑った。

「悩まないでね——そうよ、諦めようよ！」彩霞は経験者の立場から楊に言った。「本当のところ、諦めないでもどうにかなるっていうの？」

「あなた、あなた彩霞って言うんでしょ？　あなたは、諦めたの？」楊は逆に聞き返した。

「わたし？……うん。わたしも諦めたわ」

「わたし、嫌よ。わたしこんな風にして生きたくないわ」楊は、まるで自分自身に聞かせるかのように言った。

「わたし、言ったでしょ！　あなたはどうしようもないって、わたしたちは逃げられないのよ、わかるの？」彩霞《ツァイシア》はもの悲しく笑った。「実はね、始まったばかりの頃は、わたしの考えや決意は、そうでもなかったの……」

「でも今は、自分のことを諦めたんでしょう、そうでしょう？」

「そうね。あなたも。じきに、あなたも同じようになるわ」

「わたし、とっても後悔してる……」楊《ヤン》は突然話題を変えた。

「どういう意味？」

「わたし不良にならなくてもよかったの……」

彩霞はそれを聞いて、プッと笑った。

「わたし嫌よ。嫌なの。このままじゃ」楊敏慧《ヤンミンホイ》はまた独り言を繰り返し、話の筋が通らないことを言い出した。「待つものなんてないのよ、無駄よ、自分でしっかりしないと……」

「そうよ！　わたしたち、あいつとはとことんまでやり合うわよ！」徐筱芬《シュイシャオフェン》は無邪気に笑った。

「わたし、あんなブタたちと寝たくないわよ！」

「誰とやり合うのよ？」彩霞は全身を震わせながら笑った。

「朱経理《チュチンリ》よ！　なんで人を騙すのよ？」筱芬《シャオフェン》は言った。

「あの沈良《シエンリヤン》なんとかっていうのが、あなたを売ったのよ！　やり合うならその人を探さないと、でもあなたたちはどこに行って見つけてくるっていうの？」彩霞は言いながら、心の中では虐《いじ》めた後のある種の快感が広がった。

「売った？　わたしたち売られたの？」周阿香《チョウアシャン》は仰天した。少し考えてから、ひと言付け加えた。

「わたしたち、お金なんてもらってないわよ？」

可哀そうな子供たちだった！　彩霞は胸の中で溜め息をつくしかなかった。彩霞はもうこのようなことには構わずに、彼女たちに対して「職業訓練」を始めたのである。

午前中はこのようにして過ぎていった。朱経理《チュチンリ》は言った。お昼は公園路《コンユエンル》の「甲組」で食事をする。午後は「商売」が忙しいので、「乙組の待機所」に居残ってはいけないと。

この日の午前、楊敏慧《ヤンミンホイ》は、終始彩霞《ツァイシア》が話しかけることを聞こうとせず、視線を寄越すこともなかった。ぼうっと窓の外を眺め、時々独り言を漏らしたのである。心が動き、この女の子には特別に助言してあげようと思ったこともあったが、あの茫然とした冷徹な眼差しに触れてしまうと、彩霞はその眼差しには軽蔑の気持ちがあるのではないかと考え、やめてしまうのだった。

だが、恐ろしい事件が、この日の晩に発生したのである！

十時五分くらいだった。彩霞が今晩二度目の「仕事」を「やり」終えて、「待機所」に戻った時、思いもよらず、部屋の中は人で溢れかえっていた――

「乙組」の女の子たちのようだった。妹の彩雲《ツァイユン》も突然現われたようにそこにいた……

みんな神妙な面持ちで、黙りこくっていた。彩霞は彩雲に来るように合図を送り、どうしたのかと聞いた。

「誰か……死んだ……みたい」

「人が死んだの？　誰なの？　どうして死んだの？」

「よくわからないよ。わたしちょうど『出勤』していたからいなかったの。直接旅館《リュイクワン》から『黄芭仔《シボアラー》』で送られてきたのよ。黄芭仔とは女の子を送り迎えする「手下」の一人だった。

「それで？」

「老闆娘《ラオバンニャン》が電話をかけてきて、ここに来いって。向こうでは死傷者が出たから」

彩雲《ツァイユン》はよくわからないと言った。彩霞《ツァイシア》は周阿香《チョウアシャン》と徐筱芬《シュイシャオフェン》もそこにいるのを見つけた。筱芬《シャオフェン》は顔全体を涙で濡らして、まだすすり泣いていた。阿香《アシャン》は目を大きく見開いていた。それは極度に脅え、苦痛が頂点に達した表情だった。

険悪な雰囲気だった。彩霞は他の人に聞くのは気が引けた。電話の呼び出し音が絶えず鳴り響いた。電話番の「田鴨仔《ツァンナー》」は受話器を上げると、「いま品切れです。今晩はサービスできませんので御了承ください……」と何度も言うだけだった。

十分後、ドアベルが「関係者」の合図で鳴った。ここは三階である。あっという間に朱飛揚《チュフェイヤン》、つまり朱経理《チュチンリ》が駆け上がってきた。後ろには三人の「護衛」の兄弟《ヤクザ》がついていた。

朱《チュ》は顔面蒼白で、頭はボサボサ、両眼は異常な光がひかっていた。朱の最初の命令は「黄芭仔《シボアラー》」に対してだった。電話線を引っこ抜けと言った。

「……」皆は心の中で脅えていた。

「車は下だ。いまから、衣服やスーツケースがある奴は、持って出ろ。それが無い奴は、すぐ車に乗れ。はやくしろ。いろいろと聞くんじゃねえぞ！」

「え？」

「言っとくぞ。逃げるなんて思うなよ！　兄弟《おまえ》たち、聞いとけよ。逃げだそうとする奴がいれば、俺の代わりにやっちまえよな！　どちらにしろ撤退だ、サツの追跡なんて怖くねえわ！」

「安心しろ！　死にてえ奴はいるのか、やってみるか？」兄弟《ヤクザ》は続けて大声で叫んだ。

続けて甲高い叫び声が上がった。朱と兄弟は怒り狂って叫ぶのを止めさせた。だが。女の子たちは慌ててしまいどうしてよいかわからず、気持ちが急に高揚し、もたれあって団子のようになっていた。

彩霞は阿香を引っ張って、事態の糸口を聞きだそうとした。でも阿香は話の筋が通らなかったり、はっきりと説明できないところがあった。十分後、皆は帆布で荷台を覆ったトラックに乗り込んだ。車の中では何人かの女の子がぺちゃくちゃとしゃべり、事件の輪郭をはっきりと話し始めた。

死んだのはあの清々しく垢抜けた、毎日毎晩ぼんやりしていた楊敏慧《ヤンミンホイ》だった。

彼女は五階から前の大通りに落ちて死んでしまった。現場では頭部がくだけ、飛び散り、脳みそが粉々になって飛び散っていたという。おそらく頭を下に、足を上にして落ちたのだろう。楊《ヤン》の頭や顔はすべて粉々になり「消えてしまった」のだ。

聞いたところでは、楊は電気コードを使い、五階の窓格子から首吊り自殺したという。電気コードは体重に耐えられなくて、からだが滑り落ちてしまったのである……

「怖いよ！　昨日の夜あの子、わたしに風邪薬くれたんだよ！」一人の女の子が言った。

「はやくから決めてたんじゃないのかな、あいつに死んでみせてやるって言ってたもの！」周阿香《チョウアシャン》が

言った。

「誰、あいつって誰のこと？　どういう意味？」

「そうね。わたしにも言ってたわ。恨むって！あきれちゃうって！　誰もわたしのことを助けに来てくれないし、誰もわたしのことを救えない、それならって……」筱芬《シャオフェン》は言った。

「だから何なの？　どういうことなのよ！」彩霞《ツァイシア》はその意味をすごく聞いてみたかった。

「言ってたわ、死ぬからって、死んであいつに見せてやるって！　そうね、あいつに見せてやるって、言ってたよね」

「一体あいつって誰なのよ？」

「たぶん朱《チュ》のことじゃないの……？」一人の少女が小声で言った。

「それともあの、あの子に酷いことをした沈良新《シェンリャンシン》や葉宝珠《イエバオチュ》の二人の夫婦かも？」

「わたし、多分だけど、みんなに見せたかったん

じゃないかな、道路にいる人たちに」彩雲《ツァイユン》の考え方はおかしかった。「通行人が多く行き交う道路に飛び降りたんでしょう？　あの人は死んでみんなに見せたかったのよ！」

楊敏慧《ヤンミンホイ》はどうして自殺したのだろうか？　理由は簡単で明らかだった。でも楊《ヤン》が言った「死んであいつに見せてやる」という言葉は、女の子たちの噂を招いた。いろいろと喋っていたが、最後は自分自身の考えで、一致した結論には至らなかった。

この日の晩、トラックは高速道路を飛ばし、南部に向けて走っていった。猛スピードで二時間走らせた後、朱《チュ》と「兄弟《ヤクザ》」たちの話しから知ることができたのは、目的地は高雄市《カオション》あるいは高雄県であるということだった。また南部に戻ってきたのだ。

◎

高雄市は台中市《タイチョン》よりもひどく暑かった。八月になろうとする太陽は、顔を出しただけで灼熱の炎をあげていた。すべてのものを炒めて「脂」を出すかのようだった。

朱飛揚《チュフェイヤン》が掌握している八、九人の女の子は、また高雄へと戻ったのである。五日も経たずにまた住まいを見つけ、しかもお日柄を選んで「営業」を始めたのである。

今回の「売春宿」は、河南二路《フゥナンアルル》と自立路《ツリル》の交差点にあった。有名な「泰福閣《タイフクゥ》」とは遙か遠くで向き合っていた。泰福閣のカラオケの美しい歌声は、日夜こちら側に流れてきた。

ここは売春街であるだけではなく、ホテル街でもあった。「順風站《シュンフォンチャン》」が営業するにはもっとも適した場所だった。朱飛揚は言った。いまは同業者の競争が激しいから、品質《クオリティ》を求めるだけではなく、「多角化経営」のモデルに転換しないと駄目だ……つまり、ただ単純に「休憩」に応じるだけでは、発展が困難になっていたのである。マッサージやソープランド、オイル・マッサージ、援助交際など様々な種類の「事業」と繋がりをもってこそ上手くいくのだ……

「客の特別な嗜好に合うように、俺たちはＳＭの人材を磨き上げなくてはいけない……つまり、俺たちは新しい市場《マーケット》を切り開くんだ……」

「ＳＭってなあに？」女の子たちはぽかんとした。

「つまり『れすぴあん』だよ！　女の客に女の担当者をつけて、あるいは女の客が男の役をした女の担当者を欲しがるとかじゃあねえか。わかるか？」

「女が女を欲しがるの？……あ！　わかった！　同性愛だ？」

「そうだ！　それだ、それ！」

「男の役をする女って何？」

「女が男の役を欲しがるときは、本当の男じゃなくていいんだ。男の役ができる女の担当者ならば、そいつと……わかるか？」

　そうか、それが「ＳＭ」というものなのか？　女の子たちはどうにか理解した。笑うものがいれば、罵るものもいた。唾を吐くものもいて、何人かの女の子は気持ち悪いと感じた。彩霞《ツァイシア》はその一人だった……

　そうなのだ、女の子たちはすでに色情魔や好色家の醜さの数々を知っていた。彼女たちの中では男を嫌悪せず恨まないようなものはなかった。もし、二度と男らの蹂躙を受けるのでなければ、自分が男の役を「担当する」など、どうしておもしろいと言えようか。

「誰が……ＳＭなんてできるのよ？」彩霞は聞いた。口から言葉が出てしまうと、頬と首が真っ赤になった。

「麗美《リメイ》ならできるかな……あいつならな……」朱《チュ》

飛揚《フェイヤン》はなんと自分の妻を名指ししたのだ。

皆は驚きもせず、続けてどっと笑い声を上げた。朱《チュ》は全然気にしなかった。朱は策略と計画に秀でた人だ。女の子たちは思わず感服敬服してしまった。

しかし、陳麗美《チェンリメイ》は楊敏慧《ヤンミンホイ》の死亡事故に関連し、逃亡の可能性があったため、検察官によって身柄勾留の請求が出ていた。朱飛揚も人身売買にかかわり、応召站《インチャオチャン》などを経営していることは、主要各紙で報じられていた。朱は雲隠れして、暫くは陳麗美を助け出す行動に出ることはできなかった。但し「生き抜く」ためには、やはり順風站の営業をこっそりと続けたのであった。女の子たちが秘密をばらすのが気がかりだったので、彼女たちに対する管理はますます厳しくなっていた。

陳麗美はすでに台中《タイチョン》の地方裁判所で起訴され、地裁の法廷では、おそらく重罪を逃れるためであろうか、主犯の朱飛揚の名前を供述していた。新聞の報道によれば、陳《チェン》は朱飛揚の同居人で——朱の脅迫のもとで自由な行動を奪われ、さらに指図を受けて行動していたという……

「紅玫瑰応召站《ホンメイクイインチャオチャン》はあなたと朱飛揚が共同経営していたということで、間違いないですね？」検察官は尋ねた。

「違います。わたしはただ命令を受けていた管理人としての女で、出納係も兼ねていただけです」

「出納係？」検察官は怒ったが次第に笑い出した。「記帳のことを言ってるんです。毎日の収入は、その晩に老闆《ラオパン》に出します」

「毎日の収入は、だいたい幾らくらいですか？」

「決まってません。十万や二十万の時もありますし、四、五万の時もあります」

「そんなに違いがあるのですか？」

「例えば、迎神の慶事であったり、週末の日曜日であったりすると、売り上げはいいのです。月曜、火曜、金曜はダメです」

「一体あなたたちは何人のコール・ガールを抱えているのですか？」

「わかりません。それは朱《チュ》に聞かないと……」

「あなたが会計を管理してるんでしょう、だいたい何人ですか？」

「二十数人だけです……」

「ほお！『だけ』ですか……」検察官は話題を変えた。「会計を管理しているのは二十数人って言いましたね。言い方を換えれば、それ以外にも『支店』とか『出張所』があるんでしょう？　本当のこと言いなさい！」

「本当はね……わたしが管理してるのは乙組なのよ……」陳《チェン》は内情をしゃべった。

「じゃあ甲組は？」

「甲組はね……知らないわよ。知ってるのは甲組は、市内それぞれの大型旅館と一緒にね……」

「違うだろう！　朱飛揚《チュフェイヤン》一人だけなら、それじゃあ阿修羅像だろ！　あんたは共同経営者だろ！　そうだろ？　本当のこと言いなさい！」

「ち、違うわよ！　いや、小呉《シャオウ》よ。小呉が朱を手伝ってるのよ……」

「小呉？　下の名前は？」

「呉樹新《ウシュシン》……」

ここに来て、陳麗美《チェンリメイ》は「紅玫瑰《ホンメイクイ》」の内情を漏らし、世間に公にした。新聞が刷られると、「花道」では顔色を変えて大慌てになっただけでなく、民意代表や「サツ」「警察署」もしきりに無実だと言った……

自然と最も恨み、最も慌てたのは朱飛揚本人だった。

小呉は事が起きたその場で警察につかまった。警察署に送られて尋問を受けたが、混乱の中で逃げ出したのである。小呉《シャオウ》は「甲組」に戻ったが誰もいないので、情況が悪いとみて、一人で逃亡したのであった。彼は「世故」にたけており、この「台風」の時には、誰も頼りにならず、逃亡こそが得策であるとわかっていたのだ。「逃亡」とはこの世で難局を突破する絶妙な方法なのである！

当初、朱飛揚《チュフェイヤン》は真剣にそろばんを弾いていた。どのようにして風雨が止んだときに、金と「コネ」を動員して、麗美《リメイ》を保釈させ、台中《タイチョン》でまた営業を再開しようかと。だが今では、台中には戻れなかった。彼女はこうして朱《チュ》を窮地に陥れた以上、朱ももちろん無慈悲に彼女のことを無視したのであった。

だが、腹立たしくてやりきれなかったのは、やはり暴騰暴落の打撃だった。始めたばかりの、「事業」は日が差し昇るように勢いをつけて、あたかも花柳界の新入りのようになったが、瞬く間に崩れていった。VOLVOは台中の兄弟《ヤクザ》が持っていった。手下の女の子たちの大方が離れ、高雄《カオション》へ戻っても別の兄弟に助けを求めざるを得なかった。「みかじめ料」がまた上がったのである——各地の兄弟はどれも同じで、血を吸うヒルのようだった。自分が太っていて脂ぎっている時は何も感じないが、やせ細り肉さえも無くなった時には、そいつらは口を緩めるばかりか、逆にしかっと吸い付き、血がなくなり倒れて死んでしまうまで手放してくれないのである……

それに比べて、旅館や風変わりな茶芸館、カフェーなどは朱と関係を持とうとはしなかった。朱はそれがとても不満で、自分で危険を冒してでも答えを知ろうとしたのである。

「朱兄さん、今はまだ部屋の中で安全にしておいたほうがいいぞ。尾行は兄弟に任せればいいから」新しい「用心棒」役の陳拐仔《ダングアイアー》が忠告した。

「でも俺は、息苦しくて死にそうなんだよ！」顔に黒い湯気がたち、とんでもない冤罪を受けたかのようだった。

朱《チュ》は忠告を聞かず、服装や髪型を少し変え、「ピストル」を携えた「王手飛車取り」の兄弟二人《ヤクザ》に付き添われて、河南二路《フウナンアルル》と河北二路《フウペイアルル》の旅館や花茶室《ホアチャシ》へ行き問いただして回った。朱は運勢はこんなにもすぐに悪くなってはいけない、といつも思っていたのであった。

「あんたたねえ、わたしたちは商売至上主義でしょ、いまあんたはサツが捕まえようとするぼったくりなんだから、絶対に来ないでよね！」旅館の女中が朱に言った。

「そんなのは台中《タイチョン》の濁り水。ここは港町高雄《カオション》だろ！」朱は相手にひと言言った。

「紅玫瑰《ホンメイクイ》の事件は、新聞にね、とっても大きく載ってるのよ。写真が出ていて、指名手配されて、サツが来てるの、知ってるでしょ？」

朱は唇を強く噛み、憤然として出て行った。一晩で、五箇所の「遊女屋」へ行ったが、情況はどこも似たり寄ったりだった。朱は付き添いの陳拐仔《ダングアイアー》に言った。

「俺、坊さんになるしか他に逃げ場は無いのか？」

「そうじゃない。でも、あんたは『雲隠れ』の日が必要だな」

「雲？　雲になるのか？　ここは高雄で台中じゃあないんだぞ！」

「台湾島はちっぽけだって、知ってるだろう？　北で屁をこいたら、南で臭うんだから。あんたの紅玫瑰は狙われるぜ！」

「狙われるのかよ！　本当についていてねえ！　全部、陳麗美《チェンリメイ》の奴が引き起こしたんだ！　今じゃあ、金が無くて、どうやってやっていけって言うんだよ？」

「そうじゃなきゃ、剥がされるんだな、あんたのような駒は、絶対に『授業を受ける』必要があるし、そこは吐き溜めじゃあないからな？」

「授業？　吐き溜め？」朱にはわからなかった。

つまるところ、朱は繁華街を走りまわる使いっ走りに過ぎなかったのである。

「授業は、離島での思想教育だ。吐くは、事切れの意味だよ」

朱《チュ》は口をつぐんだ。「離島での教育」だって？　心の中にはこのような考えがあり、まるで全身から力が抜けたようだった。朱は本当に「掛紅《クワホン》（宴席で拳を打ち飲酒する時に買った人が負けた人の分まで飲むこと）」できるような男ではなかったし、「吐き溜め」で横たわる人々を正視することもできなかった。ただ「悪びれている」だけであって、もっぱら弱い女子をいじめるだけの「ゆすり」であった。いまこのような問題にぶつかって、朱は虚弱で「疲れやすい」性格をさらけ出しているのだ。

「ねえ、朱」最初は「親分」あるいは「朱兄さん」と尊敬して呼んでいた陳拐仔《ダングアイアー》の呼び方が急に変わった。「あるいは、暫くの間、俺が管理しようか？」


「どういう意味だ？」

「紅玫瑰《ホンメイクイ》を、暫くの間、差し出すんだな、俺が管理して、あんたは座って食うだけ、小遣いをもらえるんだ。どうだい？」

「それは……」本当に夢にも思わなかった変わりようだ。「俺、考えてみるよ。でも、そうやってもいい。ただ、藍彩霞《ランツァイシア》とか藍彩雲《ランツァイユン》なんて、借り賃をまだ完済してないんだからな！」

「そのことは、相談しよう！」陳拐仔は胸に成算があった。

朱はうなずき、さらに歩み寄って相談できるという意思を示した。

事態はここまで展開し、すでに挽回の手立てはなかった。陳麗美《チェンリメイ》は「業務」全般の内情を暴き出し、陳《チェン》自身ではすでに「風営法違反」で六ヶ月の実刑判決を受けて、朱が指名手配となる「幇助」をしたのだ。女だったのだ！　陳《チェン》のような間抜けな女性はこの世でも少ないのだが、朱《チュ》はそれにまんまとひっかかってしまったのだ。陳《チェン》も「事業」の共同経営者で、同居人でもある。いま一切のことがこのように綺麗さっぱりに、雲散霧消した。ただ、本当にくやしかった！　朱は考えれば考えるほど頭に血が上った。

「くやしくても何ができるって言うんだ？」心の中ではもう一つの声が朱に問いかけていた。

最終的に朱《チュ》は情況と「兄弟たち《ヤクザ》」による威圧の下で、ついに「残りの」紅玫瑰順風站《ホンメイクイシュンフォンチャン》を陳拐仔《ダングアイアー》に手渡すことを決めたのだった。

朱《チュ》にはわかっていた。手を緩めたかえるが、ぴょんと跳ねて草むらの中に入ってしまえば、再び捕まえようと思うべきではないということを。一ヶ月もしないうちに、「利益配当」は干上がってしまい「底」が見えてしまったということもわかっていた。朱は「ボス」ではなかったし、警察の「マル暴」でもなかった。この世の中では、汗水流さずに好きなだけ飲み食いできるわけではないのだ。朱にはこの道理がよくわかっていた。

それでは、どちらに加担すればいいのだろうか？朱は、腹を立てた後に茫然とした。

「引き継ぎ」は、盛大に行われた。陳拐仔が権力を握った後、朱は雑務を取りしきりたいと言った。陳は首を振って言った。苗を植えるときは苗を植え、収穫するときには収穫するものだ、秩序を乱したらダメだと。朱は取り下げ、別の要求をした。暫くの間「電話番」をしたいと言ったが、陳は応じなかった。朱には手切れ金を支払って、どこかに行かせることにしたのである。

いま、朱の掌にある「宝」は、彩霞《ツァイシア》と彩雲《ツァイユン》の姉妹だけである――二人の「身売り金」の残金は、まだ荘国暉《チュワンクオホイ》に支払い終わっていなかったからだ。そのため当分の間は陳拐仔《ダングアイアー》のところに二人を「転記」することはしなかった。

朱《チュ》の考えによると、荘《チュワン》を連れてきて、三人で話し合い、藍《ラン》家の姉妹と借金をすべて陳拐仔《ダングアイアー》に渡そうというものだった。だが陳《ダン》は朱に十五万元を支払うことを申し出た。それが「権利金」と手切れ金だったのである。

陳拐仔も世渡りをしてきた人だ。双方が何度も値段のつけあいをした後で、朱に五十万元の現金を渡すことで決着した。こうして「紅玫瑰《ホンメイクイ》」とは一切の関係が切れたのである。

朱飛揚《チュフェイヤン》は喜んでこれに応じ、荘の親子に高雄《カオション》にやってきてその場で「引き渡し」に応じるように言ったのだった……

テレビでは何度も続けて台風直撃のニュースを流していた。だが、とうとう来なかった。高雄市の上空は、雲がなく、工場から排出される汚れた煙が滞っていた。風は止み、死んでいた。八月末の高雄市は、かんかんに燃えさかる暖炉のようだった。

荘の親子は時間通りにやってきた。会うと荘は手を伸ばして金を要求した——未払いの二十一万元を一度に清算しろということだ。最近、二度も「踏み倒された」からだった。荘は言った。二回とも女を買う時で、臨検のサツに見つかって、六十数万元があっという間に水の泡になっちまったよ。

「ますますやりにくくなっちまったな」荘はやつれた顔をした朱の顔を見て言った。「おまえも台中《タイチョン》で何かやったらしいな?」

「朱兄さんは露店を俺に譲ったんだよ」陳拐仔は言った。

続けて朱が全体の情況を一通り話し、そして後で残金を支払うと言った。荘は頑なに応じなかった。荘は言った。後払いと残金分の合計二十一万は放棄してもいい、条件は人を連れて帰ることで、お互いの契約を無かったことにすると。

「ダメだ。いま藍《ラン》家の女は、俺の唯一の元金なんだ。あんたに返すっていうことは、俺に海に飛び込めってことだ！」

「じゃあ、すぐに金を払え。俺だって厳しいんだ！」

荘《チュワン》の態度は固く、双方は暫くのあいだ対峙して譲らなかった。事態が複雑になってきた。陳拐仔《ダングアイアー》が「権利金」を支払うと言うのは、藍家の姉妹を「譲渡」するということだ。荘が「自分のところに戻して営業する」ことにすれば、金の言い争いは自然と脇に置かれるのだった。問題は、朱のところには兵糧がなかったことである。朱は、どのようにやりくりすればいいのか？

夜中の言い争いを経て、最終的に決まったのは、陳拐仔が朱飛揚《チュフェイヤン》に二十五万元を支払うことで、朱は次の日に高雄の土地から離れるということだ。朱はその場で二十万元を荘国暉《チュワンクオホイ》に支払い、ここにきて二人の女の「引き渡し」をはっきりさせ、荘は今後一切の「権益」を要求することができなくなった。

「みんな兄弟なんだから、今回のことはこのように決めようぜ——お二方は俺の顔を立ててくれ、もう言い争わないということにしてくれないか？」陳《ダン》は主役の貫禄でこのように言った。

陳拐仔は高雄《カオション》の「府北幫《フペイパン》」の二番手だった。昨年「河南二站《フゥナンアルチャン》」の私娼区を奪取した際に地元の角頭《チャオトウ》と必死に争い、「みかじめ料の権利」を取得したのだ。「府北幫」の所属だが、「河南二站」では腕前を見せており、「ボス」になったようだった。「紅玫瑰《ホンメイクイ》」を配下にするのはその勢いから見ても当然だった。思いがけなく絶好の機会が降って湧いて、予定よりも早めに完成しそうだった。いま直面している細かな問題は、樹木の節以外から枝が出るとは思わなかったが四月のタケノコを得たようなものだった——硬軟両様してこそ自分の面目を保つことができるのだ。

陳《ダン》はこの話を始めると、朱《チュ》と荘《チュワン》の二人はただ頷くだけだった。陳はまた言った。

「もし朱兄さんが行方をくらます前に、藍《ラン》の二人をここに置いていけば――『所属事務所』ってところだな、俺は絶対に肉をいい気になって食べたりはしないよ、あんたに七割五分引きしておくけど、どうだい？」

拐仔《グアイアー》と朱、荘らは同じなのだ。初めから二人を「もの」としか見ていなくて、自分たちは「物権」の所有者なのだ。二人の女の子をタクシーに見せかければ、「タクシー会社」の営業でもって「もの」を取り扱っていくのだ……

「いま俺は頼るべき物がないんだ、それでいいけど、でもな……」朱は言葉を濁した。

「帳面づらがはっきりしないと思っているんだろ？」陳拐仔《ダングアイアー》の長い顔が冷淡になった。「絶対だ！一ヶ月にあんたに四元やる、いいだろう？」

「先に二ヶ月分、払うか？」

「だめだ。絶対に二十五元の現金だ――中央銀行だぞ？」

「忘れるなよ、朱、おまえは来年一月の三十一日まで借りてるんだからな」荘国暉《チュワンクオホイ》は機会を見計らって朱に忠告した。

「あんたはどうなんだよ？　荘、あんたが藍《ラン》家と交わした貸し付けの期間は、三年だぞ！　すごい儲けだよな！」朱は怒り狂い、とても不満げだった。

「そうだ。いいじゃねえか。ハッハッ！　ハッ！ハッハッハ！」荘国暉は神妙な顔つきをして言っていたが、大笑いを始めた。

「荘よ、約束事を硬く守る奴なんだな。ハッハッ！」朱も連れられて大笑いした。「俺はな、俺たちはあの二人に結び付けられている人間だって、言ってるんだよ、そうだろ？」

「ヘッヘッ！　その時になったら話そうぜ！　ま

だ四、五ヶ月もあるじゃねえか？　そんなに長生きできるって誰がわかるんだよ？　その時に誰が誰かってね？　いま言っても早すぎるぜ！」ずっと言葉を発しなかった荘青桂《チュワンチンクイ》が言った。話し方は意味深長で、言葉には棘があった。

話は方《かた》がついた。来た者は賓客なので、陳拐仔《ダングアイアー》は初めて接待役をこなした。斜め向かいの「泰福閣《タイクフゥ》」のカラオケに行かずにはいられなかったのだ……

「今晩はな、朱への餞別だ——明日、朱は離れるんだ」この言葉は明らかに再度朱に対する宣告だったのだろう。

——以上の話を、彩霞《ツァイシア》はすべて耳に入れたのだった。

この数ヶ月の間、彩霞は次第に麻痺し、完全に理性を失ってしまった。だが、楊敏慧《ヤンミンホイ》の血生臭い飛び降りの惨劇は、黒い霧がかかっていた心の中で、突然強烈な稲妻が光ったかのようだった。この衝撃のために心が呼び覚まされたばかりでなく、心の中で大波を引き起こしたのである。

「楊敏慧、かわいそうな敏慧《ミンホイ》、なんて勇気があったのかしら……」彩霞《ツァイシア》は思った。

わたしは？　わたしは？　彩霞は恥ずかしくなって頭を下げた。

「藍彩霞《ランツァイシア》！　あなたは今、何なのよ？」彩霞は自分を責めた。

妹の彩雲《ツァイユン》を見てみると、彼女もどこまでも堕落していった。彩霞はますます妹と向き合うことが怖くなった。彩霞ははっきりと妹のあの冷ややかで厳しく冷淡な眼差しを理解することができたのだ。それは親密ではなく見下したように、それでいて責め立てているようで絶望を感じさせる視線だった。

そうなのだ。姉である彩霞こそが先に運命を諦め、完全に自分を駄目にし、運命に抵抗することを投げ出したのだった。妹はそんな自分に着いてきたのだ……

彩雲《ツァイユン》はずっと太れず、艶めかしい体つきになれなかった。ホルモン剤の効果は、限界があるかのようだった。

さらに問題だったのは、彩雲の方がはやくに「罹って」しまったことだった――幸いにも普通の淋病だった。だが、病気になっても「出勤」しなければいけないのだ。注射を打ち薬を飲みながら、客を取り、病原菌を撒き散らすのである。これも社会に対する仕返しなのだろうか？

彩雲のいまの神妙な顔つきは、「正真正銘」の売春婦の特徴であった。青白くゆるみ全く弾力性のない皮膚、腫れぼったいまぶた、むくんだ頰、輝きのない両眼、血の気を失い開いたままの唇――それは汚れて暗く、澱みながら、徐々に「死んでいく」という兆候――のにおいでありシグナルであった。

彩霞《ツァイシア》はどうだろうか？　こうしたことから抜け出すことができたかのようであったが、相変わらず生気に溢れ、汚れた世界から自分を「充実させる」養分を「普通に」吸い出していたのであった……こう考えてみると、ふと驚く以外に、自分という「人間」に対する嫌悪感と拒否感が混じり合った複雑な感情が生まれるのでもあった……

わたしは、田舎の女の子なのだ……

わたしは、もともと後ろめたいところがなく、単純な女の子だったのに……

でもわたしは、百パーセントの売春婦になれるのだ――肉体と心の両方とも正真正銘の売春婦なのだ

……

わたしは、どんな女なのだろう？

わたしは、こんな女なのだ！

わたしは、こんな風にして過ごして行くのだろうか？　心の奥底を深く探るのであった。認めるかどうか、このように考えるのも不思議はなかっただろ

う？

　わたしはこのような心意気なのだ。賤しく下品な遺伝子があるのだろうか？　違う、違う！　違うの！　違うんでしょ？　違うのよ、違うのよ……違うのだ。それは本当のことではなかった。どうしてこのように自分自分を踏みつぶさなくてはいけないのだろうか？　何かを変えることなんてできないのだから、絶望という理由から、自暴自棄となって、自分を蔑視し、下品になることで自分を欺くのだ。胸から真っ赤な血を垂らすのだ。そうでしょう？　そうでしょう？

　彩霞《ツァイシア》は、心の中で雷が鳴ったかのようで、電光が混ざり合っていた。楊敏慧《ヤンミンホイ》の死で、彩霞は突然に思い出したのだ。そして思いっきり傷跡の重なる傷口を広げたのであった……

「ア……」彩霞は、慟哭した。彩霞は長い間自分のために涙を流すことはなかったのである。


夜の陳《ダン》と朱《チュ》、荘《チュワン》親子の四人が会した「業務会議」での話は、彩霞にめらめらと怨みの炎を燃やさせ、激しく怒らせるものであった。

　このような反応は、いままでになかったものだった。でも、前にどこかで見たような気もするのである……

　そして、この日の晩には、「厳かなドタバタ劇」があった。それは、ますます彩霞に醍醐味を味わうかのようなもので、突然今までに見たこともないような強い抵抗の意志が生まれてきたのである。

　——事件全体は、重要な一部分や全体をはっきりと整理できる者などいなかった。だいたいの経過に至っては、王阿珠《ワンアチュ》が途切れ途切れ話してくれるのに加えて、邱玉春《チウユイチュン》の補足があって、ようやく全体像が見えてきたのである。

　あの日の夜——つまり陳と朱、荘たちが彩霞と彩雲《ツァイユン》の二人の運命を決定付けた夜、彩霞《ツァイシア》はずっと寝付けなかった。いつもは一晩に十回から二十回肉体を弄ばれた後は、死んだように寝てしまうのであった。そそくさと高雄《カオション》に来た後は、「半休業」の状態で、逆に夜中には目が覚めてしまい眠れなくなるのであった。

突然、彩霞は階下から響いてくる甲高い叫び声を聞いた！　しかも男の声だった。それはとても尋常ではなかった。

「ウワァ！　助けてくれ――ワッ！」やはり男の声だった。

「え？　どうしたのかしら？」彩霞の独り言は、皆に呼びかけることにもなった。

「あれ？　変だよ！」隣に寝ていた邱玉春《チウユイチュン》も起き上がった。

この時、足音が階下から響いてきた。部屋の中は真っ暗だ。それは順風站《シュンフォンチャン》の規則で、夜にはどんなことがあっても、部屋の明かりを付けてはいけなかったからだ。

「誰？」口を開いたのは徐筱芬《シュイシャオフェン》のようだった。

「もう！　もう！　人をいじめるのも、いじめるのも、いい加減にしてよね！」上の階で走りまわっている女の子の下手くそな北京語は、聞けばすぐに、山地出身の美女である王阿珠《ワンアチュ》だとわかった。

「阿珠《アチュ》！　どうしたのよ？」邱玉春《チウユイチュン》はタイヤル族の言葉で聞いた。

「酷拉因！　朱《チュ》は酷拉因よ！」王阿珠は歯ぎしりをして憤慨した。彼女は怒るとすぐに「酷拉因」と言って罵ることは、みんな知っていた。それは「悪魔」という意味なのだ。

「どうしたのよ？　朱がいじめたの？　お金をくれないの？」郭紅蓮《クオホンリエン》が聞いた。

「わたしはね、人を馬鹿にするにも、いい加減にしてよねって言ったの！　わたし王阿珠《ワンアチュ》は恨みを根に持つ人じゃないのよ！　でもね、わたしは人なのよ！　人よ！　だから、いい加減にしてよね！」王阿珠の話はとりとめなく続き、さんざん騒いだ後で結局彼女がどんなことを引き起こしたのか分からなかった――明らかだったのは、二階の下で何かが起きたということである……

　案の定、二階の明かりは急に輝き、人の声とあえぎ声が乱れ、とても騒々しかった。この時、十数人の女の子たちは皆起き上がったのだ、明かりは無かったが。誰も下の階に降りて情況を確認しようとはしなかったので、本当に気がもめた。

「哪惹伊素？　王阿珠？」邱玉春はもう一度聞いた。王阿珠はこの時に彼女自身の方言で玉春《ユイチュン》と話したが、誰にもわからなかった。今、皆はいろいろと考え、しきりに意見を言っていると、明かりが突然こうこうと輝いた。続いて、階段口には一人の男が現われた。すごい剣幕の陳拐仔《ダングアイアー》だった。

「え？」みんな息を呑んだ。

「王阿珠！　てめえ、死にてえのか？」陳《ダン》の眼差しは、まるで鋭利な刀が阿珠に向けられたかようだった。

「あの人、あの人、酷すぎるのよ！　わたしはそんなこと嫌なの！」いつもは弱々しく少しばかり間抜けな阿珠《アチュ》だったが、急に目をギラギラさせ、頭を上げて胸を張った。ひと言ひと言、気後れするところはなかった。それまでの阿珠とは全然違うのだ。

「俺は言ってるんだ。おまえは生きたくねえのか？」陳《ダン》は一歩一歩近づいてきた。

「生きることができないようにされるのなら、わたし生きないから！」なんと阿珠《アチュ》はこう言ったのだ。

陳拐仔は驚き、足が止まった。陳《ダン》は考えてから言った。

「朱《チュ》の奴、ルール通りに、金は払ったんだろう？」

「フンッ！　そうよ！　だから、野良犬みたいなのよ！　ブタみたいなの！　オンドリがメンドリとやるようなの！」

「おまえなあ？……」陳《ダン》は思わず笑った。「あいつはアレが好きなんじゃねえか……」

――「エッ……」彩霞《ツァイシア》はこの時すでに気づいていた。彩霞は胃から酸っぱいものが沸き上がってきて、はらわたが痙攣したかのようだった……

「誰でも知ってるじゃない！　わたしは口は使わないの！　口はご飯を食べるものなの！　わたしはそんな汚いことはしないのよ！」阿珠は怒りが収まらなかった。そしてまたフンッと言い、「朱《チュ》の奴、馬鹿にしすぎよ！」と言った。

「おまえは殺そうとしたんだろう！」

「誰がやれって言ったのよ、無理やりにわたしの口に突っ込んで？　馬鹿にしてるわ！」

「朱が死んじまったらどうするんだよ？」陳は逆にとんでもないものを鑑賞するかのように王を見た。

「死なないわよ！　かみ切ってなんかいないんだから！」

「なんでわかるんだよ？　動脈がちぎれたかもしれないだろ、血が水道みたいに流れているよ。おまえそこでのんびりしてただろ？」

「わたし咬み切ってないわよ！」王はやはりこのひと言だった。

――「いま、朱《チュ》はどこにいるのよ？」楊小喬《ヤンシャオチャオ》はこっそりと聞いた。それは、本当に皆の疑問だった。

「救急車がすぐに来た――死人が出なくてよかったぜ」陳はしゃがみ込み、階下に向かって声を出した。「牛眼《ニウイエン》、上がって来い。そいつを四階に連れて行け、鍵をかけろ」

「え！」皆は驚きの声を上げた。

「邱玉春《チウユイチュン》。おまえ、上に行って付き添ってやれ、見張りをしろ。逃げ出したり、何かあったりしたら、おまえのせいにするからな」

ドタバタ劇はこうして打ち止めとなった。王阿珠《ワンアチュ》は手足を縛られて、鉄骨と石綿スレートでできた四階に鎖でくくりつけられた。

救急車がやってきて、そして走り去った。女の子たちは朱が救急車で送られる一部始終を見ることはできなかった。だが、朱の「禍のもと」が血まみれで、半分ちょんぎれそうな様子を思い浮かべると、思わず笑い出してしまった。胸の内はどうしたわけか「自然と」息を吸い込み、空気をたくさん吸っていた。それはとても気持ちいいことで、吐き出したくないくらいだった。

かわいそうな愚かな阿珠《アチュ》は、怒りがまだ収まっていないようだった。特に自分が大きな事件を引き起こしたということを全然わかっていないようだった！　ひと言、ひと言、わめいていたのである。

「わたしは人なのよ。あんな汚いものを、口に押し込むことなんてされたくないわよ！」

「わたしはおしゃべり好きじゃないの！　いじめやすいでしょ？　いじめやすくても、いい加減にしてよね、そうでしょう？」

「わたしはいじめられやすいから、ずっといじめられるのよ。あんな犬のクソと同じくらい汚いのを……」

時間は、すでに真夜中だったろうか？　王阿珠のだみ声は、恨みがましい言葉で、依然として続いていた。

藍彩霞《ランツァイシア》はやはり真っ暗な夜の中で、目を大きく開けて何一つない漆黒の空を眺めていた。彩霞《ツァイシア》は、聞こえた。心の底で山地の女の子である王阿珠の口から出た言葉を。罵りや嘆きを含めて、それらはまるで理屈が通じないようでも、そうでなく、道理がないようでも、そうでなく、彩霞はすべて心の奥底まで聞き入れたのであった。

七

世の中は歩きづらいものである。昨日美女に囲まれて酒池肉林の宴会を開いたかと思えば、今晩は手錠をはめられて囚人服を着せられているのだ。

朱飛揚《チュフェイヤン》は真夜中に、救急車で高雄医学院《カオションイシュエユエン》附属病院の急患センターに運ばれた。陳拐仔《ダングアイアー》は翌日正午近くに自分で病院まで行き「お見舞い」した。

「午後には退院できる……」朱飛揚は溜め息をつきながら言った。

「わかった。俺がすぐに診療費を払っておいてやるから、あんたはもう行っていいぞ」陳《ダン》は言った。

「ダメだよ！　俺はすっからかんなんだ、あの二人の女と、荘《チュワン》の奴の借金。それから王阿珠《ワンアチュ》のことも……」朱《チュ》は歯ぎしりをして怒り出した。

「……わかった、じゃあ、後で退院してから戻って来い、堂々と入って来るなよ、明かりを点けておくから、裏から入ってこいよ」

「わかったよ。荘は、荘の奴は、まだ行ってないだろう？」

「あんたのニュースを待ってるんだよ――あんたのアレがちょん切れたかどうかって。ハッハッハ！」

「おお、そうか」朱は考えてから言った。「荘は風向きは変わらないのか？」

「いや、言っただろう。どうして風向きが変わったのかな？」陳《ダン》は目をくるりと回して、作り笑いをしながら言った。「待機所に戻っても、サツが見張っているのが心配だから、どこで会えばいいかな？」

「……どこだよ？」朱は溜め息をついた。

「三鳳宮《サンフォンコン》の隣にある『安琪理容院《アンチリロンユエン》』だ――午後だから、安全だ。二階には、荘の奴も来る。三人で会おう。あんたは直接二階に上がってくればいいよ」

「大丈夫だろうな?」

「午後なら、安全だ。そんなことわかってるだろう?」

「じゃあ、そういうことで——そうだ、二人はどうする?」

「連れて行くって大丈夫か?」

「大丈夫だと思うぜ——忘れるなよ、先にな、頼むぞ!」

「俺は、嘘なんてつかねえよ!」

話はついたので、拐仔《グアイアー》はすぐにその場を離れた。朱飛揚《チュフェイヤン》は知っていた。自分はいま生臭いにおいがプンプンしているのだから、相手が自分を敬遠するのるのを悪く思ってはいけないのだ。言ってみれば、拐仔はまだまだ男気が十分あるようだった。

陳拐仔《ダングアイアー》は戻った後で、臨時の対応をした。順風《シュンフォン》站《チャン》をすぐに「営業中止」にして、女の子たちを引っ張り、もう一棟の部屋に移した。陳《ダン》は朱《チュ》がもたらした血生臭いにおいを徹底的に除去しなければならなかった。そして朱が次の機会に仕掛けてくるであろう難癖や報復を防がなくては……

陳は荘の親子にすぐに藍《ラン》家の二人を連れて立ち去るように言った。

急いで酒を飲み干すと、二人の兄弟《ヤクザ》を連れて車で三鳳宮にやって来た。でも陳は三鳳宮の前では下車しなかった。

陳は車を火車站《フオチヤチヤン》(駅)まで走らせた。火車站で保《パオ》安大隊《アンタトウイ》(機動捜査隊)、新興分局《シンシンフェンチュイ》(警察署)、三民分《サンミンフェン》局《チュイ》に別々に電話をかけた。陳は乗車して再度三鳳宮に来た時、「安琪理容院」の近くでは、すでに兄弟《ヤクザ》たちが待っていた。

「朱の奴は、来たのか?」

「まだです」

「わかった。おまえさ、隠れてろ」

陳拐仔《ダングアイアー》は上の階に行った。二人の兄弟が二階の入り口を見張っていた。陳《ダン》はさらに三階に上がった。ここは陳《ダン》が生活している部屋のように、馴染みがあり自由に使えた。

十数分後、麦わら帽子をかぶった痩せ形で背の高い男が、足を引きずりながら、理容院の入り口で中を覗いた。そしてサッと入っていった。

「……」フロントには、媚を売る女老闆《ニュイラオパン》が、姿勢正しく座っていた。両眼は前を向き、男を見て見ぬふりをするかのようだった。

「おい！　俺は朱経理《チュチンリ》だ――朱だよ、わかるか？」

男はとても不快な様子だった。

「旦那さん、髪をとかしましょうか、それとも洗髪ですか？」女老闆は男を見知らぬ人のように扱った。

「お、おまえなあ？……」

男は、むしゃくしゃして腹を立て、急に衝動的になった。突進して、拳を振り上げて殴ろうとしたが、その機会はすでに失われていた――男が振り上げた拳は、後ろからしっかりと握りしめられていたのだ。

この時同時に、カウンターの左側の通路から三人のカーキ色の制服を着て武装した警察官が出てきた……

「え……」

この時、入り口の外からはさらに二人の警察官が勢いよく入ってきた。手の肘が冷たく感じ、手錠をかけられたことがわかったのだった。

――「おい！　サツにパクられたぞ！　逃げろ！」

二階で誰かが大声で叫んだ。

「誰だ？」一人の警察官が拳銃を手にして二階に駆け上がった。

――「サツだ！　サツだ！」上の階では大きな声がした。

「やばい」朱は頭を下げた。

あの叫び声は?……もしかすると、拐仔《グァイアー》にはめられたのだろうか。朱《チュ》は考えた。いま、頭の中は不安になっていた。

だが、それらはどれも重要ではなかった。これまでの、「生活」はすべて過去のものだ。過去に背負った「債務」は、今日から始まるのだ――この先長くもなく短くもない歳月を、牢獄の中で過ごしてお返しするのだ。朱はこうしたことについてわかっていた。

取り押さえられ、理容院の入り口を出た。道路の向かいには二台の「黒い乗用車」が駐まっていて、それは朱のために用意されたものだった。

朱は足を止めて、立ち止まった。警察官もそれに合わせた。

頭を上げて見てみると、野次馬の頭は、水に溶けてしまったかのようにはっきりしなかった。……朱は目を擦ろうとしたが、この時また次第に温かくなってくる手錠のことを意識したのであった……

――「朱……」誰かが彼を呼んだようだった。

右側の三丈（約十メートル）ほどのところで――隣との仕切りになっているアルミ製のドアのところで、体を少しだけ斜めにしているのは、陳拐仔《ダングアイアー》じゃないだろうか?

陳拐仔はしきりに朱に手を振っているようだった……

「陳拐仔の野郎……」朱の頭の中では多くの考えが駆け回ったが、はっきりとしたものではなかった。

――「行くぞ!　朱!」警察官は朱を押した。

朱は動かなかった。朱はもう一分間だけ長く立っていたかった。警察官は朱が従わないのを見ると、どうしたわけか、膝頭でもって朱の下腹を蹴った――警告の意味だ。

「ウッ!」朱は、痛くて倒れ込んでしまった。運の悪いことに、傷ついた「禍のもと」が裂けるように激しく痛んだ。朱は局部からまた血がだらだらと流れ出したことをはっきりと感じ取った……

◎

夕暮れ時だった。荘青桂《チュワンチンクイ》が運転する青色のフォードが高雄市《カオション》を離れ、北へ向かう高速道路を走っていた。

陳拐仔《ダングアイアー》が、荘《チュワン》の親子に藍《ラン》家の姉妹を連れて行ってもらいたいと言った時――この時、事態はすでに十分にはっきりとしていた。朱飛揚《チュフェイヤン》は上納米を食べなくてはいけなかった。それは仕方がないことだった。朱《チュ》は、すごく臭いのだから。臭すぎるとゴキブリから逃れられないのでもある。兄弟《ヤクザ》たちが生きていくために、彼を「送り出した」のは最上の方策だった。

台中《タイチョン》の新聞には、大きく掲載されていた。藍《ラン》家の姉妹の名前も報道されていた。荘国暉《チュワンクオホイ》の考えは、この機会に乗じて二人を高雄市《カオション》で再び貸し出し、「売り切って」もいいから、金を手にして終わらせようということだった。

彼らはよく見知った道を頼りに、二人を「理容院」や「按摩中心《アンモチョンシン》」（マッサージセンター）、「指油圧中心《チョウヤチョンシン》」（オイル・マッサージ専門店）、「泰国浴《タイクオユイ》」、「順風站《シュンフォンチャン》」、「地下酒家《ティシアチウチア》」（違法営業の飲食店）などに連れて行った。意外だったのは、こうした場所ではどこでも同じことを言うのだ。臨時の「レンタル」であれば大歓迎だが、「一括購入」はしたくない。藍家の姉妹は今ではサツの捜索対象となっているからだ――朱による人身売買、少女に対する強制売春の事件は、省議会でも知れ渡っていた。いま「業界」はとても注意深くなっていた。

「高雄《カオション》を離れることは最上の得策だ」皆はほとんどこのように言っていた。

陳拐仔の方では、すでにはっきりとした考えを持っていたのである。二人を連れて高雄を離れることを「希望する」と。「希望する」の意味は間接的な「命令」だった。彼らはもともと考えていた。高雄市は限りなく大きく、河南二路《フゥナンアルル》、河北二路《フゥペイアルル》では一千名を超える者が飯を喰っていた。拐仔《グァイアー》から遠ざかれば問題ないだろうと思ったが、思いがけず、直面した困難は想像したよりも大きなものだった。親子は理容院の二階で相談した。

「家に戻るのと、同じだ」青桂《チンクイ》は言った。

「あの事件は、未解決だな！」国暉《クオホイ》は眉間に皺を寄せた。

「地下でいい、表に出るなよ、何を怖がってるんだ？」

「いいけど、でもな、風当たりが強いからな、危険だな」

「危険なものか？　必要なら、送るんだよ、どこでも同じだろ」青桂は気色ばんだ。「本当はな、俺

は彩霞《ツァイシア》を愛人にしたいんだよ……」

「おい！　むちゃくちゃ言うな！　何を考えてるんだ！」荘国暉《チュワンクオホイ》は本気で怒った。「俺はいつも言ってるだろ！　遊ぶだけなら、いいんだよ、ちょっと発散させるだけなら、構わねえ、まじでやるなら、御免だな！　俺たちは風俗を職業にしてるんだぞ。家庭になれば、夫婦だ、そんなむちゃくちゃ言うんじゃねえよ！　しっかり分けろ！」

「わかったわかった！　もういいよ！」

「じゃあ、北部へ行って、彩霞を中壢《チョンリ》の牛埔巷《ニウプシャン》に置いて来るんだぞ、風仔《ホンネー》と英君《インチュン》の夫婦に渡して「放っておけ」。彩雲《ツァイユン》は桃園《タオユエン》の長美巷《チャンメイシャン》まで連れて帰るんだ……」

「阿菊《アチュイ》に見張らせるのか？」青桂は苦笑いした。

阿菊は青桂の妻である。

何回かのやりとりで、時刻はすでに夕方になっていた。この時ようやく急いで車を運転し北上したの

である。

彩霞《ツァイシア》と彩雲《ツァイユン》は後部座席に座り、寄り添った。二人の中型旅行鞄が左右を挟んでいた。

車窓の外では灰色の景色が流れていった。時には遠くの山の山頂をかすり、まだ黄金色に輝く夕陽が残っていた。窓の外が完全に暗くなったとき、漆黒の中でいくつかの微かな明かりが途切れ途切れに確認できるだけだった。

車の音がゴウゴウと鳴り、車輪がシューシューと音を立てた。窓の中では異様に耳障りな東洋の歌曲が流れていた。荘国暉の頭は眠っていた。荘青桂《チュワンチンクイ》は目を細め、車を運転していたが、その心は眠っているかあるいは別のところにあるかのようだった。

「アッ!」彩霞は心の中で軽く驚いた。

突然、感じたことのないような孤独と絶望感を感じたのである。彩霞は車が中壢《チョンリ》や桃園《タオユエン》に向かって走っていることを知っていた。だが、彼女から見れば、それは知ることのできないもう一つの世界である。この車では中壢や桃園にたどり着くことができないというものだった。永遠に真っ暗で、知ることのできないところへ行くような感じがした……

とても恐ろしかった。人間が、生命が、二平方メートルくらいの「鉄の箱」に入れられているのだ。悪意に満ちた別の人間に、暗闇の中で知らない場所に連れられていき、知らない運命を……

「わたしたちの運命はどうしてこんな感じなのだろう?」彩霞は逆に聞き返したくなった。

もちろん誰も彩霞に答えることはなかった。父親や母親、先生、社会、そして仏様や神様を含めてである。

「誰がわたしを助けられるんだろう?」彩霞は真っ暗な車の外に向かってたわい無く尋ねた。

この半年間、彩霞は奇跡が起こる夢を見た。例えば、父親の傷が突然直り、お金を稼いで、すぐに自分を連れ出してくれること。一番上のお姉ちゃんの彩鳳《ツァイフォン》がまだ会ったことのない旦那さんと一緒に、自分を売春の世界から救い出してくれること。警察の臨検があり、接客中の自分が捕まり、自分の供述から荘《チュワン》の人身売買の罪状が明らかになること……

彩霞《ツァイシア》はさらに幻想を見た。亡き母が「夢に託けて」、自分に逃走のための路を示してくれたこと、慈悲深い客が自分を救い出して、自分の代わりに質草を支払ってくれたこと、あるいは「デリバリー」の時に交通事故が起きて、悪魔の手から逃れることができたり、順風站《シュンフォンチャン》に火災が発生して、その火事に乗じて逃げ出すことなどである……

しかし、これら諸々のことは、未だかつて起きたことすらなかった。この世の中は、この社会はまるで「買春客の集団」ばかりのようだった。あるいは「買春客」という、この世の社会における「化身」が、絶えず彼女を道具にしたり、蹂躙したり、踏みつけたりするのだ！　誰も彼女のことなど可哀そうに思わないのである。可哀そうな人だった！

彩霞はこのように考えた。

別の時には、姐妹淘《お姉さんたち》が血まみれになった場面が絶えず頭に浮かんで来た。みんなはどうやってこの不義なる世界に立ち向かうのだろうか。

楊小喬《ヤンシャオチャオ》の友達はきっぱりと飛び降りた……

陸宜珍《ルイチエン》が受けた残酷な暴行……

楊敏慧《ヤンミンホイ》の首吊り、飛び降り……

王阿珠《ワンアチュ》は、あんなに穏やかで、一番苦労に耐える山地の女の子だったけれども、悪魔の「命の根」をひと口に噛み切った……

彼女たち、彼女たちの出来事は、何を代表しているのだろうか？　何を示しているのだろうか？

「誰がわたしたちを助けてくれるの？　誰が？」

他に人はいないのだ、いないのだ——以外には…

……

「誰以外には？」

自分以外よ、あなた自身よ、自分だけが自分を救えるのよ。

「何言ってるのよ。わたしのような、弱々しい女の子が、若い売春婦に、何ができるって言うの？」

そうなのだ、間違いなかった。一人で孤独な誰も助けてくれる者がいない若い売春婦なのだ。どうにもならなかった。でも、こうしていくとどうにかなる、とでも言うのだろうか、心の中ではすっかりわかってるのではないだろうか、違うだろうか？

「そうよ、こうしていくと、ゆっくりと死んでいくだけで、しかも汚れて腐った恥ずかしい死に方をするのよ……」

そう理解しているのならそれで良かった。それではさらに何を待つというのだろうか？

「そうよ。何も待つことなんてないのよ……」


それじゃあ、死んでしまおう！　楊敏慧《ヤンミンホイ》のように真っ赤な血や脳みそをあたり一面に撒き散らして……

……

「イヤッ。イヤよ！　わたしは嫌なの！　悪党たちは都合が良すぎるのよ！」彩霞《ツァイシア》は心の中で大声で言った。

そうなのだ！　嫌なのだ。嫌であるということはとても重要だった。嫌だから、反抗するのだ、悪党とあらそうのだ！

「どうやって抵抗するのだろう？　争って自由を得られるのだろうか？」

ずっと争わずに、抵抗もしなかった。どのように抵抗するのか、どうしてわかるのだろう？　そのやり方は本に書いてあるわけではなく、行動してみてようやくわかるものだ。争ったところで何を得られるのかは、行動した後でようやくわかるのだ。どれほど犠牲にしたのか、どのように決心したのか、どのような勇気で決めたのか……

「もう！　わたしは、わたしはか弱い売春婦にすぎないのに……」

　もちろんそうなのだ、もちろんそうなのだ。もしこのように認めてしまったら、認めてしまったら、どんなことも空言になってしまうではないか！

「もう、本当に自分がどうすればいいのかわからないわ……」

　もしかすると、本当に知らないのだった。もしかすると、真剣に考えたことがなかったのかもしれない。もしかすると、むごたらしくはあったが凄惨さが足りなかったのかもしれない……

　——そうなのだろうか？　彩霞《ツァイシア》の心の中での抵抗は、ここに来て断崖にぶつかり、続けられなくなってしまった。

　いつの時からだっただろうか、窓の外にはまばゆく光る街灯の明かりが現れていた。頭を下げて妹を

見てみると、妹は彩霞の胸元でぐっすりと眠っていた。ただ睫毛《まつげ》には幾筋かの涙の後が流れていた。

「降りるよ」荘国暉《チュワンクオホイ》はちょうどよい時に目を覚ました。二人を呼び起こして下車させた。

◎

　そこは中壢市場《チョンリシチャン》の西、牛埔橋《ニウプチャオ》の東にある有名な赤線地帯——牛埔港《ニウプカン》だった。

　深夜だった。だが水路に沿った横道、横道につながる路地には、相変わらず明かりが灯っていた。奇妙だったのは、隣り合わせの赤煉瓦の軒下には至る所に透明なガラスでできた電球がぶら下がっているのである——このような電球はほとんど見ることは無くなっていた。このような大胆な「画一的な」備え付けには、とても驚かされた。

　車内で少しばかり眠ったので、車から降りたときには気分がすっきりしていた。荘《チュワン》の親子は二人を

薬局の隣にある二階建ての民家に連れて行った。呼び鈴を暗号のように押し続けた。鉄の扉が自動で開いた後で、彼らはすぐに二階にあがった。

「阿暉叔《アホイシュ》！」女の声が響いてきた。

とても優雅な内装を施した室内だった。寝間着を着た男女がそこに立ち、出迎えていた。

「寝てたのか？　起こしちゃったな」青桂《チンクイ》が言った。

「今夜は商売しないのか？」荘国暉《チュワンクオホイ》の顔は、訝しげな様子だった。

「下で、発仔《ホワッアー》に客引きさせてます」男が言った。

「うん、おまえたちはわきまえてるな――商売をして、家庭を大切にするんだぞ！」荘国暉は突然青桂に目をやり、言った。「わかったか？　おまえも風仔《ホンネー》を見習えよな」

風仔？　アッ！　あの日、捕まえに来た風仔と英君《インチュン》の二人組の男女だ！　姉妹はほとんど同時に見分けがついた。

「どうしたの？　わかったかな？」女が――英君《インチュン》が二人に微笑んだ。

また出会ったのだ。憎たらしい仇敵だった。今晩は、二人を売淫の世界に突き落とした四人が目の前に揃っていた。

だが、二人に何ができたというのだろうか。

風仔夫婦は明らかに先に準備していたようだ。彼らは時候の挨拶を交わした後で、酒や料理を並べ出した。彩霞《ツァイシア》と彩雲《ツァイユン》の二人は「命令を受けて」お酌をするのであった。

「彩雲！　今夜は遠慮するんじゃねえぞ、食べたければ十分に楽しめ、飲みたければしっかり注《つ》ぐんだ。家にいるみたいにな」荘はおもしろそうに、大いに慈悲深く言った。

「そうだ！　今夜はみんながお客さんだ――明日から正式に『出勤』してしっかり働くんだぞ！」風

仔は言った。

「明日のことは言うんじゃないよ！」英君《インチュン》の視線は狡猾で、意地悪かった。「今夜は、阿暉叔《アホイシュ》と阿桂《アクイ》哥《クゥ》がベッドで遊んでくれるから、一時的なお嫁さんになるんだよ――袖振り合うも多生の縁よ！　ヒッヒッヒ！」

「よせよ！　英君！」風仔《ホンネー》は荘の親子が照れくさそうにしているのを見て、すぐに話を持ち出してそらした。「お代の方は、問題ないでしょう？　二人を戻すのに、何かありましたか？」

「あったよ！　ひと言じゃあ言えねえよ……」

荘国暉《チュワンクオホイ》は簡単に朱飛揚《チュフェイヤン》の「事件」を一通り説明し、続いて「商売」のことを相談し始めた。彩霞《ツァイシア》をここに置くとすれば、お互いでどのように取り分を分け合うかだった。

彩霞はなるべく彼らの話を聞かないようにしたが、その話は絶えず耳の中に入ってきた。二人についての割り当てのことが聞こえた時、彩霞は言った。

「あの……荘《チュワン》……」彩霞はどのように呼べばいいのかわからなかった。「荘さん、わたし、お願いです、彩雲《ツァイユン》を、彼女もここで働かせて下さい……」

「おじさん、と呼びなさい――阿暉《アホイ》おじさんだ」風仔は彩霞に注意した。

「おじさんですって？　何でおじさんなのよ？　フンッ！」彩雲はあどけなく、思わずひと言言ってしまった。

「ん？　お！　お！　お！　ハッハッハッ！」荘は怒らなかったばかりか逆に笑っていた。「じゃあ、暫くしたらね、暫くしたら何が『おじさん』なのかわかるさ、ハッハッハッ！」

「フフッ！　一年もしないうちに、雌鶏のように太って、鬼も十八、番茶も出花だな！」風仔は褒めた。

「この野郎！」青桂《チンクイ》は罵ったが、目には異様な眼差しが光っていた。

雰囲気が突然重くなってきた。彩霞《ツァイシア》は妹の衣服の端を引っ張った。男たちが酒令（酒席で拳を打ちながら飲む遊戯）をして酒を飲んでいる間に、すぐに立ち上がって部屋に戻り休むよう合図した。

男たちはまだ二人を困らせてはいなかった。だが、二人がうとうとと寝入ろうとしていた時、酒のにおいをぷんぷんさせて入ってきた。これは恒例「行事」であった。だが以前と違うのは、この畜生のような親子は「交換」に来たのだ。——荘国暉《チュワンクオホイ》はもとの場所で彩霞を、青桂《チンクイ》は彩雲を隣の部屋に連れて行って乱暴したのである。

彩雲《ツァイユン》は姉の話から青桂がどんなに嫌らしい色情魔か知っていたが、実際に経験したわけではなかった。この日の晩に彩雲は教えられたのだった。彩雲はすでに千人以上も「相手にしてきた」けれども、この怪物に出会うと、やはり痛くて血と涙が入り交じり、

声を出して泣き叫んでしまうのだ。

青桂は彩雲の肌着を剥ぎ取る時に、警告した。

「わたし病気なの、やめてよね」

「知ってるぜ、淋病だろ、怖くねえよ」青桂は彼女に目をやらずに、自分のものを弄んでいた。

「本当にまだ治ってないの、移るわよ」

「怖くねえって言ってるだろ。淋病って何だよ？　俺のは、淋病だって怖くはねえぞ、そうでなきゃ天下の女たちとできるわけがねえだろう？」青桂は迷わずにそう言い、胸を張った。

「アッ……」

「ハッハッ！」

「やさ……優しくやってよ……アッ！」

彩雲の災難は、一時間近く続いた。

彩霞の方は、妹が言ったとおり、この年寄りは「無能」に近かった。荘国暉が扉を閉めた後に、彩霞は音も立てずに、静かに衣服を脱ぎ、裸のままべ

ッドに横になった。彼女は何度も両目で荘国暉をにらみつけたのである……

「この野郎！　見てろよ！」荘《チュワン》の年寄りは飛びかかった。

「ちょっと待って！」彩霞《ツァイシア》は身を翻してよけた。「あなたも脱ぎなさいよ！　阿暉《アホイ》おじさん、ゆっくりでいいわよ」彩霞は笑いながら言った。

「わかった！　クソッ！　今夜は俺のがすごいのを見せてやるからな！」荘は興奮しながら怒っているようでもあった。案の定、ひとしきりもがいた後で、死体のように白々とした太った体を出したのだった。

荘をこのようにしかけてしまったことを、彩霞は少し後悔した。しかし、やめるにやめられず、最後まで行くしかなかった。

「さあ！　阿暉《アホイ》おじさんのことを知らない人なんていないわよ、いつも『六時半』の位置なんでしょ？」

「試してえのか？　チッ！」荘は、再び飛びかかり、からだを伸ばしてきた。荘家の墓で跪きながら叩頭しているかのように、一生懸命だった……

「すごいわ！　力があるのね！　でも、だめよ！　まだダメ！　途中でやめないで！」彩霞は胸を揺すり腰を振りながら、想像できる限りで一番艶っぽく淫乱な姿を出した。

――それは何人かの老娼婦がこっそりと彼女に教えたことだった。乱暴で性欲の強い荒男に出会ったら、この手を使えば、男を早めに「おとなしく」させることができ、辛い思いをする時間が短くてすむのだ。「せっかちでも力のない」男に出会ったときも、こうすれば男の性欲能力を刺激することができ、無理やりに「行かせる」ことができるのだ。

一定期間の実験をした後で、彩霞は老娼婦が言うことは半分しか正しくないことに気がついた。「やる気まんまんでも力のない」人は、艶っぽい誘いをしても、効果が無いだけではなく、「ソワソワさせてため息をつかせ」、自然と徐々に萎えさせるのであった。風が半分まで注ぎ込んだ細長い風船は、長いあいだもがいた後で、ゆっくりと萎《しぼ》んでいくのである——局部は醜いが、表情は十分「気色がいい」のである。

今晩、彩霞《ツァイシア》は荘《チュワン》のじいさんを見極めようと思った。彩霞は怨みの気持ちを一変させ、色仕掛けでもって荘を仕留めようと決めたのだ。

「よし！　よし！　嫌らしいな！　すごいな……」

荘は、勇敢に前に進み、力を尽くして奮闘した。目の前にある、お腹の下のふくよかで魅惑的な肉体を征服しようとしただけではなく、半分以上は「精神力」でもって自分の嫌らしい欲望を支えたのだ——非常に大きく膨らんだ下心のある欲望を維持し、それを戦功としたのである。

「すごいわ！　もっと力を入れて！　エロ親父ね！　やめないで！　もっともっと！」

「大声を出すなよ！　嫌らしいな！　しっかり揺れてるぞ！　動いてるぞ！　大声出すなよ！」荘は顔中が汗だくで、とても焦っていた。

「どうしたの？　もっとよ！　やめないで！」彩霞も続けて荘を刺激した。

「くそ！　叫ぶなって言ってるだろ……」

「ああ！　ダメ！　まだなの？　あなたは？　キャハハ！」

「……」荘は突進し、命がけだった。

「やわらかい！　やわらかくなった！」

「……」

「なんでなの？　ねえ？　どうしたの？　どうしてやわらかくなったのよ？」彩霞は驚いたふりをして、わざと大きく胸を振り、腰を強く動かした。彩霞は心の中ではわかっていた。自分の戦略が正しくて、このエロ親父の「色欲」をすでに完全に粉々にしたのだ。それは辱めを受けて以来、唯一の、一番愉快な勝利であり、「達成感」であった――なるほど、男もやはり弱々しい一面があったのだ！

「うわっ！」荘《チュワン》は、四つん這いになり、彩霞《ツァイシア》の隣で仰向けになった。

「どうしたのよ？」彩霞はさらに仕掛けた。

――「パンッ！　パンッ！」荘は右手を振り回し、彩霞の横っ面を殴ったのだ！

「……何よ？」彩霞はびっくりして、それから笑みを浮かべた。「自分がダメなくせに、人のせいにしないでよ？　恥知らず！」

「恥知らずだって？　ようし――」荘は、突然両手で彩霞の髪の毛をつかんだ。彩霞の上半身を引き倒し、荘のからだの上に乗せ、それから彼女の頭を下の方に向けて押しつけていった……

荘の考えは、彩霞にはすぐにわかった。髪の毛は引っ張られ、火の中で首を絞められているように痛かった。彩霞は強く抵抗することが怖くてできなかったのだ！

「ほら！　しゃぶれ！　くわえてみろ！」荘は言った。

「何言ってるのよ！　それって何よ？」

「笛を吹いたことはねえのか？　クソッ！」荘はまた力を込めてつかみ、たぐり寄せた。

「痛い！　離してよ！　手を離してから言って！」

彩霞は堪らなかった。

「やったことねえのか？　言え！　今晩、おまえがやらなかったら、殺してやるからな！」

荘は両手を緩め、それから言った。二人は顔を寄せ合い、暫く近づけたままだった。荘の両手はまだ力を抜いていなかった。それでも、彩霞は話をすることができた。

「わかったわ！　今晩は、共倒れでいいわ」彩霞は言った。

「ん？　なんて言ったんだ？」荘《チュワン》は驚いた。

「絶対に口に入れるわ、しゃぶるわ、食べてしまうから！」彩霞《ツァイシア》はとても変に思った。自分が突然完全に冷静になり、あるいは、先ほどの情欲のもつれから、心が静かになったとも言えた。いま彼女は注意力を集中させ、荘の顔つきの変化をうかがった。彩霞はこの男の本当の気持ちと決意を判断しようとしたのである。

「できるのか？　死にたいんだな？」

「試してみる？」彩霞は自分が風上に立っているように感じた。「覚えてる？　先週、王阿珠《ワンアチュ》のこと？」

「あの田舎の娘か？」

「そうよ、王阿珠は一口で、朱飛揚《チュフェイヤン》をかみ切ったのよ——聞いた？」彩霞はあっさりとゆっくり話した。


「おまえ？……おまえその話をするのかよ？」荘は、手の力を少し弱めた。

「どうしたのよ、力があるなら、やってみなさいよ。試してみなさいよ。ほんと嫌らしいわね！　売春婦なのよ、キャハハハ。わたしはあんたたち親子に養われた売春婦なのよ、あんたたち親子にはすごく感謝してるの……」彩霞はペラペラとしゃべった。このような言葉を話すとは、自分までもびっくりしてしまった。

「大胆だな！」荘は両手を完全に放した。「本当かよ？」

「本当よ！　王阿珠だってやったのよ、わたしができないわけないでしょ？」

荘はため息をついた。まっすぐに数分間横になった。藍彩霞《ランツァイシア》は逆に気持ちがはっきりしていた。彩霞は荘のげんこつが飛んでくるのを身構えた。荘は耐えていて、こころの奥底にはぼんやりと火種が燃えていた――それはおそらくめらめらと燃え上がる火種だった。これ以上は我慢できないという時に反撃する火種だった。

しかし意外だったのは、荘《チュワン》は何も手荒なことはしなかったのだ。一応、彼は商売人だった。卑劣で恥知らずで、手段を選ばず、体面を気にせずに「利益」を求める悪人だった。

荘は、「息を整え」終わった後で、おとなしく眠らずに、また手を伸ばして彩霞《ツァイシア》の胸をつかんできた。彩霞は歯を食いしばり声を立てなかった。胃や腸はぐるぐると転がり、吐き気がした。彩霞は我慢した。身を翻してベッドから降り、トイレに突進して吐いてしまった。彩霞はうがいをして、口をゆすいで戻ってきた時、荘は自分の左手で醜いものをいじっていた。しっかりと、一生懸命に旗の掲揚を続けるような姿だった。彩霞はまだ素っ裸だった。荘国暉《チュワンクオホイ》は心を合わせるかのように、またがってきた。中指と人差し指も使いながら。

彩霞の心は静かだった。一息したが、まったく考えるところはなかった。からだはひどく醜い辱めを受け、無理やりでもなく乱暴されたのだった。

荘はもがいている間に頂上にまで登り切り、無理やりに任務を成し遂げたかのようだった。あるいは、気持ちは上り詰めていたけれども、その精気あふれた生命はすでに存在せず、邪悪で汚れた惰性がその真実に替わっていたとも言えた。荘はそのようにして終え、上から降りたのであった。

彩霞は「冷淡な態度」で、この男の「演技」を見届けた。荘が口を開けて目をしばたたかせ、ゼイゼイと音をたてながら横になって喘いでいる時、彩霞の心の中では突然今まで感じたこともなかった喜びが芽生えたのであった。

極悪な人間は、最後は自分自身に打ち負かされたんだわ……

時間こそが復讐に一番の手段だわ……

彩霞《ツァイシア》の考えは、まるで一筋の閃光のように光った。閃光は年齢や知見、経験の限界を突き破ったのである。

これこそが苦難の対価なのだろうか？

「キャハハハ！」彩霞は、思わず笑い転げてしまった。

「何がおかしいんだ？　この野郎」

「なんでもないのよ。おじさん、しっかり眠ってよね」彩霞も流し目で荘《チユワン》を見た。

「なんだよ！　おまえは、俺のことを笑い飛ばすのか？」この男はやはり本当に感覚が鋭い。

「何も笑ってなんかいません。どうしたのよ？　おじさんは、おもしろくないの？　じゃあ、もう一回！　わたしがまだ服を着る前の方が、便利よ！」

彩霞は多少有頂天になった。「わたしも楽しかったよ！」

「おまえなあ、この野郎！　わかったよ！　おまえがそう言うのなら……」荘は、また彩霞に向けてからだを乗せてきた……

「え？」本当に意外だった！

「ほら……ほら……」荘は、彩霞の胸の上にうつ伏せになった。本当に恥知らずな奴だ。中指と人差し指を使うなんて……

「何よ？　どうしたのよ？」彩霞はとてもびっくりした。からだをさっと動かしたが、かわしきれなかった。両足の裏でベッドの端を踏みつけ、下半身を浮かして、荘が力を入れるのをかわすしかなかった。彩霞はとっさに罵声を飛ばした。「クソッ！　クソッ！　クソッ！　クソッ！」彩霞はようやく……

「この野郎――」荘国暉《チユワンクオホイ》は鉄拳を振り下ろした。

「何よ！　何よ！」彩霞は、全身がかっとなった。彼女は両手の掌を動かし、五本の指を豹のような爪に変えて、敵の攻撃を迎え受けた……

「おお？　おまえ本気かあ……」荘《チュワン》はベッドから降りて追撃してきた。

彩霞《ツァイシア》は全身素っ裸で、室内の机や椅子の間を駆け回り、反撃の機会をうかがった。荘はパンツを一枚はいていて、全身は贅肉だったが、動作は鈍《のろ》くはなかった……

——「何やってんだ？」ドアの外から響いてきた。「開けろ！　何やってんだ？」声をあげているのは荘青桂《チュワンチンクイ》だろうか？

あ！　彩霞は全身が震え、気持ちも冷静になった。彼女のからだが立ち止まった瞬間、影のようなものが肩から斜めに落ちてきた——

「痛い！」彩霞は叫んでしまい、殴られて床の上に倒れてしまった。

椅子で思いっきり殴られたのだった。荘は部屋の内側から開けた。

荘青桂は上半身裸で、パンツを一枚はいているだけで入ってきた。

「おい！　この野郎！　なかなかやるじゃねえか！」

荘青桂は無表情で、両目には異様な光が差し、じっと彩霞を見つめていた。

彩霞は床から起き上がろうとしたが、青桂《チンクイ》の視線とぶつかり両足と腰骨が萎えて、座り込んでしまった。

怖いのだ！　恐怖だった。猛烈な恐ろしさであり、脊髄にしみこみ、心の奥底に潜り込むような冷酷さと戦慄であった！

そうなのだ、際限の無い重圧で、拒みようのない威圧感であった。彩霞の幸せを壊し、肉体を踏みにじり、さんざんな目にあわせた悪魔が、彼女に向かってやって来たのである。彩霞は身動きすることができず、抵抗することさえできなかった……

「父さん、へへッ！　眠りなよ……わかった？」

「わかった！　阿桂仔《アグイヤー》！　あいつを手放すなよ……」荘《チュワン》の年寄りは部屋を出て行った。

いま、青桂《チンクイ》は彩霞《ツァイシア》の目の前に立っていた。青桂は相変わらずあの目つきだった。彩霞はやはり動くことができなかった……

青桂は後ろを向いてドアを閉めた。そして彩霞の目の前まで歩み寄った。

「……何よ、どうするのよ？」彩霞は先に口を開いた。

青桂は左手を伸ばして、掌で彩霞の右胸を触った。突然親指の先と人差し指の第二関節で少しばかり上を向いた茜色の乳首をつねった。それは優しい感じの誘いではなく、力を込めてつねりあげる虐待であった！

「アッ！　痛い……」彩霞は、痛くて気を失うほどだった。


青桂は力を入れ続けた。そして手を上の方に持ち上げ、彩霞もぴったりとそれに「応じた」のである。青桂が足を動かすと、彩霞もつられて動いていった……

「手を……離して……よ！　お願い……お願いだから……」彩霞は痛くて全身に大汗をかき、涙をポロポロと落とした。

――「パンッ！　パンッパンッ！　パンッパンッ！」青桂は手の指を緩めると同時に、何度も何度も掌で彩霞に張り手を加えた。

「ごめんなさい！　ねえ、ごめんなさいったら……！　ねえ！」

彩霞は、身も心も完全に崩壊してしまった。抵抗も反抗もなく、怨みをもつことや仇敵視することもなかった。彩霞は完全に思考を失い、一切を放棄したのであった。

青桂は残酷にも、異常なほど変態なやり方で彩霞と戯れた。

青桂《チンクイ》は彩霞《ツァイシア》に「口を使う」ように要求した。彩霞は遠回しではあったが渋々従い、体を丸めて、青桂の股間に突っ伏した。青桂はゆっくりとするよう命じ、それに彩霞も従った。

青桂はおそらくすでに何度も終えていて、麻痺していたのだろう。一番柔らかく刺激しても、相変わらずぼんやりとしていた……

最後に青桂は彩霞の肛内に差し込んだ。彩霞は痛くてほとんど気絶しそうだった。彩霞はこうした行為を聞いてはいたが、これほどまで痛くて汚らわしいことだとは思いもよらなかった。

「はあ……」青桂は満足げだった。

「……」彩霞はしくしくと泣いた。

「おまえ、俺のことを恨んでるだろう。恨んでるんだろう?」

「……」彩霞は声を出さなかった。でも自分では首を横に振っていたのだろうか?

「じゃあ、俺のこと少しは好きになったか、そうだろう?」

「……」彩霞はゆっくりと首を横に振った。

「ハッハッハ！　さっきみたいにな……」青桂はまた彩霞の頭を股間に押しつけた。「まだちょっとビビってるなあ……」

「……」彩霞は動けなかった。

「あの山の女を突然思い出したぜ……王阿珠《ワンアチュ》……」

「え?　阿珠《アチュ》……」彩霞は心の中でため息をついた。

「もしも、もしも、おまえもあいつのようにしたら……俺にかみついて、噛んだり噛み切ったりしたらな、ワッ！」青桂は胸がビクビクしていた。

「でもな、俺にはわかってるんだよ、怖がる必要はねえってな」

「この人……」

「おまえにはできない！　おまえは山の女じゃないからな。おまえにそんな度胸はないよな！」

「え……」

「人には二種類いるんだよ、俺は知ってるぜ。できる人と、そうでない人。できる奴はな、起こるとは限らないことも、起こすんだよ。そうでない奴はな、絶対に起こることでも、起こせねえんだよ」

「わたしは二番目よ……」彩霞《ツァイシア》は泣くのをやめて、心の中のことを、声に出してみた。

「そうだよ。俺はお見通しなんだよ！　ハッハッハ」青桂《チンクイ》は後ろを振り向くと、彩霞に背を向けて、すぐに音を立てて眠り込んでしまった。

わたしは……藍彩霞《ランツァイシア》は大きく目を開け、心の奥底にあるぼんやりとして寒々しい無色無形のもの——怨恨——が引き起こされるのを感じ始めた。彩霞は「恨み」を抱き始めたのであった。

でも、いま彩霞はそれを集中させて荘《チュワン》の親子を憎む暇はなかった。彩霞は自分を嫌悪する以外に余念がなかったのである。

藍彩霞、あなたは人に見透かされた女なのよ。

藍彩霞、あなたは人の「もの」を無理やり口の中に入れたのよ、反抗すらできなかった人なのよ！

あなたは絶対に起こることでも起こせないような人なのね！

あなたはね、役に立たない人！　弱々しくて恥知らずな人なの！

——彩霞は、目尻からゆるゆると悲しみの涙を流したのだった。

◎

中壢市《チョンリ》、牛埔巷《ニウプシャン》一帯はこの地区で最大の赤線地帯であった。

こちらの女性の組み合わせは複雑だった。素質も良し悪しがあった。一番原始的な売春宿——老鴇《ラオパオ》

（妓楼で妓女の世話や監督をする人）による経営で、妓女の集合体であるようなものから、独立した店舗を持ち「担ぎ屋」をする女、旅館に「専属して駐在する」コール・ガール、酒場で「副業のために売買をしている店」、市内全域のホテルのリクエストに応じる順風站《シュンフォンチャン》、野菜売りや「御上りさん」である田舎の婦女らが小遣い稼ぎをするような「麺店《ミエンティエン》」……「素質」に関しては、スター歌手や映画俳優として有名になった人たちが「こっそり」と「化粧品代」を稼ぐための高品質なものもあると言われていた。さらには「一回百元、タバコ一本謹呈」の老娼婦もいた……

藍《ラン》家の姉妹はここにとどまって「出勤」することに決めた。

二人がお願いして荘《チュワン》の同情を引いたわけではなく、この晩に親子が二回ほど「女」を交換したためであった。翌朝起床してみると、心身ともに疲弊していて、こころの奥底に残った羞恥心が突然浮かび上がり、奇妙な不安を感じたのだった。そこで彩雲《ツァイユン》も残したのだが、青桂《チンクイ》は少しおもしろくなさそうだった。だが、父親の顔が重々しい表情だったので、青桂は何も言えなかったのである。

「俺はしょっちゅう見にやって来るからな」荘《チュワン》青桂《チンクイ》はひと言吐き捨てると、車を動かして走って行った。

風仔《ホンネー》夫婦はもともと荘《チュワン》の親子と一緒に、南から北まで駆けずり回っていた。「若い果実」を買い求め、「もの」として送るのである。藍家の姉妹を買うための手助けまでしたので、彼らは「独立」することを決めたのである。もちろん、最大の支持者は荘の親子であった。いま二人の姉妹をここに残して、「昔からの主人」に敬意を示したのである。もともと「代業」――「加盟金」やマージン（一般には四割のマージン）を受け取らないで――をしようと考えていたが、荘国暉《チュワンクオホイ》が断固として言ったのであった。兄弟よ、明朗会計は、やはり「規定」に則ってやった方がいい。双方が遠慮して辞退しても、計算して、その結果「加盟金」やマージンを受け取らないならば、「卸値折半」の方法で勘定をつければいいと。

いわゆる「卸値」とは、「元値」に「出荷回数」を乗じて、さらに三十日間の代金を乗じるのだ。折半するのは「日々の出荷回数」であり、ひと月三十日間だとしたら、十五日で折半するという意味だ。

中壢市《チョンリ》は「最低消費価格」が設定された地区だった。一般的なコール・ガールでは、彩霞《ツァイシア》は「甲級」だった。甲級が「飯店《ファンティエン》」（ホテル）まで行ってサービスするには、ショート・タイムで二千元かかった。オール・ナイトでは四千元から五千元だった。「旅《リュイ》社《シャ》」（旅館）ではたったの千二百元か、二千五百から三千元程度でよかった。ものは一緒でも、値段が違うのは、「どこ」から来るのかによった。「甲級」の上には「特級」があった。特級の「相場」は標準となる基準がないのだ……

彩雲《ツァイユン》は、「乙級」で算出されるしかなかった。乙級は「飯店」まで出勤することはなかった。旅社でのショート・タイムは七百元で、オール・ナイトは二千五百元くらいだった。

このような条件と規定に基づき、毎月風仔《ホンネー》が荘国暉に支払う「卸売価格」はこのように決まった。

まず、藍彩霞《ランツァイシア》の部分である。

「休憩」を前提とする。一回二千元で、飲み物と毛布を付ける。そこから「客引き」の「女中」が二百元をコミッションとしてもらい、飯店《ファンティエン》が金額の半分——これは全国均一だった——の千元を引き抜く。するとコール・ガールの手に入るのは八百元だった。

八百元×三（一日のお勤め回数の半分）×十三（一

ヶ月の出勤日の半分と月経日の二日を引いたもの〕＝三万一千二百元だった。

次に、藍彩雲《ランツァイユン》の部分である。

「休憩」を前提とする。一回七百元で、「女中」が百元をコミッションとしてもらい、旅館が三百五十元をとる。するとコール・ガールの手に入るのはわずかに二百五十元だった。

二百五十×四×十三＝一万三千元である。

――毎月の荘《チュワン》の収入は四万四千二百元であった。

風仔の収入もこの数字前後であった。だが風仔は食事や宿泊費、交通費、みかじめ料などを払わなくてはいけなかった。「休憩代」は「高め」に支払っていた。それでも、風仔は得をした側面もあった。その一、「オール・ナイト」のマージンは「ショート・タイム」に繰り入れて計算できた。その二、毎日の出勤回数は、この計算予測をはるかに超えていた。その三、仮に何回かは自分が経営する「売春宿」で接客させるとすれば、六十から六十五パーセントのマージンを支払わずにすみ、風仔の収入は悪くはなかった。その四、食費代や宿泊費、みかじめ料などは、「水を加えて豆腐を作る」ようなもので、特別な出費は特に多くはなかった。そのため風仔にとっては、「総額」の大きな仕事であった。さらに藍《ラン》家の姉妹の「籍」は荘の親子の方にあったので、購入の経緯からくる面倒とは、すべて無関係であった。実にもうけが約束されていて損することはなかったのである！

さらに二人の毎月の収入の「売上高」は十分に驚くものであった。

彩霞《ツァイシア》の部分は、二千元×六〔毎日の最低出勤回数〕×二十六〔一ヶ月の出勤日から月経日の四日を引いたもの〕＝三十一万二千元だった。

彩雲《ツァイユン》の部分は、七百元×八×二十六＝十四万五千六百元〔消費額が低く、そのために毎日の出勤回数は逆に多かった。そのため八回としていた〕。

さらに飯店《ファンティエン》と「女中」へのマージンを見てみると、それぞれ、一千二百元×六〔毎日の一人あたりのマージン〕×二十六〔売春婦一人につき差し引かれる日数〕＝十八万七千二百元〔そのうち三万一千二百元は女中の収入であった〕。四百五十元×八×二十六＝九万三千六百元〔そのうち女中は二万八百元を得た〕。

もちろん、実際の「所得」となれば、多少は低くなったが、これはコール・ガール一人から搾り取れる旨い汁だった。中壢《チョンリ》市の旅社《リュイシャ》や飯店の部屋数は少ないときには二十数部屋であり、多いときには五、六十から百部屋もあった。専業や兼業の売春婦は千人前後いた。「部屋」は毎日午前九時頃に「営業」を開始し、夜になって「営業終了」となる。営業終了後はさらにオール・ナイトがあった。このように見れば、この方面での「企業」は、その営業額や「販売量」、利益は、本当に驚くべきほどであった。

こうした莫大な収入が、「経営者」や旅館、飯店のドル箱に落ちた後は、どのようにして払い出されるのだろうか。どのようにして黒道《ヘイタオ》や「白道《パイタオ》」の人物や機関に行き渡るのだろうか。それはまた複雑で奥の深いものであった。
女は、売春婦は、生まれながらの肉体という自然な元手に頼っていた。それに加えてちり紙の山に、タオル二本、このような状態で、これほどもの大きな利益を生み出すのである。どれだけの人が、どれだけの「家」が、明に暗に、彼女が苦労して手に入れた所得にあずかりながら、それを蔑むのだろうか
——それこそが、売春婦と社会の関係である。
——これらのことは、彩霞《ツァイシア》はすでにゆっくりと理解していた。ゆっくりと自分自身及び世の中と自分との幾重にも重なった関連性を理解したのであった。だからこそ、あの完全に消えてしまった、死んでしまった心も、少しばかりの生気があったのだ。彩

霞は、時には客の局部を正視することができたし、冷静に周囲の人々を見渡すこともできたのだ。

彩雲《ツァイユン》の方は、中壢《チョンリ》に来てから、想像もできないような当惑にぶつかっていた。「心配ごと」があった、と言ってもよかった。

風仔《ホンネー》夫婦は二階の部屋に住んでいて、各階は二十五坪だった。上の階には風仔の父母と中学校に通う一番下の弟、成人した妹二人など七人が住んでいた。彼らは別々に四部屋を分けて使っていた。その他にキッチンとトイレがあり、他に秘密の「暗間《アンチエン》」（他の部屋を通らないと外に出られない部屋）もあった。それは警察が立ち入り検査した時に、女の子たちを匿っておくためのものだった。

階下は、前庁《チエンチィン》（玄関口）が商店で、粗末なL型鋼の棚には、ブリキのバケツとクラフト紙で包んだ茶葉が一列に並べられていた——「春風茶行《チュンフォンチャハン》」だった。実際にはこれは表看板に過ぎず、細長く奥行きのあ

る建物では、三分の一ほど入ったところに、奇妙なくらい大きな厨房が横に据えられていた。厨房の後ろには、真ん中に通路があり、左右には各一坪半くらいの小部屋があった。これが接客用の「屠殺場」であった。小部屋の後ろには二箇所のトイレがあった。厨房の裏は広々とした大きな部屋で、およそ六坪くらいだ。ここが「甲級」の「倉庫」だったのである。倉庫には裏のドアがあり、裏のドアの外には「石頭伯公《サッテウバッグン》」（別に福徳正神《フトゥチョンシェン》とも呼ぶ氏神様）があった。伯公廟《バッグンメウ》の前は車が通れる道路であった。女の子たちは出勤の際にはこの秘密のルートから出入りしていたのである。

普段、甲級はその空き部屋で待機していた。乙級は、「茶行《チャハン》」（茶問屋）の中で歩き回り客を誘うのが原則であった。「安全な時間」——朝九時半前、正午、あるいは重要な祝祭日、選挙期間中、党外人士の集会日など——には、風仔は乙級に積極的に仕事

に出て、路地の入り口で客を引き入れるよう、厳しく求めるのであった。

彩雲《ツァイユン》の「条件」では、風仔《ホンネー》は一目見ただけで彼女を乙級に割り当てた。乙級は旅社《リュイシャ》まで出張して「サービスする」のだ。マージンを取られると残りは幾らもない。だから風仔は乙級の旅社での商売をまったく行わないのだ。この点については、風仔は荘国暉《チュワンクオホイ》にはっきりと言っていなかった。こうした見積もりは、風仔が気前よく「卸売価格」の条件を受け入れた理由でもあった。

もう一つの点は、風仔は彩雲の商売が良くなるであろうと判断していた。その理由は彩雲がとても幼く華奢だったからである。実際に直接売春宿を経営した経験から、彼は男性客の様々な特徴や心理状態の基準がわかっていたのである。

普通の人の推測では、売春婦を買う人は、発散する場所のない持ち主か、あるいは性欲が極度に強く美色を好む輩である。実際は、そうとも限らないのだ。とくに性欲が強い人が妓楼通いするというのは、大きな誤解であった。客の中には、相当な比率で「性欲」が弱いがために、あるいは「精力減退」を感じるがために、こっそりと売春宿に入り込む人がいるのだ。彼らが考えるのは、淫欲な売春婦の刺激でもって、徐々に衰えつつある性欲を刺激し、あるいは売春婦の新鮮な刺激を借りて、自分が依然として「男前」であることを証明しようとするだけであった。

もう一つの側面は、もっと複雑だった。彼らは単純に性欲を解決するために女を買うのではなく、何かを証明するために姦淫するのでもなかった。売春婦を買うという行為で苦痛や悩みから逃れる手段にするのである。淫欲の「殺伐さ」で自分を麻痺させ、暫しの解脱を求めるのであった。そして多かったのは、売春婦を買うという醜悪な行為で、自身に罪悪感を加えるのであった。罪悪感を伴う不安でもって自分自身を懲罰するのである……

――こうした複雑で奥の深い心理的要素に駆られた客たちの中では、彩雲《ツァイユン》のように幼く弱々しい姿は、まさに彼らが求める対象でもあった。真面目に言うならば、あのような成熟した、胸が大きくて臀部がふくよかな女性は、男が性欲を発散させるのに最も適した対象であり、それはそれで正常なのだ。問題は正常な客は多くなく、正常なのはしょっちゅう女を買うわけではないのだ。頻繁にやって来て女を買うのは、必然的にすべてが正常とは限らない要素を備えていた。そこで、売春宿が必要となってくるのであり、そこがものを供給するのであった。しばしば目につくのは、「正常」から逸脱し性欲を満足させる輩である。

これが風仔《ホンネー》の売春哲学であり、経営理念であった。

奇妙だったのは、彩雲はまさに理想的な売春婦であったことだった。

もちろん、それはただの「理論」に過ぎなかった。理論が現実化するには、必ず技術を研究し適切な形式を取らなくてはいけない。

最初、風仔は彩雲にパーマをかけた髪の毛を切るように、伝統的な真ん中分けスタイルの学生カットにするように言った。それから少年用の普段着を何着か着させて、花柄で誘うようなブラジャーやショーツを脱がせ、首からかぶる肌着に替えさせ、小さな女の子が履く「パンティー」に変えさせた。

「あんたね、これ何の真似なのよ?」世間の俗世に慣れた英君《インチュン》でさえも風仔のやり方を理解することができなかった。

「若いからな、あいつの若さを売るんだよ。他は、今のままだ。わかったかよ?」風仔は得意になって言った。

「変態! フンッ!」

「おまえ、当たってるよ」

それはとても大胆な試みだったが、心理的原則には合致していた。果たして、彩雲《ツァイユン》はわずか半月ばかりのうちに、瞬く間に「有名」になったのである。

有名になるということは、さらに大きな虐げを引き受けるということでもあった。だが、彩雲は思わずうれしくなった。「達成感」と勝利の味わいを感じたのだ。半年来、至る所で他人に及ばなかったが、「軽視」されていた屈辱感は一掃されたのであった。

「わたしも、有名になったのよ！」心の奥底では常にこのような躍り上がるような感覚が浮かんできた。

だが、次の瞬間、もう一つの考えが浮かぶのであった。恥知らずね！　たくさん売れたからってうれしくて得意になるの？

「違うわよ！」彩雲はすぐに「自分」に向かって言い訳をした。

違うの？　じゃあ、どう思うの？

「わたしは、わたしは……」彩雲は口実が見つからなかった。最後に彼女が思ったのが「わたしはとても可哀そうでしょ、違うの？」という言葉だった。

その結果、彩雲はこっそりと、深々と自分に「同情」し、自分自身を「哀れむ」のであった。彩雲は姉に自分の恥知らずの考えと感覚をすごく打ち明けたかった。でも言えなかった。彩雲は知っていた。世界中で、誰も本当に自分のことをわかってはくれないのだと。誰も自分の心の中の話を聞いてはくれないのだと。

それなら、自分でやればいいのよ。生きるのもわたしのこと、死ぬのもわたしのこと。恥知らずで卑しくてもいいわ、悲惨で可哀そうでもいいのよ、いずれにしてもわたし自身のことなのよ。この世の人が死んでしまってもわたしは悲しまないわ。だって、この世にはわたしが生きるか死ぬか、誰も構ってくれないのだもの。彩雲《ツァイユン》はこのように思ったのであった。それは彩雲が売春婦に落ちぶれてから悟った「人生の道理」でもあった。

しかし、その時彩雲には困ったことがあった。それは実に奇妙で、普通のことではなかった。

何日か秋雨が過ぎた後、気温は下がり、太陽の光が明るくなって、涼しい風が吹くようになった。昼食前の仕事で彩雲は四十分も蹂躙され、とても疲れて「麻痺」してしまった。そして食事の後に懇々と眠ったのである。いつもならば、彩雲は「次の仕事」の前に化粧を直し、休養する。以前は一人で起き、「準備をして待機していた」。

今日の午後は英君《インチュン》が冷淡な表情で彼女を起こしたのだった。

「わたしの番?」彩雲はやはり目覚めたばかりだった。

英君はフンッと言った後で後ろを向いて出て行った。ここでの接客は、客が誰かを指名する以外は、いつも順番に「出陣」したのだった。彩雲はそそくさと化粧をして二番目の部屋に入った。そこは彼女と他の二人の「女の子」が共用する「戦場」だった。

「亀婆《クイポ》」(売春婦の世話や監督をする女)の阿尾仔《アッポエアー》は片手にちり紙を持ち、もう一方の片手に小さなタオルを持って後ろについて入ってきた――売春宿でのルールだった。

阿尾仔は「客」に向けて目をしばたたかせ、それから彩雲には口をとがらした。

「いいわねえ。そうよね?」

「……うん」客はそそくさと彼女に目を向け、すぐに視線を落とした。「初めて」だとすぐに見てわかった。

「じゃあ、先にお金払ってよ」

「いくら?」青年はやはり頭を下げたままだった。

「五百元よ。高級なのよ! 普通の売春娘とは違うのよ。旅館だと、一回に千元はもらうわよ！」これも恒例のセールス・トークである。

「……」青年は五百元札の大枚を一枚よこした。

亀婆《クイボ》と阿尾仔《アッボエアー》は彩雲《ツァイユン》に曖昧な笑みを投げかけ、振り返って出て行った。彩雲はあの意地悪い笑みが一番嫌いだった。それは嘲笑や蔑視、それに少しばかりの羨望が入り混じった笑いだった。

この四十を少し過ぎた「亀婆」が女の子たちの「商売」に対して、心の中で羨望を感じていたことには根拠があった。自分ではっきりと言ったことだが、その女は十六歳でこの売春の仕事を「して」きた。人も真珠も黄色くなると「足を洗って」やめるものだ。女が生涯の前半でからだを売って得た金は、すべて「養母」に搾り取られていた。三十歳を過ぎて、女は自由の身となり、独立して「経営」することになったのだ。そのため、すでに二階建ての屋敷を一棟分も稼いでいた。女は二人の養女を買い、将来「家業を継ぐ」ように備えた。いまの身分は「亀婆」だが、実際には馴染みの客が来店した時には、彼女も「顔色をうかがい」、機会を見つけて一、二回は飛び入り出演するのだった……


──彩雲は客を粗末なベッドに座らせ、出て行った。ドアを閉める時、青年の目には動揺の光が走った。おそらくこの人は「初めて」なのだ……

彩雲は「お勝手」からプラスチックの洗面器に入れたお湯を持ってきた。そうだ、お湯なのだ。毎日毎度のように持って行き、下ろし、また持ち上げて、水を捨てるのである──この動作は心の底を踏みにじり傷つけるものだった。彩雲は自分でその意味を「気にしないように」努めたが、どうしようもなかったのだ……

彩雲は誰にも目をやらなかった。まず衣服を脱ぎ捨て、それから「慣れた手つきで」下着を脱いだ。変わっていたのは、この客は礼儀正しく腰掛けたままで、終始顔を上げなかったのだ。

「ねえ！　そこに座ったままで、仏様に拝んでるの？」

「いや」青年はまた一目見て首を垂らした。「ねえ、そこに座っていればいいから……」

「どういう意味よ？」彩雲《ツァイユン》は眉間にしわを寄せた。心の中では怒りがこみ上げてきた。

「なんでもない……」

「ほら、横になってよ」彩雲は衣服を脱いで、素っ裸で横になった。

「僕、僕さあ、座っていたいだけなんだ……」

「お客さーん、遊びに来たんじゃないの？」

「そう。でも……僕さ……ねえ、おしゃべりしない？」この青年は話せば話すほど訳がわからない。

「寝たいのなら横になりなさいよ！　おしゃべりは、他の女の子を探したら！」彩雲は本当に不愉快だった。

「おしゃべりをしたいだけなんだ、駄目かい？」

「じゃあ……わたしは必要ないのね？」彩雲は話をしながら下着をつけた。

「私に不満だったら、入ってきた時にはっきり言ってよ！　ふざけないでよ！」

「ねえ、怒らないでよ。僕は君に不満があるわけじゃあないんだ——ただおしゃべりがしたいだけなんだ。寝たい……わけじゃあないんだ」青年は力を振り絞って言い切ったようだった。

彩雲は目の前にいる恥ずかしがって顔を赤めている大きな子供をじろじろと見た。眉毛は濃くて長く、鼻先は細かった。横に引っ張った唇はきつく結んでいて、髭はきれいに剃っていた。頭は軽い七三分けの髪型だった。

「大学生？　それとも兵役を終わったばかりかな？」彩雲は考えた。

「君は、出身はどちらですか？」青年が「身辺調査」を始めた！

「南部よ」彩雲《ツァイユン》はベッドに横になりながら、目を閉じてリラックスした。

「年は若いですよね！　十八歳ですか？　そうでしょう？」

「お客さーん、三十分の半分は過ぎましたよ！　三十分を過ぎると追加料金がかかります。知ってますか？」

「ねえ、君は『こんなこと』してるような感じじゃないですよね。本当にそう思います」青年は態度が自然と落ち着き始めた。「僕、一目見ただけでわかりました」

「何がわかったのよ？」彩雲はぼんやりした。

「『これ』をやっているようではないって」

「何言ってんのよ！　見間違いよ！　ハハッ！　やめてよね！　バカ、やめてよ！」彩雲はまた姐妹《お姉さん》たちが使う「話のそらし方」で罵った。


「あ！　あなたは、そんなこと言うの？　人のことをそんなこと言うんですか？」

「そうじゃなくて！　あなたはつまらないっていうこと」彩雲は話の糸口を考えた。「さっき一目見ただけでどうとかって言ってたけど。あなた、いつわたしのことを見たことがあるのよ？」

「いつも路地の入り口で『肉丸《バッワン》』（挽肉を包んだ台湾小吃）を食べてますよね？　通りかかったとき見たんです」

「何言ってるのよ！　何回来たことがあるのよ？　そんなに偶然で、『見たことがある』なんて言えるの？」彩雲はひと言で青年の嘘を見破った。「あなたは『見たことがある』から来たの？　来ても寝ないの？　また会えるから？　何なのよ！」

「違うんです、違うんですよ」青年は顔を赤く染めた。「僕は誰かを探しにきたんじゃないんです。女性に会いに来たんです——女の子とおしゃべりしたくて……」青年はまた口をもぐもぐさせて恥ずかしがった。

立ち去る時、青年は名前を聞いてきた。真剣に聞いてきたのだ。毎日何時頃「部屋にいる」のかと。

「雲雲《ユンユン》よ。三番目の部屋。毎日朝九時半から夜の十二時半までよ。泊まりは受けてないわ、ただ休憩だけ『する』のよ」

「あまり働きすぎないで下さいね」青年は意味深長な言葉を投げかけた。「もし少なくて済むのなら、あまりやらない方が……」

「フフッ！」彩雲《ツァイユン》は思わず笑ってしまった。

だが、この風変わりな人の言動は、彩雲の麻痺して平らたくなった心に、半日のあいだ波動を生じさせた……

一週間後、大きな子供はまた現れた。今回は入るとすぐに「雲雲」と指名し、「雲雲」でなければ「買う」ことはないとまで言ったそうだ。実はこれ

は珍しいことではなかった。彩雲は中堰《チョンリ》で一ヶ月あまり「下海《シアハイ》」したが、定期的に来て彼女を「買う」客は少なくなかった。でも、買ったのに「食べない」のは、とても印象深く、しかもいつも不思議に思っていた。

「あなたなのね……」彩雲はドアを閉めると、「いつものように」衣服を脱ぎ、下着を外した……

「雲雲、脱がないでくれないかな？」青年は彩雲を止めようとした。

「脱がないでどうやって『遊ぶ』のよ？」彩雲は自分のすでに相当大きくなった胸を見て、言った。

「見苦しいから、だから脱ぐなって言うんでしょ？」

「そうじゃないんです！　もう！　僕は別に……」

「遊びに来たんじゃないの？　またおしゃべり？」

彩雲は寝転んで、青年を見た。

「そうです。おしゃべりするだけです」この人は真面目になって言った。「こうするのもいいじゃな

いですか？」

「ねえ！　あなた？　あなたもしかして『不能』なんでしょ、だからさ……」

「雲雲《ユンユン》さん、どうして絶対そうじゃないといけないんですか？」

「お金を払って何をしに来てるのよ？　わたしはあなたからお金をもらってるのよ、だからあなたには満足して欲しいの、わたしはあなたに何も借りなんてないのよ！」

「借りなんて何もない」青年も横になって、ため息をつきながら言った。「どちらにしろ僕は支払ったんだから、おしゃべりだけでいいんです……」

「おしゃべり？　わかったわ」彩雲《ツァイユン》はじっと見つめて、柔らかな声で言った。「おしゃべりするなら、向かい合わないと。そうでしょう？　こっち向いて、わたしを見て……」彩雲はそう言いながら体を反らして横になった。裸のからだを青年に向けたのである。


青年は言われた通りにこちらを向いた。だが視線が胸元に落ちた瞬間、顔を逸らして飛び起き、体を起こした。

「着て下さい、雲雲さん」青年はお願いした。

「あら！　あなた怖いのね？」

彩雲も体を起こした。すぐに、胸には奇妙な動悸がした。彩雲は青年の背後から軽く寄りかかった。裸の胸を青年の背中に押しつけ、両手を脇の下から通し、軽く青年の腰のあたりを抱きかかえたのだった。

「ねえ……しっかり座って、くれないかな？」

「こう座れば、もっといいじゃないの？」彩雲は青年の全身が震えているのを確かに感じた。彩雲は青年の耳元で言った。「あなた、何怖がってるのよ？」

「僕、何も怖くない」

「あなた絶対初めてでしょう、在室《ツァイシ》（童貞）、そうでしょ?」

「違いますよ。わたしには妻がいます!」

「そんなの信じないわよ」彩雲《ツァイユン》の両手は下の方に滑り、移っていった。

「……そんなことやめて下さい!」青年は、息づかいがますます荒くなった。

「――おお! フッフッ! すごいのね!」彩雲は大きくなって怒り出したガマガエルを撫でた。

青年はすっと立ち上がり、衣服を手に持ち、大股で部屋を駆け出て行った。彩雲はこの時ようやくはっきりとわかった。彩雲は深く後悔したのだった。

その後の一週間、青年は二度と現れなかった。二週間が過ぎて、彼女の不安も少しは収まり、この「笑い話」にもならない物語を忘れかけていた。だが、三週間目の火曜日に――前回の二回と同じ時間に――また現れたのだった。

今回、彩雲は慎重に応じ、声をかけた。「この前はごめんなさい」。青年は笑ったまま何も言わなかった。青年はやはり黙って小さなベッドの端に腰掛けているだけだった。頭を下げ、ときどき彼女に目をやった。彩雲は学習したので、衣服を正して隣に腰掛けた。

三十分がすぐに過ぎて、青年は立ち上がり出て行った。彩雲の頭の中は霧に包まれて、腹の中には疑惑が生まれた。

翌週の火曜日、青年はまたやって来た。「行動」は前と同じだった。今回、青年は自分が兵役中で、しかも士官だと明らかにした。大学や専門学校の卒業生に違いない。青年は彩雲に言った。自分の名字は邱《チウ》で、台北県の出身だと。

「邱さん、あなた奥さんがいるって言ってたわよね」前回来た時のひと言を彩雲は忘れられなかった。

「ええ。妻がいます」青年は笑った。笑うと格好良かった。

「じゃあ、あなたはどうしてここに来たの？　浮気？」

「僕にはその『気』はないです！」青年は意外にも強気になった。

「ここに入ってきたら、その気がなくても、その気があったってことなのよ。どちらにしてもあなたは奥さんに誠実じゃないわ！」

「ハハッ！　もしもあなたが夫に嫁いだら、絶対に嫉妬心が大きいでしょうね！」

「夫？　嫁ぐ？　キャハハハ！」彩雲《ツァイユン》は長々とため息をついた。

「ため息なんかつかないで下さい。夫がいるからって幸せですか？　そうとも限りませんよ！」

「あ！　わかったわ。あなた奥さんに逃げられたんでしょう？　奥さんのことを恨んでいて、女の人も恨んでるの。そうでしょう？」彩雲は自分が図星を指したと思った。

「違います。全然違います」

「じゃあ、絶対奥さんは怖い人なんだ。奥さんのことが怖くて、悔しさをどこにも発散できなくて、だから……」

「当たってます。でもね、完全に当てたわけでもないですね」

「じゃあ、教えてよ！」

青年は次回教えてあげると言って、立ち去った。

そして翌週にまたやって来たのだった。彩雲は迫るように聞いたが、やはり青年は何も言わなかった。

青年は突然言った。

「雲雲《ユンユン》、あなたはわたしの妹にとても似てるんです……」

「大変ね、そういうめぐり合わせはないわよ、笑わせないでよ」

今回彩雲はまた青年をまさぐった。青年はやはり

「動じなかった」。

その後二週間ばかり再び来ることはなかった。十一月初旬になり、青年はまたやって来た。青年はやはりいつもの様子だった。彩雲《ツァイユン》はぷりぷり怒りながら服を脱ぎ捨てて青年に近づいた。青年は優しく彩雲を胸元に抱いた。青年の動作は軽やかで柔らかく入念だった。彼女は思わず胸がドキドキして、顔に赤みが差した。彩雲は突然激しく興奮し始めた。十ヶ月もの売春の日々で、受け身のあるいは積極的な性欲の衝動はあった。絶頂の類いの満足感もあった。でもそれと今この瞬間に感じた感覚は違うのだった。ただ見ず知らずの青年を衣服を隔ててぎゅうと抱きしめただけであったが、彩雲はこれまでに味わったことのない甘い感じと陶酔を感じたのであった。

「邱《チウ》さん……脱いでよ……」彩雲は青年が衣服を脱ぐのを手伝った。

「いや……」青年も手を伸ばして彩雲を抱いた。


三十分が過ぎた。青年はまた時間通りに出て行った。突然、彩雲は深い深い当惑のなかに落ち、苦悩の中だった――これは、何なのだろうか？

「次の週、青年はまた時間通りにやって来た」青年はやはり寂しく座っているだけだった。立ち去る時に、青年は言った。

「あと数日で退役するんですよ。退役したらあなたに会いに来ますからね」

「わたしに会いに？　何をするの？」彩雲は動揺していた。彩雲はもちろん何かが「発生」することは考えられないとわかっていたが、心の中では、やはり理性の忠告を聞かない考えがうごめいていた。

「だって……もしかしたら、いつか、お願いすることがあるかもしれないから」

「どんなことよ？」彩雲の中では訳のわからない炎が、突然また燃えてきた。「わたしはあなたの性欲を解決することだけ手伝えます！」

「いや！　君はわたしのために『性欲に関するその他の問題』を解決することもできるんです、わかりますか？」

彩雲《ツァイユン》にはわからなかった。彩雲には本当にわからなかったのだ。彼女がとてもわかっていたのは、この奇妙な青年と一度「性愛」することであった。彩雲は「性愛」の意味を知っていた。自分が売春婦となって以来、「性愛」について考えたこともなかった。ただ考えたのは「性交」だけであった。「性愛」とは麗しく、清潔な感じである。彩雲は青年と一度「性愛」したいと願ったのである……

意外だったのは、翌週の午後、邱《チウ》が現れたことだった。「同室」の尤秋月《ヨウチウイエ》が遠くから叫んだ。「雲雲《ユンユン》！あなたの愛人が来たわよ！」

「愛人？」わあ！　なんて綺麗な響きなんだろう！

邱はやはりいつものように首を垂れて小さなベッドに腰掛けていた。


「なんでこんなに日焼けしちゃったの……」彩雲は笑ってしまった。「こんなに、はやく来るなんて、こんな風にお金をつかったら……」

「雲雲、君はそんなに僕が嫌いなの？」この人は、どんなことでも真面目だった。

「今日は、何をおしゃべりするのよ？」彩雲は話題をそらした。

「今日は、単純に君に会いに来ただけなんだ」青年は少し困ったように、とまどいながらようやく言った――「明日僕は退役するんだ。でも、また会いにくるからね……」

「わたしに会いに来て何するのよ？」思わず、彩雲は喉元をつまらせた。

「戻ってきて君に会いに来るのさそれから、戻ってきたらお願いしたいことが一つあるんだ」

「何を手伝うのよ！」彩雲の心が乱れ、突然わけもなく怒りがこみ上げてきた。「邱、あなたこんな風にして人を遊んでおいて……」

「簡単なんだ。君は僕と一緒に出歩いて一回遊ぶだけでいいんだ。一回だけでいいんだよ」青年は本当に熱心だった。

「フンッ！　あなたここに十回くらい来てるでしょ、何回『遊んだ』のよ？　出歩いて遊ぶですって？」彩雲《ツァイユン》はそう言いながら、また衣服を脱ぎ、素っ裸で青年の隣に横になった。

心の底では、二つの異なる声がからみあっていた。でも彼女は構わなかった。今日は絶対に彼を虜にして、遊ぶんだ！

今回、青年は視線をそらさなかった。しっかりと、まっすぐに彩雲の裸の体を見つめたのであった。でも、その視線はどこか冷徹で、空虚なものだった。

「何を考えているの？」彩雲は聞いた。

「何でもないよ」

「あなたは本当に欲が出ないのね。性欲っていうのはないの？」

「出ますよ。ありますって、でも必ずとは限らない……」

「それはわたしが汚《きたな》らしい女だからでしょ……そうでしょう？」

「違うんだ。君は汚くなんかないよ」青年は首を持ち上げてため息をついた。「君は、こう言えるんですよ。ちっとも汚くなんかないって……」

「ふざけないで！」彩雲はとっさに激しく怒鳴った。

「ねえ！　僕は君よりも汚らわしい人はとてもとても多いって言ってるんだよ！」

「どういう意味よ？」

「例えば、ある婦人やある旦那とか。あるいは、詐欺をして不誠実な実業界の老闆《ラオバン》、賭博をして娼婦を囲いこむ民意代表、国をぶんどる高官、汚職をして法をまげる小役人、自分で判決を下せない司法界の人、市民を食い物にする様々な特権階級の馬鹿野郎たち……」青年は言えば言うほど激高し、本当に変わった人だった。

「フッフッフ！」青年が目をむいて眉間にしわを寄せる様子が、彩雲《ツァイユン》は好きだった。

「君は知ってるの？　君のような——いわゆる売春婦は、自分を傷つけても、他の人を傷つけてはいないんだよ。まして、君たちの多くは無理やりに迫られて陥れられたんだ。そうでしょう？　君たちに比べれば、あのような感じで魂を売って、社会や市民に危害を加える彼らの方がよっぽど汚らわしいよ！　あのような高官や小役人、豚の代表や犬の委員、禽獣のような裁判官、悪魔のような特権階級、本当に、どうして『全然汚《けが》れのない』妓女と比べられるわけないよ」

「あなたは、あの人たちは売春婦にも及ばないって言うのね？　フフフッ！」彩雲は胸を揺らしながら笑った。

「そうだよ！　あいつらは、本当に売春婦にも及ばない——君たちは正常ではない社会の被害者なんだ。不条理なこの世で生きる可哀想な人というだけなんだよ。罪なんて何も無いんだ」

「じゃあ、わたしも、将来なんとかの議員や委員なんかに立候補できるわね。いいでしょう？　キャハハ！　もちろんその前にどこかの政党から公認を得ないといけないけどね？」

「その必要はないよ！　君がふさわしくないんじゃなくて、立候補するのを潔しとしないんだよ——潔しの意味はわかる？　するほどのことでもないっていう意味だよ！　『汚《けが》れなく綺麗な』売春婦であれば、立候補するほどのことでもないのさ！」

「フフッ！　そうね！　するほどのことでもないのね！　フッフッフ！　じゃあ、それなら、あなたはわたしが卑しくて汚らわしいってことを気にしないのね？」

「もちろんしないさ。実は僕の……」青年は口をあらためて言った。「実は僕のまわりには、もっと汚くて人前に出せないような人もいるんだよ……」

「じゃあ、わたしたちセックスしましょうよ！」

彩雲《ツァイユン》はようやくこのように言った。

実際、裸の彼女は、すでに青年の背後からしっかりと抱きかかえていた。しかも両手でまさぐり、青年の活動機能はすでに「過剰反応」していた。

青年には抵抗する意思はなかった。女の子が男性の性的なちょっかいを受ける時のように、従順でびくびくしていた。

彩雲は青年の衣服をすべて脱がせた。青年のからだは思った以上に筋肉質だった。青年が彩雲の中に入ってくるまでは、彼の動きは、予想以上に性格で慣れていた。青年はおとなしくもなく激しくもなく、技と力の両方を持っていた。青年は熱心で、相手に

同調する秘訣を十分に知っていた……

彩雲はとても緊張した。緊張と興奮が混ざり合い、彼女の動きと反応は乱れ、幼稚で拙かった。考えていたような絶頂はまだ来なかったが、でも心の中の暖かさは、すでに生理的満足を遠く越えていた。青年が暴風雨を過ぎて微動だにせず休んでいる時、彩雲は「感動」のあまり啜《すす》り泣いてしまったのであった。

「……あ、ごめん……」青年はほっと一安心して言った。

「うん……ありがとう……」

青年は起き上がると、着衣を直して、出て行った。別れの時にひと言言い残して行った。

「半月後、僕はまた来るからね――お願いしたいことがあるんだよ」

この特別な日に、彩雲は別の客をとりたくはなかった。シャワーさえも浴びたくはなかった。彩雲は

「三番目の部屋」の尤秋月《ヨウチウイエ》と尤小玲《ヨウシァオリン》の二人に懇願し「代理の番」をしてもらった。彩雲はしっかりと今回の経験の味わいを追想したのだった。

「今日こそが、わたしにとって本当の『処女喪失』の日よ。これまでは違ったの。わたしは初めて男女が抱き合う楽しみを知ったわ」彩雲《ツァイユン》はこのように思い、繰り返し自分に向かって言い聞かせたのであった。

だが、なんとこの邱《チウ》という男は、次に会った時、彩雲にあれほどにも大きな傷跡を残したのである……

◎

中壢《チョンリ》はごみごみしていて重苦しい街だった。暮らし始めてから二ヶ月後に気づいたことであった。

ここでは風仔《ホンネー》夫婦は割合と彼女たち二人に対して寛大で、監視も比較的緩かった。風仔が言うことははっきりしていた。二人にしてみれば、ここは見知らぬ土地である。客家人の地区で、二人が根を下ろすことは簡単でない。しかも中壢は「各種の売春婦」が一番多い場所であり、からだを売ることで生計を立てている人が最も多かった。二人はこの見知らぬ都会では、風仔の支配下から逃げ出したとしても、すぐに他の「売春宿の関係者」に捉えられ、また別のかたちで陥れられるに違いなかった。

だから、風仔夫婦はゆったりと安心していたのである。

二ヶ月が過ぎると、彩霞《ツァイシア》はここがすごくおもしろい場所、「平等な」場所に思えてきた。

おもしろいというのは彩霞が気がついたことだった。ここで「からだを売っている」女性は、それぞれ業界の片隅に身を隠しているかのようだった。台《タイ》中《チョン》や暫く滞在した高雄《カオション》で、彩霞はすぐに才能を見せていたのである。身なりがどうであろうとも、「値段」の高低がいかにかけ離れているかで、彩霞《ツァイシア》は一目で「同業者」を見抜くことができた。売春婦の表情やしぐさ、挙動、そして態度などから醸し出される特別な「雰囲気」は、はっきりとしていて特別だった。

だが、中壢《チョンリ》の女たちはそうした「雰囲気」を隠していた。あるいは、こちらの女たちは売春婦と売春婦でない者の境目がなかったと言えるのかもしれない。

大したものであった。彩霞はおもしろく感じ、心の中にはある種のゆったりとした得意げ、そして喜びが生まれていた。

彩霞はここが比較的「平等」だと感じたのであり、それはこちらの「経営者」や客は、台中や高雄の人たちのように威張り散らさないし、人を見下したりもしなかった。もう少しはっきり言うと、高級な場所でも安っぽい女を求める客もいた。それでも、あ

の「女中」や老闆《ラオパン》たちは、白い目で人に接するということは無かった。同じように、簡素な私娼窟でも、高級娼婦が出入りして「活動」していた。消費額の多い客は、悪びれずに小さな売春宿で高級娼婦を求め、もちろん「阿婆《アポ》」(亀婆《クイポ》)も「清楚できれいな女」で応じることができたのだ。

こうした中では、もう一つのおもしろさも現れていた。彩霞は「出勤」の他に、外で夜食を食べたり、市場をのぞいたり、また美容室へ行ったり、服や靴を買ったり、露天商から薬を買ったりもしたが——こうした時にはいつも臨時に客を取る「姉妹」たちを「見かけた」のであった。彼女たちは見た目ではきちんとした野菜売りの女の子や店員、美容師、少女歌手であったのだが……

「わたしたちは無理やりやらされていたんだけれど、この娘たちはどうなんだろう?」彩霞は考えた。そうなのだった、ここで彩霞はそれぞれ全く異な

る境遇の女性たちが、様々な理由から精神や肉体を売る煉獄の中に飛び降りるのを見たのだった。そうなのだった。彩霞《ツァイシア》はそうした売春をする人たちが「それぞれの理由で」からだを売り、魂を売っていると知ったのだが、二人は違ったのだ。二人の「魂」は売ってしまったわけではなかった——汚れてしまったけれども、売ってしまったのではなかったのだ。

彩霞は自らで堕落していった「落翅仔《ラオシラー》」（売春婦）が、どのようにして「臨時」の売り手から転売されて売春の世界に身を落としたのかを目の当たりにしていたのだった。

一番辛かったのは、学業を放棄して逃げ出した中学や高校一、二年の女子学生だった。彼女たちは家庭の問題や学業の挫折によって、自分から美しく汚れのないからだを打ち砕こうとしたのであった……

一番驚き仰天させられたのは麻酔薬を使い、接着剤を嗅ぐ愚か者であった。彼女たちはそうして不良少年たちの魔の手の中に落ちて行ったのである。こうした人たちの身の上はどれも似たようだった。麻酔薬やら接着剤を嗅いだ後に意識朦朧の中で暴行され、そして売春宿に押し込まれるのだ。からだを売ることを強制されるだけではなく、すべてのものを搾り取られてしまうのだった……

「これは誰の間違いなの？」

家庭や父母、社会の間違いなのだろうか？　彩霞は考えた。彩霞はこのように思ったが、それは以前に自分が見たり聞いたりしたものから考えたことを付け加えたものであった。だが、そこにも理由はあったのだ。それは本や雑誌の文章が彼女に教えてくれることであった。彩霞は「精神科医」という専門職がいるのを知り、彼らの腕が最も良いことに気がついた。いかなる社会的な事件や人的行為であっても、一番具体的で人を納得させる道理を見つけ出すことができるのだ——家庭や父母、社会の中の要因からである……

精神科医の説明から、彩霞《ツァイシア》は多くの理由を知った。だが、最近二ヶ月のあいだに、彩霞はとても多くのことを見て、考えた結果、それらの「理由」に対して疑念を抱いていたのでもある。疑念ではなく、不満と言えたかもしれない。

彩霞は家庭や父母、社会の中からこの世での苦痛や惨事の原因を探し出すことは、もちろん理にかなっていて、正しいことだと思った。だが、その原因のすべてをそれらに押しつけるのは、必ずしも正確とは言えないのでないかとも思ったのだ。理由は簡単だった。同じように環境が悪く、問題を抱える家庭や父母、社会のもとでも、健全な子供が育つことができるのはなぜだろうか？　逆に同じように健全な家庭や父母、社会のもとでも、問題の多い子供たちを生み出してしまうのはなぜなのか？

精神科医は屈託がなく、同情心も多く、家庭や父

母、社会に対して、一切の罪悪に落ちていった責任を追わせたのである。だが、罪悪に落ちていった原因のすべては、「当事者」以外にもあったのである。当事者は如何なる責任さえも負う必要がないのだろうか？

そうか、堕落した人は自分で責任を負わないのだ。「救済」も、他人のことなのだ。それならば、堕落し続ければいいのに！　「責任を負う者」に頭を悩まさせ、考えさせるのだ……

こうした人たちは、事態の原因だけを探そうとする。責任を負うかどうかもはっきりとしない者は、まったく当事者の力にはなっていないのだ。当事者の考えを導き出すこともせず、彼らが自力で自らを救済することさえも手伝わない。このような道理は、いったい何なのだろうか？

――「自分で自分のことを愛おしいと思わなかったら、いったい誰が愛おしいと思うのか？　自分で

自分を救い出さなければ、誰が救い出してくれるのか?」これは彩霞《ツァイシア》が血の涙でもって学び取ったことであった。あのような精神科医の見識は自分が学びとったこととこれほどまでにも違うのだ！　彩霞はこのような専門家でさえも本当に妓女にすら及ばないと思ったのである。

こうした日々の中で、彩霞は気がついた。売春をする同業者の中で、およそ半分近くの人は「売春婦とならなくても生活ができる」女性なのである。言葉を換えれば、からだを売られるのを強制され、行動を制限された被害女性が半分近くも占めているのだ。これこそが本当に可哀そうな人なのだった。

もっとも「自分で売春婦となった」女の子たちの中には、形にならないストレスに押し込まれて道を外れてしまった人もあった。例えば、夫の代わりに借金の債務を清算するとか、まだ結婚していないフィアンセのために創業資金を準備するなど——これらは想像し難いことではあったが、でも実際に起きている多くの実例の一つなのだ——父親に代わり借金を返済したり、病気の母親の巨額な薬代のために身を捧げるなどである。

「彼女たちはこのようにやっているけれども、本当にすべきことなのだろうか、正しいことなのだろうか」彩霞はこの世の苦しみを早くから知っていて、人よりも思慮深かったけれども、このように複雑な倫理的問題にぶつかると、どう考えても判断できなかった。

でも、孫淑美《スンシュメイ》のやり方は、彩霞は直感的に正しいことではない、ましてやるべきではないと感じたのであった。もしも父母がこのように求めてきたら、あるいは社会の人々がこのように「望んでいる」のであれば、それはすでに「親孝行」の範囲を越えているのだ。淑美《シュメイ》が犠牲となったことは、正義とは相容れないのだ。その事実はこのようであった。

重陽節《チョンヤンチエ》（旧暦九月九日）の前日、午後にはにわか雨が降り出し、西風が吹き付け、少しばかり肌寒い日であった。「経験」からすると、午後は「商売」が絶対に「繁盛」するはずだった。

客が次から次へとやってきた三時頃、「店先」のドアから入ってきた二人の女がいた。ぶくぶくに太った中年女性と器量がよく両目が大きくぱっちりとした十八、九歳の女の子だった。

「何してんだよ？　誰を探してんだよ？」亀婆《クイポ》の阿尾仔《アッボエアー》は見慣れない人に向かっては、言い方が非常にきつかった。

「頭家《テウガ》、頭家娘《テウガニョ》に会いたいんです。おかみさんは頭家娘でしょう？」中年の婦人が口を開けて言ったのは客家語だった――二、三ヶ月で、彩霞《ツァイシア》は六割方聞き取れるようになっていた。

「わたしは違うよ。どうしたの？　はっきり言ってよね――親戚を探してるの？　ここにはいないよ」

「違いますよ。この――阿淑美《アシュミ》ですよ。ここに来たいと言って、いや……」中年の婦人の顔には笑顔の皺が何本も走っていたが、笑っているようには見えなかった。

彩霞は長々とため息をついた。まったく！　この世で、また一人からだを売る女の子が現れた。すでに何度も見て見慣れてはいるけれども、心の中はやはり悲しくなった。

「おや？　あんたの実の娘かい？」阿尾仔は裁判官のように聞いた。

「違いますよ。わたしの姪女です。わたしは彼女のおばです。彼女のお父さんがわたしにここに連れてくるように言ったのですよ――ここでは細妹仔《セモイエ》（女の子）が必要だって言うじゃないですか……」

「じゃあどうして阿爸《アパ》が自分で連れてこないんだい？　阿母《アブ》（母さん）は？」

「阿爸が不治の病にかかってしまって、娘がからだを売ってお金に換えるんですよ……阿母《アブ》は心を鬼にすることができなくて、来られないから、だから私が……」

「もう！　決心できないくらいなら、やらなければいいでしょ！」彩霞《ツァイシア》は思わずひと言言ってしまった。「他の人を連れてきて売ったって、同じでしょ――自分の娘を売春宿になんか押し込んで！」

「ダメ！　帰って帰って！」阿尾仔《アッボエアー》という女は、表情や言葉使いは英君《インチュン》よりも売春宿の老闆娘《ラオパンニャン》にそっくりだった。

「どうして駄目ですか？　私のところの淑美《シュミ》は自分でやりたいって言ってるのですよ？」

「ここの決まりは、必ず実の父母が顔を出す必要があるの――この店で引き渡して、清廉潔白にやってこそいいのよ」

「私はおばですよ！　淑美の本当のおばなんですよ、この娘だって二十歳ですから、身分証も持って来てます」

「ダメ、ダメ。そうしたいのなら、この娘の阿爸《アパ》、阿母を呼ばないと――ええっと、二十歳だって言ったわよね？　身分証は？」阿尾仔は突然大事なことを確認した。

――ずっと黙って隣に立ち、ただ大きな目を動かすだけだった淑美は、小さな財布の中からハンカチで包んだ身分証を取りだした。そして何度も頷き、歯を見せて笑った。淑美の唇は丸くて柔らかく肉付きがよく、とても美しかった。

「ウ！　ウ……エッエッ！」淑美の声はかすれて、言葉にならなかった。

「この娘《こ》どうしたの？」彩霞と阿尾仔、その場にいた他の女の子がほぼ同時に聞いた。

「淑美は唖《おし》なんですよ！　中学二年の時に、四十一度の高熱が出て、ダメになってしまったんです」

「え！」皆は一斉に声を上げた。

淑美《シュミ》は明らかに笑っていた。続けて両手でジェスチャーをとり、目をしばたたかせて頷いた。そしてヨーヨーと軽く叫んだのであった。淑美は背丈は高くなく、体つきは均整がとれていて、太り具合がよく色白だった。頬の勾配はやや大きく、おでこはすこし大きかったが、下顎は肉付きがよくて、まん丸だった。こうして輪郭がしとやかで優雅な、また可愛らしい様子を作り出していた。彩霞《ツァイシア》は目をやりながら、しばらくの間その場で愕然としてしまった。

――「何とかさん、どうぞ、どうぞ上がって座ってくださいよ？」英君《インチュン》が言った。英君は階段の上がり口に立っていたのだが、どれくらい立っていたのだろうか。

「多謝《ドゥオシア》、多謝。私のところの淑美です……」

美しい唖《おし》の女がからだを売りにきたのだ！　女の子たちは好奇心からか、それとも同情心からなのか、次々と階段に上がり、老闆《ラオバン》たちがこの可愛らしい唖の女の子をどう扱うのか、こっそり盗み聞きした。

孫淑美《スンシュメイ》はおばと老闆娘《ラオパンニャン》と暫く相談した後で残された。英君の話によると、淑美の情況はこのようだった。

淑美には兄や姉が八人いて、彼女は末っ子だった。兄や姉はすでに結婚したり、嫁いでいた。父母は年老いていたが、兄や姉は面倒を見なかった。二ヶ月前、年老いた父親は体調が悪く、病院での検査の結果、肝臓に癌が見つかった。しかも、すでに肺とリンパ系に転移していた。医者は手遅れだと宣言し、いつ死んでもおかしくない情況だった。孫淑美は父親が痛みで苦しみ、しかも絶えず子供たちは親不孝者だと罵る姿を見て、売春宿に入ることを決めたのであった……

「この娘のお母さんは知ってるの？」彩霞は聞いていると涙が出てきた。彩霞は自分の姉や妹を思い出したのだった。

「知ってるわよ。あの娘のおばさんが言ったんだよ。それともあの母親がそそのかしたのかい！」英《イン》君《チュン》は笑いながら言った。

「もしかして継母《ままはは》じゃないかな！」彩霞《ツァイシア》は矢継ぎ早に言葉が出てきた。

「違うわよ、正真正銘の肉親だってさ」

「あの娘《こ》のお父さんがもしも知ったなら、死んだ方がましだと思うんじゃないかしら？」彩霞はまるで溺れた人のように、浮き上がっている何かにつかまろうとしているかのようだった。

「外れだね！　あの娘のおばが淑美《シュメイ》の父親が直筆した『志願書』を持ってきたんだよ！」

「そこには、あの娘のお父さんも自分のためにからだを売ることを『望んでいる』って書かれていたんでしょう——死を免れない不治の病を治療するんでしょう？」


「そうね。人だからね！　命を惜しむのは生まれつきのことよ！　十日とかそこらを長生きするために、肉親かどうかなんて構っていられないのよ！」英君は言った。英君がこの言葉を言う時の表情は、本当にまるでこの世での人間の本性を見透かした高僧のようであった。

「わたし、そこには嘘があると思うわ！」彩霞は自分自身を抑えることができなかった。「その何とかの志願書なんて、きっと誰かが捏造したものなのよ——例えばあのおばさんが誰かをそそのかして書かせたとか……」

「そんなはずはないわ。あの孫淑美《スンシュメイ》は、唖だけれども、頷いて口を開けて、はっきりと意思表示したのよ——あの娘の父母が自分がこんなことをやるのを『承知』して、自分は自主的に来たんだってさ」

「フンッ！　強制されたり売られたりしたんじゃないなんて誰がわかるのよ？　売られた金がどこに

行くのかなんてことも、誰も知らないんでしょう?」

「言っておくけどね、二年で三十万元よ、お金はまだ持っていってないわ」

「え? どうしてなの?」聞いていた人は一同に困惑した表情を見せた。

「あのおばさんが言うにはね、実のお兄さんに、実の姪っ子、こんなに可哀そうなお金、血肉のお金を、自分の手では取扱いたくないのよ——淑美《シュメイ》の母親が自分で来るのを待つんですって」

「本当にそうなの?」

「そうよ」

「惨めね!」彩霞《ツァイシア》は惨めという言葉が口をついて出た。

二日目、昼食の前に、彩霞は「客」を一人「受けた」。終わってから、部屋の入り口にいた彩雲《ツァイユン》ともう少しのところでぶつかりそうになった。彩霞は彩雲が暇なので自分が「仕事を終える」のを見ていた

のだと思い、烈火の如く怒りながら、妹を殴ろうとした。彩雲は先を争うように言った。

「唖巴《ヤバ》の母さんが上の階にいるよ……」

彩霞はこっそりと上の階に上がった。案の定、彩霞はまさに白髪の老婦人が英君《インチュン》の手から渡された千元札の大枚を目にしたのであった……

孫淑美《スンシュメイ》はぼうっと傍らに立っていた。昨日の午後は、淑美はとても「元気」だった。おそらく自分と引き換えの金が母親の手に渡ったのを目で確認し、運命はすでに決定したと知り、はっきり目の前の事実に向き合わなければいけなかったのだろう? いま、肉親の情とか、孝行とか、道徳とか、そうしたものは凶悪な悪魔の影に変わってしまったのではないだろうか?

「奥さん、中飯を食べてからお帰りなさいよ」英《イン》君《チュン》は実際に立ち上がって客を見送る手振りをした。

「いいのよ! もう!」母親は顔を振り向いて背

後に隠れていた淑美《シュメイ》を見た。「阿美《アメイ》よ、からだに気をつけるんだよ！　お母さんは、お母さん、わたしは……」

「お母さん、母さん……」淑美は意外にも正確にお母さんという発音をした。「おどさん、おどさんどさん」

「大丈夫だよ、阿母《アブ》はしっかりするよ。淑美、おまえもね……」

「おかさん、わかた、かたわかた……」

この唖の娘の涙は本当に多かった。淑美は一生懸命に母親に向かって別れを告げていたのだろう？　はっきりとは言えなかったのだ。どうしてその必要があるのだろうか！　唖なのだから！　こんなにも恋々と分かれを惜しんで——あの人は淑美の実の母親なのだから！　それなのにこんな母親で！　彩霞《ツァイシア》は思わず涙が顔をぬらした。

「わたしのことを売ったのが本当のお母さんじゃなくてよかった……」彩霞は痛切に感じた。

英君《インチュン》は彩霞に淑美を「教える」ように言いつけた。淑美はやはり「在室女《ツァイシニュイ》」だった。英君は嬉しそうに言った。もしかすると「初夜」の時に三分の一の「元手」を回収することができるかもしれないと。

英君は本当に慎重な人だった。英君はわざわざ淑美を連れて婦人科へ行き「身体検査」の手続きをしたのだ。医者は正式に判断した。完璧で損なっているものは、何もないと。このことでは風仔《ホンネー》さえも大いに喜んだ！

「風仔、変なこと考えないでよね！」英君の瞳は異様な光を放っていた。

「そんな『贅沢』なことはできないから安心しろよ！」

英君はもう一度彩霞に淑美をしっかり「指導」するように言った——「技」と「護身」の術についてである。

そうなのだ、「技」と「護身」なのだ。去年、英君が彩霞《ツァイシア》に教えてくれたことだったが、一年もたたないうちに、自分はこのかわいそうな唖の娘に「伝授」しているのだ！　女とは、なんて悲しいのだろう。売春婦とは、こうなのである。それでは、その後は？　その後はどうなるのだろうか？

彩霞は、思わず淑美《シュメイ》を抱きかかえて声をあげて泣いてしまった。

「アッ……アッ……」淑美はどうすればよいかわからなかった。

「淑美、あなたね……ダメよ……」彩霞はどのようにして自分の不平不満と同情を伝えればよいか、わからなかった。

「アッ……アッ……」淑美の大きな目玉が瞬《まばた》いた。瞳の中にはっきりと光のようなものがあった。続けて「ワッ！」と大声を上げて泣き出したのである……エッ！　この唖の娘は完全に彩霞の意味を理解したのだった。人と人との間の感情は、必ずしも「言葉」で繋ぐ必要はないのだ。

「可能であれば、わたしはこの娘《こ》を全力で守ってあげよう……」彩霞は単純にもこのように思った。

だが、五日後、淑美は中壢《チョンリ》の「親親賓館《チンチンビンクワン》」に送られて喪失してしまった。聞いたところによると「犯人」は裁判所の書記官だという——田舎の「新鮮な果実」ばかりを買い付ける変態だ。風仔《ホンネー》はさらにこのようにも言っていた。

「そいつは毎年五人くらいの在室女《ツァイシニュイ》と寝るんだってさ——仕事では手段を選ばずにお金を使い、家ではものすごく倹約してるんだって。それに、そいつは新竹や苗栗でも『代理業者』を探してるんだって？」

「何の仕事なの？」

「信頼できる安全な在室女を代わりに捜すのさ！

信頼できるっていうのは、嘘や偽りがないということ。安全っていうのは手抜かりがないっていうことさ」

「世の中にはこんな人もいるのね?」

「たくさんいるよ。でなけりゃ、俺たちのような商売人はどうやって稼げばいいんだよ?」

風仔《ホンネー》は女の子たちが唖然としているのを見て、興味津々と、また信じられないような「物語」を話し始めたのである。

風仔の二番目の兄が昨年どうしようもない裁判沙汰を起こしていた。娘が男に乗りこまれてしまい、相手は最初それを白状せず、その後に娘の方が硬軟両様を使ってなんとか結納までたどり着いたそうである。だが、男の方がたくさんの「嫁入り道具」を騙し取った後、結婚式の当日にさっさと逃げてしまったのである。娘の方はこれ以上はもう耐えられなかったので、手当たり次第に男が「暴行」し「騙して」、「結婚詐欺」をした証拠を集めたのであった。娘たちはとても「腕前」のある弁護士を見つけ出し、お願いした——どのような手段を使っても「詐欺師」を刑務所にぶち込むこと——金を払って賄賂を送ることさえも惜しまないと。弁護士は言った。

「我々の地区の地裁では、判事十二人のうち、四人の女性判事とは付き合いがないんですよ。八人の男性判事はですね、七人は問題ないですね」

「一人は『乗る気はない』のですか?」

「そうじゃないんです。先月ちょうど落ち度があって、怖くてできないんですよ!」

「そうですか! じゃあ、いくらなら?」

「それは、相場がありますから。最近変動しているかどうか、聞いてみてようやくわかるというところですかね」

真面目で責任感のある弁護士だったが、三日目にはっきりとした話を伝えてきた。「三級案件の件の場合、一人五万元で十分です」

「三級案件？」

「こういうことですよ。強姦だとか、強盗は一級案件、五百万以上の民事裁判は一級案件、重い傷害罪や百万元の民事裁判は二級案件、あなたのようなものは全て三級ですよ」

「俺が訴えるのは、詐欺師とあいつの父親、それに仲人だよ。でも俺は詐欺師が獄に下ればそれでいいんだ！　明日五万元持ってくるからな」

「待ちなさい、待ちなさい。フッフッ！」弁護士はすぐに言った。「一人だけ有罪にするのは駄目ですよ、少なすぎるでしょう？」

「一人じゃダメ？　どういうことだよ？」彼は理解できなかった。

「一人に判決を下すのは、相場は五万元なんだから！　少なすぎます！　三人いれば十五万じゃないですか？　ですから……フッフッ！」


「そうかあ？」彼は大きく目を開けた。

「保証しましょう。換刑処分にできない懲役刑にしてみせます！」

「よし！　俺はあいつらを牢屋に行かせてやるんだ、金は、俺が払う！」男は考えたが、やはり疑念があった。「こうした案件は、高裁にまでもっていくことはできるのか？」

「そうですね、それはまた別の段階ですね」弁護士は成算があるように言った。「安心して下さい。判事たちは、ほとんど付き合いのある人たちですから――わたしがやってみせましょう！」

結果、この裁判沙汰では、首謀者の男は六ヶ月、男の父親と仲人はそれぞれ三ヶ月の判決が地裁で下された。罰金刑に換刑することについては、男は認められず、ほかの二人は許可された。

「聞いたところじゃ、男の方は高裁にまで上訴したけれども、結果は地裁と同じで、裁判は終わったんだよ」風仔《ホンネー》は最後に言った。

「高裁で、その運の悪かった父親はお金を払ったの？」女の子たちは聞いた。

「それは俺には聞けなかったよ。下水道には、どこでもゴキブリやらネズミやらがいるんだよ！　ヘッヘッ！　それが社会ってもんだぜ――おまえたち女に言っても、意味ないよ！」風仔は言った。

彩霞《ツァイシア》は黙ってこれらの「物語」を聞き終わったが、他の女の子たちのように罵ったり笑い転げたり、興味津々と議論したりすることはなかった。風仔は間違っていた。こうしたこの世の中の不浄な事々を、彩霞がわからないはずはない。彩霞の小さくてきれいな心は、初めからこの世の中の醜悪さや汚らしさで埋まっていたのである。彩霞は本当に深く理解したのであった。彼女はもうどうしようもなかったのだ。すでに完全にこの世の中を敵視していたのであり、それを仇敵視する「力」が、彼女が生き続けることを支えていたのである。

淑美《シュメイ》という唖の若い売春婦は、彩霞に多くの驚きと啓示をしてくれた……

聞いたところによると、淑美は九万元で初夜を買われたという。もともとの言い値は八万元だったが、「買い手」が「味わった」後で大いに満足し、別に一万元与えたのであった。この一万元はもちろん直接淑美に渡されたのだが、淑美は戻ってくると、一銭たりとも漏らさず英君《インチュン》に「差し出した」のであった。英君は大いに感動し、その場で二十枚の百元札を数えて淑美に渡したが、彼女はそれを拒んで受け取らなかった。淑美は身振り手振りで、最後に英君はようやく彼女の意味を理解したのであった。ここには食べるものも住むところもあり、淑美は如何なる小遣いも必要がなかったのだ！

「もう！　この人ったら！」彩霞は歯ぎしりを続けた。心が痛む歯ぎしりであり、不平不義のこの世の中に対する歯ぎしりでもあった。

淑美は風変わりな唖者だった。

淑美《シュメイ》はどんな人にもニコニコと微笑んでいた。客を取らない時は、短い時間ではあったが静かに休んでいた。衣服を洗濯したり、小さな部屋を整理整頓したり、跪いてフローリングの床を拭いたり、四方の壁に掛けてある飾り物を直したりした。姉妹の代わりに洗濯や縫い物をしたりし、髪型を整えたり……などなどである。要するに、淑美はここを自分の家に見立てて、自分と血縁のつながりのある姉妹として見なしていたのである。

淑美は老闆娘《ラオバンニャン》に大きくもなく小さくもないベニヤ板が欲しいと言った。その上に一枚の紙を貼り、赤字のマーカーペンで書いた。「淑美、唖巴《ヤバ》（唖者）、五百元、謝謝《シエシエ》」淑美は接客の前に、先に客に「看板」を見せた。「本当に接客できない」時は、なぜだかわからないが、この「看板」を抱えて部屋の中や外をぐるぐる回ったのであった。

「お化けよ！　唖巴は何だかすごく気合いが入ってるわね」姉妹《お姉さんたち》淘はこらえきれずにひそひそとおしゃべりをした。

淑美は売春生活については、あきらめていたようだったし、落ち着いていたようだった。客をもてなすのはとても「熱心」であり、用意周到だった。始めたばかりの頃、客が求めてくる「特別な姿勢」や「特定の場所」の「あそび」に関して、「できなかった」ために、あるいは痛かったために、淑美は拒絶し、泣いていた。だが、すぐに淑美は「どれも」「上手くなった」のだった。

妙だったのは、淑美のからだがこうした「殺伐とした」虐げに「適応」したかのようだったことだ。暫く経つと、あの大きな眼は輝き、両頬は赤く肉付きがよくなり、全身の皮膚も元どおり弾力性に富むようになり、緩むことはなかった。あの「職業病」

――血色がなくたるんだ表情とは、淑美《シュメイ》はまるで縁が無いようだった。

淑美には二つだけ「習慣」があり、それらはこうした「環境」とは相容れないものであるかのようだった。まず早寝早起きをすることであり、夜十時以降に接客するように言われても、淑美は大騒ぎをして、時には反抗して「部屋」に入らなかった。前に一度、十一時以降に淑美に客を取るよう急き立てたことがあったが、彼女は断固として拒否したのである。亀婆《クイポ》の阿尾仔《アッポエアー》は用心棒を呼んで淑美を懲らしめたが、それまで従順だった彼女は意外にも反抗したのであった。淑美が反抗するやり方はとても変わっていた。勇敢にも全身で受け止め、両目は相手をしっかり見つめ、そしてゆっくりと衣服を脱いでいった。裸のからだで堂々と殴る蹴るの暴行を受け止めたのであった。殴りつける男は自然と頭に血が上り、考えが急に変わったのか、性的な暴行に変わっていったのである……

淑美は小さなベッドの上に押し倒された。全身は死体のようにガチガチであったが、両目は輝いていて、「押さえつけてくる」男に迫ったのである。この時、女の子たちは大声をあげ、風仔《ホンネー》を下の階に連れてきた。風仔が怒鳴る前に、男は自分で「からだを起こして」起き上がった。明らかに、男はまだ発散していなかったのだが、淑美の不屈の表情とからだに驚かされたのであった。

淑美のもう一つの変わり癖は、毎日夜十時の「自分で決めた」「営業終了」の時間が来ると、彼女は浴室に入っていき冷水でシャワーを浴びるのであった。たまらないのは、淑美は必ずシャワーを浴びながらウッウッエッエッと泣き出すことであった。最初、皆はびっくりしたが、何度かたった後では逆に煩わしくなった。淑美にやめさせ、脅してもみたが、どれも効果はなかった。幸いにも声は大きくなく、暫くしたあとには皆もそれを変だと思ったのである。

「淑美《シュメイ》、何を泣いてるの。毎回シャワーの時は同じじゃない？」彩霞《ツァイシア》は不思議に思って聞いてみた。

淑美が言うには、つらいことを「涙で流し」、シャワーの水と一緒に「落としてしまうのだ」という。

「毎日シャワーを浴びて、泣いて、つらいことは落とすこと、できたの？」

淑美は強くうなづいたが、両目が光り、自分自身を見つけたかのようだった。その時に、彩霞はここの奥底から震えていた。

「淑美！　辛いことは、こんなに簡単に落とすことができるの？」

淑美はまた強くうなづいたが、表情はとてもはっきりとしていた。眉をひそめ、小鼻にしわを寄せ、唇を下に突き出していた。両手を下に向けてゆっくり動かしていたのである。――それは特別な険悪の意味ではないだろうか？

「あなた、嫌なんでしょ？……」

淑美は首を振った。彼女は続けて同じ動作をした。

「臭いの？　何か臭うの？」

淑美は頷き、また同じ動きをした。その意味はおそらく「だいたいそんなもの」ということなのだろう。

「臭いんでしょう？　汚いんでしょう？　そうよね！　汚れてるのね？」

「アッアッ！　ウッウッ！　アッアッ！」今度は当たったようだ。

「あなたが言いたいことは、からだについた汚いものや辛い気持ちを一緒に洗い落とすということでしょう！　洗い落としちゃおうよ！　きれいさっぱりに！　そうでしょう？」

「ウンウン。アッアッ！　ウッウッ！」淑美は突然飛び込んできて、両腕を伸ばして彩霞に抱きついた。

彩霞《ツァイシア》は少し呆然として、心の中では恥ずかしさと気まずさが不意に現れたが、でも一瞬で冷静になれた。彩霞はしっかり淑美を抱きかかえたのである……

「淑美！　こんなに清らかで、可愛らしい唖の子、可愛らしい売春婦の女の子……」

だが、淑美の「物語」は早々と終わってしまった。いや、終わってしまったわけではなく、彩霞たちがあずかり知らない方面へ、場所へと発展していったのである。

淑美が「売春の世界に身を落として」約二ヶ月がたった頃、ある日の朝、ものすごい力でドアを叩く音がした——ドアの脇には呼び鈴があるのに、どこの田舎者がこれほど非礼なことをするのだろうか。

起き出してドアを開けてみたのは尤秋月《ヨウチウイエ》だった。一目で淑美のおばが来たとわかった。秋月《チウイエ》が振り返って淑美を呼びに行く時、外からはすでにだみ声で悲しそうな泣き声が響いてきた。淑美は上半身半裸で、飛び出してきたのだった。

「阿美《アメイ》！　阿美！　お父さんが死んでしまったよ。昨日の夜十二時に息絶えてしまったよ。死ぬ前に喀血したんだよ……」

「お父さん……」淑美は取り乱して泣き叫んではいなかったが、明らかに阿爸《アパ》と一声叫んでいた。そして涙が流れて、呆然とそこに突っ立っていた。

風仔《ホンネー》は割合と「人情」に溢れた老鴇《ラオパオ》だった。彼は二人の用心棒に「護送」させて淑美を田舎に戻し、葬儀に参列させた。時間は二泊三日だけだった——三日目の夜十二時には「店に戻って」出てくるようにと厳しく制限したのである。

淑美の父親が死んでしまったことは、彩霞と彩雲《ツァイユン》に今まで感じたこともないような衝撃を感じさせた。お父さん、可哀そうで、恨みがましくもあるお父さん、足の怪我は治ったのかな？　元通りに戻ったのだろうか？　たまには私たち二人のことを思い出してくれるのかな？　彩鳳《ツァイフォン》姉さんはどうしたかな？　そうだ！　彩鳳姉さんは……

恨みがましくて、また可哀そうなお父さんは……そんなことないわよ、淑美《シュメイ》のお父さんのようなわけないわ……そうよ、そんなことないわ！　違う、違う！　違うわ！　お父さんは絶対に！　お父さんは絶対にしっかり生活しているわよ……

「もう！　お父さん……」変ね？　心の中のあの冷たく、堅くて、とげとげした「恨み」は、どうして形にならない定まらない濃い霧のようになってしまったのだろう？

彩霞《ツァイシア》は、妹を見つめ、頭を下げて自分を見つめた。突然自分のことが全く誰だかわからないように思えてきた。いや、知らないのではなく、その重量感が完全になくなってしまい、空間が「実在する」様子から離れてしまったかの感覚だった。夢心地よりもさらに空虚でとりとめの無いような感覚だった。

淑美が田舎に戻り葬儀に参列してから、彩霞の頭の中にはいつものように、淑美の面影が浮かんできた。心の中は穏やかになり、しっかりとこの唖の女の子が抱える種々の問題を考え始めたのである。

淑美は決められた時間通りに「店に戻ってきた」。風仔《ホンネー》夫婦は慰めの言葉までかけた。だが、淑美の顔は厳しく、丸い唇はきつく結んだままで、両目はじっと前を向いたままだった。姐妹淘《お姉さんたち》は淑美をからかおうと、あるいは慰めようとしたが、彼女の気迫に圧倒されてしまった。一人また一人とその場を離れ、文句を言える者はいなかった。

「二、三日すればよくなるわよ。明日、あさっては無理やり淑美に客を取らせる必要はないわ」英君《インチュン》は一番慈悲深いことを言いつけた。

予想外だったのは、二日後、淑美の表情はやはり変わらず、断固として接客しなかったことである。

こうした態度は風仔《ホンネー》夫婦を逆に烈火の如く怒らせ、すぐに自分の手でこの頑固な口のきけない売春婦を「懲らしめた」のである。

「三十万で買ったんだぞ、おまえはわかってるのかよ？　おまえが脱がなかったら、ここから生きて出られるなんて思うなよ！」風仔は人一倍の大汗をかき、ものすごく疲れたようだった。

「ウン……アッ、イッ、オトサ……シシ……」淑美は言いたいことを表現しようとした。

「おまえを売った冷淡な父親は死んだんだよ、でもおまえはまだ俺に三十万の借りがあるんだぞ！　わかってるのか？　三十万元だぞ――この野郎！」

殴りたいだけ思いきり殴っていた。姐妹淘《お姉さんたち》は青くなり声が出なかった。彩霞《ツァイシア》と彩雲《ツァイユン》の姉妹はこのようなことには場慣れしていた。

その後、淑美《シュメイ》は驚くような頑固な行動に出た。淑美は断固として接客しなかったのである。風仔は怒り狂い、彼女の全裸のからだを、肉粽《ロウツォン》（ちまき）を巻き付けるように「不等辺三角形」に丸め込み、左の壁に繋がっているトイレの中にほったらかした。

「三日三晩飢えさせろ！」風仔は言った。

「死んでしまったら？」

「死んだら橋の下に放り投げておけばいい――誰か文句を言うような奴がいたら、バラバラにするからな！」

「……」

「それから、誰かあいつの縄をほどいたり、逃げ出したりしたら――逃げられるもんか、おまえたちに言っておくぞ。周りは二重三重に見張っているからな――だから、そいつも縛ってトイレにぶちこむぞ、試してみるか！」

誰も文句を言う者はいなかった。一日が経ち、彩霞はこっそり見に行った。淑美は平気な顔をしていたが、ただとても疲れた様子だった。夜中になり、彩霞《ツァイシア》は我慢できずに、淑美にコップ一杯の水道水を持っていってあげた。

淑美《シュメイ》は頭を振った。要らないと言い、彩霞に離れるよう伝えた。

二日目、女の子たちは交代で忠告しに行った。淑美には抵抗するのをやめるように言ったのだが、彼女は始終何も言わなかった。この日の晩に、姐妹《お姉さんたち》淘は情緒不安定になり出した。泣き始める者もいたが、誰も何もできなかった。夜中になり、彩霞は起き上がり、コップの水を持ってトイレに入ろうとした時、中から突然一人出てきた——妹だった。

「淑美は縄を解かせようとしないのよ——たぶん私たちを巻き添えにしたくないということね……」

彩霞は妹に言い聞かせ、寝床に戻させた。彩霞は再度淑美を見に行った。彩霞が手を伸ばして縄をほどこうとすると、彼女は大声をあげて叫び出したのだ。彩霞はびっくりして、寝床に戻った。怖くもあり、しゃくにもさわり、どうして良いかわからなかった。

三日目は当地では神仏にお祈りする日だった。入り口のところでは揺れ動く人がどんどん増えていた。朝九時頃、「商売」が始まった。姐妹たちは辛い日が来たことを知っていたのである。

商売が忙しく、あるいは皆、心が麻痺していたのか、この日は誰もがトイレの中の淑美を忘れてしまったかのようだった。

お昼に、いつもは半時間ほどの——十二時過ぎから一時の間に——「休憩」の時間があるのだが、今日は全く客が絶えなかった。客は皆「天気」に詳しく、知っていたのだ。休日やお参りの日、各種の選挙期間中は、警察も忙しいということを。警察は「治安」維持に気をつけたり、「政治家」への配慮をしなければいけないのだ。この時間はちょうど赤線地帯の「猶予期間」であり、最も安全だった。

忙しいこの時間に——正確な時間は十二時過ぎからしばらくの間である——風仔《ホンネー》夫婦はちょうど昼飯の準備をしていたのだろう。閉じ込めておいたトイレが突然開き、白い紙のような顔色をしながらも両目をギラギラさせた表情の淑美《シュメイ》が、ふらふらと出てきた。彼女は一糸まとわず、恐れることもなく、夢遊病者のように、ドアに向かって歩いて行ったのである。

突然のこの光景に、皆は唖然とした。ドアのそばに立っていた用心棒までも呆然としてそこに立っていた。彼らがはっきりと気がつく頃には、淑美はすでにドアの仕切りを通り過ぎ、路地の入り口まで歩いて来ていた。路地にいた客や通りすがりの人、付近にいる売春の女の子たちは——突然ワッと声を出した。すぐに人混みの中に囲まれてしまった。

「ワッ！　裸じゃねえか！　素っ裸じゃねえか！　ワハッ！　すげえ！　すげえ！」

「あれは風仔の店にいる唖の淑美じゃないの？」近くにいた女の子が淑美の名前を呼んだ！

この時、彩霞《ツァイシア》と尤秋月《ヨウチウイエ》、尤小玲《ヨウシアオリン》らは「屋外には出ない」という決まりを無視して、次々と急いでやってきた。

「こっちだぞ！　素っ裸だ、見てみろ！」

「アッ！　警察だ！　警察が来たぞ！」警察が来たことを知らせる人がいた。

「サツ？　サツ？　じゃあ……」用心棒は慌てふためいた。

——「ピー、ピッ！　ピッピッ！」警察が吹く呼子の音が大きく響いた。

風仔と英君《インチュン》はすでに路地裏に立っていた。二人は顔面蒼白だった。警察が上着を脱いで淑美に羽織らせた時、風仔夫婦はすばやく店に戻った。風仔はすぐに「バラバラに散らばる」よう命令した——普段言いつけておいたように、用心棒の兄弟《ヤクザ》たちは分かれて女の子たちを連れ、あらかじめ用意した安全な場所に隠れるのである。

「淑美《シュメイ》はどうなるのかしら?」彩雲《ツァイユン》は彩霞《ツァイシア》に聞いた。

「知らないわ。もしかすると助かるのかもね!」

「何よ! あの人たちの腕前はすごいから、遅かれ早かれ風仔《ホンネー》に連れ戻されるのよ!」「ベテラン」の女の子が言った。

「何をやり合うのよ?」

「戻されたら絶対に死んだも同じね」

「もしわたしなら、やり合うわ!」

「見たでしょ! 淑美みたいに、怖いものなんてないのよ」

そうなのだ、淑美のように一糸まとわぬ素っ裸のからだで、天下の人々——あのきたなく汚れた恨みがましい人々——に向きあうならば、何を怖がるというのだろうか? 彩霞の心の中では雷がゴロゴロと鳴り、ビカビカと稲妻が走っていたのだった……

考えてみると、淑美は本当に謎の多い女の子であった。

初めの淑美の犠牲は、正しかったのだろうか?「価値のある」ものだったのだろうか? この世の中には本当に娘にからだを売らせて幾日かの生命と引き換えにすることを望む父母がいるのだろうか?

「もう! もちろんよ! もちろんいるに決まってるじゃない——高雄大寮《カオションタリャオ》の藍《ラン》だってそうじゃない?」心の中の声が鋭利な刃物のように、まっすぐに突き刺さった。

それならば、どのようにやるのかは、大昔から伝わってきた「大原則」や倫理、思想などで決められてはいけないの!「道徳」とは何なの? 父母とは何なの?「道徳」などはとても奇妙なもので、完全にそれに背くのは、おそらく良くないだろう? 完全に道徳に左右されないといけないの? 時には道徳だって「人を食べてしまう」ことだってあるだろうに！　「父母」だってとらえどころがないもの。この世には子供たちのために水や火を浴びることさえ辞さない父母もいるし、そうではなくて……ああ、本当に口に出すことなんてできないの！　だから、一切はすべて確かではなく、どれも頼りにすることなどできないの。すべてのことは自分で考えてみるのが一番なの。彩霞《ツァイシア》はそう考えたのである。

「淑美《シュメイ》は本当に愚かだったのだろうか？」

もしも愚かでなければ、淑美はどうしてこのように「志願」してきたのだろうか？　彩霞と彩雲《ツァイユン》は決して志願したわけではなかったのだ。もしも愚かだったのならば、淑美はどうして昂然として素っ裸のまま「出て」行ったのだろうか？　淑美は逃げたのではなく、堂々と「出て」行ったのである。この点はとても大事だった。

「私たち姉妹は、本当にこのように過ごしていくの？」彩霞は考えた。二年や三年の約束といっても、「永遠」の二年や三年なのだ。血が乾き肉が干からびるまで搾取されない限り、風仔《ホンネー》と荘《チュワン》の親子は決して手放さないだろう。この点については姐妹淘《お姉さんたち》の中で実際にそういう人がいたのだ……

彩霞は、やはり進む道を見つけられなかった。いや、道なんてなく、道は歩いて行けばそこに現れるものだという方が正しいのかもしれない。

しかし、道の情況や方向、距離の違いはとても大きかった。

彩霞が歩き出したのは――自分で歩き出したのは、歩くように迫られたからでもあったが――それはとても勾配が急で短かいところだった。

彩霞は言い出すことができなかった。孫淑美《スンシュメイ》という女の子が自分に何をもたらしてくれたのかを。でも、彼女ははっきりと理解することができた。自分はいつのまにか落ちついて、勇敢に、成長したのだと。

不幸だったのは、彩霞《ツァイシア》が直面しながらも抵抗できずに、別の人が彼女に替わって段取りをつけてくれたことでは、淑美《シュメイ》よりもずっと悲惨な場面が多かったのである。

彩霞はどうにかしてでも淑美の消息を聞き出そうとしていた。もちろん彩霞は何も得ることができなかった。彩霞はこの時以来、毎晩八時前にはベッドの前に跪いて祈りを捧げるようになった。彩霞は自分が祈る神が媽祖さまなのかイエス・キリストなのか、はっきりしなかった。もしかすると関羽であったかもしれないし、仏様であったのかもしれない。彩霞はこうした神様はどれも同じで、どの神も馴染みがなく、社会の重要人物と同じように、自分たちのことを気にかける時間なんてないのだと思っていた。もちろん自分では今まで熱心に拝んだことがなかったのが恥ずかしくはあったのだが。今、彩霞は真剣にあの唖の娘のために祈ったのである。

彩霞は自分がこのように毎晩お祈りをし、しかもどの神々ももれなく祈れば、そうすれば必ず効果がある、ぜったいに淑美の身の上に効果が現れると信じていた。彩霞は良い結果が出るのだと堅く信じていたのである。

しかし、彩霞自身では友人の為に何かをしてあげられる時間がもうなかった。彩霞の運命、彩霞が起こした惨事は、秋から冬になるのに従って、渓谷に落ちていくように、クライマックスを迎えるのであった……

八

天気が日に日に寒くなってきた。女の子たちは胸や太ももをさらけ出し色気を出して客の気を引くことはできなくなっていた。

この数日間、藍彩霞《ランツァイシア》はなぜかわからないが、夜中に目が覚めたり、あるいはぼんやり座って「客を待っている」時に、さらには「仕事中」の時に、故郷《ふるさと》を思う気持ちが突然思いっきり頭全体に浮かぶのだった。

実際、あの形のある「家」は、姉妹が売られて玄関先の敷居をまたいだ時から、幻滅し消えていた。しかしながら、数年を経た今、秋の涼しさと冬の寒さが混じり合う時に、あの形のない家や故郷の姿がまた「よみがえった」のであり、再現されるのであった。

それはとても煩わしかった。

偶然にも、同じ時期に、妹の彩雲《ツァイユン》も同じようなことで悩んでいたことに、彩霞《ツァイシア》は気がついた。瞳の中に何か隠しているようだった。

「彩雲、どこか調子が悪いの？」彩霞は妹に聞いた。お互いに長い間一緒に「打ち明けたおしゃべり」をしていなかった。明らかにお互いに何かを避けていたのだ。姉妹は同じ軒の下で同様の「仕事」をしていたが、お互いに「疎遠な」感じがしたままであった。おそらくそれが一番自分を守ることができる方法なのだろう。

「何でも無いよ！　ただね……」彩雲は大げさに眉毛をちょっと動かした。「何でもないって！」

「ただ何なのよ？」彩霞は安心できなかった。

「もう！『あの人』どうしたかなって？」

「雲《ユン》……あの人のこと、思い出すの？」彩霞《ツァイシア》は顔色を変えた。

「お姉ちゃん、お姉ちゃんは思い出さないの？」彩雲《ツァイユン》はとても鋭かった。

二人は期せずしてお互いの眼差しの中で、答えを見つけ出したのである。

そうなのだ、二人は期せずして、父親のことを「あの人」という言葉で代替した。二人は神聖で情愛に満ちた別の言葉を使うことができなかった。辛くまた耐えられなかったのは、二人はまさに「彼」の様々なことが心配だったのである……

「でもあの人の足がよくなるといいね」彩霞は言った。こう言って、妹の詰問に答えたのだった。

「……あんなにお金があるんだから、たぶん大丈夫じゃないかな？」彩雲は言った。明らかに、いつもこのことについて考えているようだった。

「それからあの家のお金は？　もしかしたら家は足よりももっと大事なのかもしれないけど……」

「どういう意味？　あの人はそんなにバカじゃないわよ！」

「バカとかバカじゃないという問題じゃなくて……」彩霞は言葉を止めて適当な言葉を見つけようとした。「あの人は、自分で動くのも難しくて、誰がこの面倒をみてくれてるのかな？」

「お姉ちゃんの意味は、もしかしたら、あの女？……」彩雲はぽんと椅子から飛び上がった。「そんなことないよ！　絶対にないよ！　どんなことになったって、あの女はあの人の残りの人生を付き従わなければならないんでしょ？」

「そうよね！」彩霞は妹に目をやらなかった。「わたし変なことを考えてたわ。もう！」

「ねえ！　お姉ちゃん。お姉ちゃんは本当のところは、ホーム……ホーム・シックなの……？」

「ホーム・シック？　何よ！　そんなことないわ

よ」彩霞《ツァイシア》は完全に否定した。

「故郷のことを思い出すよ。大寮《タリヤオ》の細い路地とか、田んぼとか、あの見慣れたも……」

「雲《ユン》はないの？　雲も家に帰りたいんでしょう？」

彩霞は妹の心の中を見抜いた。

「そうよ。わたしもホーム・シックなの。お姉ちゃんはそんなことないのかなあ？」また強い反撃に出た。

「わたしはホーム・シックだってことを認めるわ。故郷を思い出すの、それから……でもわたしは帰りたくなんてないわ！　わたしは帰らないわよ！」彩霞は自分に言い聞かせたようだった。

「わたしはお姉ちゃんの言うことがわかるわ。でもわたしはやっぱり帰りたいの、どうしても帰りたい——何が怖いの？　わたしの間違えなんかじゃないのに！」

彩霞は視線を慌ててそらした。彩霞はどうしても妹のあの表情を見ることができなかったのだ。彩霞は外見は冷淡で、時には大げさに大笑いする妹が、心の奥底でこんなにも故郷《ふるさと》のことを偲んでいること、「あの人」を懐かしく思っていることを知ったのだった！

彩霞は何気なく、また淑美《シュメイ》のあの可哀想でありながらも勇敢な友のことについて思い出した。彩霞は思った。淑美が起こしたことは、彩霞や彩雲《ツァイユン》もやるべきであることを。今日自分で立ち上がらなければ、今日が自分のものでなかったら、今日はそそくさと消えてしまうのだ。明日が今のようならば、あさってだって変わらない、今年も来年も同じなの。反抗しなければ、永遠に搾取されて魂やからだを売るだけの売春婦なの！　彩霞ははっきりしていた。二年間の身売りの契約は——「二年間」とは永遠にたどり着けない対岸だった。何人かのベテランの女の子たちがすでに自分の境遇をはっきりと、彩霞たち後世の者に伝えていた。

今考えてみると、苦労してため込んだへそくりは、魔の手を逃げ出した後で、一、二ヶ月〔姉妹淘《お姉さんたち》が彩《ツァイ》霞《シア》に教えてくれた。前にとある人がやってのけたと〕隠れるには十分の費用だった。二ヶ月後にまた工場へ行って女工になれば……彩霞は胸算用していた。彩霞はここまで考えるとやはりびっくりした。頭の中では自分はまるで逃げ出す計画であるのではないだろうか！「逃げ出す」これは大したことなの！もしかして心の中ではいつも「こっそりと」考えていたのだろう？

「ああ！」彩霞はこのように考えると、これまで感じたこともないような興奮にかられた。まるで電流が一瞬のうちに全身にみなぎったかのようだった……

ハッハッ！ そうなのだ、道は歩いて切り開くものなのだ！ 希望が心の中からやってきて、勇気が自分に覆い被さるような目覚めがした！ 彩霞は真剣にこのことを考えたのだった。

彩霞は遠回りをしながらゆっくりと、自分の考えを妹に話す決心をした。あ！ 違う！ もしかしたら妹が考えているのは自分よりもさらに一歩すすんだことで、もっと勇敢なのかもしれない！

——運が悪かったのは、こうした「安定」しているといえた売春生活ではあったが、偶然の「事件」によって、突然波風がたち彩霞のいのちを恐ろしく荘厳で悲劇的なものへと変えてしまったことであった……

◎

最初は彩雲《ツァイユン》が引き起こした面倒が、思いがけず彩霞の身の上にも降りかかってきた。そして、最後に二人の運命を変えてしまったのである。

あの日、太陽が一度も顔を出さなかった。午後近くになってにわか雨が降り出し、気温が突然下がった。経験から言えば、午後や夜には商売が上手くいかないことが多かった。彩雲《ツァイユン》は昼飯の後にシャワーを浴びて、しっかり眠ろうと思っていた。

意外だったのは彩雲が浴室に入った途端、「同じベッド」の山の娘である尤小玲《ヨウシァオリン》が大声を出した。

「雲雲《ユンユン》！　あんたのあれが、来たわよ！」

「あなたが受けてよ！　何よ、これとか、あれとか、なんて！」彩雲は構わずに服を脱ぎ、シャワーを浴びようとした。彩雲がこんなにも「大様」だったのは、一つには自分がすでに一番人気であり、英君《インチュン》も自分に対して相当丁寧になっていたからだった。また英君夫婦は昼寝をする習慣があり、降りてきて咎めることはなかったからでもある。そして尤小玲《ヨウシァオリン》の姉妹は彩雲とすでに仲良くなっていたので、小玲に「暇つぶし」してもらっても断られるはずはなかったからだった……

「あの人雲雲を指名したいんだって——早く出てきなよ、顔を出してみればわたしになんか譲れないから！　フッフッ！」

彩雲も変に思った。自分には何人も「貢いでくれる」客がいるのだが、機会を見つけては「よその味」を味わおうとする人ばかりなのである。「まじめな客」なんかいるわけない。でも小玲《シャオリン》の呼び方はわざとらしくはなかったので、あたふたと出て来て、「小さな部屋」に入るしかなかったのであった……

「雲雲！　おやっ！　ますます綺麗になったね、雲雲」

「アッ！」目の前に現れたのはあの「邱《チウ》」だった！

彩雲は、その場で呆然とした。小さな部屋、小さなベッド、彼女自身、突然重さを失い浮き上がったかのように感じたのだ。

「どうしたんだい？　雲雲？　僕のこと、わからないの？」

「邱《チウ》……」恨みがましいことに、青年は自分の名前が邱であるということしか告げていなかった。この「邱」のことを、一ヶ月あまりの間いつ忘れたことがあっただろうか。彩雲《ツァイユン》の目頭は急に痒くなった……

「ねえ！　雲雲！　泣かないでよ！　泣かないでよ！　どうしたんだい？」邱は慌てた。

「私……」彩雲はこらえきれなくなり、邱の胸元に飛び込んだ。

　邱は静かに彩雲を抱きかかえ、それから言った。今から自分と一緒に「外出」し、旅館《リュイクワン》に来てくれないかと。彩雲は突然胸が高鳴り、顔が熱くなった――これはとても奇妙な感じで、経験したことがなかった。

「だめよ。老闆《ラオバン》が許さないわ――私、規則でここで『仕事をする』ことになってるの。出て行くことは、ほとんどないのよ……」

「知ってるよ、話は、僕が行ってつけてくるよ。いいだろう？」

「……」彩雲は恥ずかしさを抑えきれず、すぐに腰を下ろした。頭を下げて邱を見ることができなかったのだ。だが心の中では邱のお願いや突然の興奮のために愉快になり、笑い出していた。

　邱は何も言わなかった。彩雲の顔に軽くキスをして、出て行った。彩雲はその口づけに、からだがぐったりとして倒れてしまった。

　五分もたたないうちに、邱が再び目の前に現れた。有無を言わせず、彩雲の小さな手を引いて大股で「店」を出て行ったのである。彩雲は、小走りでついていくしかなかった。

「どこに行くのよ！」彩雲は少し不安になった。

「僕たち先にちょっと食事をしよう。それから旅館《リュイクワン》に行くんだ」

「でも……長すぎると、老闆《ラオパン》が……」

邱《チウ》は彩雲《ツァイユン》に言った。彩雲を三時間「買った」のであり、「用事を済ませる」には十分だと。邱はそれとなく彩雲に指でさし示した――彩雲の二丈（約六メートル）ほど先に、急に「店」の用心棒が二人現れたのである！　彩雲ははたと思いついた。邱は彩雲を連れて一軒の喫茶店に入った。

「この人は、買ったのよ……」彩雲はすぐに自分に言い聞かせた。そうなのだ、客は金を払い、売春婦はからだを売る。しばらくのもつれ合いの後で、一山のちり紙ができる。こんな感じなのだ。

彩雲は、すぐに、はっきりと、冷静になり、頭が冴えてきた。

「雲雲《ユンユン》、今日は君に手伝ってもらいたいんだよ……」

「大丈夫よ。『すぐに満足させる』わ、絶対に満足させるから！」

「笑わせないでくれよ、僕は真面目なんだよ――本当に手伝ってもらいたいんだ！」

「わたしだって真剣なのよ、売春婦として、一番真剣なのよ」

「まず先に話を聞いてくれないか、それから……」

「それから？　いいわよ！　どちらにしても三時間なんだから、何回だっていいわよ！　あなたが買った時間じゃない？　好きにしてよ」

彩雲は頑固に話を持ち出して、自分が涙を流して恥をさらすことのないように努めた。

彩雲は同時に自分がとても奇妙に思えた。どうしてだろうか？　もう！

邱はコーヒーを一口飲むと、人を傷つけるような大きな瞳を閉じて、自分の身の上話を始めた。

良家の男の子で、家柄が釣り合う女友達がいたという。二人は深く愛し合い、お互いに長い間交際した。徴兵の前に二人は結婚を決めた。二人は割と

「古くさい」人間だったのだ。男が入隊する前に、お互いが自身を保証するような心理状態の中で、二人は自分を差し出したのである。この時、男は「罪悪感」を覚えた。もし自分が無事に戻ってこられないとしたら……

夫婦としての実態ができた後では、お互いに緊張し、恐ろしくなった。男の方は女の方に自分の家に住むように要求した。女は「無理だ」と言った。その後、女はきっぱりと安定した仕事を辞めてしまい、男の駐屯地の近くに家を借りて住んだのである。通い女の生活を過ごしたのであった——一週間に一度しか会えなかったが、熱く激しかった……

だが、男は部隊とともに離島に移動してしまった。女は自分の実家に戻り、待つしかなかった。八ヶ月後、女は手紙を書いて男に告げた。すでに男のために女の子を産んだと——人に噂されるのが怖いので、またあの小さな借家に越してきて、静かにあなたが除隊するのを待つと。

それはとても感動的な純真で真摯な物語だった。だが、話の後半は違っていた。

十ヶ月後、男は離島から台湾島に戻ってきた。男は「愛の小屋」で女に会うことはなかった。女の父親から女が別のまちで仕事を見つけたことを聞いた。あのまだ見たこともない娘はいなくなってしまったのである。戸籍は届けていなかった。女はただ男を強く刺激し、早く帰ってくるようにと言っただけだったのだ。言い争いと弁解の末、男と女はせわしなく正式に結婚した。不幸だったのは、男は除隊の前に女の大きな秘密を知ってしまったことだった。女は確かに女の子を産んだのだが、この子は今ではしっかり父親の家で育てられていたのである——産みの父親は男ではなかったのだ。

最終的に「興信所」の綿密な調査を経て、大金を使って、どうにか事の経緯《いきさつ》を調べ出すことができた。

この親愛なる妻は、男と「結ばれる」前後に、ちょうど「商売」を請け負っていたのである。他人のために子供を産むことである。女は金に困っていたわけではなかった。どうしてこうなったのか、今では知る由もないことだった……

「それは誰なの？　本当にそうだったの？」彩雲《ツァイユン》は聞きながら大きく震えていた。

「誰だと思う？」

「あなたでしょ？　どうしてなの？　どうしてこんなことが起きたの？」

「問題は、僕には直接の証明や証拠がないんだ。僕にはどうしようもないんだ！」

「本当にあなた自身のことなの？」

「僕は腹の虫がおさまらないんだ！　僕は、僕は……」

「……」彩雲はじっと邱《チウ》を見つめた。

邱は彩雲に言った。自分は復讐するのだと――妻に痛みを味わせて、それから離婚すると。彩雲はこれまでこのような複雑な感情のもつれを感じたことはなかったので、何も言えなかった。邱がお願いしたのは、彩雲と一緒に旅館に入り「休憩」し、邱のあの妻に見せつけるのだった――邱はすでに準備していた。自分のいとこの姉さんと一緒に入ってきて「姦通犯をつかまえる」と……

「どうしてそういうことをする必要があるの？」

彩雲はとても困惑した。

「さっき言ったじゃないか。まず妻に痛い思いをさせてから、それから離婚するんだって」

「わたし嫌よ」彩雲は急に自分がとても怒っているように感じた。

「何がいけないんだい？　僕は君に危害を加えないから」

「わたしに危害を加えないですって。当然でしょ。わたしは売春婦よ、傷つくところなんてないわよ。

でもサツが——警察が来たら、わたしは終わりだわ！」

「大丈夫。みんな顔が利いている人たちばかりだから、誰も警察を呼ぼうなんてしないよ」

「わたし、わからないわ。あなたの奥さんは、お金に困っていたわけでもなくて、どうして人の代わりに子供なんか産むの？」

「僕にだってわからないよ。本当のところを言うと、僕たちの家はまあまあお金持ちだからね。もしかすると『お腹を貸した』のではなくて、ただメチャクチャやって、お腹を大きくしただけなのかもしれない！」

「その女の人——あなたの奥さんだけど、性欲がすごく強いんでしょう、そうでしょ？　フフッ！」

「フンッ！　知らないよ」

それは彩雲《ツァイユン》にはまったく理解できないこの世の出来事であり、どうすればよいかもわからなかった。

だが、理解し想像することは、彩雲にとってはどれも重要ではなかった。この人は彼女を三時間買ったのであり、この人がどのように「消費」するのか聞き出す権利もなかったのである。また別の方面では、前に邱《チウ》と性的関係があったことが、商売であったとはいえ、彩雲にとっては得がたい「体験」であった。いま彩雲ははっきりと感じていた。自分の心の中には「奇妙な」気持ちが蠢いていることを。邱の苦痛やとんでもない出来事が、どうして彩雲を得意にさせ、さらには満足させたのだろうか。妙な言い方になるが、性的な高潮の後の、あの「坂の上」からゆっくりと降りていき、そしてうっとりと眠りに入るような感覚だった……

「雲雲《ユンユン》、絶対に助けてね」邱は懇願した。

「あなたね……一ヶ月前にもう考えていたんでしょう？　わたしを利用しようと考えていたんでしょう？」

「そうだよ。考えはしたけど——利用じゃないよ！　手伝ってもらおうと思ったんだよ。君だってわかってるでしょ、僕は君のことをそんな風には思ってないって……」

「それがどうしたのよ？　どちらにしろ売っちゃったんだから！」

「女の人にとってみれば、結婚だって、ある種の売買じゃない！」

「一方は卸売りで、一方が小売りね！　キャハッハハ！」彩雲《ツァイユン》は笑い出した。「ねえ、今日の商売は、どうやって勘定をつけるのよ？　どう計算するのよ？」

「安心してよ！　老闆《ラオパン》のところで支払った以外に、他にも君にあげるから……」

意外なことに、この男が言うのはこれだけだった。想像できなかったのだが、この男はこのように「きれいさっぱり」とした性格だったのである。他にどんな言葉があるというのだろうか。千篇一律の売り買いに、他にあら探しをしてどうするのか？　何を考えるというのか？

このように考えてみると、本当にとりとめがなく、進むも退くも思いのままだった。

邱《チウ》は彩雲を連れてタクシーに乗り込み——駅前で乗用車に乗り換えた。なるほど邱は運転手突きの乗用車のある「お金持ち」だったのか！　彩雲は、心の中が塞いだ気持ちになった。

「見えたでしょう？　後ろのオレンジ色の『シビック』がそうだよ」

「奥さんはあなたの車を見張っているんでしょう？」

「そうだよ。あの女は車の中だよ。全部計算済みだよ。ハッハッ！　おもしろいでしょう？」

「あなた悪賢いのね！」

「ねえ！　わからないの？」

車はゆっくりと五階建ての建物の前に止まった。ここは観光ホテルで「中×飯店」というところだった——二番目の文字は彩雲《ツァイユン》には読めなかった。彩雲はもう一度自分に言い聞かせた。ここは普通のコール・ガールの商売をするところで、他には何もないのだと。でも心の中のあの異様さは消えなかった。彩雲は、ものすごく恨みがましかった。この目の前の客が憎かったのだろうか。おそらくそうなのだろう。そうでなければ誰に対してだろうか、何に対してだろうか。彩雲は口にすることができなかった。

「君はもしかしていつも？……」邱《チウ》は彩雲を抱きかかえて入っていった。

「うん、いつもよ。商売だから」

「……」邱は何かを言おうとしたが、ため息をついた。

「あなたもしょっちゅう旅館《リュイクワン》に来て女の子を探して『休憩』するんでしょう？」

「もしそうならばいいんだけどなあ！」

「どういう意味よ？」

「均衡を取るっていうことだよ、君は知らないんだね。人は、いつも心のバランスを求めているんだよ。——そうでなければ絶対に頭がおかしくなったり、あるいは暴れて包丁を持ち出すかもしれないよ——もしも僕がとっくに妻をただの『女性』と見なして、遊んで、性欲発散のため、それだけだったのなら、あいつと同じようにメチャクチャやるかもね。そうだったら僕はそういうことでは済まないよ……」邱は突然頭を振り、苦笑いした。「やめよう、やめよう。また頭に来てしまったよ！」

彩雲には三割理解でき、七割は訳がわからなかった。でも、二秒後には考えなくなった。客だったし、商売だったからだ。客の喜怒哀楽や愛情と恨みのもつれなど、どうでもいいのだ！

旅館《リュイクワン》の「女中」は彩雲たちを三階に連れて行き、

部屋の扉を開けた。そして雲には曖昧な微笑みを投げかけ、下の階に降りていった。

邱《チウ》は彩雲《ツァイユン》に少し待つように言い、自分は女中と一緒に下に降りていった。彩雲はうっとうしく、憂鬱だった。邱はまた上にあがってきた。そして彼女に言った。女中に挨拶し、妻が「順調に」部屋を見つけ、「捕まえて」くれるように手配してくれるという。

「あなたはどうして、こんな変な方法を思いついたの？」

「人は苦しい時には、どんなことでも思いつくんだよ」

「そうなの？」彩雲は心の中が揺れた。彩雲はもう一つの問題について思いついた。「ねえ！　もしあなたの奥さんが乱暴を働いて、わたしに怪我させたらどうしてくれるのよ？」

「絶対にありえないよ」邱はハッハッと笑った。

「あいつが向かってきたら、僕は君のことを守ってあげるよ。あいつに反撃して、無残にも憤慨させてやるんだ！」

「わかったわ。じゃあ、わたしシャワー浴びてくるわね……」

「うん」邱は腕時計に目をやった。「時間が足りないと困るよ――約束した時間はそろそろなんだよ。もし突っ込んできた時に君がベッドの上にいなかったら……」

「フッフッ！　あなたは、すぐに『始めて』と言うのね？」

「早く脱いで下さいよ、脱いで、ベッドに上がって」邱はすぐに顔中が赤くなった。

おやっ！　邱は恥ずかしがり屋なんだ。彩雲は、すぐに心の中で熱い思いが流れたのを感じた。とても奇妙な感じだった。邱が恥ずかしがりながら、慣れない手つきで衣服を脱がせる動作を見ていると、本当に楽しかったのだ！　彩雲《ツァイユン》は服や下着を丁寧にたたんで、ベッドの頭のところにある木でできたケースの上に置き、ようやくベッドのスプリングに体重をかけたのである。

邱《チウ》は上半身裸で、ブリーフ一枚のまま彩雲の隣に座った。彩雲は布団の中に入り、邱に横になるように促した。邱は素直に従った。彩雲は手を伸ばして邱を引っ張った……

邱は突然起き出して、ズボンのポケットから千元札二枚を取り出し、彩雲の胸の谷間に押し込んだ……

「あげます。ちょっと待って下さいね、もう少し……」

「これで十分よ！」彩雲はすぐに邱の手を強くつかみ、彼の手で乳房を押さえた。

邱は不安そうに、「ガチガチの動作で」手を引き抜いた。邱は静かな声で言った。

「ごめんなさい」

彩雲は起き上がり、お札をハンドバッグの中に放り投げた。彩雲は有無を言わせず、邱をベッドに押し倒し、そして邱の懐に転がり込んだ。

「やめてよ。緊張するから……」

「怖いの？　怖い？　なんでこんな遊びをするのよ？」彩雲は指で邱をからかった。

「違いますよ！　僕はあいつのことを言ってるんだ、入ってこられないんじゃないかと」

「じゃあ急いだって仕方が無いでしょ。邱さん、今から、ふりをしない？」

彩雲は心の中で抑えきれない炎が上ってくるのを感じた。続いて彼女はあの敏感な部分を弄んだ。

「邱さん、わたしのことを笑わないでね。わたしは嫌らしい売春婦ではないのよ。本当よ……」

「雲雲《ユンユン》……」邱はうめき声を上げた。邱はすでに持ちこたえられなかったのだ。

「わたしはまだ十六歳なのよ、わたしは男が欲しいわけじゃないの、違うの。わたしは男が憎いのよ。すごく憎いわ……」

「どうしてそんなことを言うのですか――！」

「わたしは、あなたと寝たいのよ。見せかけでもいいわ。そのふりでも大丈夫。わたしはね……」

彩雲《ツァイユン》は無理やり邱《チウ》を引き込み、自分のからだの中に入れた。邱は滑稽な様子で三秒ほどもがいてから、それからタクトを振り始めた。

「はあはあ！　あいつが、あいつがこんな時に入ってきたら、そしたら……」

「それなら本当に捕まえたことになるでしょ！　ねえ――そんなに急がないで！」

明らかに、邱は時間を急ごうとしていた。時は金なり。邱は心とからだが一緒になり、一生懸命だった。彼は雲散霧消の後で妻がお出ましになることを願ったのである……


彩雲は自分が作り出した甘い幻覚の中で「犠牲になることを享受していた」。彩雲は「性交」と「性愛」をはっきりと区別していたのである。彩雲はこの本当の見せかけの芝居を性愛と見なしていた。だが、そうこうしているうちに、心の中では多くの困惑が生まれ、不快な連想も次々に襲ってきた。からだの上に乗っかっている、心とからだを合わせながらも猿のように急ぐ「お人好し」を再び見ると、思わず、思わず――この野郎、基礎建築をおざなりにするパートナー、この人に勝手にさせればいいわ！　買い手と売り手。客と売春婦、もうやめた、性交なんだわ、何が性愛よ……

彩雲は完全に放棄し、涙を流した。もちろん目の縁は乾いていた。それが人なのである、人のどうしようもないところなのだ！

邱はいままさに荘厳と力強くなり、ラストスパートをかけた――ちょうどその時、部屋のドアが「ドスン」と鳴った。ドアが突き破られたのだ。邱《チウ》はもとからカギをかけてはいなかったのだけれども。

「お……」邱は「湿地」からネギを抜いたが、声が出なかった。邱はベッドの上に座り込んだ。

「……」彩雲《ツァイユン》は、口を大きく開けたままだった。情況はとっくに予想できてはいたが、その時になってみると、やはり青くなってしまった。

——目の前には女二人と男一人が立っていた。きちんとした服装をした若い女が一番前に立っていた。濃い化粧をして、皮の上着をはおり、綺麗な髪の毛は肩までかかり、上品な感じではあったが優雅さはちっともなかった。

女は、目玉を大きくして、突き出すようにしていた。明らかにびっくりしたようで、それ以外の表情は見えなかった。女が主役なのだと、言われなくてもわかった。

女の後ろには四十歳前後の男と女がいた。この二

人が誰なのかも想像すればわかった。彼らはうなだれて立っていた。黙祷か何かをしているような感じに見えた。

「雲雲《ユンユン》、服を着て、行って。ここに、君の居場所はないから」邱の声は冷静で、せき立てるような感じはなかった。

「うん。この人、誰なの！」彩雲は言った。意外にも慌ててはいなかった。心の中では自分の落ち着きぶりに驚いていた。

邱はすばやく下着、ズボンを履き、それからベッドの端で彩雲が服を着るのを見た。邱はまだ妻には目をくれていなかった……

奇妙な熱い思いが急に心の底で光を発し、湧き上がり、全身に放射した。彩雲はからだが浮き上がったかのように感じた。それは捉えようがないからだの奥底での心地よさだった。一回また一回と震えてきた。このような震えが連鎖的に広がってきたので

ある——ピカピカと輝き暖かな網が、重さもちょうどよく、締まり具合も適当に彩雲《ツァイユン》を覆い出し、抱きかかえたのであった。

「アッ！」これが……これが完全に、純粋なものだった。性的な満足感、絶頂という体験……

「あ……あ……」彩雲はあえいだ。

「どうしたんだい？　どうしたんだい？」

「なんでもないの、わたし……」彩雲はすぐに顔を真っ赤にした。彩雲は酔っ払ったような顔だった。

それは奇妙な感覚だった。魔性のような噴き出しだった。

——「邱盛志《チウションチ》！」華やかに着飾った美しい婦人が鋭い声で詰問した。

「何、何だよ？」邱《チウ》は冷淡だった。この男の演技はさらに上手かった！

「その人、誰なのよ？」

邱は答えなかった。邱は優雅な動きで、皮財布の中から二千元を抜き出し、彩雲に渡した。彩雲は少し躊躇した後で受け取った。

「邱盛志！　聞いてるのよ！　この女は誰よ！」

婦人は突っ走ってきた。

「雲雲《ユンユン》、自分で帰ってくれないか……」邱はからだで彩雲をかばいながら、彼女をドアから安全に帰そうとした。

彩雲は、もともとドアのところで、振り返って婦人に向かって「かわいらしく笑おう」と考えていた。でも彩雲にはできなかった。彩雲は涙がボロボロと流れていた。

「邱盛志、はっきり説明しなさいよ……」

「何を言うんだい？　簡単じゃないか！　この女は、売ってるんだよ。売春婦なんだ。僕はこの人を買ったんだよ。だからどうしたのさ？」邱の声だった。

「あんたね……」

「そうだよ。俺は売春婦と遊んだんだよ、好きなんだよ。だってこいつはおまえよりも良い女で、おまえよりも気高くて、清潔で……ハッハッ！」

——続いて女性の泣き声がした。彩雲《ツァイユン》が階段の下まで行くと、もう聞こえず、続く演技も見ることはなかった。

そうなのだ、売春婦としての彩雲の「仕事」はすでに終わったのだ。残念だったのはおかしく哀れな邱《チウ》は、おそらく「昇天」していなかったであろうことだった。あと何秒かだったのではないだろうか。これもある種の残念なことなのだろう。どうであろうと、彩雲は邱に最後の「満足」を与えたのであった。一人の売春婦ができることは、他に何があるだろうか。

「そうなのよ。わたしは売春婦なの」邱のその言葉は絶えず彩雲の耳元に絡まっていた。「その女は、売ってるんだよ。売春婦なんだ……」

その日の午後、彩雲はどうしようもなく絶えず涙が湧いてきた。午後、彩雲は初めて客を取ることを拒んだ。彩雲は「用心棒」の兄弟《ヤクザ》に酒を買ってきてもらった。彩雲と尤小玲、尤秋月の山の女の子は亀《クイ》婆《ポ》の警告を聞かずに、夕方から酒をあおり始めたのだった。

彩霞《ツァイシア》は「出勤」から戻り妹が酒をあおっているのに気がついた。彩霞は手を伸ばして彩雲を制止したが、彩雲はなんと姉を汚く罵ったのである。彩霞は泣き出し、彼女も酒を買いに走り、飲んだのであった。

この日の晩、二人は中壢《チョンリ》に来て初めて叩かれた。また、ぶたれた後で、「用心棒」の兄弟《ヤクザ》に何度か「暴行」されたのであった。彩雲のまだ大きくなっていない「乳房」は兄弟《ヤクザ》に鮮血が流れるほど「噛み」ちぎられたのであった……

彩雲が気を失っていたところから意識を取り戻し

たのは、おそらく夜中の十二時を過ぎていた頃だった。

真っ暗な夜中に、気温は急に下がっていった。冬になったのだ。長い冬が来ていた。

◎

今年の冬の寒さは特に早く来た。天気が急に寒くなる季節の変わり際には、「商売」は何日かはどうしても振るわなかった。老闆《ラオバン》の風仔《ホンネー》夫婦は、彩雲《ツァイユン》が「出張サービス」をしたことから得たひらめきなのか、あるいは「業務拡張」の結果なのかはわからないけれど——彩霞《ツァイシア》は冬になってから、何度も「出張サービス」を手配された。

そのうち二回は「用心棒」の兄弟《ヤクザ》が彩霞のフィアンセのふりをして「間男を捕まえる」ことだった。その他の何度かは、彩霞があらかじめ指定された場所に行き、特定の人を誘惑したのだった。そして大《タ》飯店《ファンティエン》に行き「休憩」か夜を徹するのである。この時に、あらかじめセットしたカメラで二人が裸になって向き合っているシーンを撮るのだった。

当初、彩霞はショート・ムービーでも撮るのかと思い、死んでも応じなかった。風仔は彩雲に言った。これは無理やりに、「太った羊」を脅してスキャンダルを暴露し、そいつに巨額の金を出させてネガフィルムの代金を支払わせるのだと。風仔は気前よく、一回「やれば」彩霞に五百元のお札をあげると言った。それは一般的に十回「寝る」のと同じ収入だった。彩霞は少し考えてから喜んで「協力」したのである。

このような商売は、三十分一回の「出張サービス」よりも百倍以上は良かった。第一に、狩猟の時間は「からだを休ませる」時間だった。それに好きなだけ食べて遊ぶこともできた。しかも服や革靴まで手に入れることができ、さらにはこれまでには腕時計や金の指輪までも手にしたこともあった。第二に、相手はだいたい言動が優雅な中年紳士か、歳をとっても衰えていない金持ちだったので、彼らと「遊ぶ」のは時々得意な気持ちになれた。第三に、風仔《ホンネー》が彩霞《ツァイシア》に言ったのだが、もしも「業務」が順調であれば、彼は台北市に向かって発展していきたいと。そのときになったら彩霞はもうちっぽけな人ではないのだ。彩霞が社交界のヒロインのような姿が、巨万の時を抱えるビジネスマンの間で出現するのだった。その時には、風仔は彩霞が「コミッションをとる」優遇を認めるのだろう。

「一回で、少なくても八万から十万だ。多ければ数十万から百万だぞ。おまえにも一割分けてやるよ——一人釣れれば、おまえには一万八千元分けてやる。数万元でもいいぞ。なあ阿霞《アシア》、ここまでやってるんだから、おまえはな、クソッ！　偉くなったよな！」

「そうなの？」彩霞は心の中の興奮を隠しきれなかった。

そうなのだ、彩霞と彩雲《ツァイユン》の二人はどうしてこんなにまで落ちてしまったのだろうか。金はとても大事だった。収入が急増し、しかも手軽で刺激的なのだから、どうして興奮しないでいられようか。売春の世界から逃げられないのなら、この世界で勝ち抜くのが一番いいのだ。それは彩霞が血と涙で理解した生活の知恵だった。

「もちろんだぞ。でもおまえはもっと勉強しなくちゃな、しっかり経験して、しっかり媚びた技を『磨く』んだぞ——こうしてこそ楽しくやれるんだからな」風仔は真剣に彩霞を指導した。まるでよき先生のようだった。

「風叔《フォンシュ》」彩霞は言った。女の子たちは皆風仔をこのように呼んでいた。「わたしのあの妹も、一緒でもいいですか」

「雲雲《ユンユン》か？　もちろんいいぞ。でもあいつは機嫌が良くないな」

「彼女は最近は、『商売』が悪くないみたいですよ」

「そうだな。雲雲はますます『売笑婦』になって来たよな！　ヘッヘッ！」

予想外だったのは、妹は彩霞《ツァイシア》の気持ちをくまなかったことだ。彩雲《ツァイユン》は小さな部屋で安く売ってもそんな道徳に欠けたことなどしたくはないと言ったのだった。

「道徳に欠けてるですって？　フッフッ！　ハッハッハッ！」彩霞は大笑して脇腹が痛くなった。

「何がおかしいのよ？」妹は冷ややかだった。

「彩雲《ツァイユン》！　私たちがだれなのか忘れたの？　何をしてるの？　誰が私たちにこんな日々を過ごすことを強いたの？　誰が『徳を積んでいる』の？　強要される人たちは、一人一人が良い人なの？」

「……」妹は彩霞に冷たい視線を送り反論しなかった。その表情は我を折ったわけではないということだった。

「今、わたしたちに一番大事なのはお金をためること、そうでしょう？」

「それでも人に酷いことをしたらダメよ」

「わたしたちの方が酷いことをされてるのに。どうだって言うのよ？」

「それでも、わたしたちは世の中の人を捕まえて仕返しをするなんてしちゃいけないのよ！」

「買いに来た人にお金を使わせるのよ、悪いことなんてないでしょ！　スッキリするわ……」

彩雲は長い間彩霞をにらんでいたがひと言も発しなかった。彩霞はすぐに決心した。力を尽くして妹が「這い上がる」のを手助けするのだ。もしかするとこの機会に売春の世界から逃げられるかもしれないのだから。彩霞はそのように考えた。

そうだったのだ、心の中には希望があり、目標を前方に立てていた。売春婦ではあったが、それでも上に這いあがる力を起こすことはできたのである。だが、意外な殺人事件が、全てを変えてしまったのであった……

それは「冬至」の日であった。風仔《ホンネー》夫婦はこの何日かはいつも大きな口を開けて笑っていた。実際には「店」の売り上げは本当に悪く、「看板を借りていた」何人かの女の子は出て行ってしまった。女の子たちはもちろん商売があがらなくなった原因を知らなかったが、風仔は景気がますます悪くなり、建設業界も完全に停滞したからだと言っていた。労働者には失業する人が増えて来て、「飯を食う」ことさえもできなかったのに、誰が暇と金を持て余して遊ぶことができただろうか。風仔はこのように言っていた。

だが、風仔の貧乏の泣き言を聞かなければ、彼の「強引な商売」は実に利ざやのあるもので、大いに

儲けのあるものだった！　この点で一番はっきりしていたのは彩霞《ツァイシア》だった。彩霞の「からだ」はすでに何度も買われていたし、さらに二件の「プロジェクト」——風仔は正々堂々とそれを「企画プロジェクト」と呼んでいた——が進行中だったのだ。

冬至の二、三日前に、風仔は気前よく彩霞に三万元を与えた。この額は、すでに一年間で彩霞が「からだを売って得たお金」の倍以上に多かった。それは半月前に太った羊を「さばいた」時の「利益配当」だったのだ。最初の頃に、彩霞に対して一割のマージンをやると言った時を覚えていたのだ。今回の「買い戻し金」は彩霞が電話の内容をこっそりと聞いたところでは五十万元である。彩霞はわざと風仔に自分がだいたいの金額について知っていることを知らせた。おそらくこの「機敏な発想」で、すこぶる眼力のある風仔は彩霞に三万元もあげたのであろう。

風仔《ホンネー》は彩霞に金をやったが、そこには悪巧みがあった。風仔は彩霞にあるホテルにコール・ガールとして行かせたが、そこの部屋で待っている「客」がなんと風仔自身だったのである。

「風叔《フォンシュ》、何をする気ですか?」女の感覚で、彩霞はすぐに風仔の下心を見て取った。

「この三万元。おまえにやるものだ。どうだ? 信用しただろ? おもしろいだろう?」風仔は一束の千元札をよこした。

「ワッ!」彩霞《ツァイシア》の声は震えていた。彩霞はこれまでにこんなに大きな額の現金を見たことがなかったのだ! 我を忘れて、彩霞は満面に笑みをたたえながら、興奮して躍り上がった。

「うれしいのか?」

「うれしいわよ……フッフフ!」彩霞《ツァイシア》は喜びを隠せなかった。

「これからは、おまえも——彩霞も頑張るんだぞ!」

「頑張る?」彩霞はしばらく理解できなかった。

「俺が言うのは、誠意を尽くしてやれっていうことだ。才能の全てを発揮して、男を迷わせろ、ハッハッハ! 『浸《ひた》らせ』るんだよ!」

「わかったわ、わかったわ! ふざけないでよ!」

彩霞は風仔の表情や眼差しが非常に癪に障った——風仔は「浸らせる」という言葉まで使ったのだ。まったく!

「彩霞、本当に、おまえはますます綺麗になってきたな!」風仔はそう言いながら、彩霞をベッドに押しつけた。左手を彩霞の腰の上に置き、右手を慣れた手つきで胸元に忍ばせ、バスケットでシュートをするような姿で、しっかりと撫で始めたのである。

「風仔……やめてよ! やめてよ!」彩霞は驚きと怒りを交錯させながら、力を振り絞ってもがいた。

「彩霞、抵抗するな! 頼むよ、俺、おまえのことが好きなんだよ……」

「ダメ！　ダメよ！　どうしてこんなこと……」

風仔《ホンネー》はプロだった。彩霞《ツァイシア》の抵抗も無駄であったのだ。すばやく、風仔は彩霞の両胸を何重もの衣服の中からほじくり出し、露わにしたのであった。風仔は左手は胸の中に押し込み、大きな口を埋め込んだのであった。風仔の右手は休んでなかった……

「やめて！　わたし、英君《インチュン》に言いつけるわよ……」

彩霞は泣きわめきながら抵抗した。彩霞は売春婦の地色とともに、蹂躙されていったのである。

風仔は彩霞を乱暴し、彼女が浴室に入り汚れ物を洗い落としている時、誰かがドアをノックした。風仔はものすごくびっくりした。ちょうどその時、ドアが開いたのだった。カギを使って開けたのだった。風仔がものすごい剣幕で罵ろうとしたその矢先、妻の英君《インチュン》がカギを持ち、怒った視線で金剛様のように入り口に仁王立ちしていたのである。

「おまえ？……おまえ何をしに来たんだよ？」風仔はすばやく服を着た。

「最低ね！　風仔！　あんたは最低な男だよ！」

英君は気が狂ったかのように怒り、身を翻して突っ込んで来た。拳を振り上げて殴りつけようとしたのである――

「よせよ！　よせよ！」風仔は中空で英君のパンチを受け止めた。

「誰なのよ？……」彩霞は浴室をまたいで出てきたが、顔を上げて一目見た時、驚いて気絶するほどだった。「英君おばさん？……」

「やっぱりあんただったんだね！　彩霞、あんたねえ……」英君は殴ったり蹴ったりしながら、続けて十本の指の爪を鷹のように立てて彩霞のことを力を入れて引っ掻いた……

「私じゃないわよ……あの人よ……あの人なのよ……わあ！　助けて！」彩霞は逃げ隠れしながら抵

抗した。

「よせって！」風仔《ホンネー》は後ろから英君《インチュン》の髪の毛を引っ張った。軽く引っ張っただけだったが、英君の両足は床から離れ空をかいた。風仔は激しく吠えた。

「何なんだよ！　試食の品を食べてるだけなのに、何を当たってるんだよ？」

「あんたは下品なのよ！　卑劣なのよ！　自分の店の人と寝てるんだよ！」

「ヘッヘッ。そうだよ！　おまえはどうなんだよ？　おまえは三年前は何様だったんだよ？　おまえだって同じだったろう。千人とか一万人と寝てたんだろう？」

「あんたね、あんたって人は？　ワアッ！」英君は怒った上に、気が狂ったかのように、頭を振り乱して風仔に向かって突進していった……

風仔はからだをかわして、英君の攻撃を避けた。ビンタを張って英君のからだを突き倒した。英君はドンとベッドのスプリングに倒れ込んだ。風仔は手を緩めずに、からだを飛び上がらせて、英君の上に覆い被さったのであった……

彩霞《ツァイシア》はすばやく服を着た。冷静に、申し訳なく今起きている騒動を見た。奇妙だったのは、心の中では忽然と曖昧な意識が浮かんでいたことだった。風仔のことが好きなのだ。この何ヶ月間、風仔の自分に対する態度が良かったからではない。あの三万元の「ボーナス」があったからではない。先ほどの手荒くはない乱暴があったからでもない。何なのか……何だろうか？　それを言い表すことはできなかった。

風仔と英君はベッドの上で取っ組み合いを続け、二人の用心棒もドアのところで「鑑賞」していた。形勢は徐々に形作られていった。英君の上着はすでに開き、下着は破れていた。風仔はもう殴ったりはしていなかった。虐待するかのように英君の性感帯を攻撃し、狂ったように弄び始めたのである。英君は、乱暴につかんだり引っ掻いたりしていたが、積極的で強烈な「反応」に変わっていった……

「ウ……」彩霞《ツァイシア》は突然酸っぱい唾が口の中に溢れ、胃の中をグルグルと回った――彩霞はものすごく吐き気がした……

「阿凸仔《アドアー》！　鯊魚《ソアヒー》！」風仔は突然ドアのところに立っている二人の兄弟《ヤクザ》を呼びつけた。「彩霞を連れていけ、見張っておけ。いいか、しっかり見張るんだぞ」

彩霞は「兄弟」たちの指図を待たずに、身を翻して駆け出していった。最後に彩霞の頭の中に残ったのは風仔夫婦の怪物のように殴り合う醜い姿だった。耳元でまとわりつくのは英君《インチュン》がキッキッと笑い声を立てて叫ぶ声、そして風仔のフゥフゥという重い呼吸の音だった。

言葉を換えれば、彩霞は二度と風仔に出会うことはなかった。風仔は深夜に戻ってきて、明け方には出て行ったのだった――それは事件が起きてから、英君《インチュン》が警察にそう言ったのだった。

――二日目、朝の十時に、英君《インチュン》は下りてきて彩霞を呼びつけ「問い正した」。彩霞は階段の入り口に立って言った。昨日は、自分は乱暴されたのだと。特に何も言うことはなかった。彩霞はそれ以上の屈辱を受けたくなかった。からだを売ったことは、彩霞は認めた。話は、階段の上がり口で続いた。

「一つだけ聞くけど……」英君が冷たく言った。「あなた、風仔のこと好きなんでしょう？」

「……わからないわ」

「わかったわ。じゃあ、わたしにはわかったわ」

彩霞はこっぴどく殴られるとばかり思っていた。彩霞はすぐに、今回は絶対に屈服したくないと決めた。もしも「兄弟《ヤクザ》」が来て自分のことを乱暴するならば、キッチンの包丁を持って彼らとやりあおうと思った。彩霞《ツァイシア》は数ヶ月の間にすでにこれら「兄弟《ヤクザ》」の性格がはっきりとわかっていた。この人たちは刀を振り上げて血を舐めるのを全然怖がらないわけではなくて、実際は本物の刀や拳銃を目にすると、やはりネズミの子供のように臆病なのだ！

英君《インチュン》が手を出してくるなら、彩霞は徹底的に戦おうと決めていた。抵抗できなくても歯を使ってでも英君にかみつき怪我を負わせようと思ったのだ……

「何を怖がってるの？」彩霞は心の中で考え、もう一度大声で叫んだ。トイレで、バスルームで、さらには「部屋」で寝転がっている時も、彩霞は突然独り言を口にしたのである。

そうなのだ、彩霞は突然何もかも怖くなくなった。いや、「突然」ではなく、この一年でゆっくりと積み上がり、沈殿し、醞醸し、思考した結果だった。恐怖と逃避、抵抗の間で、微妙な三角関係が生まれていたのである。恐怖は人に逃避や抵抗の気持ちを起こさせる。逃避は抵抗になるだけではない。抵抗しても効果が無ければ、恐怖は増し、その時には再び逃避しようとするのだ。だが、恐怖そのものは拭いきれなかった。根本的なところでは、それ――恐怖の根源――に反抗すること、そして一歩すすんでそれを消滅させることだった。

いつのときからだったか、彩霞の心の中には逃げられないという恐怖がかたまり、大きくなり、抵抗するための力や決心となった。

予想外だったのは、英君が意外にも怒りを飲み込んだことであった。用心棒に彩霞をしっかりと監視するように言いつけたほか、それ以外に仕返しの手段は取らなかった。だが、妹の彩雲《ツァイユン》が彩霞にある情報を教えてくれた。

「尤秋月《ヨウチウイエ》が言っていたけれども、英君があの荘《チュワン》っていう畜生の親子に電話をかけたそうよ……」

「え？　あの人たち、わたしを……？」

「たぶんね。電話でさんざん罵って、それから荘《チュワン》にお姉ちゃんを連れていかせるんだわ――つまりお姉ちゃんには『商売』させないのよ！」

　これは驚くべき情報だった。荘の畜生の親子はもう一ヶ月も中壢《チョンリ》には来ていなかった。あの人たちに名前が及ぶと、心には血が流れ、怒りの炎がメラメラと燃え上がるのであった。

　彩霞《ツァイシア》はびくびくしながら二日間を過ごした。三日目は冬至だった。もともと英君は女の子たちにごちそうすると言い、洋酒を一瓶開けて洋食を食べてもらおうと考えていた。だがお昼になっても動きはなかった。三日前に風仔《ホンネー》が彩霞を乱暴したことはすでに知れ渡っており、皆は心の中で飲み込んでいて、食事をすることに期待はしていなかった。

「あなたのせいだからね！」女の子たちは次々と彩霞を責めた。

「わたしが悪かったの？」彩霞はかっとなった。


予想以上に女の子たちは怒っていて、本当に矛先を彩霞に向けてきたのだった。彩霞はこの時になってようやく、泣きたいけれども涙が出なかった。

「わかったわ、こうしましょう。わたしがおごるわ！」彩霞は気前よく宣言した。

「こうしましょうよ。霞姐《シアチエ》が料理のお勘定を出して、わたしたちがお酒のお勘定を払うわ。どう？」山の娘の尤小玲《ヨウシァオリン》が言った。

「どちらにしろ、わたしが千元を出すわ。残りはあなたたちで払って」彩霞はやはり千元札の大枚を差し出した。

「エー！　彩霞本当にご馳走してくれるのね！　えらくなったわね！」

「霞姐すごいよ！　じゃあ、わたしたちはそれぞれビール一瓶分を払うのはどう？」

「一人百元でいいわよ。わたしは紹興酒の方が好きだわ」

「フンッ！　風仔《ホンネー》のお陰でしょう——彩霞《ツァイシア》はお金持ちになったのね！」嫉妬する者がいた。

　喜んでいたかどうかは別にして、彩霞が千元札を出したのは、確かに人を引きつけることだった。酒代を出さないのならば楽しまなくては損ということで、誰もが加わったのであった。普段は彼女たちと飲んだり食べたりしようとしない「兄弟《ヤクザ》」たちも加わったのである。しかも自分から外へ行き買ってくるとまで言ったのだった。

　夕日が沈もうとする時、ひとしきりの雨が降り、気温が急に下がった。皆はますますうれしくなった！　この雨の勢いが売春街で遊ぶ客の大部分を拒むからであった。酒や肴はすぐに買ってきた。大なり小なりのビニール袋、ビール一ダース、紹興酒三瓶——こうした眺めは以前はまったくないものだった。

「お客さんが来たら、どうしようか？」彩霞はこの点が気がかりだった。

「ねえ！　扉を閉めておこうよ！」秋月《チウイエ》は亀婆《クイポ》の阿尾仔《アッボエアー》に聞いた。

「できるわけないじゃない？　英君《インチュン》はいまカンカンに怒ってるんだから、ダメだよ！」阿尾仔は首を強く振った。

「やーめた。順番に、仕事をすればいいわよ。どちらにしろ三回、四回揺すられるんだから——フッフッ！　せいぜい鴨肉の一つを食べ損ねるくらいね！」尤小玲《ヨウシアオリン》は言った。

　尤小玲がこう言ったので、皆は大声で笑い出した。この笑い声で逆に英君が下りてきた。英君は冷ややかな目で誰がご馳走するのかと尋ねた。尤小玲は皆で出し合うのだと言った。英君は首を振りながらとても驚いた様子で聞いた。一人いくら出すのかと。

「料理のお代は、わたしが出します」彩霞が言った。

「えっ！　そうなの！　ハハハッ！　まるで老闆娘《ラオバンニャン》だね！」英君《インチュン》は手を突き出して彩霞《ツァイシア》を指さしながら、人を威嚇する鋭い声で怒鳴った。「聞きなさいよ。この前庁《チエンチィン》で滅茶苦茶やらないでよね！　楽しむのは勝手にしなさいよ！　でもね、部屋に戻りなさいよね！　そこで飲み食いしなさい！」

「どうしたんですか？」兄弟《ヤクザ》の一人が不満を言った。

「あんた、文句があるのかい？　ここはわたしが開いている寮よ！　わたしの言うことを聞かなければいけないのよ！　飲み食いするのに、そいつらと一緒になって騒ぐことはないんだよ！」

小姐たちは誰も抵抗しなかったが、誰も席を立ったり部屋――客を受ける小部屋の裏――に戻ったりはしなかった。彼女たちはある者は冷ややかに階段の入り口に立つ英君に目をやり、ある者は酒や料理をじっと見つめていた……

皆、声を出さなかった。お互いが沈黙し合っていたが、それは今までにないことだった。英君は進退に窮していた。表情はますます醜くなり、目はじっと彩霞をにらんでいた。

――突然、入り口に機車《オートバイ》が音を立てて現れた。皆が顔を上げて見てみると、思わずアッとひと声を出してしまった。顔色が青くなり、動きがとれなくなった……

「サツだ！　やばい！」「鯊魚《ソアヒー》」と呼ばれる兄弟《ヤクザ》が低く叫んだ。

そうだった。入り口には雨合羽と雨靴を身につけた二人の警官がいて、続いて別の警官も姿を現した――その警官は二人のあいだを抜けるように、中に入ってきた。警官は目の前で女の子たちが集まっている様子をまるで何とも思わないかのようだった。掌の紙切れを見ながら、そして視線を階段の上がり口にやり、英君に向かって言った。

「姜村豊《チャンツンフォン》の住所は、ここだろう?」

「ええっと……どちらをお探しですか?……」

英君《インチュン》はまた顔色が変わった。

「ねえ! 警察官の手に、身分証があるわよ!」

一人の女の子がめざとく見つけた。

「聞いてるんだよ。そうだろう?」

「そうです……あの人はいません」

「あんたは姜村豊の奥さんで、謝英君《シエインチュン》だろう?」

「はい。何かご用ですか? お客さんが来ましたので……」英君は完全に冷静になっていた。

「早く上着を着てこい。俺たちと一緒に来るんだ」

「え?」皆は身震いした。女の子たちは「臨検」や「捜索」を逃げおおせた経験はあったが、その場で老鬪娘《ラオパンニャン》が連れて行かれる「事件」は初めてだった。

「言っておくけれど、姜村豊は『中壢《チョンリ》国民総合病院』にいるよ。手続きしろよ!」

「何ですって? 病院?」

「はっきり言おうか。あんたの一生涯人身売買をして、売春宿を開いていた姜村豊《チャンツンフォン》は、今病院の霊安室にいるんだ!」

「えっ! 霊安室?」

「霊安室! ということは?……」

「さあ、行くぞ! 首をひとかきされて、救急センターに運ばれたんだ。医者が目の前に来た時には、最後の血を一吹きして、頭を揺らして足を伸ばしながら、お陀仏してしまったよ!」

「え! 風仔《ホンネー》……」英君は体を揺らし、膝から力が抜けて、うずくまった——しっかりとうずくまることはなく、からだを階段の手すりにもたれかけさせていた……

「誰がやったんだ?」「鯊魚《ソアヒー》」が尋ねた。

「おまえたちみたいなのをやったのはな、ヘッヘッ、説明しにくいな!」

「手慣れた奴のやり方だよ、一太刀で動静脈を切ったのさ、ハッハッ！」警察官の一人が身振り手振りをしたが、その表情は武侠ドラマを見ているかのようだった。

誰も英君《インチュン》を支えようとはしなかった。最終的にやはり英君は自分で起き上がり、警察官に手を貸されて公務用オートバイにまたがった。出発する前、英君はやはり落ち着いて「鯊魚《ソアヒー》」ら兄弟《ヤクザ》に重要な話をした。

「しっかり見張るんだよ、逃がしたりしないでよ！」

誰も何も言わなかった。皆の顔には喜怒哀楽の如何なる表情もなかった。数分後、尤秋月《ヨウチウイエ》と小玲《シャオリン》がまず手を伸ばしてビールを開けた。続けて「阿凸仔《アドアー》」と「鯊魚」ら兄弟《ヤクザ》も紹興酒の瓶の蓋を開けた。黙って「瓶を掲げ」そして一気に酒を流し込んだのであった。

彩霞《ツァイシア》は妹のために鶏胸脯肉《チションプロウ》（鶏肉のささみ）をつまんであげた。妹は鶏肫片《チチュンピエン》（砂肝）を二つ返した。二人はまた同時にビールの瓶を持ち上げたのだった……

……

「食べよう！」

「飲もうよ！」

「うん。構うもんですか！」

「そうよ。わたしたちはからだが大事なのよ、これは本当よ」

「阿凸仔《アドアー》」は飲みながら楽しげになり、笑い声が漏れてきた。続けておしゃべりになった。「鯊魚」は一番重要なことを思い出したので、「店の扉」を閉めた。彼は言った。

「今晩は明け方まで、暫く閉店だ」存分に食べたり飲んだりして、楽しもう！　でも、君たち、逃げようなんて思わないでくれよな！」

それは忘れがたい冬至の日で、忘れがたい一夜だった。

◎

「風仔《ホンネー》」こと、姜村豊《チャンツンフォン》の葬儀は、中壢《チョンリ》地区の「赤線地帯」で、盛大に行われた。兄弟《ヤクザ》たちは花車《ホワチャ》をお互いに送った。地方の有名政治家や省中央民意代表は花圏《ホワチュエン》（花輪）や輓聯《ワンリエン》（死者を哀悼する対聯）を送り、謹んで弔意を示した。特に「痛失英才《トンシインツァイ》」（英才の死を悼む）や「千秋垂範《チエンチウチュイファン》」（永遠に範を垂れる）などを記した大きな額での弔辞は、人々の風仔《ホンネー》に対する敬意と弔意を示していた。

英君《インチュン》は盛大な葬儀で、涙を雨のように流し、何度も慟哭した。ついにはそれがますます長くなり、卒倒してしまった。こっそりと歯ぎしりをして、怒りの炎がメラメラと上がって来たのである。内と外で態度が違っていたとか、どこでも良い顔をしていたというわけではなく、死後に賞賛を耳にする場面に直面すると、風仔の生前の良いところや愛情などの諸々が、思わずしきりに目の前に浮かんで来て、心は千々に砕けんばかりで、深く内心にとどめたのである。英君が一人で棺と向かい合っている時、我が身の境遇を痛感し、将来を考えていた。死人の上に何枚かの請求書があるのは、どうしても避けられなかった。これこそが男女の私情であり、夫婦の感情であったが、英君が意図して仕掛けたものではなかった。

姜村豊には子供がいなかったので、未亡人の英君と兄弟《ヤクザ》たちが一緒に山の上まで野辺送りした。言ってみれば、それは極めて名誉なことであった。もともとは兄弟《ヤクザ》たちの一部の意見に従い、姜《チャン》が生前に支配下においていた九人前後の女の子たちにも一緒に野辺送りをさせようとした——最近は商売が良くなく、半分がいなくなってしまった——だが、英君が断固として反対したのである。その理由は機会を見て逃げ出す恐れがあったからだ。物事は安全第一だったので、皆も二度と話し合わなかった。

　夫は土に入り、新しく作った「香袋仔《ヒウデアー》」（線香の灰を入れたお守り）はまだ戻っていなかった——四十九日の内に、新しい魂はご先祖様と「一緒」になってはいけないのだ。竹製の小さな籠で壁に吊しておくしかなかった——この時、愛情と怨恨の対象を失ってしまったことに気がつくのであった。そして、英君《インチュン》は、あらゆる恨みを、すべて彩霞《ツァイシア》の上に注いだのである。もしも彩霞が風仔《ホンネー》を誘惑しなければ、その後の事件は起こりえなかったと考えたからだった……

　——風仔は明らかに何者かに殺されたのである。警察があちこち調べて、闇夜の中で手探りを入れた。男女関係のもつれか？　仇討ちか？　それとも突然起きた出来事か？　実は英君は心の中ではっきりとわかっていた。十中八九、「恨みによる暗殺」であると。売春の世界に落ちた獲物は、長期間の巻き上げに絶えられなくなり、プロの殺し屋にやらせるのだ。事情はこうだったのである。しかし、死んでしまったのだから。未亡人が詳細を暴くことなど出来るだろうか。もちろん出来なかったし、それが適当と言う訳ではなく、その必要もなかったのだ。

　もし殺人事件をその原因にまで遡及するのであれば、罪を彩霞に着せざるを得ない。売春の世界での巻き上げのヒロイン役は、ほとんど全て彩霞が背負ってきた。もしも、この幼い売春婦がこのように「腕が立つ」のでなかったとすれば、風仔はこんなにも魅せられなかっただろうし、身を滅ぼすような災難を招くこともなかったはずだ。そのため原因を追求してみると、いま——風仔が死んだ後には、彩霞を恨む以外に、誰を憎めば良いというのだろうか。

　これが英君が推論した結果だった。

　英君は葬儀が終わった時から必死に考えていた。どうやって彩霞を懲らしめてやろうかと。だが英君には機会が少なく、葬儀に参列した荘青桂《チュワンチンクイ》が意見を言ってきたのである。青桂は彩霞《ツァイシア》と彩雲《ツァイユン》の姉妹を連れて帰ると。

「風仔《ホンネー》が死んでしまったからって、桂《クイ》兄さん、あんたって人は……」英君《インチュン》は当然とても不快だった。

「こういうことなんだよ。最近桃園《タオユエン》では、サツの警戒が厳しいんだ――根拠地は全部やられちまったんだよ」

「じゃああの娘をどこにやるっていうのよ？」

「俺たちは転業するんだ――それとも南部へ行って事業を広げようかな」

「転業ですって？　ハッハッハッハ！」英君は笑いをこらえることができなかった。

「もちろん、やっぱり女からは離れることなんてできないけどな！」

「苦労しないでやっていけるの？　風仔みたいになるなら別の話だけどね」

「俺はこんな風に考えてるんだよ。あんたらが借りのある――二人の今月分の『利益』は俺たち親子があんたにあげるってこと……」

「それじゃあ、二人が行ってしまったら、どうするのよ！」英君が考えたのは別のことだった。

「こうしないか？　やっぱり協力しようぜ。あんたと俺らはもう一度組むんだよ。どうだい？　風仔がいた時と一緒だろう？」

「……」英君は、青桂《チンクイ》を見つめた。

「あんたは少なくても今は動けないよな。サツは十回や九回は来るよ。踏み込まれたら、それでも『営業』していけるのかい？　女の子たちはどうするんだよ？　『兄弟《ヤクザ》』の小遣いは？」

「ええっと……」青桂が一通り言い終わってから、英君《インチュン》はようやく恐ろしくなってきた。

「これは俺の個人的な意見じゃねえんだ。俺の父さんがあんたにこう言うようにと言ってたな」

「阿暉叔《アホイシュ》は？」

「先に南部に行ったよ。場所を見るんだ。それから『把場《パチャン》』（伝統劇などで幕の後ろから役者出場等の指示を出す人）の兄弟もね」

「一体あんたら親子は何をするつもりなの？」

「ショーだよ。今はね大金を支払うような奴は、どんな肉や魚も全部食べ飽きちゃったんだよ。どうしても新鮮味がいるんだよな。そうしてこそ人様の金は飛ぶってわけさ！」

「またストリップかい？　まったく！　低俗ね！」

「生身の人間がショーをするんだぜ！　わかるかよ？　それに離れ業もあるんだよ！」

「あんたが言うのは生の春画ショーだろう？」英君は両頬がさっと赤くなった。

英君《インチュン》からすれば、まったく想定外の展開だった。英君には心配ごとがたくさんあったのだが、考えがまとまらなかった。だが、二日目に警察署が英君を

呼び出して――それは三回目だった――しかも取り調べや指紋採取までされたので、とても不愉快で不安だった。

「当面、中壢《チョンリ》市を離れてはダメだからな。外に出るのなら、警察に申告してからにするように」警察官のボスがこのように言った。

英君はとても決断力のある女だった。警察署から戻ってくる帰路で決心したのだ。女の子たちを二つのグループに分けて、半分は中壢《チョンリ》で「看板を借りる」ことのできる「場所」を探すのだ。もう半分は青桂《チンクイ》の親子に連れて行かせるのだ。そうして自分は警察署から解放された後に、青桂たちに同行しようと考えた。要するに自分はまだまだやれるということなのだ！　英君はこのように考えたのだった。

事態はこうして決まった。風仔《ホンネー》が埋葬された五日目には、荘青桂《チュワンチンクイ》は人を連れてきた――彩霞《ツァイシア》と彩雲《ツァイユン》の姉妹、尤秋月《ヨウチウイエ》、尤小玲《ヨウシアオリン》ら山の女、それから買った

ばかりの珊珊《シャンシャン》を含めて、全部で五人だった。荘《チュワン》の言い方はこうだった。

「皆さん。今から、皆さんは売春の世界から抜け出すことができるのです——昼も夜も小さな部屋で洗面器を運ぶ必要はないのですよ！　これからは皆さんは機会さえあれば台湾各地に旅行することができますし、さらには海外にも旅することが出来ます！」

「ふざけないでよ！」彩雲《ツァイユン》の声は大きくもなく小さくもなかった。

「歌舞団《クウトゥワン》なの？　脱衣舞《トゥオイウ》でしょう？　フッフッフ！」小玲《シャオリン》の元気のない大きな瞳が聞いた。

「そう言ってもいいかな。どちらにしろ手軽で、おもしろいんだよ。辛くないっていうのは確かだよ。皆さんが力を併せて協力してくれることを期待します——契約期間が満了したら、皆さんは苦労して貯めたお金を持ってふるさとに帰って、お父さんやお母さんに会ったり、恋人に会ったりして結婚することもできますね……ハッハッハッ！」最後まで話すと自分でも思わず笑い出してしまった。

北風がヒューヒューと吹く午後、六人の一行が乗った中型のワゴンカーは南へ向かって疾走した。珊珊はふくよかな女の子だった。売られてきたと言っていたが、でも楽しそうで、全然辛い様子はなかった。彼女は十九歳だった。珊珊は中学二年の時に訳のわからないまま「奪われて」しまったと言っていた。彼女は高校一年まで勉強したけれども、留年したので退学したのだ。珊珊はいとこの兄に連れられて台北へ出て来て臨時の「売春婦」となったのであった。思いもよらず、いとこは良心というものがなく、最後は彼女をここに売ったのであった。

「まだ若いんだから！　いいや！　二年後に期間満了となったら、絶対にあいつを探してかたをつけてやるから！」珊珊は単純にも言った。

「あなたってまるで、少しも怖くないみたいね？」

彩雲《ツァイユン》は珊珊《シャンシャン》に聞いた。

「どちらにしろ……女の子じゃない！　修羅場が過ぎたら、どちらにしろそんなことは――ゼロでも、全部でも、どちらにしろ同じよ！　一途になって一人の男に嫁ぐのが幸福だって言うの？　そうとも限らないわよ！」これが珊珊の言い方だった。

「どちらにしても、洗面器を持って行ったり来たりするよりかはましよね、そうじゃない？」尤《ヨウ》の姉妹の考え方は比較的に現実的だった。

彩霞《ツァイシア》と彩雲の姉妹は、荘《チュワン》が現れてから、笑顔がなくなっていた。再び荘の魔の手に落ちてしまい、さらに辛くなり、負担が軽くなることはないと二人にはわかっていたからだ。この人は普通の人間ではないので、一般的ではない変わった方法でもって絶対に人を虐げるのだと思った。

――こうしたことは考えないようにしよう。今からは、日夜荘の掌で握られるのだから、頻繁な性的な虐待は二人から生きる活力を失わせ、発狂させるには十分だったのだ！

予想通り、夕方には高雄市《カオション》へやってきた――やはり昨年傷ついた場所だった。河北二路《フウペイアルル》と中華二路《チョンホワアルル》の交差点にある「健美按摩院《チエンメイアンモユエン》」の三階だ――荘国暉《チュワンクオホイ》が来るのを待って、この日の晩に、二人の姉妹はまた荘に乱暴されたのだった。

終わった後で、彩霞はベッドの上で痺れて動けなくなってしまい、涙がハラハラと流れ落ちるのに任せていた。

「もうダメ！　わたしもうダメよ！」心の底で叫び声がした。

彩霞の虐げられたつぼみは激痛でキリキリと痛んだ。手で触ってみると、指や掌に真っ赤な血がべっとりとついていた……

そうなのだ、彩霞は本当にこの「怪物」を受け入れられなかった。彩霞《ツァイシア》が「売春婦」に転落してからまもなく一年が経とうとしていた！　巷では、「いろいろな人」がなんと多いことか。彩霞は、すでに度量が大きくなっていて、受け入れない客などいなかった。しかし、荘青桂《チュワンチンクイ》は、「平凡な人」ではなかったのに、彩霞は受け入れることができず、どうしても青桂《チンクイ》には入れられたくはなかったのである。これは生理的な反応だろうか。それとも心理的な反応だろうか。心理的な反応が生理的な反応へと変わったのだろうか。それとも生理的な反応が心理的な反応を刺激したのだろうか。

不幸だったのは、彩霞が青桂に入れさせないことは、青桂がさらに喜ぶような「性的趣向」を刺激したのである。こうした趣味は、必然的に、彩霞に大きな傷をもたらしたのであった。

彩霞の心身の葛藤は、このようなところにあった。

彩霞は長い間殺意を抱いていた。青桂に出会うだけで、彩霞のからだの上で勝手気ままなことをするだけで、彩霞は心の中で何度も、青桂を殺したのであった。「心の中で青桂を殺すこと」は、彩霞が青桂のさんざんな虐げに抵抗する唯一の力だった。あるいは彩霞はこの「殺人」でもって心の平穏を保っていたのかもしれない。

「殺人は命で償うものだ」彩霞にはわかっていた。殺人は、必ずや法的な制裁を受けるが、それ以外にも、良心の懲罰を受けることになるだろう。だが彩霞には、はっきりとわかっていた。もしも荘青桂を殺して法律の網から逃れるのならば、それは必然的に彼女の「心のやすらぎ」となり、しっかりと眠れるであろうことを。こうして彩霞は一つの結論を導き出したのだった。良心のとがめが無い以上はこの男を殺してしまえるし、また法律は往々にして悪人を保護するだけなのだと……

荘青桂を殺せば、必ずや法的制裁を受けることになる——無期懲役か死刑のどちらかだ。殺人で罰を受けるのか、あるいは辱めを受けながら生き続けるのか、どちらを選ぶのか、問題はこの点だった。無期懲役は、太陽の下には出られない。死刑は銃弾をからだに受けて、とても恐ろしいことだ。それならば、辱めに耐えながら生き続けるのか。

問題はこの点だった。この世の悪者は、一方では法律の保護を利用して悪事をなし、一方では普通の男女が死を恐れる心理を踏み残虐な行為で悪事をするのだ……

「天の裁きを待とう！　良いことには良い報いがあり、悪いことには悪い報いがあるのだから！」これは多くの弱々しい男女の逃げ口上だ。

しかし、天とは漠然としたもので、天は人間の不正や不義など全く構わないのである！

不正不義は自ずと消え去るということはなかったし、そこに「良心を発見すること」などもありえなかった。そのような良心はとっくに真っ暗な欲望に飲み込まれていたからである！

天は、何かを報うことなどありえないのだ。

いま残っているのは自分だけなのである。自分が恥辱に耐えて生きるのか、それとも不正不義に立ち向かって反撃し、それから可笑しな「法律」というものに向き合うのかを決めるしかないのだ。

そうなのだ、自分だけなのだ。自分だけが決めることができるのだ。他人や「役所」は何かを言う資格などないのだ。なぜなら自分こそが事後の責任を負うのだから。

最後は、やはり選択の問題だった。どのように選択するのか。それは「生きていく」難しさの問題である。もしも恥辱を我慢して生きていくことが、刑法での懲罰よりも簡単であるのなら、恥辱を選べばいい。もしも辱めを受ける痛みが、刑法での懲罰の苦痛よりも大きいのならば、それならば行動してそれに抵抗するまでである！

彩霞《ツァイシア》は真剣に考えた。彩霞は目の前にどのような棘の道が敷かれているのかわからなかったが、苦難に耐え忍んだ知恵からぼんやりとではあったが、奇妙な感じがしていたのである——荘青桂《チュワンチンクイ》に高雄《カオション》に押し込まれて以来——不吉な影が急に目の前に現れたのであった。そうなのだ、奇妙にも彩霞は自分が急に大きくなり、成長したと感じた。言い換えれば、彩霞はすでに心の中では落ち着いていていて、怖いものなどなかったのである。彩霞自身では、まもなく何が起きるのかはわからず、自分がどのような形で直面しているのかも言い出すことはできなかったが、それでも彩霞は自分の方針はすでに決まっていて、一番ふさわしい行動を取るであろうと信じていた。

——二日目の昼、荘国暉《チュワンクオホイ》がやって来た。午後三時、荘《チュワン》の親子は姉妹二人と新入りの珊珊《シャンシャン》を「健美按摩院《チエンメイアンモユエン》」左側にある三番目の建物の四階に連れて行った。そこは広々とした部屋で、中央には「畳」が六枚敷かれていた。その上には背の低い跳び箱のような木箱が置いてあり、四つの赤い布で包んだ枕があった。畳から六尺（約一八〇センチ）ほど離れた周囲には、いろいろな色のプラスチック製の背の低い腰掛けがあった。室内の明かりは良くなく、入って来たばかりの時は、ぼやけて見えるだけだった。


この時、腰掛けには何人かすでに坐っていた。いや、注意深く見てみると、二十人位いた。この人たちは、間抜けのように静かに坐っていて、まるで何か考え事をしているかのようだった。

「これは？……」彩雲《ツァイユン》がこっそりと姉に聞いた。

「たぶん……」

「絶対にショーよ」珊珊が言った。

荘青桂《チュワンチンクイ》は行ったり来たり走り回り、彼女たち三人は右隅の前の方に配置された。つまり視野が最も開けた場所だった。荘国暉《チュワンクオホイ》は一方に座りながら言った。

「見てわかるよな？　これはショーだぞ！」

「脱衣舞《トゥオイウ》？」

「違うよ。もっと斬新なものだ——春画ショーだ。つまり春宮を演出するんだ！」

「見たくない！」彩霞《ツァイシア》と妹はほぼ同時に声を出した。

「おまえたちは見ておけ、しっかり見ろ。細かいところまでな、しっかり勉強しろよ！　わかったな？」

「何なの？」頭が急にしびれ、続けてはっきりと体中に鳥肌が立ってきた。

「しっかり聞け！」青桂《チンクイ》も座った。青桂が言った。「おまえたちは二日間の研修だ。六回——前倒しでもいい——それからステージにあがるからな。この商売はな、両足を開けば済むわけじゃあねえぞ。コツがたくさんあるんだ。ある種の芸術なんだよ、わかるよな？　大したもんだぜ！」

「嫌！　絶対に！　絶対イヤ！」彩霞は立ち上がった。言葉は弾丸のように口をついて出た。彩霞は全身の皮膚が冷たくなったかのようだった。

「やりたくないって？　何を言ってんだ、おまえ？」

「絶対にやらないって言ってるの！　売るのは、いいわ。こんな下品な芝居、やらないから！」

青桂はひどく怒り、拳を振り上げてこの抵抗を懲らしめた。国暉《クオホイ》はすぐにこの暴行をやめさせた。国暉は声を沈めて言った。「しっかり見てろ、あの動きを細かく研究するんだ——すぐにわかる。言いたいことがあるのなら、戻ってから言え」

そうなのだ、彩霞にははっきりしていた。風俗業界では春画ショーのようなのが一番卑猥なものなのだと。まもなく目の前で演出され、しかも自分が

「実習」するなど、夢にも思わなかった……

「死んじゃおう」彩霞《ツァイシア》は、ほとんどとっさに決意した。

――突然目の前が明るくなった。畳の中央には、ピアノ線で吊した中型の水銀灯があった。それはピンクの色艶のある特殊なライトだった。今、室内はもうろうとして夢のような色合いになっていた。

「観衆」は抑制の利いた、興奮したため息を轟々とついた。

「え?」また驚きの声があがった。

「主役」が現れたのだった。半裸でそそるような美女だった。女は煙の中で媚びた目をして、軽くふっくらとした胸元をなで下ろした……

続けて男優が現れた。男は大してマッチョではなかった。

その後は、細かく述べる必要はないだろう。様々な姿勢、様々な奥の手だった。二人で、三人で、四人で。他にも珍しい体位や、珍しいやり方があった……

続けて女の「技」の披露だった。三人のそれぞれ異なるスタイルの、異なる雰囲気の性的魅力のある女性が様々な、驚くような、思いがけないような「技」を披露するのだ……

「観衆」は酔っ払ったようにぼうっとし、犬やブタのようだった。キャッキャッと奇妙な笑い声を立てる者もいれば、立ち上がったまま座れない者もいた。一番卑猥な言葉を使い、やり口を変えて発散する者もいた……

「お姉ちゃん。どうしてこうなの?」彩雲《ツァイユン》は声を震わせながら姉に言った。

尤秋月《ヨウチウイエ》と小玲《シャオリン》の姉妹は、他の人が聞き取れない彼らの言葉で話していた。

ただ、珊珊《シャンシャン》だけがまじめに「鑑賞」したり「研究」したりしてるかのようだった……

彩霞《ツァイシア》は驚き、恨みがましく、さらには深い深い疑念があった。売春の世界に身を落とす前、思春期に入ったばかりの少女の、自分の心の中の愛情や男女の私情はなんて美しく、神聖なのだろうか。そして売春婦の暮らしを経験した後では、自分の朦朧とした美しい夢はすぐに幻滅してしまったのだ——この世の中には、どんな愛情があるというのか。男女の関係は、すべて汚れた卑猥で低俗な遊びに過ぎないと。「性愛」でさえも、どうしようもないような痛みを発散しているだけなのだ。

今一人一人の素っ裸の「怪獣」を前にして——人以外には如何なる生物もこんな風にはしないだろう。それに加えて数十ものギロギロと光るいやらしい目つきをしていた——彩霞は疑った。これは人なのだろうかと。自分が所属する人と同じなのだろうかと。どうして他の動物はこんな風に汚らしくはないのだろうかと。ただ——中学の先生が言っていた「万物の霊」だけがこうなのだろうか。フッフッ！　人であるということは、なんて恥ずかしいことなの！

「おまえたち、しっかり見て、細かいところまで見て、しっかり勉強しろよ……」荘国暉《チュワンクオホイ》は言った。「おまえたちは二日間で六回の研修を受けるんだ。前倒しでもいいぞ。それからステージにあがれ。このビジネスはなあ……」荘青桂《チュワンチンクイ》の言葉がまた体のそばでまとわりついた……

妹の彩雲《ツァイユン》は顔を両手の掌に押しつけてめそめそと泣いていた……

山の女の子の尤秋月《ヨウチウイエ》と尤小玲《ヨウシアオリン》はお互いにしっかり抱き合い、頭を低く垂らして、何も見ようとはしなかった……

珊珊《シャンシャン》はどうしてよいのかわからなかったが、全身を震わせ、上を向いて目を閉じていた。涙が顔中流れていた……

「ショー」はクライマックスに入った——ステー

ジにあがった二人の胸と太ももを露わにした女が、観衆に向かって手を振った……

「皆さん、どうぞステージにお上がりください、お試しください——お金は要りませんよ！」青桂《チンクイ》は突然言った。

　これでようやくはっきりした。この下品な「ショー」は荘青桂《チュワンチンクイ》の「司会」だったのだ。この悪魔がやったことなのだ！　彩霞《ツァイシア》は憎しみで胸がいっぱいになり、じっと悪魔をにらみつけた……

「どうした？　おもしろいだろう？」青桂はちょうど顔を振り向けて彩霞を見たところで、その恨みに満ちた視線にぶつかったのだが、青桂は全然何とも感じていなかった。

「あんたは、いい死に方しないからね！」彩霞の胸の中で渦巻いていた言葉が、口をついて出た。

「ハッハッハ！」青桂は彩霞の隣に座り、彩霞の肩や背中を揉みながら、こっそりと言った。「いい死に方をしなくても、関係ねえよ。生きていれば元が取れるんだ——痛快に生きて、あっという間に死んじまう。何が怖い？」

「悪魔！　あんたは人間じゃないわ」彩霞の胸の奥底には突然ある奇妙な考えが芽生えた。皆の目の前でこの悪魔を激怒させようということだった。

「おまえは知ってるか？　良い子はいつも生きるのが辛いんだよ。悪い子は一生楽しく生きられるのさ——映画とかドラマとか見てみればわかるだろう。良い子は一生悪い子からいじめられて、最後に一人寂しく死ぬんだよ。悪い子は一生やりたいことをして、最後は罪悪に満ちた生命を簡単に終わらせるのさ。ハッハッハ！　何が悪いんだよ？」

　この人は怒りもせず、逆にペラペラと自分の屁理屈を話した。彩霞は、青桂を怒らせることができなかったばかりか、逆に青桂の話に傷つけられた。

　そうなのだ！　人の世界とはこんなにも不正不義

なのだ。

彩霞《ツァイシア》は毎回ドラマを見るときに、——時代劇であれ、武侠ものであれ、どれも同じだった——良い人間は一生涯苦しくて、体を壊したり老いたりした時に「名誉回復」したり復讐劇を演じたりするのである。悪い人間や悪人は、最後は痛快に死ぬのであった！　良い人も悪い人も死を免れることはできない。それならば人生では、悪い人間を演じる方が割に合うのではないだろうか。

ドラマの中ではこのように不条理でも、実際の人間には、どれも生活の中の一部なのだ。

誰がこの世での可哀そうな人のために、苦しさから救い出し、不正不義を解消してくれるというのだろうか。

そんなことはなかった！　絶対になかった！

神様だろうか？　仏様か、イエスさまか？　玄天上帝（北方の守護神）か？　無極老母（中国の民間宗教で崇められる女神）か？　神様はぼんやりしていて、この世のことなど構わないのだ！

それでは、どうすれば良いのだろうか？　世の中はこのように不公平がまかり通ったままにしておくのか。あ、そうよ、私は、売春婦なの、どうにかできるの？　たいそうなことを言うべきではない。人に笑われる。でも、わたしはもう二度と辛い思いをしたくないし、辱めを受けたくない。なぜならば、一、わたしは逃げられないから、二、このような苦労は、絶対に病死や老衰に至るまで我慢しなければならないから。どのように言っても、死ぬことでしか、これらのことはわからないし、自分で逃げ出すこともできないのだから……

わたしはどうすればいいの？

わたしは自分で自分が死ぬかどうかの権利を握っているの。それは何も権利というものでもないでしょう？　ある種の自由でしょう？　自由に過ぎないのではないかしら。でも、この自由はしっかりと「保証」されなければいけないし、しっかりと「方法を講ずる」ことで「保証」されるものなのよ！

でも、このようにして死ぬのだろうか？　自分一人で死んでいくのだろうか？

そう、もしもわたしの死が、何かを変えたり、何かの「元」を取り戻すことができるのだろうか？　もしも妹とか……例えば、荘《チュワン》の親子とか、それから……

いま、「情況」をもう一度細かく考えてみた……彩霞《ツァイシア》は、嫌らしい声や、卑猥な言葉がさかんに立ち上る色情地獄の中で、心の中に電気が走ったように感じ、真剣に考えた。

ショーはいつ終わったのだろうか、彩霞はまったく気がつかなかった。客は全員出て行ったようだった。青桂《チンクイ》は彼女たち五人を連れて「舞台裏」へ行き、「女優さん」たちに指導してくれるようにお願いした。皆は拒絶し、抵抗した。青桂は容赦なく彼女たちを打《ぶ》った。

四方に引き幕が重ねて引かれていて、夕方なのか夜なのか判断できなかった。点心《ティエンシン》（軽食）を食べた後、「女優さん」たちはステージに上がり「上演」した。五人の「見習い」は、もとの位置で「学んだ」のである……

ショーが進む中で、荘青桂《チュワンチンクイ》は彼女たちに向かって言った。

「次の後半で、もしも観客がおまえたちに上がれと言ったら……上がれよな！」

「イヤ！　イヤよ！」五人はほぼ同時に声を上げた。

「嫌だって？　おまえら死にてえのか？」青桂は大声を出して叱責した。

「好きにすればいいわ！　わたし怖くないから！」

彩霞は言った。

青桂《チンクイ》は拳を振り上げ彩霞にビンタを張った。彩霞は床に倒れたが、すぐに立ち上がった。青桂はおそらく「商売」のことを気にかけたのだろう、極力耐え、再び手荒な行動をとることはなかった。

彩霞《ツァイシア》の表情は見た感じではぼんやりしていたが、実際には考え事をしていたのだった。彼女の考えはすでにしっかりときつく、ある事にまとわりついていた……

この日の晩、彩霞たちは「意外にも」静かに過ごすことができた。十一時くらいに「演出」が終わった。十数人で海鮮を食べ終わり——青桂は「演出成功のお祝い」と言っていた——「健美按摩院《チエンメイアンモユエン》」に戻ったのは、すでに夜の一時をまわっていた。

この日の残りの晩、青桂に呼ばれて添い寝をしたのは珊珊《シャンシャン》だった。荘《チュワン》は彩雲《ツァイユン》を呼んだのである……

彩霞の考えは、すでに形になっていた。

皆が寝静まった後、彩霞は起き出して手探りで二

階に行き、ボールペンを見つけ、四枚の日めくりカレンダーを剥ぎ取った。四階に戻り、窓外の明かりで手紙を書いた。これは妹に宛てて考えた手紙だった。彩霞はほとんど手紙を書いたことがなく、手紙の書き方もわからなかったが、そうしたことは重要ではなかった。

彩霞は考えや決心、やり方、希望などを話しかけるように書いていった。最後に彩霞は書いた。もしも全てが順調に行ったら、もう二度と高雄《カオション》の大寮《タリヤオ》に戻るのはやめて、「父さん」を見舞う必要もない。彩鳳《ツァイフォン》姉さんも探さないで、あの人たちの生活を邪魔しないで。雲《ユン》とわたしの一年分の貯金を使って、場所を見つけて独立した生活を送って。わたしもどうすればいいかわからないけど。問題があったら警察署へ行けばいいし、おまわりさんたちに教えてもらえればいいわ。つまり、他の人は信じないで。お金はしっかり貯金して。一番良いのは郵便局に置い

ておくこと——手続きできるでしょう？　もしも尤《ヨウ》秋月《チウイエ》の二人も一緒ならばもっといいわ。珊珊《シャンシャン》はダメね。彼女はたくさんのことを知りすぎているから、まずいわ。絶対に工場に入って女工になるのよ。一番良いのは小さな村や町のようなところにある工場。喫茶店やホテルへ行って働いたらダメよ、あそこは良くないわ。一番良いのは、夜学の補習クラスに入って勉強することよ。身分証は他の人に取られないように気をつけてね……

この手紙をまるまる三時間かかって書いた。彩霞は手紙を一年間辛い思いをしてためてきたお金と一緒にしっかり包み、妹の衣服を入れたスーツケースの下の方に入れた時、窓の外からはすでに朝日が現れていた。彩霞は妹を呼び起こした。彩霞は言った。

「雲《ユン》、わたしは『青鬼』の言うことを聞かないことに決めたわ！　雲はしっかり生活するのよ」

「お姉ちゃん？　お姉ちゃんは……逃げるの？」

……彩霞《ツァイシア》は首を振った。

「逃げられないわよ。わたしはあいつとやり合うわ！」

「何言ってるの？……お姉ちゃん、わたしたち、また勝てないわよ！」

「誰がそう言ったの？　構わないでね」彩霞は全ての神経を両目に集中させて、妹の瞳を見つめた。「どちらにしろ死ぬんだわ、そうでしょ？　わたしの言うことを聞いて——」

「ダメ、ダメ！　ダメよ！　お姉ちゃんが言うことはとっても怖いわ！」妹はようやく彩霞《ツァイシア》の意味を理解することができた。

「じゃあ、雲は、この一年間、怖くなかったの？」

「……」

「あさってから、青鬼はわたしたちにあのことをやらせるわ……もっと怖いでしょう？」

「でも、お姉ちゃんが言うのは……」

「雲《ユン》も絶対にわかるわ。わたしたちを痛めつけなければ、わたしたちを殺さなければ、あの悪魔は絶対に手を離さないわ！」

「助けを求めても……いいじゃない」妹は真剣に言った。「わたし考えたことがあるわ——新聞も出しているし、わたしたちは紙のメモを使って、警察に助けてもらってもいいし……」

「バカな子ね、意味ないわよ、効果ないわよ、不可能よ」彩霞《ツァイシア》は首を振って苦笑した。「もしも効果があるのなら、台湾全域で、こんなにたくさんのからだを売っている女の人がいて、どうしてまだ救い出されないの？」

「それは……それは青鬼の奴、奴らが天の裁きを受けて——悪い病気にかかったり、車にひかれて死んじゃうとかを待つしか……」

「フッ！　みんなもそういうふうに考えているのよ。あいつらの命は長いのよ。悪い病気で？　あいつらはお金があるから最良の医者を呼べるわ。一番良い薬を使って、死ねないわよ！　あいつらは交通安全にも気をつけてるのよ。閻魔さまだってどうしようもできないわよ！」

「でも、でもそんな風なら……損するでしょう……」

「損しても、大丈夫よ。あいつ？　割に合うのよ」

「それから、それから！」妹の眼差しが光った。「あいつの……その後は？　その後もたくさんの青鬼みたいな悪い人間が、人を傷つけるんじゃない？」

「問題はそこなのよね。もしも……雲《ユン》と秋月《チウイエ》の二人が——この騒動だと、絶対に出られるわ。自由になれるわ」彩霞の瞳には笑みがあった。「その後の悪者は？　そうするとその後の被害者が抵抗するのよ、消し去るのよ！」

「消し去る？」妹は唖然とした。

「そう！　これはわたしが最近考えた道理なんだ

けど。誰も弱者の代わりになって、被害者のために何かをするなんてことはないのよ。全ては自分次第なの——弱い者は、被害者が自分で立ち上がり抵抗して、自分を苦しめる悪者を消し去るのよ！」

「……」

「これが唯一の方法よ」

「でもそれじゃあ、お姉ちゃん自身は……」

「それから、雲《ユン》、あなたもよ！　あなたも！　さらにはあのかわいらしい秋月と小玲《シャオリン》の姉妹も」彩霞《ツァイシア》は本当に笑った。「覚えておいて。このことは、苦労しないで手に入れられることなんてないのよ、結局誰かが代償を支払わなければいけないの！」

「お姉ちゃん。怖いわ！　わたしイヤ……」

「そうよ！　怖いっていうのは、ダメなのよ。悪者はわたしたちが怖がるのを利用してるのよ、これを怖がり、あれを怖がりって！　そうすると、皆、その人の言うことを聞くようになるわ！」


「でも死んでしまったら、怖すぎるよ。人は一度きりなんだから……」

「だから、悪者も死ぬのが怖いのよ！　だから、わたしたちが怖くなければ、あいつも怖くないのよ、一緒でしょ？　あいつが怖いのなら、わたしたちも怖いのよ！　それも公平よね！」

「お姉ちゃん！　わたし、お姉ちゃんに行ってもらいたくないの！」妹は少し考えてから言った。「わたしが行ってやり合ってもいいし……」

「雲《ユン》が？　できるの？」

「わたしは……お姉ちゃん！　行かないでよ！　他の人にやってもらえばいいじゃない！　あいつはこんなに悪いんだから、絶対に誰かの手で死ぬんだよ！　どうしてお姉ちゃんでなくちゃいけないの？　絶対に割に合わないわよ！」

「それはわたしも考えたのよ。まず、あいつが誰かの手で殺される前に、わたしたちの方がたぶん死んでしまうわ。それに、一番重要な点はね。どうして他の人にいかせるの？　何の理由で？　何を理由にして、私たちだけが良いところを取って、犠牲を払わないの？　私たちは他の人よりも運命がいいから？　他の人の人生はどうでもいいの？」

「……」妹は頭を落として涙を流し、もう何も言わなかった。

「わたしは考えたの。全ては自分を頼らなくちゃいけないって。負担するなら負担するのよ。何かを待つのではなくて、良い運が来るのを夢見るのでもなくてね。私たちは売春婦で、私たちは最下流で卑しいのよ。他の人がそういう感じで見ているのなら、自分でもそう見ないと。でも関係ないわ。私たちが行く道はまだ残っているわ。自分の力だけを頼って、下品で卑しいところから脱出するの、自分を頼る力で、上に行く道を歩むのよ！」

「お姉ちゃん！　どんなことでも、変なことはしないでね……」

「変なこと？」

「私はもう何も言わないから！　何も言わないから！」

「二つのことは覚えておいて。わたしのところのお金は、全部あなたのカバンの中に入れてあるわ。もしも何かあれば……絶対に離さないのよ。他には、私たちの身分証――わたしは注意して見たけれど、たぶん荘国暉《チュワンクオホイ》のやつがいつも脇に挟んでいる黄色のカバンの中にあるわ、絶対に持ち出すのよ……」

「お姉ちゃん！　一体いつ、何をするつもりなの？　やめてよ、ねえ？」妹はベッドから滑り降りて、床の上で土下座をした。

「やってやるのよ。いつですって？　情況を見てから……」彩霞《ツァイシア》が言ったのは本心からではなかった。

「うん……」妹はほっと一息ついたかのようだった。

この時珊珊《シャンシャン》が戻って来た――三階から這うようにして上がって来たのだった。顔面蒼白だった。この数時間のうちに、「青鬼」が如何に珊珊を虐げたのかということを皆はわかっていた。

彩雲《ツァイユン》は荘《チュワン》が「ひっくり返った」後に四階へ戻った。彩雲は隣の部屋で青鬼が珊珊を「しめる」時の叫び声がたまらなかったのであった……

また新しい一日がやって来た。新たな変化、新たな運命も展開されるのであった……

◎

この日十時頃、「青鬼」は四階で彩霞《ツァイシア》ら五人に向かって宣言した。

今日の午後に二回の「実習」を済ませた後で、夜になってから彩霞ら五人と先に演技していた六人が合流し、「二つのグループ」に分けるのである――半分は新人で、半分は元の人に。荘の親子がそれぞれ「グループ」を連れて、その後は二つの場所で「ショー」をするのであった。青鬼が言った。

「彩霞、秋月《チウイエ》、珊珊の三人が一つのグループ。彩雲、小玲《シャオリン》の二人が別のグループだ――ふたつの姉妹をバラバラにしてるから、少しは説明がつくよな。ハッハッハッ！」

彩雲は言った。

「イヤッ！　わたしはお姉ちゃんといたい……」

「何も言わないの、あの人と行きなさい」彩霞は彩雲が話すのを止めた。

――これより前に、彩霞は「健美《チエンメイ》」の上の階や下の階を何度も往復した。彩霞は何度も自分が探しているものを探したのだ。彩霞は二階のキッチンで、八寸（一寸は約三センチ）ほどの「剖魚刀《タイヒドー》」（魚包丁）を見つけた――刃は片方だけで刃先のとがった鋭利なナイフだった。これは隠すのに便利でしかも手にぴったりと合う使いやすいものだった。

「うん……」彩霞《ツァイシア》は、突然思い出した。小学五年の時の記憶だった。大寮郷《タリヤオ》の「打醮《タチャオ》」（道士による法会）では盛大なお祈りがあり、多くの裕福な家庭はブタを絞めてお供えしたのであった。彩霞はブタを屠殺する人を見たことがあったが、ブタの首にナイフを勢いよく刺すと、あの鮮血はまず刃が刺さったところからゆっくりと流れ出て、次の瞬間、ナイフを動かした時に、鮮血は噴射してまるまる三尺（約一メートル）の高さまで上がり、屠殺する人の頭や顔を染めたのであった……

――キッチンには、何本かの包丁もあったが、どれも適当ではなかった。重くて大きいのでなければ、ステンレスの果物ナイフで、どれも使い勝手が悪かった……

最後に、彩霞は一階の理容院で、二種類のおそらく使えるであろうものを見つけた。四、五片のひげそり用カミソリ刃である。それから重くて大きい鉄鑽《チィエツワン》（錐）も一本見つけた。七寸（約二〇センチ）以上の長さで、手の小指ほど太かった。何に使うのかまではわからなかったが、彩霞はこれらのものが役に立つであろうとわかっていた。

ここで用心棒をしている「兄弟《ヤクザ》」は扁鑽《ピエンツワン》（くないに似た武器）を持ち歩いているだけではなく、「スプレー」も持っているという。しかし彩霞は目にしたことはなかったし、目にしたとしても意味が無かった。なぜなら、彼女が入手することなどできなかったからである。

また昼食の時間になった。荘《チュワン》と本店のオーナーである「張扁頭《チャンピエントウ》」が二人ともいた。二人は非常に愉快に今後の「事業」の展開について話し合っていた。二人の会話から知ることができたのは、もともと荘と張《チャン》の二人が協力していたのは、一方が「俳優さん」を準備し、もう一方が場所と「用心棒」を準備することであった――二人による悪魔の共同「事業」だったのだ！

食事の後、青鬼が言った。二時に出発する。三軒離れたところにあるあの建物にする。

彩霞《ツァイシア》はずっと静かにしていて、話をしなかった。「規定」によると、彩霞ら五人は食事の後に四階に戻り「待機」しなければいけなかった。彩霞は妹と秋月《チウイエ》らに上の階へ行くよう促した。彩霞は残り、それから青桂《チンクイ》のドアをノックした。

――青桂は部屋で寝ていた。「ＶＩＰ」のために用意してある部屋らしい――もちろん商売のために使うのであった。荘国暉《チュワンクオホイ》は最初はここを指定して宿泊していた。ここには二つのダブルベッドがあった。だが彼らは夜別々に楽しみ、親子が同じ部屋で裸になるのは、おそらく気恥ずかしかったのだろう。荘は「健康按摩《チエンカンアンモ》」にとても凝っていて、いっそのこと、そこの小さな按摩用の部屋に泊まったのであった……


「お願いがあって来ました……」彩霞は先に言った。

「ん？　何だい！　何だい！　藍彩霞《ランツァイシア》、尊大な人気者が、こうするとは、いいぞ！」青桂はとても嬉しそうだった。

「わたしは相談に来たんです。あれはやりません。他のことなら何でもいいです」

「どういう意味だよ？　何だよ？」

「あれは、とても、なんですよ。あなたの稼いでいる金は多くないんですか？」

「フンッ！　おまえは俺たちが大金を手にしてるとでも思ってるのか？　桃園《タオユエン》のは、サツにほじくられて、ダメにされたじゃねえか。商売にも協力して人にも食わさなきゃいけねえからな。これは最後の手段なんだよ！」青桂は別人のように変わり、誰と話しているのか忘れてしまった。

「……」彩霞は首を振り、呼吸した。「例えば、『カエルをぶら下げておけば』、一度にたくさん取れるじゃないですか？」

「色仕掛けのことを言ってるのか？　この野郎！　おまえも風仔《ホンネー》に学ぶんだな？　風仔《ホンネー》のように気管や血管を一発で切られたいのか？　クソッ！」

「もう！」彩霞《ツァイシア》は逆に話せなくなってしまった。

「おまえに言っとくけどな、ショーは絶対に成功させなきゃいけないんだ。失敗するのは許さねえ。長距離の移動なんだよ——今日は高雄《カオション》で、明日は台《タイ》南《ナン》というようにすれば危険は少ないし——評判が立てば場所を変えるんだ。そうすれば収入は多くなる。ヘッヘッ、おまえたちは慣れれば、なんでもねえよ。売春宿で小さな洗面器を持ち運ぶよりかはいいよな……」

「わかったわ！　荘青桂《チュワンチンクイ》！」彩霞は叫んだ。「何でこんなことをするの？」

「何だよ？」青桂は逆に驚いた。

「私たちには何の恨みもないのに、どうしてこんな風にして私たちをいじめるの？」彩霞が、心の中で言いたかったことは、こんなことではなかったのだが、こうした痛くも痒くもない言葉が出てきてしまったのだ。

「おい！　全部生活のためだぜ！　おまえもそんな風にして俺を恨むなよ、弱肉強食だろう、社会はそうなってんだよ。わかるだろう？　俺だって被害者だぜ……」

「……」彩霞は懸命に怒りを飲み込んだ。

「おまえたちは、俺の荒々しさだとか、俺の残忍さを見ているだけだけど、思いもよらねえだろうな、俺だってもっと凶悪で残忍なチンピラとか悪党にやられて、剥ぎ取られて……」

「知らないわよ、わたしはそんなこと知りたくないの」

「じゃあおまえは何を知りたいんだよ？」青桂《チンクイ》は

逆に聞いてきた。

彩霞《ツァイシア》は一瞬答えられなかった。涙が次から次へと沸いてきた。どうして、また涙なの！　敵《かたき》の前で、涙を流すなんて何なのよ！　売女！　売女！　彩霞は狂ったように自分を責めた。

「変なことをあれこれ考えるなよ、明日、あるいは今晩は、しっかり演じろよ、難しくなんかねえよ！　おまえはもうマスターしてるんだろう？」

「わたしはそんなことはしませんって言ってるの」

青桂《チンクイ》の話は彩霞を呼び覚ました。最後のお願いを言った。「あなた、わたしと遊ぶのが――好きなんでしょう？　わたしのからだが好きなんでしょう？　じゃあ、そんなことしないでよ……」口をついて出てしまったが、最後のお願いはそういうものではなかった。口を開けた時に、出てきてしまったのだ。もう！

「何がしたいんだよ？」

「……あなた、わたしをそばに置いておいてよ……あなたの専用で……わたしは春画ショーなんてやらないから！　イヤッ！　死んでもイヤッ！」

「……」青桂は彩霞をじっと見つめていた。目の中には青い異様な光が光った。青桂は頭を強く振り、歯をむいて言った。「ダメだ！　ダメだ！　余計なこと考えるな。しっかり演じろ、おまえには余計に金をやる、絶対にやる、でも頑張れよな――もうやってるんだから、怖くなんかねえだろう？　ドアを閉じてか開いてかだ、どこが違うんだよ？」

「違う、違うわ！　違うのよ……」

「違うって？　違ってもやるんだよ！　おまえは勝手に決められないんだぜ。この野郎！」

「荘青桂《チュワンチンクイ》……」彩霞は、すぐに意識がはっきりしてきて、完全に冷静になった。「あなた本当にわたしを大切にしてくれないの？」彩霞は媚びる様子を眉間に浮かべた。

「おまえ?……」青桂《チンクイ》は、またびっくりした。

「あなたこんなにすごくて……」彩霞《ツァイシア》は胸もとを開き始めた。「……」彩霞の指と掌は股間を撫で回した……

「おまえ嫌らしいな……」

「あなた、わたしを……他の人に見せないでよ、楽しませないでよ、いいでしょう?」

「うん! よし!」青桂はすぐに彩霞が演技するのをやめさせた。「行け! その気なら、夜に俺たち大いに楽しもうぜ! 今は、おまえは上にあがって、少し休め、二時になったら……」青桂は手を振って言った。

彩霞は歯を食いしばって、涙を拭き、上にあがった。そうなのだ、自分は演技していたのだ。でも、予定していたことと少し違っていた。でも、その途中では演技する意義が変わってしまった。でも、それでよかったのだ。こうしてみると、もっと諦めがついた。諦め、それはまさに最後に決心する力の拠り所である。違うだろうか? 諦め、それは希望が断ち切れた結果である。人は、死ぬ前に、誰でも希望の線を引くものである。だから、諦めは重要なのだ。

午後の「ショー」は、時間通りに始まった。元のチームで演じたが、内容は昨日の何回かと全く一緒だった。違ったのは「観客」がほぼ倍増したことだった。そのため、青桂と国暉《クオホイ》は顔にテカテカと光った笑みを浮かべていたのである。

人が多く、暖房をつける必要がなかった。多くの人がおでこに汗粒を乗せていた。ショーをする人も汗水でかすんでいるようだった……

彩霞の手提げ袋の中にはすでに「モノ」が隠されていた。彩霞は一番適当な時間、場所、方法をまだ考えていた……

妹はずっと彩霞に目をやれなかった。でも彩霞は妹が絶えずこっそりと、視線をよこしてくることを知っていた。彩霞《ツァイシア》は心を鬼にして妹を無視し、様々な情況やそれぞれの手順を考えた……

二回のショーが終わり、また夕食の時間になった。

「夜、一回目は珊珊《シャンシャン》と彩霞が出演する。二回目は小玲《シャオリン》と秋月《チウイエ》、彩雲《ツァイユン》がステージに上がってやってみろ——相談してる時間なんてねえぞ。こういうことだ。早くからだを洗ってこい、七時ちょうどに行くからな、まず舞台裏で全身に白粉を塗れ。可愛くなったら、客は喜ぶ。わかるか？」青桂《チンクイ》は厳しい表情で命じた。

五人は黙って四階に上がり、お互いに呆然として見た。まもなくやってくる災難を、受け入れる以外に、何ができるのだろうか。

どうしよう？　今……彩霞は怒りを抑えきれなかった。

「お姉ちゃん。シャワーしてきなよ！」妹のあのような様子は、売春の世界に突き落とされたばかりの頃を思い起こさせた。

「お先にどうぞ。わたしは大丈夫だから、そんな風にしないでいいよ」彩霞は言った。

「お姉ちゃん。ちょっと我慢しようよ！　しばらく我慢してから、それからもう一度話そうよ……」

ちょっと我慢する？　そうだ、問題はここなのだ。やるべきことの多くが、「もう少し我慢しよう」という薬で沈んでいき、それより二度と勇敢に立ち向かうことはないのだ！

だが、今我慢しないとすると、どうなるのだろうか。

あ！　またこの言葉だ！　このひと言だ！

苦しみもがく中で、不幸にも、心の奥底には、実際にはすでに「屈服」の気持ちが潜り込んでいるのであった。そうだろうか？　そうなのだろうか？

彩霞はそうであることを知っていた。彩霞は自分の

「心」が「まだ決めていない」という様子を装っていることを知っていた。あるいは、わざと自分の中に隠れた考えを理解できないと装っていたのかもしれない……

「あ！」ここまで考えると、彩霞《ツァイシア》は手を伸ばしてカバンの中のあれを手に握った……彩霞はまるで一太刀でこの卑しく弱々しい自分と決別するかのようだった……

心の中では澎湃と湧き上がり、行動する以外には、何かを止めるということはできなかった。妹はシャワーを浴び終わり、彩霞は何も言わなかったが、自分もからだを洗った——永遠に綺麗にすることなどできない体なんだ！　彩霞は手早くからだを拭き、衣服を着て、浴室から「逃げ出した」のである。

「最後のシャワーになればいいんだけど」心の中では突然今までに聞き覚えのある言葉が沸いてきた。

青鬼はすでに三階の階段口で怒鳴っていた。時間が来たのだ。

五人の女性は、やはり黙って魚のように連なり下の階に下りていった。

突然「用心棒」の兄弟《ヤクザ》が「健美按摩院《チエンメイアンモユエン》」に飛び込んできて、女の子たちに向かって手を振り続けた——撤退して、上の階に行けという合図だろうか。

「私服警官が辺りにいる——建物の周りだ、まずいぞ！」

「おそらくショーに飛び込んで来るんだよ」もう一人の兄弟《ヤクザ》が言った。

「気をつけろ。全員四階に上がって、電灯を全て消せ」青桂《チンクイ》は命令した。

突然のことだったので、もともと他の場所に泊まっていた六人の「俳優さん」——男二人と女四人——も全員しばらく「健美《チエンメイ》」の四階に隠れた。四階は、すぐに人で溢れた。彩霞《ツァイシア》たちが上がってきた時には、三階では老闆《ラオバン》の「張扁頭《チャンピエントウ》」が叫ぶ声が響いてきた。

「やばいぞ！　仲間が電話してきたぞ！　やっぱりショーに対してなんだ――はっきりしてるぞ！　嫉妬して密告した奴がいるんだな、クソッ！　まあいいや！　いいや！　ハッハッハ！」

「今晩の二回は全部キャンセルだ。明日チームを分けるぞ――張叔《チャンシュ》、二回目の方は、準備できましたか？」青鬼が言った。

「問題ない。二回だって三回だって四回だって、全部準備できてるよ！」

「それならいいや、一晩休んで、明日、場所を変えよう」話をしているのは荘《チュワン》だった。

「そうだ！　しっかり飲もうぜ！　ハッハッ！」

これは全く思いもよらなかった変化だ。この変化は、自分が計算していなかった……彩霞《ツァイシア》は思わず心拍が高まり、ほとんど過呼吸になりそうだった。

上の階では酒を飲んでいた。二、三階の「按摩の仕事」は元通りだった。「張扁頭」は本当にうろたえない男だ！

女の子たちはぺちゃくちゃおしゃべりをしていた。あの二人の男は頭を垂らして居眠りをしていた。女性に囲まれた中で全然人目を気にしていなかった。本当にいい度胸だ。

彩霞も一緒に座り、時々一言二言話をした。だが、彩霞はやはりあの「計画」を考えていたのだった……

荘という男は普段飲酒する時は、いつも彩霞たちにお酌しお相伴するように言うのだが、今晩は違った。この人たちが酒に酔った後は？　このように考えると、目の間には突然稲妻に似た閃きが走った。青々としていて、光っていた。あの青々とした光が、頭の中に侵入し、彩霞はほとんど飛び上がりそうだった……

「落ち着いて、落ち着いて……」彩霞は入念に自分に言い聞かせた。

彩霞《ツァイシア》は位置を変え、妹の真後ろに場所を変えた。彩霞は今晩の、めったに得がたい時間の中で、深々と、はっきりと妹を見た。この世界で「本当の親類」は目の前にいる小さくて健気な妹だけなのだ。もしもできるのならば――いや、「もしもできる」ではなく、絶対にするのだ。自分の必死の一撃で、妹を売春の世界から救い出すことができるのだ。そうしたら、他に何を気にかけるというのか。何が心配だというのか。彩霞はここまで考えると、あの血の気を失った唇は、美しく笑いの表情が綻び始めた。

「あの人たちも、だいたい飲み終わったのかしら？」彩霞は思った。

階段口の鉄扉にはカギがかかっていなかった。彩霞は軽々と押し開け、足音を忍ばせて下におりていった……

折良く、青桂《チンクイ》は正面で階段に向かったところにいた。すぐに青桂は彩霞を見た。彩霞は計算していた。彩霞は青桂が声をかける前に、急いで四階に戻った。彩霞はソファに倒れ込んでクックッと笑った。

「お姉ちゃん、何がおかしいの？」妹は聞いた。

「わたし？……あ、さっき嫌な夢を見たのよ。夢の中で下の階のあの三人の男が牛頭馬頭に引っ立てられて地獄に行くところをね！　フッフッフ！」

彩霞は姐妹淘《お姉さんたち》の笑い声や罵り声を気にしなかった。彩霞はソファにもたれて目を閉じて精神を休めた。いま彩霞はほとんど確信していた。「事」は想像した通りに「進行」すれば、絶対に目的に達するということを。今唯一の気がかりは、手提げの中のものだった。万が一「行動」の前に見つかってしまったら、そうしたら……

「神様次第ね」彩霞は思った。

こういう風に考えると不安だった。これまで彩霞は神様が自分の側に立ってくれると考えたことは一度も無かったからだ。でも、ここに来て、彩霞《ツァイシア》はやはり神様のことを考えた……

女の子たちは皆寝てしまった。バラバラに横になり、ソファに寝転んでいるのもいれば、フローリングに寝そべっている者もいた。布団は足りなかったが、これで十分だった。その中でも一番恰幅のいい「ショー」ガールはプラスチックの床に寝ていた。彩霞は上着を持ってきて掛けてあげようと思ったが、手を伸ばした時に止めてしまった。

彩雲《ツァイユン》はうずくまり丸くなっていた。女の子の腰のあたりにもぐりこんでいた。彼女は軽くからだを曲げて、妹のかわりに自分の緑色の上着をかけてあげた。そして戻って来た。彩霞は少し動いて血流を動かそうかと考えた。彩霞は思った。そろそろ時間だと。

「もしもあいつが探しにこなかったら?」彩霞は思った。「それから、もしもあいつが探すのがわたしじゃなかったら?」

今、彩霞ははっきりとした。彩霞は待つことに決めた。一番有利な時間を待つのだ——青桂《チンクイ》が彩霞を必要として、彼女が完全な満足を与えた後で……

「気持ちは決めたし、方法もきまった。あと何が待てないっていうの!」彩霞はこう考えた。こう考えると、心は安らぎ、ちょうどウトウトしてきた。眠いのならば眠ればいいや。彩霞は思った。彩霞は手提げ袋を枕にしてからだを横にしてソファで伸ばし、妹と寄り添って眠ったのである……

◎

でも、本当に眠れなかった。あるいはすでに眠っていたのかもしれない。あの「考え事」がひらめき、眠っているようでも眠ってはいない恍惚とした状態だった。

——「フー」すごく臭い酒の匂いが衝いてきた。

――「起きろよ！　この野郎！」

彩霞《ツァイシア》は背中や腕を捕まれて、無理やりに引っ張り起こされた。急に目を開けてみてみると、目の前で真っ赤な顔をしたのは、まさに青鬼だった！　いつ誰が明かりを付けたのだろうか？　もともと四階は規定通りに明かりを消し、真っ暗だったのに。

「来た！」心のそこで金属がぶつかるような叫び声がした。

「下りろ。ヘッヘッ、俺たちしっかり楽しもうぜ！」青桂《チンクイ》は手の力を緩めずに、彩霞をつかんだままだった。

彩霞はもがいた後で下の階におりていった。彩霞はもちろん手提げ袋を持つのを忘れなかった。青桂が突然聞いた。外に行くのでもないのに、小袋なんか持って行って何するのかと。あなたへのよ……あなたの「顔」を拭くためのティッシュよ！　彩霞は言った。彩霞は全身が冷や汗をかいてしまった……大事な時だった。彩霞はからだを貼り合わせるようにして、歯を食いしばり手を伸ばして敏感な部分を触った……

「お！　嫌らしいな……」青桂はすぐに彩霞をベッドに押し倒した。

彩霞は機転を利かして袋をサイドテーブルとベッドの頭もとのあいだに押し込んだ。

「脱げ、シャワーを浴びて来い！」

「浴びたわ」彩霞は機転を利かせた。「あなたが浴びなさいよ――臭いわ」彩霞は青桂の服を緩め、そして浴室に押していった。

なんと青桂は喜んで浴室に入っていったのだ。全ては考えていたよりもさらに順調だった。

彩霞は素早く、「剖魚刀《タイヒドー》」を手が伸ばしやすい布団の下に押し込んだ。また鉄鑽《チィエツワン》をベッドの下の方にある布団の中に入れた。カミソリはどうしよう？　予備だったが、自分で準備したものだった。少し考えてから、彼女はそれを灰皿の下に置いたのである。

ここに外線電話があったのは、本当に神様のおぼしめしだった！

今もう一つの問題があった——小さな問題だった。荘《チュワン》はどこに眠っているのだろうか？

——「彩霞《ツァイシア》、おまえも入れ！」浴室の中の人が声を出した。

「洗ったって言ったじゃない！　洗い終わったらすぐにベッドにあがりなさいよ！」彩霞は「場所」をもう一度確認し、予定された「動き」をもう一回考えてみた。

おかしなことだった。心は意外にも平静だった。とても緊張することだっていうのを「理解」しているだけで、その緊張は感じられなかった……

微かにぼんやりとする中で、青桂《チンクイ》は、裸の体を拭き浴室のドアのところに立っていた。彩霞は両目をかすかに閉じて、ベッドに横になり、すぐに着込んだ衣服を脱ぎ捨てた。彩霞は一糸まとわぬ姿で悪魔の前にさらけ出した。不安はなく、恥ずかしさも無かった。もちろん感情はなく、如何なる感覚もなかった……

突然、あのごつごつとした大きな掌が彩霞の豊かな胸の上に置かれ、力を込めて揉み始めた……

「ウッ……」彩霞は、歯を食いしばり、うめき声を立てなかった。

「ヘッヘッ！　まだこんなに堅いんだぜ！　天性のものだな！」

「……ヤッ！……」男のもう一つの手が別の部分を攻撃した。

これはまだ前奏曲だった。彩霞は知っていた。彩霞は極力青桂に合わせたが、自分のからだを制御するのは難しかった。

「クソッ！　何言いやがる？　今晩のおまえは？……ああ嫌らしいな？」

「うん……」彩霞《ツァイシア》は両目を閉じて、心の中で考えていたのはやはり手を下ろす部分だった。彩霞はやはり心臓のところが一番いいと思った……

「ん？　おまえ震えて冷たくて――おまえの体はどうしてこんなに冷たいんだ？」

「天気が悪いからよ！　からだが熱くならないのよ……」彩霞は青桂《チンクイ》を誘った。

「ほら！　フルコースだ、俺はこうしないと熱くなれないんだよ！」青桂は仰向けになり、手足を投げ出した。

彩霞は青桂が興奮に至るまでのプロセスをすでに完全に理解した。今からが本当の始まりなのだ。青桂を絶頂にまで刺激して、この男の生命を奈落の底に突然突き落としてしまおう……

彩霞は青桂のからだの上に這いつくばって、「舌」で始めた。左から右、上から真ん中、下と。揉んでさすって押して擦った。最後に動きを止め、全身を玉のように丸めて、茂みの間を這うように進んで、散っていく花の姿で笛を吹いた……

「お……おお……」

「いま手を下ろすのはどうだろう？」彩霞は考えた。

ダメだった。手を伸ばしてナイフを手に取る距離と角度が良くなかった。

「ああ……ああ……」彩霞は出すべき声を出すことも忘れていなかった。

「いいぞ！　ほら！　ほら！」

「うん……」彩霞はしっかりと姿勢を正した姿で、腰を下ろし、茂みの上に坐った。

「動け……揺すれ！」青桂は自分で上下し、まるで自動車事故で首が落ちた犬の様だった。

「フッフッ……」彩霞は命じられるままに動いた。両目からは涙がボロボロと流れてきた。

長い長い厳罰だった。激しい衝撃が来て、五分後には、彩霞《ツァイシア》はすでに汗水と涙が一緒に流れていった……

「起きろ……」青桂《チンクイ》は言った。青桂は自分で身を翻して起き上がった。

青桂は彩霞に立たせずに、もとの跪いた姿勢のまま彩霞の首とお尻を百八十度回転させた。いま彩霞は跪いた姿勢の豊かな臀部で青桂を迎えるのだった。

「ワンちゃんだ」——これが二順目だった……

「ウッ……ウッ……痛い！　痛いから——優しく！　優しくして……」彩霞はしきりにむせび泣き叫んだ。本当に激痛であり、技術的な問題でもあった。青鬼が一番刺激的に感じるのはこのようにむせび泣くような叫び声だった。

「ホッ！　ホッ！　ヨッ！　ヨッ！　クソッ！　クソッタレ！」青桂は両手を緩めなかった。彩霞の両胸は瞬く間に赤く腫れ上がってきた。

「アッ！　ウッウッ！　ワッ！」今回は技術ではなかった。

「どうした？　いいか？　気持ちいいか？」

「もう！　痛くて死にそうよ！　死んじゃうよ！　死んじゃうよ！」

「もっとだ！　もっとだ！」青桂はゆっくりと絶頂にまで近づいていった。

彩霞にはわかっていた。劇のクライマックスはまもなくやってくる。それから轟々といびきをかいて眠るのだ。そして叫び声が続く……

「ポン！」青桂は引き離し、左手を払いのけ、彩霞はからだを翻して仰向けになった。青桂が上に乗って、体重をかけてくる瞬間、彩霞の右手はすでに布団の下の「剖魚刀《タイヒドー》」を握っていた。

「ウッ！　ウッ！　ハァハァ！　ハァハァ！」青桂はカマキリが敵を向かえるように、赤い顔には汗が滴り落ち、唇はぐちゃぐちゃに曲がっていた……

彩霞はすでに鋭い刃先を引き抜いていた。彩霞は包丁の柄の角度を調整した……

彩霞《ツァイシア》は突然両股に力を入れ、肉付きのよいお尻で力強く上を向いた。狂乱のリズムで青桂《チンクイ》の急激に激しい動きを迎えたのである……

「ワッ！　ワッ！」

彩霞は続けて狂ったように体を近づけていった。彩霞の心は水面のように静かであったが、涙がほとばしり出た。あの肉体の奥にある何かが、突然沸いてきた。すぐにからだの一番敏感な部分は、勝手気ままな残虐を受け入れ刺激を飲み込み、すぐに大酔してしまった。彩霞は自分のからだの中にある反逆を感じ取ったが、それはほとんど力にならなかった……

でも、心の中のはっきりとした感覚は、少しも混じり合うことはなかった……

「お……」彩霞がはっきりと感じ取ることができたのは、からだの中にある邪悪なものだった。突然大きくなってきて、震えてきたのだ！

来た。

彩霞は大きく両目を開き、青桂の上でからだを起こした。二人の間の距離が最大になった瞬間、右手にあった鋭い包丁を正確に青桂の心臓に押し込んだのであった。上手いことに、加担する左手もすぐにその上に重なった——彩霞は両手で鋭い包丁を青桂の心臓に突き刺したのであった！

「あ……」青桂の混濁した叫び声が途中で途切れ、口は大きく開けたままだった。射精するのと同時に、とがった刃先が心臓に突き刺さったのだろう。

「フン！」彩霞は両手で上の方にさらに押し込んだ。

「う……」青桂のマッチョなからだは離れ、ひっくり返って仰向けになった……

「おまえ？……どう……して……」

よかった。青桂は全く声を立てなかった。

彩霞《ツァイシア》は予定していた通りに行動した。布団をめくって青桂《チンクイ》の頭にかぶせ、からだをつかって体重を乗せたのである……。布団の下はわずかに動いただけで、温かかった……

布団の下は完全に動きが止まった。彩霞はスポーツ用の下着をつけて、それから腰を下ろして静かにした。一分くらい経った後に、彩霞は受話器を持ち上げて、「新興分局《シンシンフェンチュイ》」に電話をかけて事件を伝えた。これは計画していた行動だった。

彩霞は時間と場所、殺人事件に関係する人の氏名を詳しくはっきりと話した後で、それからさらに言った。ここには十名ほどの人身売買された女の子がいます。警察に助け出して欲しいのですと。最後に彩霞は言った。

「私たちの身分証はあの荘国暉《チュワンクオホイ》の黄色いカバンの中にあります。どうか絶対に皆のために取り戻して下さい……」

「わかりました。全て任せて下さい。あなたはその場に留まり……その場を離れないで下さい……」

向こうは言った。

「大丈夫です。わたしは一人でやりましたので、一人で責任を持ちます……」

「わかりました。馬鹿なまねをするのはよして下さいね！　あなたは自首しましたので、私たちが証明します。わかりましたか？　大丈夫です。安心して下さい」

「自首？」彩霞の心は揺れた。彩霞の気持ちは揺れた。実際彩霞はただ「事件を報告」しただけで、「自首」の心構えはなかった。「はやく来て下さい！」

彩霞は言った。

「三分から五分以内に到着します。現場から離れないで下さい――もしもし！　一一九にも電話して下さい。救急車を呼んで下さい……」

「死んでるのよ！　何が救急よ！」彩霞は電話を

切った。

彩霞《ツァイシア》はベッドの上は鮮血だらけだったことに気がついた。彩霞はほとんど全身が崩れてしまった。でもまだ倒れたわけではなかった。彩霞は血だまりの中からあの長い鉄鑽《チィエツワン》を拾い上げ、枕で血を拭った後に……彩霞はようやく「死体」の足下に置くことを思いついた。彩霞は「男」の下着やバスタオルを持ち出し、なるべく目を引く鮮血に覆い被せた……

彩霞はドアを閉め、それから下へ下りて二階で人を探した。

「阿暉《アホイ》おじさん！　ねえ！　阿暉おじさん……」

彩霞は按摩をする小さな部屋に行って探した。

「誰だよ！」見つかった。階段に近い一室で、明かりが灯った。

「阿暉伯《アホイポ》！　早く起きて——青桂が……青桂が呼んでいます……」

部屋のドアがギイと開いた。女の子は一緒ではなかった。彩霞はびっくりした。

「阿青桂《アチンクイ》が、具合悪そうで——ずっと口から泡を嘔いてます」

「何だって？」荘《チュワン》はこの時ようやくはっきりとした。

「青桂《チンクイ》は……終わった後に突然……」これもあらかじめ準備していた言葉だった。彩霞はこの時には両方の胸を晒し出していた。

「俺が行って見てみる——あれ？　おまえの胸にはどうして血がついてるんだ？」荘は異常を感じ取った。

「これは……青桂が噛んだのです……あるいは、あ、青桂のビンロウの汁です！」

荘国暉《チュワンクオホイ》は下着を履いただけで、薄がけを羽織り、そそくさと上の階にのぼっていった。彩霞はしっかりと後ろについた。

荘国暉《チュワンクオホイ》は部屋のドアをまたぐとアッと叫んだ。

おそらく荘は強烈な血の生臭いにおいを嗅ぎ取ったのだろう。荘は前につんのめり、ベッドのところで、両手で血まみれの布団をつかんだ……

彩霞はすぐに七寸の大きな鉄鑽を握った。荘国暉《チュワンクオホイ》が手を伸ばして身をかがめ、腰を折っているところに両手で柄を持ち、全身の力で荘の腰をめがけて突き刺したのだった！

「アッ！」

「イヤッ！」彩霞《ツァイシア》の両手はまだ柄を握っていた……

「うわ！　うわ！」荘国暉のからだは前のめりになり、突き刺さった鉄鑽《チィエツワン》は彩霞の手から離れた。

彩霞は驚いた。彩霞は鮮血に染まった布団をひっぱり、荘国暉に向かって覆い被さった。彩霞はもう一度同じ方法で荘を窒息死させようとしたのである。だが、荘国暉はまだ動き回り、這っていた。彩霞は一歩一歩追い詰めた……

「助けてくれえ！」

「助けてですって？」彩霞はもう一度空振りしたので、自分も血まみれになってしまった。

「助けてくれ！　助けてくれ！　ワア！」荘国暉は階段口まで来た。

――「何？　何の音？」上の階も下の階も皆驚いて起き出した。

彩霞は四方の壁が浮かび上がったかのように感じ、目の周りは突然黄金色と青白い色の間のような光で輝きだした。心は逆にはっきりしていた。

「まだ死んでない……時間がない……」

彩霞は光り輝く明かりの中で鉄の椅子がはっきりと目に入った。そうだ。鉄製だ……ほとんど「動作」が意志を動かしたかのように、彩霞は椅子をつかみ、三歩前に出て、毒蛇をたたき殺すかのように――小学生のころに、後院《ホウユエン》（裏庭）で雨傘節《ユイサンチエ》（アマガサヘビ）を叩き殺したことがあった――荘国暉の頭と顔を激しく叩いたのだった……

あの歪んで太った顔はすぐに血しぶきが四方に飛び散り、続けて血だるまになった……

——「人殺しだ！」

そうなのだ。二人殺した。いや、二匹しか殺していないのだ。

——「阿桂《アクイ》と国暉伯《クオホイポ》だ、二人とも……」

そうなのだ、二匹とも死んだんだ。万歳、万歳。

——「彩霞《ツァイシア》！　彩霞は気が変になっちゃった！」

あんたたちの方がおかしいのよ！　わたしはね、フッフッフ！

——「お姉ちゃん！　お姉ちゃん、お姉ちゃん！　ワッ……」

静かに！　もう少し静かにしなさい。すべてが終わったの、完全に上手くいったわ。雲《ユン》……

——誰かが迫ってきた。え？　また遠くに退いたようね？

来なさいよ！　来て捕まえなさいよ！　チェッ！　度胸はどこにいったのよ？

——ウィンウィンウィンウィン——ウィンウィンウィンウィン——警察車両の警笛だわ。

——「サツが来たぞ！　やばい！」

「フッフッフ！　わたしが通報したのよ。フッフッフ！」彩霞は言った。

ああ！　寒い、とっても寒いわ！　彩霞は全身血まみれの自分に目をやり、乳房を下着の中に押し込んだ。彩霞はとても疲れたのだ。彩霞は本当に立っていられなかった。警笛が下の階で長く鳴っていた。うん、部屋が暗いな、少し眠ろうかな。彩霞は自分に言い聞かせた。

え？　違うでしょう！　わたしは自殺するんだった。わたしの計画では共倒れするはずだった。わたしのカミソリは？　でも、本当に疲れた。先にちょっと眠ろうかしら、警察が来たな、違うかな？　あの人たちは自首したって言っていたけれど？　デタラメだな、わたしは自殺したいの。彩霞《ツァイシア》はこんな風に考えたのだった。

彩霞は倒れ、気絶してしまった。

ひどく寒い深夜で、漆黒の冬の夜だった。

藍彩霞《ランツァイシア》はまどろみの中で警察車両に乗せられて連れていかれた。

警察署の警官たちは、彩霞が提供した情報通りに、あの可哀想な少女たちを救い出した。その中で、彩《ツァイ》雲《ユン》と山の女の子の尤秋月《ヨウチウイエ》、尤小玲《ヨウシアオリン》の三人は、彩霞の言葉通りに、「家」には二度と戻らなかった。三人の少女は健気にも他県で独立した生活を送ったのである。

南国の冬は長くなかった。まもなく、春がやってくる。

藍彩霞の春は、鉄窓の中だった。

年表

一九三四年　台湾・新竹州大湖郡（現、苗栗県大湖郷）で生まれる。
一九四一年　大湖国民学校入学。
一九四七年　大湖国民学校卒業。
一九五二年　詩「墳墓」を『野風』に発表。
一九五四年　新竹師範学校（現、国立清華大学）卒業。南湖国民学校に勤務。金門島等で兵役に就く（一九六〇年に除隊）。
一九五九年　小説「酒徒的自述」を『教育補導月刊』に発表。
一九六二年　小説「香茅寮」を『公論報』に発表。小説「阿妹伯」を『中央日報』に発表。
一九六三年　小説「苦水坑」で『自由談』小説コンクールの大賞を受賞。
一九六五年　小説「飄然曠野」を『徴信新聞報』に発表。短篇小説集『飄然曠野』（台北・幼獅書店）。

一九六七年　小説「那棵鹿仔樹」を『台湾文芸』に発表。
一九六八年　短篇小説集『恋歌』（台北・水牛出版）。短篇小説集『晩晴』（台北・台湾商務印書館）。「台湾文学賞」受賞。
一九六九年　小説「山女」を『青渓』に発表。短篇小説集『人的極限』（彰化・現代潮出版）。
一九七〇年　短篇小説集『山女――蕃仔林故事集』（台北・晩蝉書店）。小説「人球」を『中国時報』に発表。
一九七一年　長篇小説『山園恋』（台中・台湾省新聞処）
一九七二年　小説「捷克・何」を『中国時報』に発表。
一九七三年　小説「孟婆湯」を『中国時報』に発表。
一九七五年　短篇小説集『李喬自選集』（台北・黎明文化）。
一九七六年　『生きるのが下手な人へ』（紀野一義著）を中国語訳。
一九七七年　小説「巴斯達矮考（山河路）」を『中国時報』に発表。長篇小説『結義西来庵――噍吧哖事件』（台北・近代中国出版）。
一九七九年　長篇小説『孤灯』（台北・遠景出版）。

一九八〇年　長篇小説『寒夜』（台北・遠景出版）。短篇小説集『心酸記』（台北・東大図書）。
一九八一年　長篇小説『荒村』（台北・遠景出版）。「呉三連文芸賞」受賞。
一九八二年　小説「小説」を『文学界』に発表。苗栗農工を退職し、創作・執筆に専念する。小説「告密者」を『文学界』に発表。
一九八三年　『台湾文芸』総編集長。長篇小説「情天無恨――白蛇新伝」（台北・前衛）。
一九八四年　小説「泰姆山記」を『台湾文芸』に発表。
一九八五年　短篇小説集『告密者』（台北・台湾文芸）、『共舞』（台北・学英文化）、『強力膠的故事』（台北・文鏡文化）、『兇手』（台北・文鏡文化）。長篇小説『藍彩霞的春天』（台北・五千年）。
一九八八年　評論集『台湾人的醜陋面』（台北・前衛）。
一九八九年　評論集『台湾運動的文化困局与転機』（台北・前衛）。
一九九二年　評論集『台湾文学造形』（高雄・派色文化）、『台湾文化造形』（台北・前衛）。

一九九三年　「巫永福評論賞」受賞。短篇小説集『慈悲剣』（台北・自立晩報）。
一九九四年　『台湾文芸』パブリッシャー（発行人）。キリスト教徒として洗礼を受ける。
一九九五年　詩集『台湾、我的母親』（台北・草根）。長篇小説『埋冤一九四七埋冤』（基隆・海洋台湾）。
一九九九年　台湾ペンクラブ会長。『李喬短篇小説全集』（苗栗・県立文化中心）の刊行開始。
二〇〇一年　『大地之母』（台北・遠景）。
二〇〇六年　「国家文芸賞」受賞。
二〇〇七年　「行政院客家委員会客家貢献賞」受賞。『李喬文学文化論集』（苗栗・県文化局）。
二〇一〇年　長篇小説『咒之環』（台北・印刻）。
二〇一三年　長篇小説『V与身体』（台北・印刻）、『散霊堂伝奇』（台北・印刻）。「台湾文学金典賞」受賞。
二〇一五年　長篇小説『情世界――回到未来』（台北・印刻）。
二〇一七年　長篇小説『亜洲物語』（台北・印刻）。

訳者あとがき

本書は台湾の客家人作家である李喬の長篇小説『藍彩霞的春天』（台北・五千年出版、一九八五）の全訳である。原作は台湾の『民衆日報』で連載され、その後アメリカの中国語紙『世界日報』にも転載された。作品全体のモチーフについては、本書冒頭での彭瑞金氏（台湾・静宜大学台湾文学系教授）による解説に詳しい。ただし、作家本人のプロフィールや創作歴、代表作を中心とする作風についての解説も、本書のどこかで明示する必要があると思われ、以下では限られた紙幅ではあるが、作者の人物像と主要作に関する紹介を中心に訳者あとがきを述べてみたい。

李喬（本名・李能棋）は、一九三四年に台湾中部の新竹州大湖郡大湖郷香林村で生まれた。現在の行政区画から言えば、苗栗県大湖郷静湖村である。ちなみに大湖は苗栗でも山沿いの地域であり、台湾におけるイチゴの名産地として有名である。客家人が多く暮らす山間部の集落でもある当地は、歴史的に見れば清代には「蕃仔林《ファンナアリム》」と呼ばれ、原住民族（特にタイヤル族）の生活区域に隣接した辺境地帯であった。台湾では十七世紀初頭にオランダ人が南台湾を統治した頃、中国大陸から閩南系漢族（福佬人。河洛人とも表記する）を中心とする台湾への漢人移住が始まっており、その後鄭氏三代による統治を経て、清朝統治期には大陸からの移民数が急激に増加した。ただし清代には広東からの台湾移住を禁止する政策が採られたために、広東を拠点とした客家人の移住は福佬人よりも大幅に遅れ、後発の客家系移住者の一部は、「蕃界《ばんかい》」と呼ばれる原住民族の生活圏と隣接する山間部に危険と隣り合わせで土地を求めざるを得なかった。先述の蕃仔林《ファンナァリム》——よそ者の土地という意味——とは、清代以来その地に移住した客家人が、辺境に位置する自らの土地を客家語で呼ぶ際の呼称でもあったのだ。

さて、戦前日本の台湾統治史が台湾人による抗日運動の展開とまさに表裏一体の関係であったことは知られているが、李喬が幼少期を過ごした家庭環境もこうした抗日運動の台湾史と無縁ではなかった。李喬の父親である李木芳は抗日左派の活動家であり、一時期は台湾農民組合の大湖支部長をつとめ、苗栗地方の抗日運動で中心的な働きをした。李喬の代表作『寒夜三部作』（一九七九～八一年。『寒夜』岡崎郁子・三木直大共訳）は、客家の一族を中心に清末から日本統治期終焉まで半世紀に及ぶ台湾近現代史の流れをダイナミックに描き出した大河小説として知られているが、三部作の第二部『荒村』（一九八一年）で台湾農民組合大湖支部の幹部として精力的に動き回る主人公・劉阿漢は、まさに作者自身の父親をモデルとしている。

李喬自身の回想によれば、幼少時に父親は抗日運動のために絶えず家を空けており、母親の葉冉妹が一人で留守をあずかる姿を常に見てきたという。李喬は客家人集落である蕃仔林で不在の父親に代えるかのように、タイヤル族の頭目や中国大陸から渡台してきた「唐山人」の老人と触れ合いながら成長した。そうした幼年期に経験した記憶の数々は、「阿妹伯」（一九六二年。「阿妹伯——日本の敗北を喜ぶ台湾農民の記憶」三木直大訳）をはじめ、「鹹菜婆《漬物ばあさん》」（一九六七年）や「山女」（一九六九年、「山の女」三木直大訳）など初期の作品の中で繰り返し描かれている。いずれも短篇小説ではあるが、客家人の生活、とりわけ母親をモデルとした客家女性の健気な生き様をリアルに描き出した秀作である。

　このように台湾近現代史の展開と密接に関係する幼い頃の生活環境が、李喬の内面に与えた影響は計り知れず、それは創作の面でも作家個人の特色として現れていった。李喬は台湾省立新竹師範学校（現在の国立清華大学）を卒業後、金門島での空軍兵役を経て——兵役中には第二次台湾海峡危機（いわゆる八二三砲戦）が勃発している——一九六〇年代には苗栗県内の小中学校で国語教師をつとめながら本格的に創作活動を開始した。当初は、馴染みの深い蕃仔林を主要舞台とする一連の短篇小説を創作し、後に短篇小説集『山女《山の女》——蕃仔林故事集《蕃仔林の物語集》』（一九七〇年）としてまとめている。李喬は同書刊行の前にも、第一作品集の『飄然曠野《曠野にひとり》』（一九六五年）を始めとして、『恋歌』（一九六八年）、『晩晴《夕晴れ》』（一九六八年）、『人的極《人間の極》限《限》』（一九六九年）などの作品集を集中的に発表していた。

　やがて一九七〇年代に入ると、李喬の作風は台湾社会の時事的な問題を積極的に題材へ取り込もうとする傾向がいっそう強くなっていく。短篇小説「人球」（一九七〇年。「人間のボール」三木直大訳）では、経済発展が進む台湾の都市部で生きる現代台湾人が抱えた鬱屈とした心理情況を浮き彫りにした。また、「捷克・何」（一九七二年。「ジャック・ホー」明田川聡士訳）や「孟婆湯《孟婆神の薬湯》」（一九七三年）では、ベトナム戦争の影響下に組み込まれる台湾社会を背景に、歓楽街でアメリカ人兵士を相手にして生きる台湾人男女の姿を描き出した。とりわけ「孟婆湯」では、一九六〇年代末から七〇年代始めに台北や台中、高雄などの主要都市部で頻繁した米軍兵による台湾人女性への性的暴行事件を題材にしており、そうした在台米軍や米兵による犯罪を見過ごす台湾社会に対する強い批判となっている。

　言わば社会派作家としての台湾社会や民衆に対する強烈な関心は、一九八〇年代以降に発表する一連の台湾近現代史に取材した小説にも通底する。民主化に向かい大きなうねりを見せた台湾社会では、首長選挙での不正投票に端を発した大規模民衆暴動の中壢事件（一九七七年）、民主化要求のデモ隊と当局が正面から衝突した美麗島事件（一九七九年）など、世間を揺るがす政治事件が相次いで起きたが、李喬はこうした政治事件と正対することで、目の前の台湾社会に対する同時代的な関心を台湾の歴史的展開に対する関心へと引き延ばしていった。日本植民地下での漢人による最大で最後の抗日武装蜂起であった西来庵事件を描き出した『結義西来庵』（一九七七年）や先述の『寒夜三部作』、台湾現代史における大きなメルクマールである二二八事件を仔細に再現した『埋冤一九四七埋冤』（一九九五年）、十八世紀の分類械闘や原住民族虐殺事件、反清復明運動、こうした近代台湾の歴史的事実と二〇〇〇年代の陳水扁総統罷免運動を交錯させて描き出す『咒之環《呪いの環》』（二〇一〇年）など、台湾の近現代史に取材した小説を相次いで発表したが、歴史を辿りながら執筆する李喬の創作姿勢の背後には、こうした現代台湾社会に向けた作者自身の真摯な眼差しと熱情が無視できなかった。

　このように李喬は実質的な第一作であった「酒徒《酒飲み》的《の》自述《独白》」（一九五九年）を発表して以来、すでに二五〇篇近くもの短篇小説を創作し、十八作もの中・長篇小説を刊行してきた。本書巻末の略歴年表を見てもわかるように、その旺盛な創作活動は作家デビューから半世紀を経た今日に至るまで全く途切れることはなかった。前述の既訳以外には、日本版オリジナル小説集の『曠野にひとり』（三木直大・明田川聡士共訳）、「山河路《パスタアイ考》」（一九七七年。呉薫・山本真知子共訳）、「小説」（一九八二年。松永正義訳）、「告密者《密告者》」（一九八二年。下村作次郎訳）などが邦訳されている。

　こうして李喬作品を俯瞰してみると、今回の「台湾客家文学作品翻訳出版プロジェクト」にて本書の原作である『藍彩霞的春天』が選出されたことは、相当に予想外であった。原作発表は今から三十年近くも前のことであり、当時の時代的情況を反映した内容であるとはいえ、本書の読者がその内容でもって現代台湾社会に対して距離感を抱かれては困る。また、物語中では主人公の藍家の姉妹が売春を強制された場所が客家人集落であったように、客家と全く無縁の作品でもないのだが、台湾の事情に詳しくない読者にその内容でもって台湾客家人の性格や行動を短絡的に誤解されてしまうのも心外だ。今回は翻訳プロジェクト企画元の客家委員会を始め日本側訳者との交渉を担当した台湾側窓口から、現在の日本人読者に紹介する李喬作品あるいは台湾客家文学として本作を選定した理由を明確に告げられないまま翻訳が開始・終了してしまったので、全訳を担当した私も戸惑いがなかったと言えば嘘になる。しかし、三十年前の外国文学ではあるのだが、日本人の私には強い既視感が始終拭い去れなかったのも事実であった。それは敢えて言うならば、歴史的既視感と同時代的既視感とでも呼べようか。

　私が感じた歴史的既視感とは、日本人男性によるかつての買春観光そのものである。日本で海外旅行の完全自由化が進んだ一九七〇年代には、すでに東アジアや東南アジア各地で日本人男性による集団買春が社会問題化していたことはあらためて述べる必要もないだろう。台湾でも台北近郊の温泉街などを中心に繰り返された日本人男性による集団買春は、台湾の人々の顰蹙を買うものであった。一九七七年には台北の旅行会社社長が日本の旅行業界誌に「恥」という文字を白抜きで書いた意見広告を出しており、そこでは「恥という字をご存じですか。あなたのサラリー、ボーナス、そして配当の一部が、女性の春をひさいだお金から絞り出されている、という事実に目をつぶらないで下さい」と記されていた（「のさばる『買春観光』告発に対して『黙殺』」『朝日新聞』一九七七年十二月七日、「山地人むしばむ買春観光　村の女性の過半を相手」『朝日新聞』一九八〇年十月十一日）。

高里鈴代「日本の買春観光」（ロン・オグレディ『アジアの観光公害』教文館、一九八三年）によれば、台湾人による日本の業界誌でのこの意見広告は、当時の日本人男性の買春観光を批判するだけではなく、女性と客の中間に位置する関係者がいかに甘い汁を吸っているかを暴露する側面もあったという。本書には買春する日本人像は一切出てこないが、荘の親子や風仔、英君、朱飛揚、旅館の女中などはまさに当時の「関係者」であり、私には彼らに手を引かれた日本人男性の姿が物語の行間に浮かび上がるように思えてならなかった。

また、私が感じた同時代的既視感とは――こちらも今となってはあらためて述べる必要はないだろう――現代日本で社会問題化しているAV出演を強要される若い女性たちの姿である。こうした女性をモノとして平然と扱う人権侵害の横行は、本書の物語中で荘の親子を殺害するまで追い詰められていく藍彩霞の経験の写し絵であるようにさえ思えてくるのだ。

もちろん、李喬本人は日本の情況と関連付けて同作を創作したわけではないが、読み手の感覚によって作者が意図しなかった作品の読み方が出現してくるのが文学作品のおもしろさである。本書冒頭の解説にて彭瑞金氏は実存主義的な「反抗哲学」の実践小説として読んだ。逆に訳者である私は「反抗哲学」もさることながら間接的に考えられる（かもしれない）日本との関係がずっと頭から離れなかった。

それでは、いま本書を手に取られた読者の皆さまはどのような視点や観点で本作を読むのだろうか。本書の「訳者あとがき」を書いている今、私が一番気にかけているのは日本の読者の視点でもある。

本書は私が原作本文の翻訳と巻末年表の作成を担当し、彭瑞金氏による冒頭の解説は横路啓子氏（台湾・輔仁大学日本語文学系教授）に翻訳して頂いた。今回、翻訳の底本には『藍彩霞的春天』（台北・遠景出版、一九九七年）を使用した。原注は〔　〕、訳注は（　）で表示している。原則、ルビには北京語（中国語）を使い、客家《はっか》語や台湾語（閩南《びんなん》語）での語彙には、それに相応するルビを示した。本書の翻訳にあたり、二〇一七年九月と十二月には苗栗の李喬氏のご自宅を訪問し、用語や情況について仔細に教えて頂いた。その際にはご家族の皆さんから心温まる歓待を受け、とても忘れがたい訪台となった。この場を借りて、李喬氏のご厚情に改めて深謝致します。また、広島大学名誉教授の三木直大先生、跡見学園女子大学名誉教授の池上貞子先生、横浜国立大学教授の白水紀子先生からは、翻訳から出版に至るまでアドバイスと励ましを頂いた。刊行に行き着くまでの翻訳では、本文に客家語や台湾語が混在するために翻訳作業は滞りがちであったが、客家語関連の語彙や文化については台湾在住の劉冬菊氏と卓琬青氏、台湾語関連の語彙や文化については台湾在住の卓美足氏、そして妻の卓于綉の助けを借りた。先生方からの激励、親族の協力がなければ、翻訳の完成は到底不可能だったに違いない。心より謝意を表します。

本書は博士課程を終えたばかりの私が初めて単独での翻訳に挑戦した台湾文学作品であり、このように刊行に至るまでには実に様々な方のお世話になった。紙幅の都合、全ての方の名前を挙げることはできないが、ここで改めて御礼を申し上げます。本書翻訳の機会は本当に偶然ではあったが、こうした機会を与えて下さった客家委員会に感謝致します。また、校正から刊行までお世話になった桜出版の山田武秋、未知谷の飯島徹、伊藤伸恵の三氏にも感謝の意を表します。

二〇一八年三月　台北

李喬（り・きょう）

1934年、台湾・苗栗の生まれ。本名・李能棋。台湾文学を代表する客家人作家。国家文芸賞、台湾文学金典賞、呉三連文芸賞、巫永福評論賞、台湾文学賞（呉濁流文学賞）、台美基金会人才成就賞、塩分地帯文芸営台湾新文学貢献賞、客家委員会客家貢献賞などを多数受賞。文芸誌『台湾文芸』総編集長及び発行人、台湾ペンクラブ会長を歴任。1990年代後半からは公共電視台「文学過家」や大愛電視台「客家週刊」などテレビ局の番組でもパーソナリティーとして台湾文学や客家文化の推進に尽力した。公共電視台では、自身の代表作『寒夜三部作』も台湾の客家語文学として初めて連続テレビドラマ化された。主要作には『寒夜三部作』を始め、『飄然曠野』、『山女―蕃仔林的故事集』、『告密者』、『情天無恨―白蛇新伝』、『Ｖ与身体』、『情帰大地』、『李喬自選集』、『李喬短篇小説全集』などがあり、日本語の他に英語やドイツ語などでも翻訳された。

明田川聡士（あけたがわ・さとし）

1981年生まれ。早稲田大学第一文学部卒業、東京大学大学院人文社会系研究科博士課程修了。博士（文学）。現在、横浜国立大学、獨協大学、東京理科大学、跡見学園女子大学、高崎経済大学、放送大学非常勤講師。主な著書に『越境する中国文学：新たな冒険を求めて』（共著、東方書店、2018）、『台湾研究新視界：青年学者観点』（共著、台北・麦田出版、2012）など。主な訳書に李喬『曠野にひとり：李喬短篇集』（共訳、研文出版、2014）など。

藍彩霞《ランツァイシア》の春《はる》

客家文学的珠玉 2

2018年6月20日初版印刷
2018年6月30日初版発行

著者　李喬
訳者　明田川聡士
発行者　飯島徹
発行所　未知谷
東京都千代田区神田猿楽町2丁目5-9　〒101-0064
Tel. 03-5281-3751 / Fax. 03-5281-3752
［振替］　00130-4-653627
組版　柏木薫
印刷所　ディグ
製本所　難波製本

Publisher Michitani Co. Ltd., Tokyo
Printed in Japan
ISBN978-4-89642-562-8　C0397

客家文学的珠玉 1

ゲーテ激情の書

鍾肇政　永井江理子 訳

「台湾文学の母」と尊称される著者が敬愛する、ドイツの詩人ゲーテの少年期から老年に至る親密で激烈で純真な永遠の女性像を描く、読む者の胸を熱くするラブストーリー。

144頁1600円

客家文学的珠玉 3

曾貴海詩選

曾貴海　横路啓子 訳

医師であり、文学雑誌『文学界』『台湾文学』を創刊した詩人であり、環境保護を訴える社会運動家である著者の現代詩と客家詩の中から、代表的な作品を十余の詩集から厳選網羅。

208頁2000円

客家文学的珠玉 4

利玉芳詩選

利玉芳　池上貞子 訳

詩、エッセイ、児童文学など多岐に渡って活躍、呉濁流文学賞、陳秀喜詩賞を受賞した現代を代表する女性客家詩人の現代詩と客家詩の中から、代表的作品113篇を収録。

208頁2000円

未知谷